U0104346

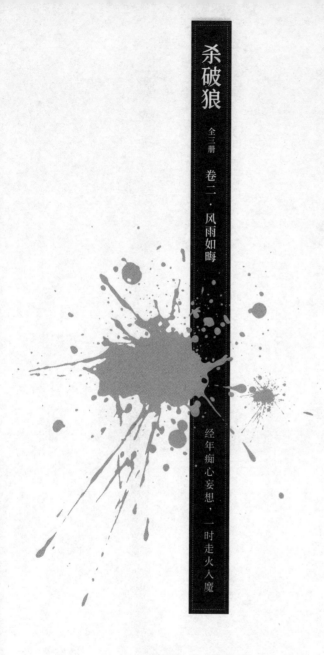

杀破狼

全三册 卷二·风雨如晦

经年痴心妄想，一时走火入魔

Priest 作品

湖南文艺出版社
HUNAN LITERATURE AND ART PUBLISHING HOUSE

博集天卷
CS-BOOKY

经年痴心妄想，一时走火入魔。

目录

卷二

风雨如晦

何人知我霜雪催，何人与我共一醉……

风雨如晦

卷

二

——

何人知我霜雪催，何人与我共一醉……

第六章

霜雪

壹

这一年，辞旧迎新，安定侯交出玄铁虎符，击鼓令的推行已成定局，兵部迅速出专人前往四方监军。

至此，隆安皇帝将军权收拢到了极致，为当年武帝所不及。

整个年关里，唯一让李丰不那么闹心的事，大概就是顾昀的识时务了。而也如长庚推断的那样，皇上得了里子，果然给足了顾昀面子，真的将沈易连提两级，下旨提为西南提督，同时，下旨封四皇子李旻为雁北王。

正月十六，沈老爷子以给安定侯祝寿为名，拉了两大车礼去堵门。

沈老爷子已经致仕多年，膝下只有沈易这么一个不求上进的东西。沈易从小就是个怪胎，读书习武样样不错，偏偏哪一项都不肯痴迷，就爱闷在院里玩火机，沈家上至看家护院的铁傀儡，下至房中挂的大小汽灯，没有没被他拆开糟蹋过的。虽然沈老爷子笃信老庄，讲究万物随心，但想必是道行不够，内心对这儿子还是有点期望的。

顾昀一大早被叫进宫里议事，已经走了。他虽然常年不在京城，但毕竟位高权重，送礼的不少，侯府没有女主人，年节往来礼单都是老管家一手打理的。听闻是沈老爷子的礼，长庚特意跟着老管家迎出来，好奇地看了一眼。

那沈老爷子本人也是一朵"奇葩"，少年爱玩，中年接着玩，晚年玩累了，开始求仙问道，任事不问，平生一好炼丹，二好酿酒。他给顾昀的礼中，什么金银珠宝、绫罗绸缎、古玩珍品……一概没有，一口气送了两车酒，全都是自己酿的。

长庚正哭笑不得，一抬头，就看见新鲜出炉的西南提督手忙脚乱地骑马跑过来。

沈老爷子完全是自作主张，等沈易知道以后再追出来，已经晚了。沈易看着侯府门口的酒车，欲哭无泪地将脸埋在马脖子里，心说：这也太丢人了！

顾昀傍晚回来，正遇上家人从酒车上往下卸货，沈易面有菜色地站在一边。不知道皇上跟他说了什么，顾昀神色淡淡的——他只要是回到侯府，一般总是很开心。若进门的时候不笑，也没跟守门的侍卫开玩笑，那多半是真的很不高兴了。

顾昀问道："你怎么来了？"

沈易抬下巴示意他看那酒车。"我们家老头拿来贿赂你的，感谢你提携我升迁。"

顾昀吸了吸鼻子，上前拎出一坛，直接拍开泥封，站在门口闻了闻，就地喝了一口。

"想什么来什么，你家老爷子自己酿的吧，我一闻就知道。"顾昀感叹道，"正好，你来了就别走了，反正出不了正月咱俩就得各奔东西，到时候天各一方，不定猴年马月才能见一面，今天陪我喝点酒吧。"

沈易正有此意，痛快地答应了。

顾昀又问道："长庚呢？"

沈易："厨房。"

顾昀脚步一顿。"什么？"

"他非要亲自给你下碗面，"沈易笑道，"王伯拦了半天没拦住。我看咱们郡王殿下了不得，敌前能压阵，下场会针灸，闲来无事自己能缝荷包，连厨房重地都如履平地……倘若是个姑娘，这会儿把玄铁营拉来也挡不住堵在你家门口求亲的。"

顾昀皱起眉道："君子远庖厨，净是胡闹。"

沈易看出他脸色不对，问道："怎么，皇上叫你进宫说什么了？"

顾昀沉默片刻，压低声音道："皇上想处置奉函公。"

沈易吃了一惊："什么！"

奉函公姓张，字奉函，任灵枢院首座已经十八年，沈易当年还在灵枢院的时候，就是在他手下干活。如今他已经年届花甲，一辈子在灵枢院，终身未娶，妻妾儿孙一概没有，也不好男风。

听说他府上奉茶的丫鬟小厮都是铁的，活物除了他自己，就一条快咽气的老狗——当然，只是听说，因为奉函公府上别说是别人，连沈易都没去过。

这位老先生性情古怪，不愿意家里来客人，穷其一生扑在火机钢甲上，除了顾昀重整玄铁营的时候旗帜鲜明地站出来过一次，其他时候别说理政，他连人都懒得理。这么个与世无争的人，怎会触怒皇帝？

沈易："为什么？"

顾昀："他老人家昨天上了份折子，反对《掌令法》，皇上气疯了。"

沈易皱眉道："他一直反对啊，从《掌令法》推出那一天开始就没消停过。我听旧同侪说，他三天上一封折子，风雨无阻，皇上一直没搭理他，怎么突然……"

《掌令法》就是限制民间长臂师的那条法令，刚出来的时候曾经让人很是热议了一阵，只是之后被击鼓令引起的轩然大波盖过去了。

"奉函公的脾气……唉，你没见他头天那份折子写的，说《掌令法》限制的不是长臂师，是民智。长此以往，国将不国，咱们赌等着洋人腾云驾雾来叩我大梁边疆之门。我看他就差指着皇上的鼻子说国贼了——其实皇上本来也不至于跟他一般见识，就是南疆这次的事闹出来，皇上心里打了个结，一个冬天都没解开，老头撞在炮口上了。"

顾昀说到这儿，顿了顿，摇摇头。"今天临走，皇上还叫住我，说'朕自问继位以来兢兢业业，夙夜难安，为何江山无宁日'——你说，我还能说什么？"

隆安皇帝登基短短几年，先是亲兄弟勾结东瀛人谋反，随后又是封疆大吏勾结山匪叛乱，一桩一件都仿佛是莫大的嘲讽，屡禁不止的紫流金黑市更是已经成了他的一块心病。

沈易没吭声，两人并肩往内院走去。他们心里都知道，奉函公虽然作死，但话说得并非没有道理。民间长臂师被限制，从此单靠灵枢院，一年到头能出几项新技术？何况灵枢院永远是以军用钢甲为先，往后民用技术还有什么发展的余地？

沈易小声问道："能保住他吗？"

顾昀抬头看了看帝都尽头暮色四合的天空，叹出一口白气。"不知道，我尽量吧。"

沈易点点头，过了一会儿，他又说道："大帅，我从小在京城长大，可是有时候真是觉得喘不上气来。"

顾昀一言不发地将酒坛子递了过去。沈易便就着酒坛子喝了一口自家酿的酒，被那烈酒冲得够呛，他伸手拍拍顾昀的后背道："都准备给你过生日呢，一会儿进去别板着脸。"

于是两个人就站在回廊上，你一口我一口地把一坛酒分光了。酒能解忧，能热血，能添红颜，能让人把天大的眼前身后事放在一边，短暂地放松下来。

不过一进内院，顾昀还是震惊了。

只见侯府好多报废的铁傀儡全都被葛晨翻出来了，也不知他花了多长时间修整好的，一群大黑脸个个行动如常，往来如飞，并且一水地卸了甲胄与兵器，一字排开，手里各自拿了两把绸缎扇子，支楞八叉地在院子里扭秧歌——曹娘子作为其中唯一的血肉之躯，穿红戴绿地正在领舞。

顾昀："……"

沈易摇头感叹道："真是天才。"

顾昀："……啥？"

沈易搭着他的肩膀说道："葛晨那小子，真是个天才，一想起这天才当年经手的第一件火机钢甲还是从我手里接过去的，我简直……啧，恨不能把他抢到南疆去。"

顾昀："……"

总觉得沈将军这话哪里怪怪的。

长庚果然给顾昀做了一碗寿面，上回他只是打了个鸡蛋，还把蛋壳打进去了，不料士别三日，当刮目相待。他再回来下厨，水平简直不可同日而语了。这碗面做得太好了，顾昀当着他的面再没提"君子远庖厨"之类扫兴的话，差点把碗也一起吃了。

三碗黄汤下肚，一院子人都无法无天起来了。

沈易叹道："这么多年从京城到西域，到北疆，再到楼兰，哪儿都有你，以后突然没有了，心里还怪不是滋味的。"

顾昀："少废话，喝酒。"

葛晨跑过来诚恳地道："沈将军，西南那边我有些认识的江湖朋友，以后你要是有什么不方便的事，可以让他们去办！"

沈易看着他热泪盈眶道："江湖朋友就不必了，能把你那木鸟送我一只吗？"

两人相见恨晚地执手相看泪眼，跑到一边唾沫横飞地聊起"如何延长火机寿命"来，被顾昀一人罚了三碗酒。

葛晨三碗酒下肚，很快就滚到桌子底下了，曹春花人来疯，跟一院子铁傀儡滚成一团，长庚照顾完这个照顾那个，左支右绌。

后来果然都喝多了。

沈易拽着顾昀，大着舌头还要啰唆，啰唆成了车轱辘话："子熹……子熹啊，你顾家在风口浪尖上，嗝……一直在风口浪尖上，你要小……小心……"

顾昀趴在酒坛子上，一动也不想动，话也懒得说，只是笑，一笑就停不下来，眼泪都出来了，一边笑一边想：顾家就剩我一个人了。

沈易摇摇晃晃地站起来，横着走了两步，一声巨响倒在地上，嘴里还在嘀咕："皇……皇上怕你。"

皇上怕谁不一定，反正长庚是怕了他们了，忙招呼家将和侍卫上前将沈易扶了起来。"赶紧把沈将军抬下去。"

顾昀靠在桌上，按着额头笑得高深莫测，要不是目光涣散，真像个清醒的。

沈易被侍卫们七手八脚地扶起来，还不肯老实，一边挣扎，一边含混不清地说道："你……顾子熹，你心里……里，是放下了，可皇……皇上心里放不下，他始终怕你，像先帝一样怕，能不怕吗？当年他们那么毁你，可你竟没死，玄铁营竟也还……还那么威风，那些人就想了，若是易地而处，他们会怎么报复呢？以己度人啊，子熹……世上的人都在以己度人……"

长庚酒量一般，被顾昀闹着灌了不少，本来也只是勉强撑着一线清明，谁知听了这话，他骤然激灵了一下，愣是让沈易说清醒了。

"他们那么毁你"是什么意思？

他不确定沈易是不是醉汉的胡言乱语，忍不住上前一步，想听得更清楚些。

谁知沈易"嗷嗷"叫了一通之后，转身就扶着柱子吐得一塌糊涂，把自己吐成了一团烂泥，软绵绵地倒了下去，直接喝晕了。

长庚无奈之下，只好让还清醒的人将满院子横七竖八的醉汉挨个扛走。

最后，院里只剩下几具铁傀儡还在尽忠职守地手舞足蹈，头上悠悠地冒着白色的蒸汽。

京城的欢声笑语渐渐远去了。

顾昀整个人半趴在桌上，俨然已经找不着北了，嘴里几不可闻地念叨道："出息吧，都是抬下去的。"

还有脸说别人——长庚叹了口气，低声哄道："你最有出息，咱们走回去，我扶着你好不好？"

顾昀抬头看着长庚，他的眼睛太黑太沉，长庚被他看得方才压下去的酒意又上了头。

"阿晏……"顾昀忽然低声叫道。

长庚一皱眉。

"阿晏啊，"顾昀笑了起来，好像有点无奈，又带着点平时玩世不恭的尖刻，"我跟你说个秘密，你不要告诉别人……你爹他……真的不是个东西。"

长庚："……"

都什么乱七八糟的！

顾昀低低地笑起来，颠三倒四地哼唧道："何人知我霜雪催，何人与我共一醉……"

长庚不打算再跟这醉猫大眼瞪小眼了，伸手扶起顾昀，将此人拖进了卧房。谁知顾昀喝多了以后缠人得很，登徒子似的在长庚身上乱抓，长庚被他缠得心浮气躁，有心把他直接扔在床上，低头一看顾大帅那只铺了一层薄褥子的硬板床，到底没舍得。

谁知顾昀再一转身，没轻没重地扣住了长庚胳膊肘上的麻筋。长庚骤然挨了这么一下，手臂脱力，再加上自己也有点上头，一下被顾昀带趴下了。顾昀被长庚砸得呛出一口气，喘了半天，拍着他的后背胡言乱语道："哎哟宝贝，你可砸死我了。"

长庚心里极力掩埋的种子在黑暗深处默不作声地冒出了一个芽，他忽然抬起头，飞快地看了顾昀一眼，又像是被那人烫了视线似的，匆忙挪下来，紧紧地盯在顾昀苍白的下巴上，低声问："你在叫谁？"

顾昀不吭声。

长庚觉得自己醉了，否则怎么会有那么大胆子呢？

"义父，你叫谁？"

"义父"两个字似乎提醒了顾昀什么，他含混地说了一声"长庚"。

那两个字好像一块钝钝的铁片，轻飘飘地刮过长庚的耳朵，他脑子里轰鸣一声，让他鬼迷了心窍一般地俯下身……

刚好来了一阵西北风，床头的窗没关好，"吱呀"一声撩开条缝，正月的寒风倒灌进屋，满屋的酒气顷刻间凉了下去，长庚蓦地醒过神来，脸上血色退尽，恐慌极了。他想：我在干什么？

顾昀定定地看着他，长庚想开口叫声"义父"，张开嘴，却发不出声来。

谁知顾昀却忽然笑了，他早就醉得颠三倒四、"六亲不认"了，眼睛都快闭上了，嘴上却仍迷迷糊糊地说道："乖……嗯，别怕，跟了我，以后对你好。"

长庚死死地咬住牙关，用尽全力数着自己悠长带着颤抖的呼吸，数了足有十五六次，他终于攒齐了爬起来推开顾昀的力气。他一把将自己的衣袖从顾昀手里拽出来，用力过猛，袖子还扯坏了一角，然后迅速把人放平，胡乱拉上被子，连片刻的工夫也待不下去了，落荒而逃。

顾昀一觉睡到了快要日上三竿。

他头天晚上心里很不痛快，多少有点借酒浇愁的意思，醉得太结实了，爬起来全身的骨肉僵成了一团，比一宿没睡还累。不知谁在小桌上给他放了一碗醒酒汤，顾昀端过来捏着鼻子一饮而尽，这才算把干涩的眼睛开开了。他木呆呆地在床边坐了一会儿，飞快地反省了一番，在半睡半醒间察觉到了自己近来莫名其妙的焦躁。

"至于吗？"顾昀打了个哈欠，扪心自问道。

仔细一想，当然是不至于的——这几年国库稍微困难了点，军费当然也跟着紧张，但也没有紧张到揭不开锅的地步。

老天爷也还算平顺，几场水患、地震，还有两三年前有过一场旱灾，都不算特别严重。中原这么大，随便哪块云彩里的龙王爷抽个风，朝廷不得焦头烂额地跟着赈灾？自隆安元年伊始，这几年算得上难得的河清海晏了。

江南和西南出了两桩案子，虽然声势都挺大，把皇上弄得风声鹤唳，但其实在顾昀眼里，那都只能算是小打小闹——东海是魏王明显还没准备好，就被紫流金泄露了踪迹，南疆的事是多方势力撞在一起了，傅志诚一开始恐怕连造反的打算都没有。总而言之，其实还不如他们在大漠黄沙里追捕沙匪来得凶险。

眼下的情况，和当年国无强兵，他独挑大梁征战西域六国比起来算什么呢？

那时候他每天都不知道自己能不能见到明天的太阳，心里全无杂念。现在倒好，他位高权重，优哉游哉地在自家院里看铁傀偏扭秧歌，反而还借酒浇愁起来了，多大出息！

浇完他好像干了点什么多余的事……

干什么来着？

"哦，对了，"顾昀迷迷瞪瞪地揉着自己的太阳穴，想道，"好像调戏了一个丫头，还把人家吓坏了。"

"太不像话了。"顾昀一边自己跟自己嘀咕，一边洗漱换衣服。

换到一半，他突然一顿——不对，侯府连匹母马都没有，哪儿来的丫头！

顾昀终于彻底醒了，面有菜色地琢磨了一会儿，他回身一掀被子——只见床角滚下来一个小东西，正是长庚身上那个皮制的荷包。

顾昀："……"

沈易酒量不行，比顾昀醉得还厉害，一大早还没睡醒就被闯进了客房的顾昀生生拖了起来。

"我跟你说件事。"顾昀的神色像见了鬼一样。

沈易不敢怠慢，心里乱七八糟地滚过一堆念头：傅志诚逃狱了，奉函公被皇上定罪了，北蛮入侵了，还是砥柱中原驻军叛乱了？

他强忍住不适，努力定了定神，等着听顾昀说。结果那姓顾的吞吞吐吐半晌，目光从房顶大梁游移到自己鞋尖，连个屁也没放出来。

沈易提心吊胆地问道："到底出什么事了？"

顾昀："……算了，不想说了。"

沈易当场就疯了，浑身的毛爹起了三尺高，这种说话说一半的东西怎么还没被砍死呢？

"慢着，"沈易扑上去一把拽住顾昀，怒道，"到底怎么回事？"

顾昀这会儿已经顺着自己床上的"证物"，缓缓倒腾回了酒醉后的记忆，他自己说了什么，干了什么，一时全都历历在目——太尴尬了，太猥琐了，太不是东西了！

顾昀捂住脸：这办的都是什么事？

他觉得胃里直往上反酸水，痛苦地问沈易："我喝多了撒酒疯吗？"

"你也没怎么喝多过吧？"沈易抱着被子缩在床头——他们常年在边关，虽然也喝酒，但不太敢喝得酩酊大醉，否则不小心延误军机就坏了。

"怎么，"沈易打量着顾昀的脸色，兴致勃勃地问道，"你昨天干什么丢人的事了？"

顾昀伸手把看热闹不嫌事大的沈易脸朝下摁进了被子里，失魂落魄地飘走了，认为自己应该找根腰带上个吊。

一开始，顾昀还有几分侥幸地想：小长庚不会跟个醉鬼一般见识吧？要是我，我就不往心里去……最多拿这事取笑个一年半载的。

不过这点侥幸很快消失了，因为顾昀记得昨天被他摁在床上的长庚一直在哆嗦，这么看来，长庚可能非但往心里去了，还气得要命。顾昀愁眉苦脸地揣着长庚的荷包，好像揣着一包随时要炸个满脸花的火药。

隐隐约约的，安神散的气味沁人心脾地弥漫开，顾昀一边闻来闻去，一边暗促促地盘算道："我是装糊涂呢，还是装不知道呢，还是装什么都没发生过呢？"

还没等他决定好，老管家正迎面过来，顾昀便正人君子似的问道："王伯，四殿下呢？"

老管家回道："正要跟侯爷说呢，殿下一大早出门去护国寺了。"

顾昀："……"

气得直接离家出走了！

老管家没注意他那生吞了一口黄连的表情，又说道："对了，昨天大理寺的江大人给侯爷送了一幅画贺寿，里面还夹了一封信，侯爷要不要看看？"

顾昀一愣："拿来我看。"

沈易虽然跟着顾昀莫名其妙地混成了将军，但当年确实是科举出身，大理寺卿江充是他的同门师兄，通过这层关系跟顾昀熟识起来的，后来发现对方很对脾气，渐渐地就成了朋友，不过平时为了避嫌，两人走动得不怎么频繁。

顾昀展信一目十行地扫过，顿时顾不上跟他闹脾气的长庚了。江充问候之外，简短地跟他透了个消息——皇上打算破釜沉舟，彻底打掉紫流金黑市。

单是这一句话，里面蕴含的信息就太多了。

这天傍晚，起鸢楼照旧人声鼎沸，天字号包房中，新任西南提督沈易做东，请的是他在京城里的旧时同窗好友与一干灵枢院同侪。沈易将往西南赴任，虽然地处偏远，但好歹是风光升官，老朋友们早闹腾着让他请客。

酒过三巡，安定侯也来露了个面，不过只待了一会儿，就推说家里有事提前走了，他离开后没多久，时任大理寺卿的江充也跟着告辞离去。

江充出了起鸢楼没坐车，打发了家人，只说自己要溜达一会儿醒醒酒，便带了个小厮，顺着楼下寒江雪柳抄小路走了。小路一拐，早有一辆貌不惊人的破马车等在那里，车帘掀开，露出顾昀的半张脸。"天太冷了，我送寒石兄一程。"

江充道声"有劳"，心照不宣地上了他的车。

江大人已经年届四十，脸上看不太出来，除了气度沉稳，说他是个年轻公子也不为过。

上车借着顾昀的小炉暖了暖手，江充也不废话，开门见山道："那天侯爷离宫以后，皇上就暗中召集三司，我听他那意思，可能不但想重启'融金令'，还打算双管齐下，顺着南疆叛乱的余波做些文章，从西南开始下刀，彻查境内紫流金黑市。"

所谓"融金令"还是顾昀的外祖父——梁武帝年间的事。那时候海运初开，民间私用紫流金一度难以遏制，武帝为了加强对紫流金的控制，颁布了四条严令，就是后人所称的"融金令"。

不过后来随着民用火机钢甲越来越多，融金令也慢慢不再适用，已经于元和年间被废止了。

江充："侯爷开了春大概就要回西北，按理说京城这里就算改天换日也碍不着侯爷头上，只是皇上若要严查紫流金黑市，恐怕侯爷久驻边疆……到时候未免瓜田李下，还请多留心。"

江充不可能直接指着顾昀的鼻子说"我知道你手底下也不干净，最近查得严，把你手上的黑市线择干净消停两天"，他这话里的暗示已经相当明白了。

顾昀心里知道，领情道："多谢寒石兄提点。"

江充见话已点到，便不再多言，话音一转，苦笑道："一旦涉及紫流金，少不得要面对一帮穷凶极恶之徒，那些人在江湖上穷凶极恶也就算了，恐怕还跟不少朝廷要员暗中勾连，查谁不查谁？怎么查？唉，不瞒侯爷，我现在也没个头绪。"

水至清则无鱼，也不知道隆安皇帝是要安天下，还是要搅和得鸡犬不宁。

顾昀知道他的难处，宽慰道："寒石兄放心吧，这消息一出，只要不是太不长眼的，都知道韬光养晦，我们哪个不比你紧张？到时候倘若真有什么为难的事，你派人给我送个信。如今没有玄铁虎符，各地驻军不归我调配了，但一点薄面总还是要给的。"

江充苦笑连连。"那就多谢侯爷了。先是《掌令法》，再是融金令……我很少出京城，很多事不知道，只是听人说，早年间'白雾染长街，打更不见人'，人人都说以后要乘'飞马'出行的盛景，是早就不在了。"

顾昀有一下没一下地拨弄着手上的旧木头珠子，没接这茬，岔开话题道："奉函公怎么样了？"

"还关着呢，"江充道，"放心，我关照过了——侯爷打算替奉函公上书陈情吗？"

顾昀苦笑道："我？我上书只有催他快死的用处。其实也不必说情，宫里好多器物都是出自灵枢院的，皇上看见自然念得起他的好处来。奉函公醉心火机，不通人情，就是那狗脾气，皇上也知道，过两天气消了就好。"

话说得轻巧，可是怎么在皇上消火以后，巧妙地让他想起养狗当儿子的奉函公，让皇上又好气又好笑发不出脾气来，却是很要处心积虑的。江充看了顾昀一眼，知道他大概已经暗中打点好了。

安定侯从小在宫里长大，有几个能用的人也不稀奇，只是……

江充低声道："侯爷这次从西北回来，为人处世似乎圆融了不少。"

顾昀意味深长地回道："虎狼在外，不敢不殚精竭虑，山河未定，也不敢轻贱其身，争那些没用的义气和脾气没意思。"

两人三言两语互通了消息，江充告辞离开，临走的时候，他突然又站住，对顾昀道："说句大不敬的，这一两年，地方连年报耕种傀偏如何丰收，哪里又出了能自己织布制衣的蒸汽火机，可国库却不见丰盈，种种法令镣铐似的，下官真有种错觉，好像这么多年过去，大梁又退回到武帝年间了。"

顾昀笑道："不瞒寒石兄，我近一两年也时常莫名焦虑，可是细想又觉得没有道理。可能人都是这样，总要求一天比一天好，一旦暂时稍有停滞，哪怕已经身居高位，也会失落烦躁吧？"

江充神色一动，似乎欲言又止。

顾昀问道："怎么？"

大理寺卿低声道："我们查案的人，有时候会有一种直觉，无来由也无根据，但最后很有可能会应验，越是老到的人直觉越准——侯爷沙场往来，出生入死，您的直觉可能真的预示了什么……万望保重。"

顾昀愣了一下，没再多说，两人各自心事重重地告辞离去。

顾昀回到侯府的时候，天已经黑了，问了侍卫，说长庚还没回来，只是带了口信，说了然大师回护国寺了，他打算在那边多住几天。

顾昀只好无奈地想：住就住吧，消消气再回来也好。

谁知长庚不知是"气性格外大"还是怎样，一住就是四五天，大有在那边安家落户的意思，顾昀总共在京城也待不了多少天，再一走又不定几年看不见，终于按捺不住了，捏着鼻子去了护国寺。

了然和尚还是那德行，一年到头，也就那么几天为见贵客，他能把自己洗成一朵清水芙蓉，每天到处装神弄鬼。那天下午，和尚好不容易得了空，正跟长庚在禅房里下棋，两人交谈都是打手势，静谧无声，说的话却不少。

长庚："我想跟大师打听一件事——我义父的眼睛和听力究竟是怎么回事？"

了然飞快地打手势回道："背后说人没有好下场。"

"此事我必须知道。"长庚正色道，"而且一定会追查到底，大师要是不说，我也会去找别人。"

了然和尚定定地注视了他片刻，过了好久，和尚斟酌着用哑语回道："和尚只是捕风捉影听说了一个大概，侯爷小时候被老侯爷和公主殿下带去过北疆，那时大梁与北蛮的战事本来已经平息了，按理不该有危险，不料有一批北蛮死士负隅顽抗，拼着鱼死网破，闯入我驻军中。侯爷是被流矢所伤，不巧，那正好是一支蛮人的毒箭。"

这说法竟与顾昀的搪塞之辞不谋而合。

长庚追问道："什么毒？"

了然摇摇头。"殿下师从陈姑娘，应该知道蛮人的毒物连陈家都束手无策——那毒物霸道得很，中此毒箭者相继在几天之内周身麻痹而死，可是偏偏对孩子的效果却要慢上许多，当年陈老先生连夜从山西赶到了北疆驻地，不眠不休两天一宿，用陈家的金针绝技保住了小侯爷的命，但之后视力和听力也严重受损。"

长庚微微皱起眉。"北疆……"

如果此事是北蛮死士做的，沈易那句"他们那样毁你"又怎么解释？难不成真的只是喝多了胡说？

就在这时，一个小沙弥突然进来报："王爷，了然师叔，安定侯来了。"

了然吃了一惊，万万没想到安定侯有一天会大驾光临护国寺，忙冲长庚比画道："安定侯不是踩一点香灰都觉得晦气吗？今天他老人家'深入虎穴'，回去会不会用艾叶洗掉一层皮？"

长庚没顾上搭理他，脸上不自在的神色一闪而过。他还没准备好面对顾昀的兴师问罪。

要说起来，阴错阳差间，他们俩居然都以为自己酒后失德，非礼了对方，各有各的心虚。

了然奇怪地看着长庚——这些年因为要压制乌尔骨，长庚静心养气的功夫练到了极致，面壁坐禅可以两三天不动，连了然这个"高僧"都得甘拜下风。

有时候满身焦躁的人看见他的眼睛，都会不由自主地就跟着他安静下来，那俊美无俦的白衣公子坐在贫寒僧人的旧蒲团上手持云子，本来有种入了化境的幽静高玄，不料骤然被"安定侯"三个字打碎了一池涟漪。

长庚似乎是坐立不安地动了一下，莫名其妙地抬了一下手，也不知想去摸什么，抬到一半发现了然正目不转睛地看着自己，又勉强压下心绪，没着没落地放在了茶杯上，掩饰性地低头喝了一口水。

饶是惯于装神弄鬼的了然大师，也纳闷起来，心说：怎么，侯爷是来讨债的？

顾昀很快进来了，眼角眉梢上吊了一挂呼之欲出的嫌弃，恨不能踮着脚走进来，鼻子不是鼻子，眼睛不是眼睛地看了和尚一眼，皮笑肉不笑打招呼道："几年不见，大师白净了不少。"

了然大师风范，不跟他一般见识，双手合十起身见礼，比画道："阿弥陀佛，和尚心如明镜台，无处惹尘埃。"

敢情不洗澡也能引经据典了！

顾昀仿佛又闻到了馊味，在此是非之地一刻都待不下去了，转向长庚道："你在这儿打扰大师清修好几天了，差不多回家吧。"

长庚好不容易安定下来的心神又被"回家"俩字撩拨了一下，心知哪怕留在菩提树下也念不出"色即是空"了，只好揣好他的七上八下，顺从地站了起来。顾昀被护国寺里烟熏火燎的檀香呛得咳嗽了两声，火速撤到禅房外等着，百无聊赖地看着长庚跟了然道别。

其实亲人朋友之间，看惯了对方，很难注意到对方是美是丑，顾昀一直知道长庚更像他那北蛮母亲，如今仔细打量才发现，原来也不尽然。他长开了的五官清俊端正，一时也瞧不出像谁，只是觉得人如墨玉，有种别样的赏心悦目。

顾昀愣了愣，想起江湖上三教九流什么人都有，自海运开通后，大梁民风尤其开放，特别是东海沿岸一带，据说男风很是盛行，长庚白龙鱼服，不会有不长眼的人招惹过他吧？所以他那天才那么生气？

"对啊，"顾昀脑子里豁了个洞，信马由缰地胡思乱想道，"要是我啃了沈季平一口，他肯定不往心里去，长了那么一脸穷酸相，压根儿不会往那方面想，啃他一口还是我吃亏呢。"

他越想越觉得有道理，越想越觉得尴尬，飞快地琢磨了一下，干脆决定装傻，若无其事地对走过来的长庚说道："怎么耽搁这么久，护国寺的白菜豆腐那么好吃？"

长庚见他神色平静，心里稍定，回道："佛音素食能静心。"

"年纪轻轻的就该鲜衣怒马，又不打算出家当和尚，静什么心？"顾昀与他并肩走着，习惯性地想伸手搭他的肩膀，刚一抬手，怕长庚多心，于是又默默地缩回来背在身后。

长庚坦然道："考虑过。"

他曾经想过，了断尘缘三千，遁入空门，说不定满腹妄念也就被无边佛法化了。

"什么？"顾昀脚步一顿，刚开始没反应过来，愣了愣，才难以置信道，"……你说出家？"

长庚难得从他脸上见到错愕，笑道："只是想了想，没敢真去。"

顾昀心想：废话，你要是敢，我打断你的腿。

可是这话，顾昀到底没说出来。如今的长庚已经不是被他庇荫在侯府中无依无靠的小小螟蛉义子了，长庚加冠后承爵郡王，如今依然叫他一声"义父"，那是情分不是名分，顾昀已经不便再把长庚当真儿子教训了。

他只是脸色微微一沉，问道："为什么？"

长庚彬彬有礼地跟迎面走过来的小沙弥互相行礼，不慌不忙地回道："我少年时就看着义父房里'世不可避'的字，后来又跟师父走遍山川，一口世道艰险不过方才浅尝辄止，岂敢就此退避？此身生于世间，虽然天生资质有限，未必能像先贤那样立下千秋不世之功，好歹也不能愧对天地、自己……"

和你。

最后两个字长庚隐在了喉咙里，没说出来。

当年秀娘将他拖到马后，没能拖死他，乌尔骨缠身，到现在没能缠疯了他——长庚有时候觉得，只有顶着风浪不停地逆流而行，走到一个自己看得起自己的地方，或许才配得上在午夜梦回的时候稍微肖想一下他的小义父。

顾昀神色稍霁，依然没好气地问："那你老往和尚堆里扎什么？"

长庚随口搪塞道："找了然大师喝茶，我有时候心火太旺容易睡不好觉——陈姑娘不是还给我开过一服安神散吗？我放荷包里了，不过这两天突然找不着了。"

顾昀一下哑巴了。

长庚疑惑道："也不知掉哪儿了。"

顾昀面有菜色——有个人真是哪壶不开提哪壶。

顾大帅在良心的煎熬下沉默了一会儿，还是从怀中摸出那牛皮做的小香囊，一言不发地递给长庚："给。"

长庚："……"

这惊吓来得猝不及防，一不小心作茧自缚的长庚险些咬了自己的舌头，刚才还"走遍山川"一派高人风范的雁北王手心里顿时冒了一层白毛汗，结巴道："怎……怎么在义父那儿？"

顾大帅顶着他千锤百炼过的脸皮，不动声色地赖道："不知怎的掉到我床上了，可能是我那天喝多了发酒疯，不小心给你拽下来了。"

长庚心惊胆战地打量着他。

顾昀臭不要脸地装无辜。"怎么了？"

长庚忙摇摇头，心里松了口气，知道这事算混过去了，往后还能像从前一样坦然亲密地在一起。

然而同时，他又难免有些隐秘的失落。

顾昀见他神色有异，以为长庚还在介意，便带了点讨好地问道："前两天忘了跟你说，皇上想让你入朝听政，想领个什么差事？我去给你想办法。"

长庚飞快地收敛心神，正色道："六部各有各的势力范围，我不便进去搅局，这些年文不成武不就，又闲散惯了，皇上真让我听，我就光听着就行了——要不让我跟着大理寺的江大人查案也可以。"

顾昀不知道这答案是不是长庚心里想的，但是肯定是皇上愿意听的，一时有点心疼，不想把长庚送到隆安皇帝那儿屈才受气。可那是不可能的，他姓李，哪怕将来当一个风花雪月的闲散王爷，也不可能一辈子躲在安定侯府里。

"想去大理寺可以过一阵子，最近先不要去了，"顾昀道，"最近皇上要查紫流金黑市，江大人那里焦头烂额，已经够乱了，你不要掺和，别再把临渊阁搅进去。"

长庚"哦"了一声，对这个消息并不意外。"这么快？皇上果然等不及了，前两天我还在想皇上准备什么时候重启融金令呢。"

顾昀奇道："你怎么知道？"

"猜的，"空中开始飘起小雪，长庚顺手从一个僧舍门口拿了一把油纸伞，伞小，长庚又一直将伞往顾昀那边推，不多时，露在外面的肩膀就覆上了一层浅浅的雪花，他也不去掸，依然走得不徐不疾，还好像颇为享受似的，"其实也不能算猜，义父想，皇上、先帝，甚至武帝，他们虽然各有各的英明神武，但在紫流金上都是一样，将此物视为心头大患。"

顾昀一直将他视为后辈，头一次与他并肩而行，听他的想法，觉得颇为新鲜，便不插话，只听他说。

"我小时候在雁回镇的时候，亲眼看见过朝廷为了紫流金劳民伤财，这些年也一直在想，为什么非要严加管制呢？倘若大家都能像买粮食撕布一样随意买卖紫流金，不也就没有黑市了吗？"长庚摇摇头，继续道，"后来才知道那是不可能的，说句大逆不道的话，别管谁当这个皇帝，是昏是明，是文弱还是好武，都不能容许民间紫流金交易，否则自今往后，大商户、洋人、夷人、为非作歹的贼人，甚至掌握一部分资源的官员……每个人手里都会握着一把这样的刀。"

顾昀："像南疆那几个山匪。"

"不错，"长庚接道，"这还只是黑市，只是山匪，只是小小南疆的几个山头，若扩大到大梁全境呢？若人人手中有'刀'呢？朝廷不可能兼顾所有人的利益，到时候必然按下葫芦浮起瓢，会受制于那把'最大的刀'。这样每个人都想握住这把屠龙宝刀，他们会无法无天地互相争斗吞并，像养蛊一样，等蛊王出头，江山是谁家的？"

顾昀皱眉道："长庚，这些话我听完就算，不要跟别人提起——那按照你的意思，重启融金令是势在必行吗？"

"那也不是，其实最好就是延续先帝时对紫流金不松不紧的管制，稳住了，先解决当务之急的银子问题。自从耕种傀儡推行，每年产的粮食好多烂在了粮仓里，米价越来越贱，囤粮的都改成了存金银。统共那么一点金银，都囤到仓里了，国库自然充实不起来。银子是不可能凭空变出来的，增加铸币现在看来也是远水解不了近渴，只能靠从洋人那里来。古丝路一旦完全打通，义父是不世之功，平一百个叛乱也抵偿不了。

"有了钱，等于房子有梁，人有了主心骨，到时候再小火慢炖，一点一点调理内政，问题虽然都在，但事态不至于被激化，百年的国泰民安可保，平稳过渡一两代人，或许会找到一条出路。"长庚说到这儿，略叹了口气，"可惜几年之内两场叛乱都和黑市有关，皇上反应过度不足为奇——所以我一直怀疑，东海与南疆的事并非出于偶然，正在借着临渊阁的力量追查，刚刚隐约摸到了一条线，但他们实在太狡猾了。义父，你一定要小心。"

顾昀听完好半晌没吭声，脸上也看不出是喜是怒，长庚不去吵他，慢慢地陪着他走出护国寺。

寺里暮鼓声声响起，徘徊山间，远近鸦雀寂寂，山雪簌簌无言。

钟蝉老将军有定国安邦之能，可他教不出治国安天下的卿相之才。顾昀心里第一次升起浓浓的遗憾，心想：这孩子为什么要姓李？

长庚要是不姓李，科举入仕必然易如反掌，说不定早已经平步青云，将来能成一代中兴名臣，而不是在这破寺院里寥寥几句只说给自己听，声称自己只想当一个花瓶摆设闲散王爷……都是命。

长庚说道："天气不好，义父衣衫单薄，回去别骑马了，坐我的车吧。"

顾昀正走神，乍一听他出声，便突兀地一偏头，不料猝不及防地遇上了长庚的目光。顾昀心里忽然"咯噔"一下，以前从来没注意过长庚看自己的眼神居然是这样的，那目光专注极了，微微映着一点浅浅的雪光，好像要将他整个人装在眼里。

长庚先是错愕，随后飞快地移开视线，欲盖弥彰地低头甩了甩袖子。袖子已经湿了，沾在手上，顾昀这才发现，长庚半个肩头已经被小雪覆了一层冷冰冰的水汽，可是非但一直没吭声，还陪着他慢慢溜达。

顾昀伸手摸了一把，触手冰凉。"你……"

他这么一抬手，长庚立刻细微地紧绷了一下，虽然只是一瞬，但到底没能逃过顾昀的眼睛。

顾昀私下里有些不拘小节，也就是没心没肺，一些细枝末节很少会留意，可是那天酒后尴尬还在，使他不由自主地就有些敏感起来。

错觉吗？顾昀惊疑不定地想着，坐上了马车。

车里已经生好了暖炉，顾昀便靠在一边闭目养神，半睡半醒间，突然感觉到有人靠近，他没睁眼，随后感觉长庚将一卷薄毯搭在了他身上，轻得像一片羽毛，好像生怕惊醒他——沈易从来都是直接扔过来砸在他身上的，就算是最周到的亲兵，也没有这样轻柔到几近呵护的动作。

顾昀一瞬间睡意全消，辛苦地闭着眼继续装睡，一动也没敢动，脖子都僵了，总觉得有一双眼睛盯着他。

世上大概是没有藏得天衣无缝的心事的，只是少了一点细致入微的体察。

顾昀心里的弦悄悄绷紧了，接下来便不由自主地暗中观察起长庚来，非但没有打消莫名其妙的疑虑，反而越发觉得胆战心惊。

贰

除了长庚让他七上八下，顾昀还要一边惦记着融金令和皇上打击紫流金黑市的手，一边拐着弯地捞灵枢院的杠头奉函公，简直心力交瘁、苦不堪言。

正月二十三，顾昀在京郊送走了即将前往西南赴任的沈易。

正月二十五，皇上在御花园时，龙辇半路坏了。内侍无意中一句话，隆安皇帝便想起奉函公跪在地上替他调试蒸汽龙辇的事，心里的火也就消了大半。稍微一打听，听说老头孤苦伶仃一个人，下狱这几天，除了灵枢院的学生们来看他，连个送饭的家人都没有。隆安皇帝正好心情不错，听完又有点可怜那老东西，便叹了口气，命人将张奉函放回去，只罚俸半年略做惩处，将此事揭过了。

这两件事一解决，顾昀便觉得这京城一天都待不下去了，立刻上书奏表，请回楼兰。

他也确实该走了，皇上没什么异议，当天就批了。

顾昀整装临走的头一天，夜已经深了，他刚喝完药，长庚虽然给他扎了一回针，但毕竟只是缓解，并不能根治头疼。

而就在他有点辗转难眠的时候，宫里突然来人，连夜传安定侯入宫。不知是药物作用还是怎样，顾昀的眼皮突然跳了起来。

他匆忙披衣而起，一出里屋，却惊讶地发现长庚在外间，居然没睡，似乎是刚刚披上外衣，手边亮着一盏豆大的袖珍汽灯，膝头上还有一本看了一半的书。外间通常是夜里服侍的下人们住的地方，顾昀简单惯了，不留人守夜，只有老管家前半夜的时候偶尔过来，给屋里的地火添点炭。

"长庚？"顾昀愕然道，"你怎么在这儿？我以为是王伯……"

长庚："我想等你睡着再走。"

"你是堂堂郡王，"顾昀皱紧眉，话在舌尖转了个弯，意有所指道，"委屈在下人待的地方成何体统？"

"什么上人下人的，在自己家里还用讲那么多虚礼吗？"长庚淡淡地说道，起来将暖炉上烘着的小壶拿下来，倒了一碗药茶递给顾昀，"义父要进宫吗？你要是不肯穿袭，起码先喝点热的垫一垫吧。"

顾昀心里怪堵得慌，娶个老婆大概都不会比长庚周到了，这念头刚一起，他就在心里给了自己一巴掌，心道：混账，你走火入魔了吗？

他没说什么，将那碗药茶接过来一饮而尽，还杯子的时候手指不小心碰在了一起，长庚好像被烫了一样，飞快地一缩，随即又若无其事似的转身将小壶放回原位。顾昀看着他的背影，眼神微微一黯，心想：不能再这么下去了，等从宫里回来，无论如何我也得跟他好好说一说。

外面官人在催，顾昀不好再耽搁，只得匆匆去了。

正月里霜寒露重，顾昀本有些昏沉的头被冷风一吹，针扎似的清醒过来。

领路的内侍头也不敢抬，走在宫墙下，两侧三步一岗、五步一哨，排满了麒麟弩，都是整整齐齐的兽头，面目狰狞，獠牙中幽幽地冒着白气，脖颈里的齿轮缓缓地转动，发出嘶吼一般的摩擦声，让这满目朱墙琉璃瓦越发森严得无法逼视。

巨大的宫灯飘在半空，朦胧地罩着一层氤氲气，没看出仙气，反倒是阴恻恻的，似有鬼气。

隆安皇帝的贴身内侍祝小脚引着几个人从西暖阁里走出来，刚好与顾昀走了个对头，竟是几个西洋人。为首一个满头白发，清癯高挑，五官像极了猎鹰，有一双逼人的眼睛，高挺而回勾的鼻子，几乎看不见嘴唇，只有刀痕一般的窄缝。

祝小脚忙上前一步，冲顾昀施礼道："侯爷——这几位是西边来的教皇使者。"

白发男子细细地打量着顾昀，开口就是标准的大梁官话，问道："这位难道就是安定侯阁下吗？"

顾昀的睫毛上落了一层小雪，整个人身上裹着一层寒意，冷淡地拱拱手。

白发男子倒是十分郑重地将手放在胸前，冲他欠身道："没想到安定侯是这样年轻英俊的男子，幸会。"

顾昀略一点头道："过誉。"

两拨人随即错身而过，等洋人走远了，顾昀才看了祝小脚一眼。祝小脚冲他眨眨眼，上前一步耳语道："几个洋毛子方才不知道和陛下谈了什么，陛下这会儿兴致高得很，连声说让他们去请侯爷来。侯爷放心，不是坏事。"

这老太监骂名遍天下，是个名副其实的弄臣马屁精，不过和顾昀关系还可以，也算是看着顾昀长大的。有一次他不知怎的触怒了先帝，正好顾昀碰见，顺便在先帝那儿说了几句好话，算是保了他一条小命。祝小脚虽然人品恶劣，但居然意外地知恩图报，一直记着这点恩义，头几天救张奉函的事，也得亏他在其中帮着牵了条线。

然而他这么一说，顾昀反而不敢放心了。皇上要是不太高兴，他心里大概还有点底——多半是有人参他从黑市上私自买过紫流金。

参就参了，反正顾昀已经叫人处理干净了，无凭无据，最多打一场嘴仗……可皇上"兴致高得很"？

顾昀的眼皮跳得更厉害了。

他进去的时候，李丰正低头看一封奏章，灯下的隆安皇帝确实不怎么器宇轩昂，比刚闹完头疼的顾昀还憔悴几分。不等他见礼，李丰便摆摆手，和颜悦色地道："这里又没有别人，皇叔不用和我多礼。"

随后，李丰又转向祝小脚道："去问问后晌的参汤还有没有，给皇叔端一碗暖暖手。"

无事献殷勤，顾昀心里暗叹，非奸即盗啊。

李丰不知道他心里是怎么编派自己的，神色颇为轻快地问："我记得皇叔上回说过，叛贼傅志诚所得的紫流金有一部分是来自南洋？"

顾昀道："是，恕臣无能，没能查明这批紫流金的来源。"

李丰丝毫不以为忤。"不妨，那些叛贼都奸猾得很，皇叔人生地不熟，仓促间能大破贼人密道，还将其一举擒获，已经是大功一件了，若你都自称无能，朕的满朝文武还不得一股脑地全扔出去吗？"

顾昀摸不清他葫芦里卖的什么药，忙道不敢。

"大梁境内的紫流金黑市实在太猖獗了，"李丰话音一转，很快说到了正题，"朕这一阵子正在派人私访彻查，发现很大一部分货源竟然都来自国境之外。"

顾昀一听就明白，境内那些从官储中往外漏货的大概已经通过各种渠道得到消息，相继望风不动了，江充他们查到的都是些挖私矿的小鱼小虾，便没接话。

李丰自顾自地接道："皇叔常在边疆走动，比我们这些整日在京城中坐井观天的人见识多，可知道这些挖私矿的一般都在什么地方出没？"

顾昀微微一顿道："回皇上，一般都在北蛮人的草原上。"

"不错，"李丰笑了起来，"只是没说全啊——皇叔快来看看这个。"

顾昀犹疑地接过李丰甩给他的密奏，一目十行地扫过去，脑子里顿时"嗡"的一声。只见那密奏详细列出了几条挖私矿倒卖紫流金的线路，大部分顾昀心里都有数，只除了最后一条——那里赫然写着"楼兰国"。

怎么会有楼兰？

李丰扫了他一眼："怎么？"

顾昀心里一瞬间转过了无数个念头，冷汗都快出来了。"皇上，玄铁营与楼兰国比邻而居多年，从不知楼兰国内有紫流金矿。恕臣失礼，敢问这折子是何人所奏？有何依据？"

"哎，皇叔怎么还多心起来了，"李丰笑道，"朕又没有说你和挖私矿的宵小有联系，不过此事你不知道也不奇怪。"

顾昀深吸一口气，做出洗耳恭听的姿态。

李丰说道："此事说来话长，去年九月皇叔就带人前往南疆了，你不在的时候，楼兰国向留守的玄铁营将士求援，要围剿一伙沙匪。当时参将邱文山派兵前往，后来大获全胜，捕杀沙匪百十来人，还救出一伙被沙匪扣住的天竺客商。因为这伙客商手里有我大梁的通关文牒，邱将军便按制将他们护送到西口驿站，不料驿站却发现这伙商人的文牒是假的。"

李丰心情好得不得了，说到这里，还故意停了一下，仿佛要刻意吊人胃口似的，不料一回头，却只见顾昀神色莫名凝重地听着，没有一点要追问的意思。

皇帝也不由得有些气闷，便只好没滋没味地接着说道："按律，伪造通关文牒者应转交都护所调查处置。西北都护一查才知道，原来这些天竺人竟不是商队，而是一伙紫流金黑市上的'金斗子'！"

"金斗子"就是走私紫流金的亡命徒。

"也是恰好，朕的密使刚到西域，脚还没落定，便被这一伙'金斗子'撞在了手里。据这伙贼人招供，他们本来在北大关外的私矿里活动，是最近刚得到了一张'藏宝图'，标记楼兰国地下有大量的紫流金矿，方才去碰运气。你说这件事奇不奇，朕居然比楼兰人自己都先弄清楚了他们地下有什么。"

顾昀蓦地想起四年前抓住的那伙沙匪，汗毛都竖起来了——那一批沙匪早已经被他和沈易秘密灭口，之后顾昀不止一次派人暗访楼兰国，既没有找到所谓的"紫流金矿"，也没再碰到过类似的事。

不料几年过去，就在此事渐渐被他抛到脑后的时候，竟以这种形式被翻了出来！

而且……为什么下令出兵的人是邱文山？邱文山是玄铁营一位主管布防的参将，并不怎么接触商路的事，否则换一个有经验的人来，断然不会在没有核实文牒真假的情况下就直接将人转交西北都护所——西北都护所直属中央，一旦转交，玄铁营将无权过问后续事宜。

顾昀带走了沈易，可三大营督骑都留下了，他们人都去哪儿了？

顾昀心思急转，开口道："臣斗胆请问陛下，沙匪进犯是什么时候的事？"

李丰道："去年年底，怎么？"

顾昀勉强笑了一下道："没什么，只是臣有些奇怪，西域沙匪肃清已久，为什么又突然冒出头来？"

杀破狼

他的头更疼了，被长庚用针灸压制住的药劲好像又翻上来了——是了，年底古丝路入口上有万国大集，玄铁营要增派人手护卫，北疆押运的岁贡过西北往帝都转运，通常也会借调一部分玄骑……人都被支出去了。

为什么偏偏赶上这时候？

为什么西北都护所前脚刚查出"金斗子"，隆安皇帝的密使后脚就到，连回旋的余地都没有？

而且为什么事前事后他没有接到一点消息？

顾昀心里的弦悄然绷紧，脑子里一时乱成一团，在四季如春的暖阁中骤然有点喘不上气来。

李丰道："西域沙匪平时在大梁境外，你们要不是接到求援也不便出兵，确实不好和他们周旋。朕今天特意将皇叔找来，不是想问那边有几个沙匪，而是想交给皇叔一件重要的事。"

顾昀抬头看着他。

灯下，李丰目光如炬。"朕的密使现在已经微服深入楼兰境内，恐怕八九不离十，楼兰地下的确有一个罕见的紫流金矿……皇叔明白朕的意思吗？"

顾昀的心缓缓地沉了下去，一字一顿地说道："恕臣愚钝，还请皇上明示。"

李丰按了按他的肩膀，顾昀身上仿佛永远也暖和不过来一样，随时随地都像一块寒冰里冻了三天的石头。

"我与皇叔交个心，眼下我大梁的内忧外患，皇叔是知道的，"李丰叹了口气，说道，"朕心甚忧，午夜梦回无处可诉，身上压着这样一座江山不容易。"

顾昀谨慎地琢磨了一下措辞，委婉地说道："皇上日理万机，乃是万民之望，千万保重龙体。臣不通政务，但这几年看着古丝路一点一点建成，每年都更活跃一点，西北的大商人都开始往外走，中原百姓从来勤恳，臣想多不过三五年的光景，这一点繁华就能扩散到大梁全境，到时候……"

他这种绕弯子的话对兴致高涨的李丰而言，无异于一盆凉水。

"顾卿，"李丰突然换了个称呼，不客气地打断他，"你确实不通政务。商路往来，这几年确实在赚钱，但你能保证一直这样下去吗？买卖人的事，你说得清吗？朕倒是不知道，安定侯除了能上阵杀敌，竟也懂商市往来之道了。"

皇帝不高兴了。

顾昀知道，听见"顾卿"两个字，他就应该立刻闭嘴领旨，该干什么干什么去。他沉默了片刻，皇帝身后的汽灯不知为什么，突然火力不稳地跳动了一下，"刺啦"一声轻响。顾昀想，他前一阵子好像还和江大人信誓旦旦地说过"不敢轻贱其身"的话……

李丰抬手揉了揉眉心，给两个人找了个台阶下，有些生硬地摆摆手说道："算了，你且先回去休息吧，此事朕交代你了，回去也好好想想，如今尚未入春，西北天寒地冻，爱卿不必急着赶回那边去……"

"皇上。"顾昀微微闭了闭眼，突然一撩衣摆跪了下来——他说过，不争脾气与义气，可这又岂是脾气与义气的事？

"皇上恕罪，"顾昀缓缓地说道，"紫流金固然重要，但恕臣愚钝，未能了解皇上此举深意，古丝路如今太平繁华来之不易，皇上当真要为了一点莫须有的紫流金，舍了它吗？"

"古丝路能有今天，顾卿功不可没，朕也知道多年心血，你舍不得……难道朕就不心疼吗？"李丰耐着性子跟他掰扯道，"可是偌大一个国家，就好比一个四处漏风的破房子，稍微来一点风雨，朕就要疲于奔命地拆东墙补西墙，哪里不是捉襟见肘？"

顾昀心里在冷笑，面上不便带出来，只好一脸漠然。

"地上凉，我看皇叔脸色不好，身上药气未散，不要一直跪着。"李丰的神色缓和下来，试图跟顾昀讲理，"朕记得小时候林太傅讲过，一国之力，无外乎'天赐''人为'两条臂膀，皇叔还记得吗？"

顾昀回道："记得，太傅说，'天赐乃山川草木，土种鱼畜，地下流金；

人为乃圣人之说，工建技艺，火机钢甲'，此二者也，如梁如柱，可以独倚，不可俱断，为君者当谨记于心。"

"皇叔真是过目不忘，"李丰垂下眼看着他，"如今这两根梁柱全都给虫蛀空了，朕怎么办？"

顾昀其实挺想说"你要是不推行那荒谬的《掌令法》，指不定也没那么多虫子"，不过说也没用，奉函公还抱着他的狗儿子闭门思过呢。

许是想起了两人年幼时一起读书的同窗之谊，李丰脸上的怒色渐渐退却了。

"快起来吧，皇叔是国之利刃，朕还要靠你安定四方呢。"

顾昀闻言，缓缓俯身，额头微微碰了一下指尖。

李丰舒了口气，感觉此人算是说通了——顾昀这些年来为人越发圆滑，也足够识时务，早不再像自己刚刚继位那会儿似的一点就炸了，方才不轻不重地顶撞，大概也是他听见"楼兰"俩字有些反应过激而已……楼兰嘛，顾昀在那边五年多，感情想必是深厚的，也不是不能理解。

这么一想，李丰的神色又柔和了不少，打算亲手去搀顾昀。

不料他这手还没伸出去，顾昀却已经直起身来，平静地说道："皇上，楼兰虽小，但与我朝一向友好，当年西域多国叛乱，我军在黄沙荒丘中被围困了二十多天，唯一与我通风报信、偷运粮草与药物的是楼兰人，后来西洋、西域、天竺等地多国与我大梁缔结古丝路新条约，楼兰也在其中——"

李丰先是措手不及地一愣，随即不由得大怒，喝道："够了！"

"因觊觎他国之物，兴兵进犯，乃是不仁；抛却旧恩，毁约背信，乃是不义！"顾昀丝毫没有一点要够了的意思，字字如刀，毫不拖泥带水地砸在金殿暖阁的地上。

李丰气得哆嗦："住嘴！"

他转手拂过桌案上的文房四宝，顺手抄起一方砚台，狠狠地砸了出去。顾昀躲也不躲，任那方砚台重重地磕在肩上的轻甲上，"当啷"一声脆响，尚未收干的墨水顺着安定侯那云锦朝服的胸口淌了下来。

李丰目眦欲裂："顾昀，你想干什么？"

顾昀一字一顿道："不仁不义之师不祥，玄铁营五万将士，虽不畏死，亦不敢奉此召，请皇上收回成命。"

西暖阁外的地火每隔一炷香的时间就自己加一回炭，碗大的齿轮环环相扣，无论加炭还是吹烟，全都有条不紊，背后一缕一缕地蒸出袅袅的白气，时而发出仿如叹息的低吟声。

暖阁内针锋相对的君臣二人一跪一站，李丰的手紧紧扣住了九转蟠龙的桌案，青筋暴跳，一字一顿道："你再说一遍。"

顾昀话说完了，也意识到自己不该将皇帝顶撞得太过，登时先行退了一步道："臣万死。"

李丰面色铁青，神经质地转着指间的白玉戒指。

顾昀又低声道："只是古丝路之事，牵一发而动全身，还请皇上从长计议。"

李丰阴恻恻地问道："安定侯是觉得，除你以外，朕手中再无可用之将了吗？"

话说到这份儿上，再接下去就只能是吵架了，顾昀干脆缄默不语地装起死来。

这时，祝小脚突然快步走进西暖阁，掐着老旦似的嗓子禀报道："皇上，王国舅到了，在殿外候旨呢……"

皇上大发雷霆的时候，倘若有大臣来访，内侍一般会劝他们在殿外多等一会儿，祝小脚这是有意解围，顾昀看了他一眼，微微眨眼，示意自己领情。

李丰眼角跳了几下，脸上绷出了几道刻薄的弧度，他居高临下地看了顾昀一眼，冷冷地说道："既然这样，安定侯就去殿外凉快凉快吧，省得被炭火冲昏了头，不知道什么话该说，什么话不该说！"

顾昀深施一礼，额头触地。"皇上保重龙体。"

说完，他躬身退出，利索地往西暖阁外的雪地里一跪，果然凉快去了。

　　李丰阴鸷地注视着他的背影，后进来的国舅王裹大气也不敢出地站在一边等着，有个不长眼的小内侍想要上前收拾方才在安定侯身上撞碎的墨，被祝小脚一个眼神钉在原地，顿时噤若寒蝉地僵住，片刻后贴着墙边跑了。

　　王裹一边打量着皇帝的脸色，一边低声劝道："皇上，那安定侯年轻气盛，又是边关行伍里和茹毛饮血的莽汉们一起待惯了的，有时难免有些不知进退，皇上犯不上为了他生气啊。"

　　李丰半晌没吭声。

　　当年元和帝最终属意长子李丰为太子，就是因为他勤勉又不失手腕，有明君风范，做一个守成之君绰绰有余。李丰刚刚继位的时候，也确实与先帝的期望相符。然而元和帝也确实给他留下了一个烂摊子，如今的大梁王朝需要一个魄力与眼光缺一不可的中兴之帝，守成之才还不够。

　　隆安皇帝自登基以来，可谓是诸事不顺，午夜梦回时，他也时常扪心自问："朕是否担得起这个天下？"

　　可是一个人，特别是位高权重的人，倘若总是这样自问，也就越发容不下别人对他发出同样的质疑。

　　王裹的脸都快笑僵了。"皇上……"

　　李丰忽然打断他："国舅，朕这一阵子，心里一直有个问题——玄铁虎符乃是武帝所赐，顾昀为何会顺顺当当主动交还给朕？"

　　王裹一呆，壮着胆子看了隆安皇帝一眼，觉得这问题简直是吃饱了撑的。难道皇上还盼着顾昀作天作地大闹一场，或者干脆造反吗？

　　"这……"王国舅心里飞快转念，不知道怎么说合适，只好以不变的马屁应万变的君心，回道，"皇上千古明君，臣等皆当鞠躬尽瘁侍奉左右，不过小小一枚玄铁虎符，便是皇上要我们这些人的身家性命，谁又会有怨言呢？"

　　李丰低低地笑了两声道："恐怕未必啊，国舅，朕也是今天才想明白，其实顾昀交不交玄铁虎符都是一样的，四方将领身居要职者，有多少是顾氏一党？如今军中之事，侯爷比朕说话还要管用呢，虎符不过是一个虚物，于他有什么用？”

李丰说话时声音和缓，压在嗓子眼里，将出未出似的，像是亲切的午后闲聊。王裹听了，却不由自主地哆嗦了一下，只觉得这话中的杀机快要满溢出来了。

“今日宣国舅进宫，本是想找你说说楼兰之事，算了吧。”李丰疲惫极了似的摆摆手，“爱卿且去，朕也累了。”

王裹连忙应了一声，低眉顺目地退出西暖阁。

这年也不知怎么了，分明已经过了雨水节气，京城里的雪却一场连着一场，总是牵牵绊绊的，下不干净。顾昀跪了不到小半个时辰，朝服上已经结了一层冰碴，肩头的玄铁被细雪盖住，越发冰冷得不可思议。

王裹匆匆与他擦肩而过，瞥见这声威赫赫的安定侯那张苍白俊秀的脸，心里暗叹了口气，觉得可惜，然而也仅此而已了。王裹是个聪明人，知道自己如今一人之下万人之上是拜谁所赐，也知道自己该干什么。

帝都的夜色就这样深沉浓重了起来。

等伺候李丰睡下了，祝小脚才壮着胆子溜出来，拎起伞颤颤巍巍出来看顾昀。

顾昀已经快要融入雪地里了，祝小脚便捏着兰花指臭骂回廊上灰衫的小内侍：“狗奴才，下了这么大的雪，也不知道给侯爷拿把伞，眼珠子长着出气用的吗？”

在小内侍眼里，万人嘲弄的祝小脚就已经是顶天大的官了，顿时给吓得面如土色，瑟瑟发抖。

顾昀将睫毛上沾的雪碴眨掉，不以为意道：“公公别吓唬小孩，皇上让我出来凉快凉快，遮着伞还怎么凉快？”

祝小脚三步并作两步颠到他面前，伸手想拍他身上的雪花，不料刚一伸手，自己先“哎哟”了一声——那细皮嫩肉的胖巴掌险些让顾昀肩头的玄甲粘下一层肉来，老太监哆哆嗦嗦地抱怨道："我的侯爷啊，您怎么还跟皇上吵起来了？在这儿跪一宿，腿脚不受病才怪呢，还不都是自己吃苦？您这是图什么呀？"

顾昀一笑道："没事，我们习武之人都皮糙肉厚——方才我有点脑热，一时嘴快说多了，有劳祝公公惦记。"

祝小脚想了想，压低声音道："要么我派人去请雁北王，让他明天一早入宫，和皇上说几句好话吧？"

顾昀又摇摇头："别牵扯他，没事。"

祝小脚想来想去，到底无计可施，一时又生怕隆安皇帝醒了有吩咐，不敢离开皇上身边太久，只好将伞给顾昀放下。

"祝公公，"顾昀忽然叫住他，低声道，"多谢了，但是伞还是拿走吧。"

祝小脚一愣。

顾昀道："我跪一跪，等皇上消气了就好，你是皇上身边的人……别让他多心。"

他话说得含糊，祝小脚却也听明白了，老太监叹了口气。"侯爷跟皇上吵架的时候要是也记得这么谨言慎行，哪儿至于喝这口西北风？"

祝小脚也走了，顾昀呼出一口白气，他百无聊赖，便细细琢磨起长庚在护国寺里跟他说过的话——东海蛟祸与西南兵变，恐怕并不是出于偶然。

慢慢地，顾昀琢磨出了一条隐隐的线路。

魏王在东海布兵，打算以海战作为突破口。顾昀当时拿下东海叛军，几乎未费一兵一卒，与其后续掀起的浪潮相比，此事简直是"头轻脚重"。满朝上下因此闹得沸沸扬扬，江南水军被从上到下大清洗了一番，皇上一度倾灵枢院之力，想要造一支海蛟，这也使得四方驻军的军费越发紧张。

而此事造成的更大影响是，东海蛟祸直接催生了限制民间长臂师的《掌令法》与收拢全国兵权的击鼓令——后者指向了顾昀本人，现在回想起来，隆安皇帝也并不是无端向他发难，恐怕是当时他在江南的动作没能瞒住皇上的眼线。

而击鼓令的出台，立竿见影地激化了各地驻军与朝廷的矛盾，也正是傅志诚一案的源头。顾昀身在西南，人在局中，因此也更清晰地感觉到了那只搅浑水的手——有人刻意挑起山匪与傅志诚之间的矛盾，又借着那蠢货蒯兰图将其激化，掐着时间在顾昀面前爆发，然后将南疆山匪与傅志诚一起当成一份大礼，经玄铁营的手，打包送给了远在京城的皇上。

隆安皇帝会怎么想？

他会惊恐地发现，他限制住了境内的紫流金流通，却还有来自境外的。

顾昀突然想起来——为什么他和沈易在楼兰那么长时间明察暗访，都没能找到那个传说中的"楼兰宝藏"，皇上派了一个人生地不熟的密使，不过区区几天，就敢上书说将情况摸了个八九不离十？

究竟是那密使太过神通广大，还是有人刻意引导？

雪越下越大了，顾昀狠狠地打了个寒噤，他身后，一枝寒梅被大雪折断，一声脆响落在地上，摔了个香消玉殒。

长庚被雪断残枝的动静惊醒。

顾昀彻夜未归，他和衣等了半宿，刚刚靠在床头迷糊了过去，全是光怪陆离的噩梦。此时天光渺渺，长夜未央，窗棂却已经被落雪映得惨白雪亮，长庚忽然起身打开房门，正好见王伯一路小跑而来。

"王伯慢点，"长庚叫住他，"什么事？"

朔风中，老管家跑出了一脑门热汗。"殿下，宫里传出来消息，说昨天侯爷不知怎么顶撞了皇上，皇上龙颜大怒……"

长庚瞳孔蓦地一缩。

片刻后，一骑千里马趁夜从侯府后院离开，顶着风雪，往护国寺的方向去了。

这天没有大朝会，隆安皇帝本不必起太早，不过肝火太旺，一宿也没睡好，起来也是头昏脑涨。祝小脚见状伶俐地凑过来，替隆安皇帝按起太阳穴，边按边道："皇上，了痴大师上回送来的那卷天竺香有清心安神的奇效，上回您点了不是也说好吗？要不老奴再给您用一点？"

李丰"嗯"了一声，想了想，又问道："大师还在宫里吗？"

整个正月，护国寺方丈了痴大师都住在宫里，一方面给大梁祈福，一方面为笃信神佛的隆安皇帝讲经。祝小脚忙道："在呢，听说大师早就起来做早课了，风雨无阻的。老奴看着皇上眼皮有些发红，想是心里有火，要不把大师宣过来念念经、静静心？"

李丰笑骂道："混账话，了痴大师乃是当世高僧，你当他是唱小曲的吗？"

祝小脚连忙赔笑着打了自己一个嘴巴。"看老奴这张嘴，见识短浅，又惹笑话了——不过老奴虽然不懂，但每次听着了痴大师的木鱼声一响，就觉得心里什么烦恼都没有了呢。"

他这么一提，李丰确实意动，想了想应道："那就劳烦大师跑一趟。"

祝小脚应了一声，飞快地吩咐下去了，默不作声地服侍皇帝洗漱更衣，李丰忽然问道："顾昀呢？"

祝小脚一直想提没敢提，听他问起，忙道："回皇上，侯爷还在暖阁外跪着呢。"

李丰似乎是低低地哼了一声，神色淡淡的，祝小脚也不敢再提，只是暗中希望老和尚这个看着就不靠谱的救兵能有点用场。没多长时间，了痴大师就来到了西暖阁，他眼观鼻鼻观心地迤迤然而过，仿佛根本没看见殿外的雪人。

也不知这护国寺的老和尚给隆安皇帝灌了什么阿弥陀佛迷魂汤，他进去不过片刻，祝小脚就一路带风地跑了出来，先是趾高气扬地宣旨道："皇上有旨，安定侯御前失仪，目无君上，暂扣帅印，责令其回府闭门反省，罚俸三月。"

顾昀一愣。

祝小脚忙冲他使了个眼色。

顾昀："……臣领旨谢恩。"

祝小脚一拍大腿，吊着嗓子招呼一边的内侍："看看这帮不长眼的猢狲！还愣着，快把侯爷扶起来啊！"

祝小脚没张罗完，顾昀已经自己跟跄着站起来，四肢针扎似的，透过朝服与钢甲，雪水已经将他全身都浸透了，一股说不出的寒意肆无忌惮地往骨缝里钻。顾昀冲祝小脚拱拱手，心事重重地往宫外走，同时还纳闷地心道：这老秃驴让人夺舍了吗，怎么想起给我救场了？

直到他看见守在宫门外等他的长庚，顾昀这才了然地笑道："原来是你搬来的护国寺救兵，我说那老秃驴怎么这么好心。"

长庚没顾上搭理他，先不由分说地用厚厚的狐裘将他一裹，伸手去摸顾昀的脸。顾昀被冻了一宿，再皮糙肉厚，反应也慢了些，被长庚摸了个正着。可这个动作实在太暧昧了，顾昀躲也不是不躲也不是，只好开玩笑道："摸出我骨重几何了吗？"

此人也不知道是胸怀山川，还是真没心没肺，都这样了，居然还在闹着玩！

长庚一言不发地拖着顾昀上了马车，心疼得眼圈都快红了。

一上马车，暖意便扑面而来，顾昀搓了搓手，转头问长庚道："有酒吗，给我一碗。"

长庚没吭声。顾昀偏头一看，见他眼睛红得竟似要滴血，忍不住笑道："我天，从小也没见你哭过，今天可算长见识了，快点让王伯拿盆接着，正好皇上罚了我三个月的俸禄，咱们可以靠你这点金豆吃饭了。"

长庚当然不是要哭，他正强压着发作起来的乌尔骨，从听说顾昀在大雪里跪了一宿开始，他心里掺杂着幻觉的杀意就一阵强似一阵地往上翻。

顾昀终于察觉到他眼神有些不对。"长庚？"

长庚勉强定了定神，从嗓子眼里挤出一句话来："义父先把衣服换了吧。"

他声音嘶哑得好像两片生锈的陈年铁器互相刮蹭，顾昀听得皱眉，一边留了心，一边飞快地解开湿透的发髻，从车里拿了干衣服换上。长庚不敢去看顾昀，坐在一边低垂着眉目，按照陈姑娘教他的吐纳法缓缓地平定，可那耳畔窸窸窣窣的声音分明那么微弱，分明轻易就能被马车的隆隆声压过去，此时却成了精一样，一个劲地往他耳朵里钻，越吐纳越心浮气躁。

顾昀将头冠放在车里的小案上，"咔嗒"一声，长庚这才惊醒似的回过神来。"我煮了一点驱寒的汤药，你先……"

他话音戛然而止，顾昀冰冷的手指捏住了他的腕子。

长庚激灵了一下，想缩手，却被顾昀将脉门拿得紧紧的，只得低声叫道："义父……"

"我不太懂脉象，"顾昀的面色凝重，"但是知道练功岔气了的走火入魔是怎么回事。"

长庚狼狈地避开他的目光。

"长庚，跟我说实话，你最近……"顾昀说到这儿，不自然地顿了一下，饶是他的脸皮有城墙那么厚，也觉得下面的话不太好说出口。

长庚却仿佛预感到了什么，缓缓地抬起那双通红的眼睛。顾昀沉默了一会儿，把心一横，拿出比顶撞皇帝还大的勇气，艰难地说道："你是不是有什么心事？"

长庚急喘了几口气后，勉强镇定，低声问道："义父说什么？"

顾昀："……对我。"

叁

顾昀的话音一落地，便感觉长庚那脉搏又快了几分，简直已经不能算脉象了，被他捏在掌中的手腕滚烫，脉门下面好似藏了一座火山，稍一震荡便歇斯底里地喷薄而出，要将长庚周身经脉震个寸断。

顾昀没料到他居然有这么大反应，又担心他有什么不妥，伸手轻轻抵住长庚的胸口道："凝神，别胡思乱想！"

长庚一把将顾昀的手拽了下来，狠狠地扣在手心里，骨节"嘎啦"一声响，顾昀眼皮一跳。一时间，长庚面如金纸，双瞳似血，眼前闪过无穷幻影，耳畔如有千军万马鸣铁敲钟，妖魔鬼影幢幢，魍魉横行而过，乌尔骨饮着他的心血轰然涨大，枝杈森然处荆棘遍布，撕心裂肺地如鲠在喉——

而那乌尔骨的尽头，有一个顾昀。

犹在万水千山之外。

顾昀心惊胆战，嘴唇微动，一时却不知道该怎样接下去了。

就在这时，长庚双手紧握着顾昀那只手，捧到自己胸口处，似乎发出了一声含混的呜咽声，他闭上眼，颤抖着将自己的嘴唇烙在顾昀冰冷冻裂的手背上，像是一场疯癫的献祭。

顾昀头皮都炸了起来，一句"你疯了吗"便要脱口而出。

长庚却突然推开他，往后退开半尺，整个人蜷缩起来，低头呕出了一口紫得发黑的血来。

顾昀："……"

这一切快如电光石火，顾昀惊怒未起，惊慌已至，目瞪口呆之余，被自己卡在喉咙里的话噎得嗓子眼生疼，呆在了原地。

长庚脸上带了一点近乎灰败的惨淡，这一口淤血吐出来，他心里清明了不少，神志也渐渐回笼，一偏头避开顾昀要来扶他的手，低声道："冒犯义父了，要打要骂……喀，都悉听尊便。"

顾昀倒抽一口凉气，心里错综复杂的诸多滋味凑成了堪比"沈将军季平之语录"的长篇大论，愣是一个字都没敢往外吐，把他憋闷坏了，心道：我还没有兴师问罪，他倒先吐血了，我他娘的还敢开口吗？

他一弯腰将长庚抱起来，安置在宽敞的马车小榻上，收敛起满腔的心乱如麻，低声喝道："闭嘴，先调息你的内伤。"

长庚顺从地闭上眼，不吭声了。顾昀在旁边守了他一会儿，翻遍了马车，也没翻出一滴酒来，只好将小炉架上的驱寒汤药端下来喝了，被里面一点生姜味冲得脑仁疼。他以前只是觉得长庚或许有一点迷惑，可能就是被他那天酒后做的混账事影响，产生了一点不那么合适的念头，本想着这孩子慧极，稍微点一点就能明白，谁知道只是轻轻戳了戳，还没开始点，长庚自己居然先漏了！

怎么会这样？

顾昀郁闷地看了闭目调息的长庚一眼，顶着一脑门雾水，坐在旁边专心致志地发起愁来。古人讲"修身齐家安天下"，顾昀不知道自己是不是从身就没修好，乃至家与国全都一团乱麻，好不焦头烂额，闹心得要死。

从皇宫到安定侯府，统共没有几步路，马车就算是乌龟拉的，也不过一时半刻就到了。

顾昀刚一下车，迎面便飞来一只木鸟，不偏不倚地落到了他肩膀上，栩栩如生地歪着头跟他大眼瞪小眼。忽然，顾昀身后伸出一只手，长庚不知什么时候已经悄无声息地下了车，将那鸟捉走了。

他脸色依然难看，却已经恢复了平日里的平静。

长庚手握着木鸟，没急着打开看是谁的信，只是趁老管家收拾马车的时候，走到顾昀身边，低声说道："义父要是心里觉得别扭，我可以搬出去，不会在义父面前碍眼。"

那双眼睛里血光已然退尽，长庚的神色略显清冷，眉目低垂，显出一种心如死灰般的周到。顾昀木然地站了一会儿，实在无话可说，一言不发地转身走了。

葛晨和曹春花是一大早起来才知道头天夜里出事了，早已经等在门口，这会儿连忙迎上来，却见顾昀招呼也没打，沉着脸与他们错身而过。长庚目送着他的背影，嘴角似乎还有血迹，脸色竟比跪了一宿的顾昀还憔悴些。

葛晨纳闷道："大哥，到底怎么了？"

长庚只是摇头，等顾昀的背影再也看不见了，他才收回视线，伸手拨开木鸟小腹，从中间取出了一张字条。那字条上写道："元年伊始，顾大帅押送北蛮世子出关，大病一场，族中二哥专程从太原府赶去，一月方归。"

落款一个"陈"字。

木鸟不知飞了多久，两翅都已经有微微的磨损痕迹。

陈轻絮传的话说得没头没尾，长庚看完后，目光闪烁了几下，随即敲了敲木鸟的后脑勺。那鸟张开铁喙，喷出了一簇小火星，转眼便将字条焚毁了。

曹春花小心翼翼地问道："大哥，我看最近木鸟频繁出入侯府，是你在查什么事吗？"

"查一桩旧案。"长庚轻声道，"我一直觉得他到了西北之后性情虽然没变，但对很多事的看法似乎变了很多，本以为是楼兰古丝路上潜移默化的结果，看来并不是。"

葛晨和曹春花没听懂，面面相觑。

长庚从方才的怅然若失中恢复过来，几不可闻地低声道："自北疆出关的路上，到底发生过什么事？"

是什么让顾昀这个天塌下来当被子卷的人在行军路上险些一病不起，甚至惊动了太原府陈家？

是他在关外遇见了什么……还是知道了什么事？

长庚忽然道："小曹，你能替我跑趟腿吗？"

曹春花低调出府后，长庚就过起了神龙见首不见尾的日子。

那边顾昀辗转反侧良久，本想找个日子和长庚好好聊聊，却愕然发现根本找不着人了，长庚躲着不见他！顾昀整日里没事好做，闲得胡思乱想，便干脆连药也不吃了，听不见看不清倒也落个清净。

而与此同时，朝堂上又不消停起来。

先是隆安皇帝要重启融金令一事，刚刚宣布，便立刻遭到了工户两部的联合上书，连被隆安皇帝清洗成自家小棉袄的兵部里都出现了不一致的声音。可李丰王八吃秤砣，铁了心了一意孤行，很快做出回击。

二月二，先是户部侍郎被御史台参了一本"收受他国贿赂以谋私利"，随后彻查过程中又翻出了各地官员吃拿回扣等一系列的烂事，很快演变成了隆安年间最大的一起贪污舞弊案。工部尚书跟国舅爷有点像，虽有一颗为国为民的心，但是没有为国为民的胆，见烟就卷，一见皇帝的态度，马上识趣地缄口不言，闷头盖房去了，再不敢逆着龙鳞提融金令的事。

二月初十，顾昀被软禁在侯府已有小半个月，一个玄鹰悄然飞到京郊北大营外，换下玄鹰甲，连夜便装入京，神不知鬼不觉地进了侯府。

顾昀也终于有机会见了避他如蛇蝎的长庚一面。

长庚将药汤端到顾昀面前，两人之间静谧到了尴尬的地步，长庚面无表情道："有个玄鹰来了。"

顾昀点点头，把药端起来喝了，长庚已经准备好了银针，见他放下药碗，便将针平摊到顾昀面前，用眼神示意："行吗？"

他这样疏远客气，反倒让顾昀更加无所适从。

长庚再没有放肆地让顾昀躺在他腿上，他就像个陌生的大夫那样，凡事只是打手势，或是虚扶，甚至不肯碰到顾昀。

顾昀闭目养神，随着药效开始起作用，他听力渐渐恢复，周遭便"吵"了起来——屋外下人扫雪时低声说话的动静，侯府家将护卫们甲胄与兵器摩擦的动静……乃至长庚行动间衣衫拂动的窸窣声，一股脑地扎进顾昀的耳朵，他聋了十多天，十分不适应。

顾昀忍住烦躁，抓住机会问道："长庚，跟我说两句话行不行？"

长庚当然知道他想问什么，一时没有吭声。

顾昀迟疑道："是不是因为……那天我喝多了酒，对你做了什么……呃……"

长庚手一颤，将要落下的针在空中停顿了片刻。

长庚一直沉默，顾昀心里真是别提多难受了。从李丰那儿受再多的气，他问心无愧，自可以俯仰天地直面良心，可是长庚这里，顾昀虽然摸不着头脑，但总觉得一个巴掌拍不响。要是他自己没有什么不妥当的行为，长庚怎么至于……

"不是。"长庚忽然平静地回道，"那天其实是我先对义父不敬的。"

顾昀："……"

"没有原因，"长庚轻轻按住他的头，不让他乱动，口吻异常稀松平常地说道，"这种事能有什么原因？要说起来，大概也是我从小爹不疼娘不爱，除了义父没有人疼过我，天长日久便生出了些许非分之想吧——我只有你，便妄图你也……罢了，你先前不知道，以后也当没事就好，我不会……不会再逾矩了。"

顾昀只觉从天上掉下来一块脑袋大的石头，"咣当"一下砸在自己胸口上了，砸得他半天喘不上气来——本以为是真气一时走岔，谁知道居然是陈年痼疾！

"义父不用放在心上。"长庚漠然道。

他手中落针纹丝不乱，若不是先前他亲口承认，顾昀大概还要以为自己为老不尊、自作多情了。但这怎么能当没发生过？顾昀快疯了，一股未老先衰的感觉油然而生，头一次发现"西北一枝花"不再青春年少了，他开始不明白年轻人心里都是怎么想的了！

"这两天皇上叫我入朝了，"长庚忽然生硬地转开话题，问道，"我听他们整天在吵，吵出了一桩贪污舞弊的大案，大概也明白皇上的想法了，义父打算怎么办？"

顾昀一脸面瘫地看着他，没心情跟他讨论朝政。

长庚微微叹了口气，伸手将顾昀的琉璃镜摘下来放在一边。"我什么都愿意为你做，倘若你看见我烦，我可以不让你看见。倘若你只想要个孝顺懂事的义子，我也能保证不再越过这条线。义父，此事我已经无地自容，你就不要再追问我心里想的是什么了，好吗？"

顾昀整个人就是一个大写的"不好"。

长庚开始将他身上的银针往下卸，平静地问道："那你希望我怎么样呢？"

不等顾昀开口，长庚又径自接道："我都可以。"

倘若长庚真的以下犯上纠缠他，顾昀大概早就叫上侯府三百家将，将长庚收拾到已经建好的雁北王府去了。然后快刀斩乱麻，狠下心来冷他个一年半载，什么事都没了。可长庚偏偏给他来了一个"你就是把我发配到天涯海角，我也甘之如饴"的对策。

顾昀头疼得厉害，感觉自己这是狗咬王八壳——无处下口。

憋了好半晌，顾昀问道："你伤好了吗？"

长庚点点头，惜字如金地"嗯"了一声。

顾昀又问："怎么弄的？"

长庚坦然道："经年痴心妄想，一时走火入魔。"

顾昀："……"

听完更闹心了。

长庚收拾好银针，转到屋角，取出一点安神散点了，神色淡淡地问道："我去请那位玄鹰兄弟进来吗？"

"殿下，"顾昀忽然郑重其事地叫住他，"你是天潢贵胄，金枝玉叶，日后或能贵不可言，他人皆待你如珠似玉，臣也希望殿下无论何时何地都能珍重自己，不要妄自菲薄，也不要自轻自贱。"

长庚大半张脸埋在阴影里，八风不动地接道："嗯，侯爷放心。"

长庚站了一会儿，仿佛在等着听顾昀还有什么吩咐，等了一会儿，见顾昀哑口无言，便悄无声息地转身走了。

顾昀用力往后一靠，长出了一口气。他宁可长庚像少年时那样，不由分说地跟他大吵一架，因为他发现，这个浑蛋一旦无欲无求起来，几乎是立于不败之地的。

太够受了。

这时，久候的玄鹰敲门进来了。

那玄鹰大概是一路赶着飞过来的，虽然已经简单梳洗过，却依然是一脸憔悴，胡楂都没来得及刮。

"大帅。"玄鹰拜倒在地。

"虚礼少行，"顾昀强打精神道，"怎么回事，何荣辉让你来的吗？"

玄鹰："是！"

顾昀："信件拿来我看。"

他手腕一抖展开了玄鹰带来的信札，飞快地从头扫过。玄鹰总都尉何荣辉的字难看得要命，话却说得简明扼要——

月底，西域小国且末与龟兹因边贸生了龃龉，因西域诸国之间的事务向来都是由其自行调节，大梁官军不便介入，刚开始并没有过多关注。楼兰国与这两国刚好呈三足而立，楼兰国君便派其亲弟为使，斡旋其中，不料使团在龟兹国边境遭劫，全军覆没。

刚开始以为是沙匪，结果楼兰国君派人彻查后，在遗迹里发现了龟兹国君禁卫的剑徽，马上向龟兹国质问。龟兹国上下拒不承认，反而声称楼兰偏袒且末，将使者羞辱一番。楼兰遣王子殿下为先行，带三千轻骑前往龟兹讨说法，龟兹国刚开始闭门不肯应，而后忽然城门大开，内里竟有数百"沙虎"。

所谓"沙虎"，是一种沙漠中行走的战车，极重，也极耗紫流金，工艺异常复杂。

顾昀十年前在西域平叛的时候就遭遇过，当时对方只有三辆大沙虎，险些困住他半个营尚不成熟的玄骑，但据他所知，那三辆沙虎已经是西域诸国一起凑出来的全部家当了。

顾昀看完信，蓦地起身，眉头皱得死紧，手指无意识地捏着手中珠串——此事与西南叛乱何其相像。他压低声音问道："是真沙虎，不是空壳子？"

玄鹰口齿异常伶俐，飞快地回道："大帅，是真沙虎，不到一盏茶的工夫，便将楼兰轻骑打得溃不成军，小王子险些战死，被手下士兵拼死救出。当天，楼兰便派人往我军驻地求救，但是火漆尚未拆封，古丝路上万国驻地已经纷纷得到消息，各自风声鹤唳。西域其他国、天竺、洋人，全在各自的驻地里集结兵力，西北都护所孟大人亲至营中，令我等静候击鼓令。"

顾昀狠狠地一拍桌子："荒谬。"

玄鹰以为他指的是击鼓令，便接道："咱们玄鹰的何将军也是这么说的，玄铁营本就不归击鼓令节制，可那孟都护却说，大帅正被皇上禁足，责令闭门反省，令我三部等候圣旨——"

顾昀心里一紧，这一切比他想象中来得快，甚至比他想象中来得更混乱。

西域那一片就是"坑浅蛤蟆多"，小国家像一串羊粪蛋，东一堆西一坨，三天两头起摩擦，都想互相吞并。可是这几年玄铁营镇在古丝路入口，已经很久没有人敢炸刺了。龟兹国那么个小破国家，砸锅卖铁也凑不出上百沙虎，此次异动，背后必有虎狼，这显而易见。

问题是——龟兹国背后势力的目的是什么？

顾昀不相信这一切是官里那位策划好的，因为李丰控制欲强烈，做什么事都喜欢稳妥可控，他不可能在这样短的时间内，甚至自己也没布置好的情况下贸然行动。这会儿只怕李丰也是措手不及，一方面不知道西北究竟是个什么情况，一方面又生怕玄铁营无诏而动，搅乱朝廷的部署，这才用"帅印被扣，击鼓令不行"为名按捺住他们。

顾昀问道："各国驻军大概多少人？"

玄鹰回道："西洋万国使团驻地有两三千，天竺稍远，只有一千兵力布防，剩下的是西域诸国。"

"不可能。"顾昀微微咬了一下自己的舌尖，堪堪将"再探"两个字咽了回去——他想起自己此时没在军中。他被困在这井盖大的京城中，是不折不扣的鞭长莫及。

"上百辆沙虎既然已经现身，对方必然想打一场硬仗，后面若无几万精兵，根本是白费紫流金，纵然明面上的兵力不多，也不代表没有暗藏的。"顾昀微微合了一下眼，手指微微地叩着桌案，"对付楼兰那帮饭桶骑兵，一队重甲足矣，他们在我边境上集结大批沙虎与数万大军，绝不可能是为了西域小国之间那点三只耗子四只眼的小事。"

玄鹰愣了愣。"那……那要不属下这就赶回去……"

顾昀截口打断他道："不必，也来不及。"

玄鹰从古丝路驻地赶往京城，最快也要耗时将近两天，已经是神速，而京城禁空，他只能先在北大营落脚，哪怕连夜入京，赶到顾昀面前也已经是第三天了，倘若再回去传令，一来一往就算把他活活跑死，也得耽搁五六天。

战场上瞬息万变，五六天的工夫，都够亡国了。顾昀咬了咬牙，偏偏这个时候他被扣在京城！

"你先下去休息。"顾昀轻声道，"让我想想。"

玄鹰不敢多嘴，领命而去。

顾昀转身给自己热了一壶酒，在房中踱了两步。方寸之间，他就已经彻底冷静了下来，理出了一个头绪来，心想：也未必就到了最坏的情况。

他被扣住，沈易也不在，眼下西北玄铁营中以玄鹰总都尉何荣辉为首。何荣辉的脾气顾昀是知道的，那是个声名狼藉的绝代刺儿头，除了顾昀本人，连沈易都未必降得住他，根本不会把西北都护所放在眼里。那都护孟鹏飞倘若敢仗着击鼓令在玄铁营撒野，何荣辉大概会率先发难，弄不好……会把孟都护先给收拾了。

那么下一步呢？

忽然，屋门被人从外面敲响了，顾昀一拉开门，就看见长庚站在门口。

顾昀手中拽着半扇门，一见长庚，刚平静下来的心又开始闹，只好胃疼地问道："你怎么又过来了？"

长庚："我觉得义父现在可能用得着我。"

顾昀："……"

长庚规规矩矩地站在门口问道："我能进去吗？"

他请示完，半侧过身，做出"整装待发"的姿态，预备着只要顾昀说个"滚"字，他立马就能应声"灰飞烟灭"。

顾昀心想：前世一定欠了这王八蛋很多钱。

继而他无可奈何地让路，把王八蛋放进了门。

顾昀方才想事太入神，一不留神，小火炉上温的酒已经热过了头，咕嘟咕嘟地烧开了，满屋酒气，顾昀没话找话地拎起酒壶问长庚道："喝吗？"

长庚没搭理他，自顾自地翻出了一壶凉透了的白开水，端端正正地坐在一块棋盘旁，倘若剃光了头发，他那样子简直就像个缥缈出尘的高僧。

长庚问道："玄鹰不会无缘无故地连夜从西北大营赶来，是边境有异动吗？"

顾昀不太想跟他说，含混道："一点麻烦，没什么。"

他在军中的个人威信极高，这样的好处是说一不二，控制力与效率绝佳，然而物极必反，也并非没有坏处——比如顾昀会不由自主地维护这种威信，当遇到一些自己也想不明白的事时，他不会率先对别人开口。久而久之，也就很容易故步自封。

长庚掀起眼皮看了看他，但很快又收回了视线，恢复"眼观鼻，鼻观心"的状态，好像怕看多了会陷进去似的。他从旁边的棋盒里拈起一颗棋子在指尖把玩，棋子黑得发绿，被汽灯打出一点微微的荧光。见顾昀不愿意多说，长庚便自己接道："玄铁三大营的将军都能独当一面，边境些许小摩擦，他们不会大老远地来烦你。我猜至少是上万的异常兵力集结，要不也是差不多的麻烦，才会让那位玄鹰兄弟奔波这一场。"

顾昀反复转着热气腾腾的酒杯，在散漫的酒意中微微眯起眼。"钟老将军教了你很多。"

"还有钟老将军没教过我的，"长庚道，"义父在想什么？"

"玄铁营以护卫家国为永远的底线，"顾昀低声道，"在事发突然、情况未明的情况下，老何会自动将边境线视为前线阵地，关闭古丝路门户，截断所有道路，擅入擅出者，一律正法。友邦倘若求援，主帅不在，玄铁营最多只会提供庇护，绝不擅离职守出兵。五万玄铁营，除非是天兵天将落地，否则别管谁来，都没有轻易破开我西北屏障的道理——这我倒是暂时不操心，只是在想他们下一步会有什么动作。"

他的声音低沉和缓，似乎比满屋酒香更浓郁些，长庚耳根不由自主地一麻，只好不动声色地低下头，尽量摒除杂念。"如果是我，我不会趁这个时候对大梁下手。"

顾昀的目光在长庚黑白分明的指尖和棋子上停顿了一下，问："为什么？"

长庚落子于棋盘上，啪的一声响，清越婉转。

"因为火候不够，"他说道，"义父和陛下之间的矛盾还没有到势如水火的地步，他虽然暂时将你软禁在京城，但玄铁营未散，眼下依然是铁板一块。万一此时外族进犯，皇上随时会起用你，这几年激化起来的政权与军权的矛盾一夜间就会重新修好，之前几年的布局都会毁于一旦。"

自从那天马车失态，长庚在顾昀面前就突然尖锐了起来，无论是家事还是国事，从他嘴里吐出，都直指红心，不留余地。顾昀被"政权与军权的矛盾"几个字狠狠地刺了一下，被酒杯烫红的手指停在了空中。

这是大梁朝歌舞升平下的暗疮。

武帝膝下无子，太子只能从旁过继。无论传说中怎样英明神武、三头六臂，武帝也毕竟是个人，在临终的时候，这个老人起了一点私心，他将挟天子令诸侯的军权留给了自己钟爱的女儿，自此人为地分开了军权与朝中政权。

这大概成了武帝一生中最大的败笔——倘若统帅安分守己，天子胸怀宽广，那么君臣相得或可以终其一代，但是两代呢？三代呢？

顾昀心知肚明，总有一天，玄铁虎符与天子玉玺之间的矛盾将无法调和，那么走到尽头，下场无外乎两种，要么"国贼篡位"，要么"鸟尽弓藏"。

"我倒觉得这是一次一箭双雕的测试，"长庚将几颗棋子分别布局在棋盘上，"倘若那些番邦人发现，一旦义父你不在营中，玄铁营就成了一堆被击鼓令指挥得东倒西歪的稻草，那么他们手中虎视眈眈的大军就是给我们准备的。不光西域，说不定还有北疆蠢蠢欲动的蛮人、东海沉寂多年的倭寇。不过这种可能性很小，最可能出现的结果是，西北依然固若金汤，何将军会将手持击鼓令的西北都护强行扣押——"

顾昀看向他的目光终于带了几分震惊。

长庚迎着他的目光半酸不苦地笑了一下。"义父不用吃惊，和你有关的事，整个大梁也找不出第二个比我更清楚的了。"

顾昀："……"

这种软硬不吃、格外难缠的少年郎实在不好对付，打不得骂不得，哄不得劝不得，然而顾昀噎了片刻后，突然灵机一动，果断发挥了他的"没心没肺、没脸没皮"大法，侧过头来正色道："怎么，你是在调戏你义父吗？"

长庚果然猝不及防地被他下了一城，素白广袖碰洒了桌上的一碗清水。

百战不殆的顾大帅对这一点小小的胜利没有什么得色，十分有风度地一挥手道："继续说吧。"

长庚很快回过神来，虽然被顾昀吓了一跳，但同时又有点欣慰——哪怕天塌下来，那个人总能活蹦乱跳的。

"……如果是我，我会用重兵在古丝路边境持续加压，尤以重甲和战车为主，"长庚道，"直逼玄铁营，做出随时准备进犯之态。义父不在军中，何将军最多是吊桥高挂，断然不敢主动出兵，他会一方面派人给你送信，一方面就近求援——可能是北疆城防军，也可能是中原重兵的驻军。"

顾昀眉尖一挑。

"玄铁营求援，必是边关告急，没有人会等闲视之，击鼓令虽然已经自南疆通行，但短短几个月，其声威还不足以喝令全境，所以守将很有可能会越过兵部出援军。"长庚目光沉沉地注视着斑驳的棋盘，"但如果我没记错，当年北蛮世子偷袭雁回小镇的时候，北疆城防军被义父出手清洗过——你大可以说自己并没有刻意往其中安插人手，只是恐怕那些以小人之心度君子之腹的人不会相信。

"而中原重兵统帅蔡玢蔡老将军又恰好是当年老侯爷的嫡系旧部。这样一来，大梁五大军区中，西南已经不用说，沈将军是你的嫡系，西域是玄铁营驻地，无法无天，敢堂而皇之扣留西北都护，北疆与中原驻军无视兵部击鼓令，玄铁营一道求援，便私纵兵马。"长庚抓了一把棋子，一甩袖子扔在了棋盘上，稀里哗啦一通，嘈切错杂，声如珠玉。

后面的话已经不必多说——李丰皇帝大概会更加恍然大悟地发现，顾昀在击鼓令上的让步完全就是个"骗局"，他会以己度人地认为半壁江山都在顾昀手里。

皇上，会喘不上气来。

长庚目光幽深。"义父能听我一句吗？"

顾昀沉声道："你说。"

长庚："第一，立刻派玄鹰给蔡将军送信，让他千万不得无令擅动，蔡将军即便决定出兵，也要整队，还要筹备辎重，现在很可能还赶得上。"

顾昀立刻反问道："为何不是送信给北疆城防军？"

长庚面不改色地回道："因为义父只有一个玄鹰，只能赌这么一次，鉴于北蛮人很有可能趁机浑水摸鱼这道理连我都能想明白，何将军不可能忽视，所以他最有可能舍近求远，向中原驻军求援。第二，玄鹰回西北大营之后，务必告知何将军少安毋躁，不必听击鼓令调配，但一定不要将西北都护得罪得太狠。"

顾昀点头："第三？"

"第三，"长庚缓缓地说道，"我想请义父在古丝路那边的消息还没来得及传到京城时，先给皇上呈一封折子，寻个理由，彻底上交帅印，表明自己从此不涉军务，同时跟皇上交接清楚，只说西北安危事关重大，你临走时同下属们交代过，没有帅印，三大营统帅无论发生什么都不准轻举妄动，西北不可一日群龙无首，所以请皇上尽快找人接替。"

退一步，既能避其锋芒，甚至能保住以下犯上的何荣辉。

顾昀听完沉默良久，忽然之间，他神思跑远了，不由自主地想起那一年关外鹅毛大雪中，他从狼嘴里捡到的孩子。

当初沈易糊弄长庚说那是个巧合，其实不是的。

那会儿他们在北疆一线有自己的眼线，顾昀领了皇命后，其实是先找到了秀娘，只是发现她和蛮人有来往，便没有打草惊蛇。

那时候顾昀自己年纪也不大，多少有点"嘴上没毛，办事不牢"，两只眼睛全盯在蛮人身上，早忘了先帝让他找到小皇子迅速回京的吩咐，一不留神，居然让长庚独自一人跑出了关，这才慌了神，赶紧带着沈易追了出去。

顾昀如今一闭眼，都能想起长庚那时的模样——小东西浑身是伤，瘦骨嶙峋的那么一团，在风雪中和狼吻下竟然奇迹般地撑到了他们赶到。顾昀把他裹在大氅中，觉得这孩子分量轻得一只手就能抱起来，顾昀像是搂着一只垂死的雏鸟，生怕手劲大了掐死他。

而光阴如水，一不留神，人都已经长这么大了。

长庚见他久不搭话，忍不住问道："义父？"

顾昀微微一偏头，灯下的神色有一瞬间近乎是温柔的，长庚心里狠狠地一跳。

也许是因为惊怒交加的时候长庚呕出的那一口血，也许是因为之后几天里的焦头烂额，总之，顾昀虽然觉得此事很荒谬，又无奈又闹心，却并没有想象中的火冒三丈。

顾昀："我知道了，你早点休息吧。"

长庚听出他的逐客令，立刻识趣地站起来离开。

"……等等。"顾昀又叫住他，好像微微迟疑了一下，说道，"你那会儿跟我说，我希望你怎么样都可以吗？"

长庚原本去开门的手伸到半空，手指微微蜷缩了一下。

顾昀道:"我不想让你走得远远的,也不希望你勉强自己如何,义父就想让你好好的。"

长庚茫然地僵立了片刻,一声不吭地逃走了。

顾昀不慌不忙地端起方才剩下的半壶酒,试了试温度,对着壶嘴喝了一口,心说:小崽子,我治不了你?

肆

长庚来时路上有条不紊,整个天下都好像在他的股掌之中,离开的时候却已经成了一团人形糨糊,都不知道自己先迈哪条腿走的。

乍暖还寒的夜里,他胸口中进出的气息却仿佛一团烈火。

长庚仓皇逃回到自己院里,长出了一口气,将额头靠在院门口的侍剑傀儡身上。多年过去了,这铁傀儡已经很旧了,长庚不舍得再用,便让人将它摆在了自己院子里,不伦不类地当个挂灯的装饰。

冷铁森森,很快让长庚发烫的皮肉镇定了下来,他仰头看着这大家伙,想起一些少年时的旧事——他记得自己曾经天不亮就让它提着篮子,装好点心,然后一人一傀儡屁颠屁颠地跑去顾昀的院里,听顾昀天南海北地扯淡。

还有给顾昀过生日的时候,他们给它缠了一身可笑的绫罗绸缎,让它捧着一碗卖相不佳的面去献寿……想着想着,长庚就忍不住露出一点微笑,他所有好玩的、温暖的记忆,居然全是和顾昀有关的。

长庚将手中的灯挂在了铁傀儡伸开的手臂上,亲昵地拍了拍铁傀儡后颈裸露出来的齿轮,想起顾昀方才说的那两句话,叹了口气,目光黯了黯。他本以为顾昀可能会暴怒,可能会反复规劝,完全没料到顾昀会是这种态度。

顾昀春风化雨地表明了自己的立场——我还是你义父,我还是最疼你,无论你心里怎么想,我都一切照旧,你的冒犯我都会原谅,你那些鬼话我也不会往心里去,我不可能迁就你的妄念,但也相信总有一天你会回到正路来。

长庚在自己身上贴了一张"无欲则刚"，顾昀便给他吃了一记"岿然不动"。

"那点心眼都用在我身上了。"长庚哭笑不得地想道，"怎么不在宫里那位面前留点私心呢？"

长庚知道顾昀后来为什么突然开口让自己离开，并不是看自己心烦，而是多半是猜出了他后面要说什么，委婉地暗示他不要提了。不错，对顾昀而言，避皇上一时锋芒确是下策，上策当然就是直接谋反，挟天子令诸侯，自此上下军政一体。

可惜顾昀那地痞流氓的皮肉下、杀伐决断的铁血中，泡的是一把潇潇而立的君子骨，做不来谋君窃国的事。

长庚缓缓地往屋里走去，这时，空中响起熟悉的鸟翅声，长庚伸手接住那破破烂烂的木鸟，打开一看，里面是陈轻絮的来信。她的字写得又潦草又凌乱，长庚好艰难才辨认出来，只见那上面写道："我探访到了侯爷当年身中之毒的出处，如果找得到秘方，或可以制出解药。"

长庚的脚步蓦地停了下来，然而他心里的狂喜还未升起，便看见陈轻絮还有下面一句："可侯爷耳目多年受损，又一直在以毒攻毒，日积月累，毒可以解，沉疴难医，殿下做好准备。"

下面还有一行更潦草的小字，陈轻絮写道："我怀疑此物为蛮人神女的不传之秘，因最后一个神女和亲入宫，关外已经踪迹难寻，如果方便，你可同时在宫禁中寻觅一二。"

长庚从头到尾看完，将纸卷烧干净，心却沉了下去。

安定侯世代戎马，君恩深厚，侯府的宅子也是特赐的，从长庚住的小院里一抬头，就能看见月色下皇宫中金碧辉煌的飞檐。长庚有意无意地看了一眼皇宫的方向，眼睛里似有风雷涌动。

只惊心动魄地一闪，便被他一丝不露地收敛了起来。

第二天清早，顾昀果然依长庚言让人将他的请罪折子递到了宫里。

他先是条条款款地写明了自己的反省结果，诚恳地跟皇上认了错，又声称自己旧伤复发，恐怕难当大任，请皇上收回帅印。称病向来是常见的托词，但是安定侯这封折子却意外地不像托词，因为后面他用自己那在民间颇有令名的小楷，将一干军务交接的细则全部罗列了上去——最后还棒槌了一把，想请皇上同意他将闭门反省的地点移至京郊。

再优雅的文辞也掩盖不了他字里行间的意思，"我已经反省完了，放我出去玩"。

这折子写得充满了安定侯的风格，带着一点放肆的实在，一看就不是谋士代笔。隆安皇帝将这封折子留中不发，扣了一天。翌日，赐下了不少名贵药材以示恩宠，解了顾昀的禁足令，算是默许了顾昀的请辞，只是为了面子上好看，隆安皇帝并没有找人接替，只是让帅印空悬，温言安抚，宣称等安定侯病愈回朝，还要将帅印还给他。

那日午后小憩，李丰不知怎的，翻出了一本自己少年时看过的书，里面掉出了一张字帖，与他桌案上那封折子相比，字迹略稚拙，转折处腕力似乎也有些力道不足，但已经有了日后的风骨。

李丰拿出来端详了很久，忽然有点唏嘘地问祝小脚道："你知道这是谁写的吗？"

祝小脚装糊涂道："这……老奴看不懂好坏，但既然是皇上保存的，想来是哪位名家的真迹吧？"

"你倒嘴乖——也能算是个名家吧，这是十六皇叔写的。"李丰轻轻地将那份字帖放在桌案上，用镇纸压平，又仿佛想起了什么似的，目光变得悠远起来，对祝小脚道，"朕少年时不耐烦练字，被父皇当面责骂，皇叔知道以后，回去熬了一宿，第二天写了一沓字帖拿给朕……"

顾昀那时候白天眼神就不好，晚上更看不清东西，只能戴琉璃镜，一宿熬完，眼睛熬得通红，第二天顶着一双兔子眼，还非要在他们面前做出一副不苟言笑的模样。

李丰说着说着就念起了旧来，有点怀念地喃喃道："你说皇叔小时候那么孤僻，一点也不爱和人亲近，跟现在可真是天渊之别——哎，对了，他人呢？"

祝小脚规矩地答道："听说是去北边的温泉山庄里休养了。"

李丰哭笑不得。"他还真玩去了？心也是大。算了……江南春茶刚送上来，你让人给他捎点去尝个鲜，回头让他给朕北边的行宫题个匾。"

祝小脚利索地应了，没再多提——他感觉这火候已经到了。

就在当天下午，西北边护所便传来了八百里加急，禀报皇上，说边关外族异动，玄铁营拒不听击鼓令，悍然扣留孟都护云云。隆安皇帝正在念顾昀的旧，将此事高高拿起轻轻放下了，只派了人斥责何荣辉目无国法，罚了点俸禄了事，令玄铁营严加防备边境变故。

等长庚好不容易匀出一点时间，到北郊的温泉别院来告诉顾昀这些后续的时候，就看见姓顾的裹着一身浴袍，脚泡在温泉里，手不离杯，旁边还有两个漂亮女侍者正给他捏肩捶背，快活得快成仙了。

顾昀说去"休养"，居然真就很认真地去休养了！

那半聋听不见有人来，偏头不知对旁边的小姑娘说了什么，那女侍不吭声，只是笑，脸都红了。

长庚："……"

顾昀见那女侍脸红得可爱，差点想抬手摸一下，手刚抬起一半，便见那两个姑娘匆忙向什么人行了一礼，而后自动退下。

顾昀一回头，摸到琉璃镜架在鼻梁上。见了长庚，这老不正经的居然一点也不觉得不好意思，还非常欢乐地叫他过去，懒洋洋地爬了起来。"好长时间没这么歇过，骨头都躺酥了。"

长庚："……恐怕不是躺酥的吧？"

这话一出口，他已经先后悔了。

"嗯？"顾昀却仿佛没听清，一脸疑惑地问道，"什么？"

不知怎的，长庚就想起此人和沈易两人装成落魄隐士，住在雁回小镇时候的事，顾眢瞎天赋异禀，不爱听的话一概听不见。他本来就是个装蒜的行家，这一旦聋起来，更是如虎添翼了。

只听这"大梁第一蒜"安定侯兴致勃勃地问道："对了，给我带药了吗？晚上我带你去后面的雪梅斋，那边新来了几个唱曲的，据说都是要竞争年底起鸢楼首曲的，咱们先提前去鉴别鉴别。"

长庚以为顾眢让他带药是有什么要紧事，闹了半天居然是嫌耳朵聋喝花酒不过瘾，当下皮笑肉不笑道："是药三分毒，义父既然没有要紧事，药还是少喝为妙。"

顾眢驴唇不对马嘴地接道："嗯嗯，好，带来了就好，这边水很好，你多泡一会儿，好好松快松快。"

长庚："……"

他彻底不想跟顾眢讲理了，正襟危坐在温泉边，眼皮也不抬地打手势道："西北线报皇上收到了，一切平安，你放心吧。"

顾眢缓缓地点点头："嗯——你来都来了，不跟我泡一泡吗？"

"……不了，"长庚面无表情道，"义父自己享受吧。"

顾眢"啧"了一声，随后他居然一点也不避讳长庚，态度坦然，直接就脱衣服下了水。长庚连忙仓皇移开视线，简直没地方放眼睛，胡乱地抓起一盏酒，掩饰什么似的喝了一口，沾了嘴唇才想起来，这是顾眢的杯子。他蓦地站起来，险些把顾眢的小桌子碰倒，声音干涩地说道："我就是来告诉义父一声，你知道了就好，我……我回去还有些事……"

"小长庚。"顾眢叫住长庚，将被水汽熏花的琉璃镜放在一边，只有尺寸长的视线对不准焦距，他却仍像条司水的蛟王，顾眢漫不经心地说道，"都是男人，我有的你都有，你没有的我也没有，有什么好新鲜的？"

长庚屏住呼吸，终于还是抬了一下视线，顾眢的身形有些模糊不清，满身的伤疤却触目惊心地刺眼，有一道从颈下横过胸口，使他的上半身看起来几乎像是被劈成了两半，又重新给缝在了一起。

顾眢深谙人心，知道有些事越是避讳，越是显得禁忌，也就越是中毒似的割舍不下，干脆大大方方地任他看——反正确实也没什么好看的。

"每个人对父母感情都很深，不光是你，我也一样，"顾昀说道，"我亲爹是个活牲口，就知道纠集一帮铁傀儡追着我砍，第一个握着我的手写字的人是先帝，第一个哄着我吃药，吃完还给蜜饯的人也是先帝。我小时候也觉得他是唯一疼过我的人。有时候这种感情太深，可能让你产生一点错觉，过了这一段就好，没事的，你越是放在心上，越是觉得不堪重负，它就越是纠缠你。"

长庚张了张嘴，顾昀却仗着自己听不清，根本不管长庚回不回话，自顾自地接着道："义父知道你是个好孩子，只是太容易给自己背包袱，都放一放吧，陪我在这儿住两天，整天跟个老和尚一样像什么样子？那么多好风光，有意思的事多了，别故步自封。"

长庚僵立良久，走到温泉边上，缓缓地跪了下来，垂目注视着顾昀身上"成群结队"的伤疤。多年来，他已经习惯了半夜三更被乌尔骨惊醒，惊醒后，他就会翻来覆去地想顾昀。长庚从小喜欢安静，那时候经常觉得这个活泼得过了头的义父不可理喻，后来琢磨多了，他突然有种奇怪的疑问，顾昀……怎么会长成这样的一个人呢？

想那老安定侯与长公主膝下独苗，那是多么不可一世的贵公子，何其清贵，稚龄时骤然失去视力与听力，被亲生父亲锻铁一样逼着抽着往前赶，伤痕累累的羽翼尚未长全，又接连经历考妣双丧，玄铁营昔日荣光黯淡，被困于深宫之中……一个人倘若在年幼的时候受过太多的伤害，哪怕不会偏激冷漠，至少也不会是个能玩爱闹的，长庚对此深有感触。

他有时难以想象，那伤口要重叠多少层，才能将一个人磨砺成这个样子？

长庚突然恨极了自己竟晚生十年，竟没有机会在荆棘丛中握住那个人尚且稚拙的手，单为了这一点，他觉得自己会终身对沈易心怀忌妒。他魔障了似的上前，拨开顾昀垂了一身的长发，小心翼翼地碰了碰顾昀胸口那道横亘的伤疤。

"唑……放肆。"顾昀被他摸得头皮发麻，忙往后一躲，"这正跟你说理呢，怎么还动起手来了？"

长庚哑声道："这是怎么弄的？"

聋子一开始没听清，长庚便捉了他的手，一字一顿地在他手心又写了一遍。

顾昀愣了愣，一时想不起来了。

长庚将他琉璃镜上的水汽擦干净，架回到顾昀鼻梁上，深深地凝视着他，打手语道："义父，我们一人坦白一件事好不好？"

顾昀一辈子与"坦白"二字有缘无分，自然觉得不好。

长庚已经抢先道："你对先帝感情深厚，想与他一生相伴、不死不休吗？"

顾昀失声道："什么？"

他想起先帝那张总显得悲苦横生的老脸，当场起了一身鸡皮疙瘩。

"好，你回答了，到我了，"长庚一脸清心寡欲地说道，"我想。"

顾昀："……"

他好一会儿才反应过来长庚这个"我想"指代什么，鸡皮疙瘩当下一波未平，一波又起，汗毛快要竖成刺猬了。

"无时无刻不想，做梦都想，"长庚闭上眼睛，不再看顾昀，"要不是泥足深陷，怎么配算是走火入魔？"

顾昀噎了良久，干巴巴地说道："……你还是跟和尚多念念经吧。"

长庚道："这话你要是五年前对我说就好了，说不定当时放下，就没有今天的事了。"

可是那么多日日夜夜过去了，那么多只有反复念着顾昀的名字才能挨过的噩梦与泥沼，他一直饮鸩止渴——早就晚了。

安定侯吃屎都赶不上热的，呆愣良久也没回过神来，他震惊地想道：五年前我以为你还是个吃奶的小毛孩子！

"那我问下一个问题，"长庚紧闭双目，"义父觉得我恶心吗？"

顾昀又是好久没吭声，长庚的眼睫剧烈地颤抖了起来，手掌不由自主地在袖中收紧——顾昀方才身体的反应是骗不了人的，那种明显的不适纤毫毕见地从他的鸡皮疙瘩里泄露了出来。

顾昀或许能理解他的心，但是恐怕永远也无法理解他的偏执，他于人世无处落脚，只堪堪吊在顾子熹的一根头发上。

长庚听见了水声，是顾昀上了岸，披起衣服。顾昀叹了口气，伸手在长庚肩上拍了拍，平静地避而不答道："孩子啊，义父陪不了你一辈子，总会先走一步的。"

长庚听了他这个语气与用词，嘴角微动，可能是打算露出个微笑，但是失败了。片刻后，他几不可闻地说道："我知道，我不会让义父为难的。"

顾昀在他身边坐了下来，好一会儿才觉得自己有点缓过来了，正要开口说话。忽然，他感觉背后有一道异常凌厉的风刺向自己后心，方才被长庚放在一边的酒杯反射了一道尖锐的光。顾昀尚且来不及做出反应，长庚已经扑向了他。

长庚一把搂住他往旁边滚去，手臂一紧，同时，顾昀的狗鼻子闻到了一丝细细的血腥味。

一支尾部白气未散的箭擦着长庚身侧而过，长庚的长袖应声撕开，一下露出了里面被擦伤的皮肉。长庚一抬头，只见静谧的温泉小院外，尖锐的金属色一闪而过，是个轻裘！

可温泉别院和北大营相距不过五里，快马不必加鞭，片刻就到，这刺客哪里来的？

刺客一击不得手，但还没完。

夕阳正沉甸甸地往下坠，方才放箭的轻裘甲蓦地从另一边的院墙蹿出。他脚下蒸汽蒸腾，人如一道闪电，转眼已在近前。顾昀一把推开长庚，伸手竟从方才放酒的小桌下面抽出了一把钢刀，手腕翻转间，已与那刺客过了两招。

顾昀的功夫是年幼时赤手空拳跟铁傀儡周旋时练出来的，纵然轻裘也烧紫流金，他却并没怎么放在眼里。可是两招过后，顾昀突然蓦地往后退去——他惊愕地发现自己的手竟然在抖，钢刀那一点重量竟让他有些不堪重荷。

长庚一眼便看出不对，伸手接住他，同时握住了他的手腕，就着他的手提刀，狠辣精准地自那刺客下巴捅了进去，刀尖一直别到了刺客的铁面罩，"当"一声响，血雾喷了出来。

长庚看也不看他，手指立刻滑到了顾昀脉门上，沉声道："有人给你下药。"

顾昀胸口一阵发麻，心脏随心所欲地乱蹦起来，他"嗯"了一声，一时有点喘不上气来，微微的麻木感很快往四肢流去，这让看不清也听不清的顾昀心里一紧。

"没事，"顾昀急喘了两口气，"恐怕没完，你……"

这张乌鸦嘴话音没落，墙头上突然蹿上来十来个轻裘甲，与此同时，守在别院外面的侍卫也被惊动，应声而起。那些刺客不知脑子里有什么病，眼见刺杀失败，竟还不肯败退，找死似的蜂拥而上。

安定侯府的侍卫都是家将，战场上退下来的，与那些看家护院的打手不可同日而语，进退有度，机动性极强，长庚只扫了一眼一边倒的战场，便将顾昀扶到了一边。"义父……"

顾昀竖起一根手指在他嘴边，随即拍了拍他的肩，轻轻托了一下他受伤的胳膊，示意他先管自己。长庚没理会，干脆跪在一边，按住顾昀的手腕，此时，顾昀的脉象已经没有方才那么紊乱了。长庚努力定了定神，想起顾昀是个经年的药罐子，比一般人抗药性强得多。要彻底放倒他也没那么容易，想来刚才是被热水泡的，那一点药效才一下子发了出来。

这时，院里突然传来一声巨响，整个山庄都为之震颤，连半聋的顾昀都听见了——交手不过片刻，刺客已经被训练有素的家将们制住，就在统领下令要拿人的时候，所有的刺客竟同时将轻裘上的金匣子捅穿自爆了！

顾昀眯起那双不太管用的眼，压低声音道："死士……"

统领一边命人救火，一边跑到顾昀面前道："属下无能，请侯爷和殿下先行退避。"

顾昀却没吭声，仿佛还在出神。

一时间，他褪色的回忆被血淋淋地扒了出来，带着历久弥新的张牙舞爪，狰狞地竖在了他面前。那年关外的天刮着充满杀意的风，满目玄铁，远近是苍茫萧条的草原，大批的秃鹰徘徊不去，马行高草中，隔着几步就能踢到一块带着野兽齿印的白骨。

还没有桌子高的小顾昀正因为一点小错被老侯爷罚，早饭也不许吃，在营中扎马步，每个经过的将士看见他都会忍不住笑，笑得那从小就自尊心过剩的孩子眼泪一直在眼眶里转，死撑着不肯掉下来。

那时战事已经平息，十八部落进贡的紫流金已经入了国库，神女也封了贵妃，一切原本那么平静。可是突然，一个巡防的将士毫无预兆地倒在了小顾昀身边，身上还穿着重甲。接着，他院子里的侍卫一个接一个地倒下，而外面突然传来震天的喊杀声。小顾昀从来没见过这种阵仗，一时几乎吓傻了，本能地想去找武器。

可他实在太小了，两只手也举不起哪怕最轻的刀。

那天闯进来的也是一群身着轻裘甲的死士，他们行动如风，神魔似的逼到近前，一个方才笑话过他的将士挣扎着起来，像只垂死的鸟，将年幼的顾昀死死地护在身下。

顾昀至今记得，他眼睁睁地看着那些人像待宰的猪狗一样血肉横飞地一个一个摔在营中，他的后背不知被什么东西伤了，钻心地疼。不过疼痛很快就麻木了，渐渐地，他感觉身体四肢都与自己"一刀两断"，周遭声色全都黯了下去，他一点将要消散的意识同快要跳破胸膛的心囚困在一起，喘不上气来……

他也曾经在半昏迷中听见过这么一声惊天动地的巨响——公主带人赶到，那些人从轻裘甲中自爆了。

长庚一把按住他的肩。"义父！"

顾昀毫无焦距的目光终于缓缓聚拢了一点，他喃喃地问道："没烧焦的尸体上有狼头刺青吗？"

长庚："什么？"

统领先是一愣，随后蓦地抬起头——顾府的家将对当年那件事比彼时尚且年幼的顾昀印象更深刻。"侯爷是说……"

"等火灭了去查一查，"顾昀面无表情地说道，"还有下药的人……"

顾昀说着，感觉身上的药性正在消退，他近乎失魂落魄地往前走去，琉璃镜方才掉在地上摔碎了，他眼睛又看不清，险些一脚踩进温泉池里。长庚难得不稳重地一跃而起，不由分说地从身后抱住顾昀，一路护着他往庭院中走去。

顾昀整个神思都不在家，竟也没有推开他。

长庚扶他进了屋，扯过一张薄毯盖在他身上，正想再探他的脉搏，顾昀却忽然道："给我拿药来。"

长庚眉头一皱道："不行，你身上还有……"

顾昀神色淡了下来，语气微微加重了些："我说给我拿药来。"

长庚一愣，直觉顾昀是动了真火。一股不动声色的煞气露了出来，千万铁甲凝聚的暴虐卷入了顾昀一双瞎眼里，一时间，那俊秀的男人好像一尊苏醒的凶神，然而只有一瞬，顾昀很快就回过神来，神色缓和了些，摸索着拍了拍长庚的手道："先去把伤看一下，然后帮我煎一服药来——这么快就不听话了，嗯？"

长庚静默片刻，转身出去了，一拳砸在了门口的柱子上。

而此时，一场更大的风暴毫无征兆地逼近了夜灯如火的京城。

当夜，京城民巷中，一个发稀无须的老人最后看了一眼桌上的血书，将自己吊在了房梁上，在晨曦中结束了自己风烛般的一生。

顾昀心烦意乱的时候竟忘了吩咐家将统领封锁消息，温泉别院与北大营几乎是隔壁，消息很快如长了翅膀一样传了出去。京郊北大营统领谭鸿飞乃是当年玄铁营旧部，闻听自家主帅竟在京畿重地、自己眼皮底下遇刺，当场就火了，亲自带了一个巡防营的兵力彻查。

这样大的动静谁也瞒不住，不过转瞬，顾昀京郊遇刺的消息就不胫而走，而这只是个开头。

翌日，等顾昀恢复了视力和听力，想起自己的疏漏时，已经来不及了——谭鸿飞直接带人进了京。焦头烂额的京兆尹被谭将军逼着翻查京中可疑外埠人员，而奉顾昀之命追回谭鸿飞的传令官前脚刚从马上跳下来，一个意料之外的人携血书击鼓而至。

顾昀的传令官不敢擅闯京兆尹府，忙令人通报，谁知此处已经乱成了一锅粥，足足一炷香的时间，才有人将他领进去。他还没来得及吭声，便见那北大营统领谭鸿飞目眦欲裂地站了起来，一巴掌按裂了桌案，将旁边的京兆尹朱大人吓得官帽都歪了。

谭鸿飞："你是什么人？再说一遍！"

那手捧血书的中年男子一字一顿道："草民乃是东郊民巷外一个糕点铺老板，家有一老养父，原是元和先帝司印大太监吴鹤公公，多年前为避祸，找替身假死，侥幸逃离宫中，一直隐于民间，不料十几年后依然被贼人找到，为免连累亲人，昨夜自尽。草民身如萤火，微若腐草，贱命一条不足挂齿，只是先父遗命，令草民将此奇冤昭告天下。"

京兆尹朱恒本能地意识到事关重大，忙喝道："大胆刁民，胡说八道，那大太监吴鹤因当年谋害皇嗣，早被押进天牢后腰斩而死，难不成你要诬陷大理寺办事不力？"

那男子以头抢地，口中道："草民有家父临终手写血书一封，如今提着项上人头来见大人，岂敢有一字虚言？"

当年大太监吴鹤收受贿赂，失心风似的与一个失宠宫妃合谋害死三殿下的事一度沸沸扬扬，因此事还牵涉尚在宫中的顾昀，玄铁营旧部都恨不能将那无知太监碎尸万段。

谭鸿飞面沉似水道："朱大人不妨听他怎么说。"

顾昀的传令官感觉要出事，念及顾昀临行前"千万不能让谭鸿飞惹事"的嘱咐，当机立断道："谭将军，侯爷请您立刻回营。"

朱恒忙道："不错，谭将军且先请回，倘若有那些番邦贼人的消息，下官必定立刻派人告知将军……"

就在这时，那堂下跪着的中年男子突然扬声道："草民要状告元和先帝，为北蛮妖妃迷惑，竟用鬼蜮伎俩毒害忠良——"

所有人都惊呆了。

半晌，传令官才想起自己此行的使命，声音干涩地开口道："谭将军，侯爷……"

"你闭嘴！"谭鸿飞暴喝一声，继而，他瞪着自己铜铃一样的牛眼，转向那跪在正堂中的男子，一时间喉头竟有些发紧，周身上下的每一根毛发都战栗似的簌簌而起，"你说什么？说清楚一点——哪个忠良？"

那中年男子直起腰来，面色蜡黄可怜，脸上却带着说不出的决绝之意。"二十年前，北蛮遭天灾，狼王野心昭昭，率兵来犯，老安定侯以玄铁营之威，平定北疆，令群狼俯首，将岁贡与其神女姊妹进献我朝。元和先帝纳此二人中长姐为妃，封其幼妹为郡主，令其入宫随侍，待嫁皇室。

"不料这两妖女心怀不轨，图谋者大，先是伪造老侯爷与狼王之间往来书信，诬陷老侯爷战后威逼十八部落，回扣私囤紫流金，又以妖术魅惑先帝，日夜离间君臣之谊……"

京兆尹朱大人光是听了这两句，整个人就炸了，立刻喊道："来人！将这信口污蔑先君的刁民拿下！"

谭鸿飞目眦欲裂道："我看你们谁敢！"

他一声咆哮，身边一水北大营将士群起拔刀，齐刷刷的银甲凛凛，刀光似雪，刀柄上面目狰狞的兽头雕纹几欲冲出噬人。

朱恒面色铁青，死撑着一点读书人的胆子，颤声道："谭鸿飞，你要造反吗？"

谭鸿飞冷笑一声，大步下了石阶，径直行至那中年男子面前，将长马刀往地上一戳，铁塔似的伫立于前，逼问道："你继续说，然后呢？"

那告状男子道："将军可还记得，当年因小侯爷年纪尚幼，在家无人管束，边疆平定后，老侯爷便与公主商量，将其带到驻地。"

谭鸿飞目光闪动，三言两语被勾起了回忆。谭鸿飞还记得，现在威震一方的顾大帅小时候是个不折不扣的熊孩子，什么祸都敢闯，什么人都不怕。老侯爷与公主都没有父母长辈可以代为管教，眼看他要无法无天，只好将那孩子随身带走。

谭鸿飞缓缓点头："不错，确有此事。"

那中年男子道："妖女趁机进言，说老侯爷此时带走独子，图谋肯定不小，说不定是打算与皇上分东西而治，元和先帝为其摄魂之术所惑，对老侯爷愤恨不已，又惧于三十铁骑便踏平蛮族的玄铁营，不知该如何是好。"

谭鸿飞："荒谬！"

中年男子面不改色，侃侃而谈："当时妖女与另一个奸人合力设下了一条毒计，令先父吴公公以犒军为名，带三十死士与两个擅长旁门左道之徒，前往北疆，混入驻地，实施暗杀，为防事败后阴谋败露，还特意让死士们胸前文狼首，假充蛮人。"

谭鸿飞的呼吸越来越粗重。

当年三十蛮人死士混入北疆驻地，毫无预兆，几如天降，先以下三烂的招数将致人手足麻痹的药粉撒入饮食之中，再换上玄铁轻裘，突然发难，将士们每日见巡防营中轻裘骑兵呼啸而过，一时竟全无防备……

谭鸿飞喃喃道："不错，你说的都对得上，当时我还只是个小小的偏将，那轻裘死士，确实只有三十人。"

老侯爷用三十重甲踏平十八部落，妖女便还了他三十轻裘，将战无不胜的玄铁营搅了个翻天覆地，伤了安定侯唯一的继承人。

谭鸿飞突然低低地笑了起来。"那是玄铁营的奇耻大辱啊——我记得老侯爷正巧出营巡防，公主殿下一早就身体不适，水米未进，否则当初伤的不只是一个小侯爷，是吗？"

北大营统领将长马刀往地上狠狠地一戳，巴掌厚的石头地面竟被他生生磕出了一道裂纹。"公主激愤之下，一口咬定我军有内奸，我等十多个兄弟肩负北疆驻地防务之职，难辞其咎，瓜田李下说不清楚，只得纷纷卸甲辞去，回京领罪……这么多年我私下里一直埋怨她，以为她是心疼儿子昏了头……原来真的……"

谭鸿飞说到这里，突然毫无预兆地落下泪来，他也不擦，也不哽咽，依然铁塔似的戳在那里，疼极了似的不住地抽着气。

朱恒被这黑脸阎王的眼泪镇住了，一时间，连心里饱胀的怒火也仿佛被什么戳了个坑，细细地将气撒了出去。京兆尹大人的声气不由得缓和了些，说道："兹事体大，仅凭此人一面之词，未免有失偏颇，谭将军还请慎重。"

谭鸿飞微微回过神来，他心里其实已经信了七八分——没有人比当年掌管北疆驻地布防的谭鸿飞更清楚玄铁营的布防有多么无懈可击。纵然多年来，顾昀对他们这些玄铁营旧部一直不薄，甚至提拔他当上了北大营统帅，谭鸿飞却始终记得自己背负着办事不力的冤屈，无处申诉。

谭鸿飞看了朱恒一眼，勉强咬咬牙，低头问那中年汉子道："不错，你有何凭据？"

那男子从怀中取出血书，"五体投地"道："此为先父亲笔所写，他遗体现在就在门外，将军一见便知他是不是吴鹤，也就知道我说的是不是真的。"

朱恒皱了皱眉，谭鸿飞却已经下令让人去抬。片刻后，一具槁木似的男尸被抬了进来，吊死鬼并不安详，面颊肿胀，舌根脱出，喉间青紫如厉鬼。谭鸿飞只看了一眼，便不堪重负似的仓皇移开目光，哑声道："我记得那老太监眼角有一块三角疤……"

跪在地上的中年男子膝盖点地，爬了过来，一点一点地将那男尸的脸翻了过来，拨开干枯的白发，那布满褶皱与老年斑的眼角上赫然是一道三角的旧伤疤。

周遭一片鸦雀无声，朱恒脸上一丝血色都没有，他忽然深吸一口气，抬手整了整自己被谭将军一巴掌拍歪的官帽，那双书生的手还在抖个不停，口中却问道："后来呢？"

堂下男子道："所幸小侯爷吉人天相，大难不死，后来先帝从妖女的妖术中醒悟，后悔不已，暗中处置了蛮人妖女姊妹，对小侯爷也加倍恩宠，又将其接入宫中亲自照料。只是妖女虽然伏诛，但那曾经给先帝出过奸计的小人却还在，生恐顾氏一脉圣宠依旧，便伙同吴鹤公公，想再对小侯爷下手。"

朱恒面沉似水道："宫闱秘事，你要想清楚再说。"

中年男子朗声一笑："多谢大人，草民幼时本是北疆生长的一农人，世代受蛮人欺负，父母兄弟皆死于那些装神弄鬼的妖人之手，是老侯爷救了我们的命，为我们出了一口恶气，草民位卑身鄙，多年忍辱负重，伺候那老太监，并不是为了他的家当好处，只为了能有这么一天！"

谭鸿飞顾不上唏嘘，几乎已经麻木。"可我记得当年死的是三殿下。"

"不错，"那男子道，"吴鹤将一种能散入空中的毒涂在小侯爷平日读书用的汽灯上。吴鹤说，小侯爷年幼时爱将汽灯调到最亮，常常一开就是一宿，睡着了也不关，一宿过去，灯后面往往热得能烫熟鸡蛋，自然会将那毒物化在空中，再吸入肺腑。中毒的人刚开始会咳嗽不止、低烧不断，都是小儿常见病症，并不引人注意，但慢慢地，人就会衰弱下来，直到毒入五脏，药石罔效。"

谭鸿飞目中似要滴下血来。

"当时小侯爷在宫中所用的汽灯，是西洋特贡的琉璃罩，金贵得很，只有几个皇子和小侯爷有，皇后都没落到一盏，不料三殿下失手打坏了自己那盏西洋汽灯，担心遭到责骂，又不敢去求别人，小侯爷便将自己那盏换给了他，偷偷粘上了打烂的那盏，每日遮挡一本书在上面，假装照样用。"

"后来的事，诸位都知道了，三殿下中毒夭折，先帝震怒，彻查后宫。吴鹤因谋害皇嗣入狱，成了那奸人的替罪羊。"那告状的男子说着，一甩袍袖，整个人扑倒在地，朗声道，"如今前因后果草民已经澄清，多谢诸位将军大人，那至今逍遥法外的奸佞，便是当今国舅爷王裹！"

朱恒已经听傻了。"大胆……你……你好大的胆子！"

那中年人道："狗胆包天，舍得区区肉身！"

朱恒逼问："你有何凭据？"

那中年人从怀中取出一封旧得卷了毛的书信。"禀大人，此乃当年王国舅与大太监私相授受时，写过的一封信，是真是假，诸位一看就知道。"

说完，那男子将信封放在地上，自己往后微微一仰，仿佛是微微叹了口气。

"素日恩怨，如今一朝了结。"

谭鸿飞察觉到他表情有异的时候，已经来不及了，这男人蓦地站起来，在所有人都没反应过来的时候，转身狠狠撞上了旁边的柱子。

血与脑浆崩裂似的齐齐落下，当场死了。

俨然是另一种死士。

此时，温泉山庄中，顾昀的眼皮莫名其妙开始跳个不停。

侯府家将统领霍郸突然闯进门来，上气不接下气道："侯……侯爷……"

顾昀蓦地一回头："怎么？"

霍统领得知京城之变后，心里狂跳，尚未来得及开口，大门忽然被人轰然砸开。

长庚手中紧紧地握着一只木鸟，那小东西张着嘴耷着翅膀，身与首俨然已经"一刀两断"，坚硬的木料竟被他生生捏碎，嶙峋的齿轮支楞八叉地露出来，刺得他手心里一片血肉模糊，而他好像不知道疼，像一条离开了水面的鱼，大口喘息，胸口却连一口气都留不住。

他手中捏着一张血迹斑斑的海纹纸，木鸟毕竟比车马迅捷，已经有人先一步将京城那场闹剧传给了他。长庚胸口如抵尖刀，呼吸俯仰间动辄见血，踉跄着走到顾昀面前，一把抱住了他。

一旁的霍统领吃了一惊："侯爷……"

顾昀冲他打了个手势："老霍，你先出去。"

霍统领喉头动了动，似乎想说什么，最后还是默默退了出去。

这倒霉孩子力气还不小，顾昀觉得老腰都快被他勒断了，等霍统领一走，便腾出一只手来拍了拍他的后背问："怎么了？"

长庚低下头，将脸埋在顾昀的肩膀上，周遭缭绕的尽是顾昀身上的药味，以往闻了他只觉得安心，哪怕入梦也能驱散阴霾，此时他却再也不想闻到这满身的药味了。长庚闭上眼，耳畔轰鸣，心里澄澈一片，只剩下了一个念头：我要杀光李家人。

顾昀从他手中将那张皱皱巴巴的海纹纸抽出来，一眼扫到底，顿时倒抽了一口凉气，猛地推开长庚，怒喝道："霍郸！"

候在门口的霍统领闻声立刻推门进来。

顾昀都快疯了，站得猛了，一时眼前居然有点发黑，连忙撑了一下桌子，胳膊肘竟一直在发颤。

"备马，我要回京，"顾昀深吸一口气，"你带……喀……"

他话说到这儿，已经破了音，狠狠地清了清嗓子："你带上几个轻裘先行一步，一定拦住谭鸿飞。"

霍统领深深地看了他一眼道："是！"

顾昀转身要去取自己的朝服与轻甲，被长庚一把抓住手腕。

长庚颤声问："都是真的？"

顾昀低头看了他一眼，眼中风云涌动，好不复杂，顿了一下，顾昀才低声道："自然不是，妖术都是无稽之谈，王国舅也不过是……"

不过是皇座下面一个指哪儿打哪儿的奴才，那两个北蛮女人，也不过是国破家亡、零落异乡的可怜人而已。

真相大家都心知肚明，却谁也不敢提。

顾昀将手往外一抽道："这一阵子乱，你先不要回京，在这里住几天……"

长庚却不肯放过他："那就是说，除了妖术和王裹的部分，说的都是真的？你知道，你一直知道？"

顾昀耐心告罄："什么时候了，还跟着裹乱，走开！"

长庚几乎与他同时开口，轻声道："你为什么还肯替他殚精竭虑地守着这破烂江山？为什么还肯百般委曲求全？为什么要收留我照顾我这么多年？"

那轻如落雪的声音在顾昀的怒吼下本来微弱得不值一提，然而不知道为什么，话音出口的一瞬间，该听见的人还是都听见了。

顾昀心头一紧。

长庚嘴唇一点血色也没有，目光紧逼着他问道："义父，为什么？"

顾昀喉头微动，不知道从何说起——怎么说？

说他当年其实并不知情，这些年来，还一直以为自己的伤只是一次意外，一直以为是自己没能保护好阿晏，眼睁睁地看着阿晏死于后宫争斗吗？直到……他奉命押送加莱荧惑世子出关，才从那不怀好意的蛮人嘴里知道，草原神女之毒乃是不传之秘，世代只有神女本人掌控，连蛮人同族也无从知晓，二十年前三十轻骑重创玄铁营的事与蛮族人根本没有关系。

家与国，仇与怨，大路朝天各走半边，他倘若一脚迈出去，无论走上哪边，都再不能回头。

此间种种皆不足为外人道，顾昀终究还是一声没吭，强行掰开长庚的手，披甲束发。

将军有心，可惜是铁铸的。

顾昀的反应不可谓不快，侯府数百家将调动不能说不灵，然而还是来不及了。

霍郸一头冷汗地赶到皇城根下时，惊悉北大营哗变，御林军紧急调动，京城九门全封，整个皇城乱成了一团。

第七章

国难

壹

长庚追了出来："义父慢着！"

顾昀人已在马上，居高临下地回头看了他一眼，战马同主人一样焦躁不安，即使缰绳被拉着，依然在原地来回踱步。长庚脸上的血色仿佛都沾在了他的手心与袖口上，像个白描在纸上的人像。他的神色近乎漠然，仿佛在方才那张痛极了的面孔上生生糊了一层面具。

长庚一字一顿道："万一霍伯压不住谭将军，义父此时进京，无疑会引火烧身。"

顾昀的长眉微微挑了一下，待要说什么，长庚却先一步打断他。

"我知道，就算引火烧身，你也非进京不可，因为御林军挡不住北大营。眼下除了义父，没人镇得住谭将军，京城一旦兵变动荡，后果不堪设想。"长庚深吸一口气，继而冲他伸出一只血迹斑斑的手，"只是万一皇上将你扣押，四方将领必然人心浮动，恐生祸患，我需要义父留给我一件能暂时安抚人心的信物。"

顾昀脸上惊愕之色一闪而过，这个方才还让他万分闹心的孩子突然陌生了起来。

每个人都有很多面相，好比有些人在外面叱咤风云，威风传奇得不行，一旦回到至亲面前，就会变成一个不知饥饱冷暖、丢三落四又满身脾气的小儿女。

长庚虽然与那个嘴上没大没小叫人家"十六"，却总是依赖着小义父的男孩渐行渐远，可心里到底对顾昀存着几分仰慕的寄托，纵然是夜半时分情欲萌动，也因着这一点如父如兄之情而掺杂了说不出的禁忌感。

直到这一阵东风吹散了他最后的少年情怀。

长庚在最短的时间内意识到，自己或将踽踽一人走上一条无人谅解，也无人相伴的路。

从今往后，他再也不是什么人的儿子与晚辈了。

顾昀从怀中摸出自己的私印，当空抛给长庚，叮嘱道："这东西没有玄铁虎符有分量，但跟过我的老人都认得，或许有些用，万一……你可以想办法去请钟老将军。"

长庚看也不看那方私印，直接收入袖中，淡淡地点头道："知道了，义父放心。"

话音没落，顾昀已经狠狠一夹马腹，飞奔而去。

长庚一直盯着他的背影，直到目力无可及，他突然闭了闭眼，几不可闻地喃喃叫了一声："子熹……"

一边的侯府侍卫没听清，疑惑道："殿下说什么？"

长庚蓦地一转身道："备纸笔。"

侍卫连忙追上去。"殿下，你的手……"

长庚闻言一顿，抄起顾昀落下的酒壶，面无表情地将那一壶烈酒全冲到了双手的伤口上，本来已经凝住的伤口再次被冲出血水来，他从怀中取出一块帕子，浑不在意地一裹。

此时京城中，谁也没料到一个老太监的死竟然引发了这样一场轩然大波。

谭鸿飞压抑二十年的冤屈爆发，大约已经失心风了，先是派兵围了王国舅府邸，得知那老东西竟将老婆孩子抛下，进宫避风头去了，便立刻掉头，悍然对上了赶来救场的御林军。

御林军与北大营从来是一主内、一主外，同为京畿重地的最后一道防线，是抬头不见低头见的交情。御林军主要由京城里走门路吃皇粮的少爷兵和从北大营抽调选拔的精英两部分组成，前者早就吓得尿了裤子，根本指望不上，后者虽然有本事，但骤然与"娘家"对上，一时间也是进退维谷，正如长庚预料，很快便溃不成军。

起鸢楼的笙歌还在绕梁不休，温热的花酒白雾未消，京城中已经炸了锅。

谭鸿飞带人逼至宫禁之外，将头盔往下一摘，仿佛捧着自己一颗项上人头。他先是往大殿方向行了三跪九叩大礼，随后对着拦在面前的大内侍卫吼道："罪臣谭鸿飞，求见皇上，请皇上将留宿宫中的奸贼送出，给我保家卫国的百万同袍兄弟一个交代，给天下一个交代！罪臣愿万死赎欺君之罪！"

宫里的李丰皇帝听闻此言，尚且来不及怪罪王裹，已经勃然大怒，天子的胆魄到底不是夹着尾巴逃跑的王国舅比得上的。李丰险些连玉玺也砸了，不顾左右劝阻，转身更衣而出，来到大殿前，当面与谭鸿飞对峙。

京师重兵与大内侍卫隔着几丈宽的汉白玉石阶面面相觑，连宫墙上落的麻雀都跟着捏了一把汗。

而就在这危险的僵持中，顾昀终于及时赶到了。

顾昀身边带了二十来个人，强行从围困宫禁的北大营队伍中开了一条路，直接闯了进去。见了此情此景，安定侯真是一口心头老血都快被呛出来了，他大步上前，一鞭子抽到了谭鸿飞脸上，将谭鸿飞抽了个皮开肉绽，咆哮道："你作死吗？"

谭鸿飞一见顾昀，眼圈就红了。"大帅……"

"闭嘴，你想干什么？逼宫吗？"顾昀一脚踹在他肩上，谭鸿飞几乎被顾昀踩着肩膀踩到地上，"你眼里可还有尊卑？可还有忠义？可还知道什么叫君臣上下？北大营非传召不得入京的规矩呢？谁给你的狗胆欺君罔上！"

谭鸿飞伏在地上，声泪俱下："大帅，二十年啊，枉死的兄弟们，沉冤不得昭的兄弟们……"

顾昀垂目看着他，眸色冰冷，丝毫不为所动。"半个时辰之内，令北大营全体退出九门以外，慢一步我亲手取你的狗命，滚！"

谭鸿飞："大帅！"

"快滚！"顾昀的眼角"突突"跳个不停，蹬开谭鸿飞，他上前一步掀衣摆在大殿石阶前跪下，"皇上息怒，谭将军早年受过伤，早有癫狂之症，又为歹人煽动，想是一时鬼迷了心窍病发，请皇上念在他多年功劳苦劳的分儿上，令他回家静养，饶这疯子一命。"

祝小脚忙趁机在李丰耳边道："皇上，您看大帅也来了，您万金之体，万万不可涉险，快进殿躲避片刻吧。"

李丰怒极反笑，转头看了祝小脚一眼，冷冷地说道："怎么，你也叫他大帅了？"

祝小脚的脸色顿时惨白，"扑通"一声跪在了旁边。

李丰负手于汉白玉石阶上，居高临下地望着那轻裘玄甲的安定侯，前所未有地明白了一件事——当年先帝过世前再三抓着他的手，嘱咐他要小心一个人，那人不是野心勃勃的魏王，也不是那些虎视眈眈的番邦人，而是先帝的股肱……顾昀。

半个时辰后，北大营退出九门，连同谭鸿飞在内，主事者十几个将领被关押，安定侯下狱。

与此同时，数不清的木鸟从北郊的温泉别院里腾飞而出，又有轻骑分两路快马加鞭，分别带着盖了顾昀私印的信，便装赶往西北与江南东海两处边疆重地。

如果长庚此时手里有玄鹰，哪怕只有一两个，或许他也是有机会的。可是隆安皇帝扣留顾昀帅印时，便将他身边所有玄铁营将士遣回了西北驻地。

再一次地……太迟了。

正是人间四月天，如珠似玉的西域古丝路入口——

数月前的繁华早已经不复存在，所有关卡都关了，玄铁营严阵以待。到处都能看见那些周身泛着杀伐气息的"黑乌鸦"，何荣辉奉命暂代三军统帅一职，来自京城的击鼓令还在他的桌子上落灰。

这天阴极了，黑云森森地压着城池，万国驻地各自紧闭家门，尽是沉寂。黄沙过处，似乎有什么一触即发。

不知是不是何将军的错觉，他总觉得有什么事要发生了。

而就在这时，一个玄鹰突然从天而降。玄鹰落地时没站稳，踉跄着滚进了西域沙尘里。正巧巡防的玄铁轻裘见了，忙上前察看。只见这纵横长天的天空杀手竟像是被那玄鹰甲坠得站不起来，跪在地上死死地拉住同袍的手，面罩下年轻的脸憔悴得吓人。

巡防的都尉飞快地走过来，一迭声地问道："何将军不是让你去京城探听大帅何时能拿回帅印吗？怎么，到底出了什么事？"

那玄鹰死死咬住牙关，齿缝间全是血迹，英俊的脸上扭曲了一下，一把将身上的鹰甲扯下来，嘶声道："我要见何将军……"

北大营出事，谭鸿飞下狱，九门提督生怕安定侯下狱一事引起更大的动荡，在接管营防后，第一件事便是派人守住京郊所有出入口，那玄鹰尚未落地，已经遭遇了一波白虹箭，好不容易突围而出，乔装落地，才从民间沸沸扬扬的谣言中打探出前因后果。

玄鹰激愤下直接返回了西北，恰好跟长庚派往西北的轻骑擦身而过。那玄鹰比马快了不知多少，提前数天赶回了玄铁营驻地。

何荣辉那火药桶当场就炸了，当夜带人直闯西北都护所，而恰恰就在这个节骨眼上，列队于龟兹国的沙虎缓缓离开了驻地，抬头将黑洞洞的炮口指向东方。

掺和进来的多方人马人事已尽，只听天命。

可是这一次，天命似乎完全抛弃了气数将尽的李家王朝。

同一时间，乍暖还寒的塞北荒原上——

绵延的丘陵脊背弯出温柔的弧度，野花跃跃欲试地露出此起彼伏的花苞。灰狼群站在高处，猎鹰呼啸盘旋，沾满油污与风尘的旗子与兽皮一同猎猎抖动，长天苍青，后土玄黄，而密草深处，有千军万马。

寒铁与机械轰鸣中，突然传来了一段沙哑缠绵的歌声。

"最洁净的精灵，天风也要亲吻她的裙角，众生唱和俯首，跪在她歌舞的地方，来年有成群的牛羊，有草木茂茂丰润，鲜花成毯，铺到天山尽头，来年有长生的天与常绿的草啊，野兔出洞了，野马缓缓归……"

一晃已经五六年，当时一腔激愤下贸然直逼雁回镇的北蛮世子加莱荧惑，已经继承了十八部，成了真正的狼王。关外的西北风在他脸上留下了深如刀割的痕迹，几千个日夜反复雕琢他的面容，仇恨与怨念浸泡着他的骨头。

如今，他两鬓斑白，目中凶光一丝不露地内敛入心，辽阔旷远的歌声也早已经蒙尘，哼唱不过两句，依稀是旧词旧曲，声音却已经沙哑不堪。

他举起腰间酒壶，和着壶嘴的铁锈味灌了一口浊酒，面部紧绷地盯着远处飞来的一条影子。那与猎鹰同行的黑影转瞬到了近前，竟是一部鹰甲，比玄鹰更大，甲胄更狰狞，往来呼啸带着尖锐的鸣叫，落在现任狼王面前，双手递上了一支不知什么材料做成的金色小箭。

加莱荧惑伸手将那支小小的金箭拿起，把酒淋在了上面，原本光滑的箭杆上竟缓缓地显露了一行十八部落的文字，卷曲的字迹绵延在烈酒之下，写的是"请狼王先行一步"。

加莱荧惑深吸了一口气，本以为终于到了这一刻自己会满心狂喜。

然而没有，他才发现，原来这么多年过去，仇恨已经快要将他掏空了。哪怕翻盘在即，他也忘记了该如何欢笑。现任狼王仰望着头顶长天，阳光让他有些眩晕，像是无数双死者的眼睛，仍在死死地盯着他。

"到时候了。"他几不可闻地轻声道，在千军万马的鸦雀无声中抬起一只手，继而狠狠放下。

灰狼引颈长嚎，奔腾而下，爪牙向南。

终年苍翠不去，暖风呜咽的南洋诸岛——

是夜，宁静而简陋的港口中缓缓驶入一艘通体纯黑的大船，尚未停稳，一群披坚执锐者已经自打开的舱门奔出，无人的小岛上突然灯火通明起来，巨大的礁石群中竟有连片的战甲，被微末的火光映照得面目狰狞，像一群不祥的阴兵。重甲之中，有一张巨大的行军图，包括南疆大山中掘地三尺的密道。顾昀曾经派人挖开的，竟然只是冰山一角。

最后，是原本风平浪静的东海——

带长刀的东瀛武士与蛇一样的忍者们打扮成沿海倭寇，小心翼翼地驾小船从大海中神不知鬼不觉地划过，以奇怪的手势互相通信。他们蚂蚁似的从四面八方缓缓聚拢，码头上平时流水一般的货船也挨个撤出大梁海港，悄然转向了东瀛诸岛的方向。

一声漫长的汽笛声极具穿透力地在无边大洋上响起，"商船"逐渐汇聚成列，队列横平竖直，秩序俨然，随着他们离开江南水军的巡航范围，为首的商船幕地换下了原来的商队旗帜，西洋教皇森严厚重的战旗横陈于沧海面上，覆下好大一片阴影。

换旗似乎是一个可怕的信号，一条条巨大的"商船"开始解体，粉饰太平用的外壳脱落海中，露出下面一个个黑洞洞的炮口，这竟是一种从未面世过的"海蛟"。它们小而怪异，能被包在普通商船中，船速快如闪电，分海而过时，简直如同撕开疾风的海怪。

群怪随着旗语散开，随后，一个巨大的黑影自水面以下缓缓地升上来。

原本平静的海面涌起了小山一般的波涛，那是个无与伦比的巨怪，顶破海面，露出诡谲的"头"，头顶无数条"吸盘"上黏着数以千计的海蛟与战船，整装待发，高耸入云的立柱里全是紫流金，厚重的铁板壳在无数相咬的齿轮下辗转打开，连排的大小炮筒像无数险恶的眼睛，扭转时竟无一丝凝滞。

这巨型海怪的甲板上，能放下十来条大梁海蛟。

而后舱门缓缓打开，一条漆黑的阶梯舌头似的凭空垂下来，两排戴着古怪小帽的西洋海军鱼贯而出，漆黑的舱门中绽开一把黑伞，先支了起来，遮住上面落下来的海水，顾昀曾经在皇宫中遇到过的白发西洋男子一低头，泰然自若地走到伞下。

旁边替他撑伞的人落后半步走出来，俨然就是当年坑了南疆群匪的"雅先生"。

"陛下这下能放心了。"雅先生伸手扶住那位白发男子，原来这个曾经多次来往大梁，自称使者的人，居然就是教皇本人。

雅先生说道："虽然中间出了无数的偏差，但最后的结果好歹没有浪费您耗在这里的心血。"

教皇注视着海面上狰狞的海怪群，脸上是无悲无喜的宁静，好像非但不怎么欢欣，还挂着几分说不出的悲悯忧郁。

"说结果还太早。"教皇说，"命运是一种很玄妙的东西，一个人的命运尚且无从预测，何况一个国家？那大概是只有神才知道的事了。"

雅先生笑道："比如当年，加莱荧惑那个蠢货居然没忍住，提前将那件事透露给了顾昀吗？"

加莱荧惑太恨顾昀这个最后的顾家人了，他的整个生命里除了这一点憎恨之外，再没剩下什么，他早就抛下了狼王的尊严，成了一条疯狗，毫无大局观，在他看来，只要能打击顾昀，破坏谁的计划他都全不在乎。

偏偏他们没有办法不和这条疯狗合作，十八部与中原之间世代纠缠的仇怨太深了，神女当年留在京城里隐而不发的势力也太重要了。

"我真佩服那个顾昀，"雅先生叹了口气，"如果我是他，还不一定会做出什么事来，他却居然悄无声息地把那些事处理了，否则以我们今天翻出来的事实，造成的效果绝对比现在更疯狂，各地驻军说不定已经……他们管那个叫什么？'清君侧'吗？"

教皇轻轻一笑道："效果不太理想，不过没办法，时机稍纵即逝，我们已经别无选择了，雅克，我们所有人都是困兽，都在找一条活路，不是吞噬别人就是被人吞噬，无数双眼睛都正盯着大梁这只巨大肥美的食草动物，我们必须先行一步，否则三五年后，我们不一定还有一战之力。"

雅先生望向茫茫的海面，远近都是水，海天一色，他不解道："陛下，如果这只是一只食草动物，我们为什么要这样处心积虑地拔去它的爪牙？"

"食肉还是食草，不是以体形和爪牙区别的，"教皇喃喃地说道，"你要看它是否贪婪，是否有一颗渴望吞噬与撕咬的心……你闻到这股味道了吗？"

雅先生愣了愣，纯度够高的紫流金燃烧起来几乎没什么味道，大概也就只有顾昀和狗能闻出来，他试探着问道："陛下说的是……海水的腥味吗？"

"是臭味，孩子，"教皇低声道，"如果有魔鬼存在，那么它无疑就是这种小小的矿物，蓝紫色的火焰，从破土而出的那一天开始，就点燃了这个该死的时代，它把神的孩子都变成了铁怪物的心。"

烧紫流金的机器难道不是人造的吗？

雅先生耸耸肩，没有反驳，但多少有些不以为然。

教皇不再解释，他只是低下头，念念有词地开始亲吻自己手上绘制了权杖的戒指，做了一个简单的祈祷。

"请原谅，"他轻声说，"请原谅我。"

这时，最前端的海蛟先锋上突然冒出一簇湛蓝的信号火，直冲云霄。

雅先生的眼睛里也仿佛融入了火光，他勉强按捺，一时却还是难以压抑激动的心情。"陛下，要开始了！"

贰

那是隆安七年，四月初八，安定侯顾昀从温泉别院搬到帝都天牢的第三天。

天牢里阴森森的，好在帝都开春后寒意渐去，已经很暖和了，牢房里的草垛比行军床还要软和一点，住几天也不难受，顾昀就权当纳凉了。他周围一片寂静，连个能一起聊天吹牛的狱友都没有，狱卒都是铁傀儡，不会说话——这里是天牢中最里面的一间，非皇亲国戚王侯将相者不得入，北大营统领谭鸿飞之流都不够格关在这里。

上一个有资格住这儿的，还是皇上的亲兄弟魏王，顾昀享受单间待遇，也就只好一个人待着。

不过即便有人跟他聊天，他也听不见——临行时匆忙喝下的药早就过了药劲，他眼角与耳垂上的小痣颜色褪得几乎要看不见了，琉璃镜也没带在身上，睁眼大概能勉强数清自己的手指，铁傀儡出来进去的脚步声都听得模模糊糊的。

为了打发时间，顾昀逮了一只小耗子养在旁边，每顿饭省两口给它吃，没事跟耗子玩。

那件事是有心人刻意翻出来的，顾昀心里有数，五年前他暗中调查的时候，曾经动手抹去了一些致命的证据，但没有动吴鹤，一来那只是一条苟延残喘的老狗，二来……恐怕他也不是没有私心的，他也实在不甘心将那一点刻骨铭心的真相就这么消弭得一点不剩。

顾昀承认这是他处事不当，倘若当年他有现在一半的冷静与圆滑，就会明白，要么他应该将那些东西收集起来，等时机成熟了一举推出来，干脆反了；要么他就该狠下心来，将所有过往毁个干干净净，把过去埋葬在过去，永远不让它们重见天日。

千错万错，他不该在应当果断的时候迟疑。

就像元和先帝一样，倘若他老人家不是那样犹豫迟疑，世上应该已经没有顾昀了，想必也有另一种太平。

顾昀不知道此事后续会如何，也不知道初出茅庐的长庚能不能真的稳住四方军心，但是他身在天牢里，愁也没用，只好先放宽心，养精蓄锐。耗子发现此人手欠得讨厌，嫌他烦，又躲不开，于是干脆装死，不肯搭理他了。

猫嫌狗不待见的顾侯爷只好无所事事地靠墙打坐去了，感觉这耗子的态度和长庚小时候差不多。

顾昀漫无边际地想起长庚，还是忍不住叹了口气，对耗子感慨道："他现在这样，还不如小时候整天嫌弃我呢。"

耗子给了他一个圆滚滚的屁股。

顾昀深吸一口气，将这一点杂念也强硬地摒除干净，丝毫不讲究地伸手拽过草垛上发霉的破毯，往身上一搭，闭目养神去了。养好了精神，才好面对前途艰险。

没人能吵到天牢里的半聋，顾昀很快就睡着了，他在阴冷的霉味中做了一个梦。

顾昀梦见自己仰面躺在了一口巨大的铡刀下，重逾千斤的刀刃压在他的胸口上，一点一点铡着皮肉压进骨头里，将他活生生地"一刀两断"，他与自己的身体四肢都断了联系，只有胸口一线的伤口，疼得他抓心挠肝，耳畔是乱七八糟的哭声、炮声、号叫声，与气如游丝的胡笳断续跑调声……他被那铡刀劈开，伤口处却没有血，反而掉出了一支信号箭，尖声嘶吼着冲上天际，炸得山河耸动。

顾昀蓦地闷哼一声惊醒，胸口的旧伤莫名其妙地疼了起来，梦里信号箭那穿透力极强的尖鸣声在他耳边逡巡不去，汇成了一股别具一格的耳鸣。

他和他的玄铁营之间仿佛有一种奇异的感应，这天夜里，西域古丝路驻军地，第一支不祥的信号箭在夜空中炸了个姹紫嫣红。

紧急战报在一天之后才送抵了京城，送信的玄鹰只剩了一条腿，撑着一口气，抵达人心惶惶的北大营后，一句话都没来得及说，落地就死了。

两个时辰之后，西域玄铁营遇袭之事震惊朝野。

当时，京城事变的消息传出，何荣辉带人围困西北都护所，不料他前脚刚走，龟兹国便用百八十辆沙虎打头，强行轰开了西域入口的玄骑巡防营地。战车沙虎是轻裘铁骑最大的克星，一时间烟尘滚滚，火光如幕，战马长嘶而亡，铁骑成片倒下。

但玄铁营毕竟是玄铁营，一时混乱后，马上反应过来，玄甲毫不犹豫地压上，何荣辉接到消息后马上率玄鹰回程，当机立断从空中直接截断沙虎后援——巨型战车极端耗紫流金，一旦补给中断，立刻就是一堆废铜烂铁。

可是这叩门沙虎并不是虚张声势，身后竟真如所有人担心的那样，是旌旗向天的数万大军。

万国驻地的洋人、曾犯上作乱的西域诸国、一直趁火打劫的天竺人……甚至比他们想象的还要多。纵然是乌合之众，也是"众"，沙虎在侧，玄铁营只能以重甲硬顶，很快到了双方开始拼紫流金的地步。

何荣辉紧急开放西域大营紫流金库存，一看才惊觉，库存已经捉襟见肘——隆安皇帝彻查紫流金走私时，顾昀迫不得已将手中暗线暂停，而朝廷配给玄铁营的份额只够维持素日巡防的，根本应付不了这样突然爆发的大规模战役。

何荣辉派人调配，可调配紫流金之路再次受阻——安定侯下狱的消息已经传开，具体情况谁也说不清楚，此时人心惶惶，传什么的都有，在这个节骨眼上，谁敢不经击鼓令给玄铁营调配紫流金？万一他们是要杀上京城造反呢？

何荣辉只好一方面派玄鹰入京，一方面就近向北疆城防军求援，然而传令官尚未动身，北疆关外十八部落突然发难，狼王加莱荧惑南下亲征的消息便"轰隆"一声砸了下来。

五年安定，铁墙外竟已经天翻地覆。

加莱荧惑携精兵数万、重甲上千，甚至还有一种防不胜防的"鹰"，比玄鹰更大，杀伤力更强，一口咬向了绵延千里、尾大不掉的北疆边防。

西北沦陷得一发不可收拾，没有主帅安定侯下令，玄铁营哪怕战死到最后一个人也不敢后退半步，何荣辉苦撑了三天两夜，军备打得见底，穷三代之力打造的这支神兵眼看要折损过半。

而就在这时，长庚的信使终于到了。

这位远在京畿，不显山不露水的郡王殿下携顾昀私印，将顾昀的笔迹模仿得天衣无缝。长庚总共交给信使两封信——如果边关尚且安稳，便交给何荣辉第一封信，让他不必顾忌朝廷，无论从黑市也好，用其他手段也罢，立刻秘密充盈西域紫流金库存，修整军甲，随时准备一战。

万一边疆已经生变，则将第二封信交给何荣辉，要他不要死守，不要恋战，迅速收缩兵力往东两百里退至嘉峪关以内，等待援军。

隐藏在暗处的敌人已经动手，此时出手，无疑已经晚了，长庚手中没有玄鹰，靠临渊阁的木鸟能联系的人太有限了，无论天塌还是地陷，信使怎么也难以第一时间赶到，因此他设想了最坏的情况，尽最大努力亡羊补牢。

倘若西域生变，北疆必难以独善其身，因此中原驻军统帅蔡玢将军会在玄铁营退守的同时，收到长庚的另一封信函，请他增兵向北，并尽可能地抽调重兵将储备的紫流金送往嘉峪关，解燃眉之急。

可是长庚心里清楚，万一真出了事，这点部署还远远不够。

整个西南的十万大山他无法控制，虽然沈易在那边，可沈易是空降统帅，毫无根基，根本不可能在没有击鼓令的情况下擅自调兵遣将，而东海一线的江南水军更让人揪心，因为赵友方是李丰的人，不可能为顾昀的一方私印调动。而长庚恰恰有种预感，哪怕他能左支右绌地扑灭其他地方的火，东海汪洋中也必定藏着致命一击。

来自玄鹰的噩耗果然坐实了他最坏的设想，长庚深吸一口气，放出了最后一只木鸟，回头对嘴角起了几个血疱的霍郸道："备马，我要进宫。"

就在宫门口，长庚被了然和尚拦住了，了然一身风尘仆仆，面色却依然宁静无波，仿佛十万火急的事都能化在他整齐的戒疤里，被一声佛号散去。

了然冲他稽首行礼，比画道："阿弥陀佛，四殿下……"

长庚漠然截口打断他："大师不必多说，我是进宫请命的，不是去逼宫的。"

了然神色微微变了一下。"贫僧相信殿下有这个分寸。"

"我并非有分寸，"舌灿莲花的四殿下竟撕破了斯文颜面，直言道，"自秦岭分南北，东南与西南诸地不在掌控之中，就算我能当场宰了李丰，也收拾不了眼下的乱局。何况眼下无人可以继位，皇长子年方九岁，太子年纪更幼，中宫根本是个中看不中用的病秧子，子熹名不正言不顺，我……"

他冷笑了一声："我可是北蛮妖女之子呢。"

了然满目忧虑地看着他。

"大师放心，我本就身为一毒物，倘若再稍微任性一点，大概早已经开始祸国殃民了，我不是还什么都没做呢吗？"长庚神色再次转淡，"现在也不是说这些的时候，外敌进犯，想必蓄谋已久，这事还没完，但他们反应太快了，我怀疑宫中……甚至李丰身边有敌人内应，临渊阁在宫中有能用的人吗？"

了然神色一肃，比画道："殿下是指……"

长庚道："此事牵连到二十年前的旧案，必与北蛮人脱不开关系，查那两个北蛮女人当年在宫里接触过的人——任何人，北蛮巫女擅毒，乱七八糟的手段多得很，一点线索都不要放过。"

他说"那两个北蛮女人"的时候，声音波澜不惊，仿佛那是和他没有任何关系的人。

"我早该觉得奇怪,"长庚低声道,"当年李丰那么轻易就将加莱荧惑放虎归山,背后缘由果然并不简单,可惜……"

可惜他当年太小,拳头大的心里只装得下那么一点背井离乡的少年烦忧。

"若我早生十年……"长庚忽然道。

了然眼皮一跳。

长庚一字一顿:"天下绝不是这个天下。"

顾昀他也绝不会放手。

"子熹说过,我朝海蛟落后其他军种十年,我担心东海不平静,赵将军是守城之才,但不见得应付得了大战,"长庚飞快地说道,"我已经写信给师父,临渊阁在江南一带根基深厚,劳烦大师接应,少陪——驾!"

了然和尚难得皱起眉,不知为什么,长庚那声"子熹"听得他心惊胆战。然而眼下正火烧眉毛,不是纠缠一个称谓的时候,和尚披着一身粗布麻衣,身影转瞬融入了晨曦,奔走而去。

长庚前脚踏入宫中,坏消息已经劈头盖脸地砸了过来,一道紧似一道的前线军情让隆安皇帝与满朝文武全都措手不及——

玄铁营退走嘉峪关。

北疆一夜丢了七座城池……甚至没能等到蔡玢的援军。

南疆暴民商量好了一样,与南洋流寇勾结,神出鬼没地炸了西南辎重处……

"报——"

大殿上所有人面色铁青地望向门口,李丰甚至来不及让长庚见礼。

"皇上,八百里加急,有十万西洋水军借道东瀛诸岛进犯——"

李丰目眦欲裂:"赵友方呢?"

来使以头抢地,哽咽出声:"……赵将军已经殉国了。"

李丰整个人晃了晃，长庚面无表情地看着李丰跌坐在金殿王座上，理智之外忽然升起了某种残忍的快意，然而他待自己十分苛刻，只一瞬，便不动声色地掐了掐自己的手心，将那股嗜血的快意压了回去——他知道那是乌尔骨作祟，并不是他的本心。

长庚不甚诚心地开口道："皇上保重。"

雁北王这么一出声，大殿上呆若木鸡的文武百官立刻反应过来，纷纷紧跟着附和道："皇上保重。"

李丰的目光缓缓地落在长庚身上——名义上，这是自己唯一的弟弟，自己却不常能注意到他。自四殿下李旻封王入朝以来，在朝堂上几乎不怎么出声，也不刻意结交朝臣，甚至也不曾借着顾昀的东风和武将们搭过话，只偶尔和几个清寒的穷翰林闲聊些诗书。

长庚仿佛丝毫没有注意到他的目光，面不改色道："赵将军殉国，东海再无屏障，洋人往北一转立刻便能直逼大沽港，事已至此，说什么都晚了，还请皇上摒除杂念，早做定夺。"

李丰何尝不知道，只是心里一团乱麻，一时说不出话来。

这时，连日来被坊间谣言折腾得灰头土脸的王国舅觑了一眼皇帝脸色，壮着胆子进言道："皇上，京郊只有一个北大营，周遭都是平原腹地，一马平川，倘若在此会战，我方兵力肯定不足。再者说，谭鸿飞谋反一事尚无定论，北大营几乎无人统领，倘若江南群蛟全军覆没，北大营就能行吗？谁还能保护皇城平安？为今之计，不如……呃……"

王裹这话没说完，因为大殿上一众武将的目光都白虹箭似的盯在了他身上。这老东西自己屁股还没擦干净，稍有点风吹草动，又胆敢撺掇皇上迁都——倘不是内忧外患，恐怕众人都有将他分而食之的心了。

王裹灰溜溜地咽了口口水，弯着腰不敢起来。

李丰神色阴晴不定，沉默了片刻，他把王国舅晾在了一边，只道："让谭鸿飞官复原职，给他个戴罪立功的机会……朕叫你们来是议事的，谁再说屁话，就给朕滚出去！"

皇上情急之下连市井粗话都吼出来了，整个大殿一静，王裹的脸红一阵白一阵的。

李丰略显暴躁地转向兵部尚书道："胡爱卿，你手掌兵部，握着击鼓令，你说。"

兵部尚书因天生面有菜色、面长二尺，名字"胡光"听着又有点像"瓠瓜"，私下里便有人叫他"瓠瓜尚书"。瓠瓜尚书闻听李丰此言，硬生生地憋出了满脸包，成了个苦瓜——击鼓令名义上由兵部签发，但兵部没事敢随便发吗？他就是皇上手里的一支笔，笔也敢有想法吗？

胡光抹了一把冷汗，底气不足地说道："呃……皇上说得对，京畿乃我大梁国祚之托，更是万民所向之地，怎可由着洋毛子乱闯？成何体统！咱们便是还有一兵一卒，也要死战到底，眼下就打退堂鼓，岂不是动摇军心？"

李丰实在不耐烦听他车轱辘一样的废话，截口打断他道："我让你说怎么打！"

胡光："……"

所有人都在瞪王裹，可王裹说得对啊，倘若江南水军统帅都已经殉国，东海一带谁可为将？群蛟溃散，怎么动兵？万一洋人北上，北大营和御林军挡得住几轮火炮？

从某种层面来说，王裹也算有勇气了，起码他说出了众人都不敢道出的实情。胡光顿时成了一根馊了的苦瓜，满头的冷汗好比流出的馊汁。

就在这时，长庚忽然出声了。年轻的雁北王上前道："皇上可愿听我一言？"

胡光感激的目光投向长庚，长庚温文尔雅地冲他笑了一下，语气微微和缓了些："皇上，覆水难收，人死也不能复生，四方边境的困境已成既定事实，争论发火都没用，我们与其自乱阵脚，不如先想想还有什么可以弥补的。"

他约莫是跟和尚混得时间长了，身上不带一丝烟火气，玉树临风似的往殿前一站，静得沁人心脾，叫人看了，鼎沸的怒火也不由得跟着他平息了下来。

李丰暗暗吐出一口气，摆摆手道："你说。"

长庚说道："中原四方起火，兵马已动，粮草却未行，为免再出现补给周转不灵之事，臣弟请皇上开国库，将紫流金全部下放，此其一。"

"对，你提醒朕了，"李丰转向户部官员，"立刻命人协调。"

"皇上，"长庚不徐不疾地说道，"臣说的是全部下放——非常时期，击鼓令已成掣肘，将军们爪牙上还戴着镣铐，皇上难道要绑着他们上战场吗？"

这话换成任何一个人说，都是十足的冒犯，但不知为什么，从雁北王嘴里说出来，就让人生不出什么火气来。

方才被撂在一边的胡光忙道："臣附议。"

不待李丰开口，户部那边已经炸了锅，户部侍郎朗声道："皇上，万万不可，此时下放紫流金确实能解燃眉之急，可臣说句不中听的，万一战事旷日持久，今天日子过了，往后怎么办？寅吃卯粮吗？"

御林军统领韩骐大概很想把侍郎大人的脑袋揪下来，好好控一控里头的水，当廷反驳道："贼寇都已经打上门来了，诸位大人脑子里居然还惦记精打细算地过日子，末将真是开了眼界了——皇上，燃眉之急不解，我们还谈什么长此以往，万一四境被困死，光靠我朝境内那仨瓜俩枣的紫流金矿，掘地三尺也长久不起来啊！"

胡光生怕插不上话似的，又脸红脖子粗地跟着嚷嚷道："臣附议！"

长庚还没说到该如何退敌，一句话便先引爆了一场大吵，他自己反而不吭声了，耐性十足地静立一边，等着他们吵出分晓。

李丰脑仁都快裂开了，突然觉得自家满朝"栋梁"全都盯着自己那一亩三分地的鸡毛蒜皮，上下格局加起来不如一个碗大，倘若全都发配到御膳房，没准能吵吵出一桌锦绣河山一般雄浑壮阔的新菜系。

"够了！"李丰暴喝一声。

周遭一静，长庚却适时地接话道："臣弟话还没说完，其二，皇上要做好收缩兵力的准备。"

此言一出，群臣再次哗然，天子之怒也压不住下面的沸反盈天，有几个老大人看起来都准备要去以头触柱了。

李丰眼角一跳，一口火气冲到了喉咙，勉强压下来没冲长庚发，他憋气似的皱起眉，低声警告道："阿旻，有些话你想好了再说，列祖列宗将江山传到朕手中，不是让朕割地饲虎的。"

长庚面不改色道："臣弟想请皇上摸摸腰包，我朝现如今倾举国之力，能撑起多大的疆土？这并非割地饲虎，而是壮士断腕，当断时如若不断，恐怕要等中毒已深、全境被洋人打得七零八落时再断了。"

他那背《论语》一样平淡的语调好像一盆冷水，毫不留情地浇到了李丰头上。

长庚没抬头看皇上的脸色，径自接道："其三，王大人说得不错，眼下西北有玄铁营坐镇，纵然损失惨重，尚能坚持，迫在眉睫的是东海兵变，洋人一旦北上，北大营战力堪忧，远近援兵皆被牵制，未必来得及赶到，到时候皇上打算怎样？"

李丰一瞬间被长庚的话逼老了十岁，颓然良久，他终于开口道："宣旨……去将皇叔请来。"

长庚听见这道旨意，眼都没眨一下，既无欢欣，也无怨愤，仿佛一切都是应当应分，情理之中的。祝小脚大气也不敢出地应了一声，正要前往，长庚却忽然开口提醒道："皇上，天牢提人，只派祝公公宣旨，未免儿戏。"

他已经本能地不信任李丰身边的任何内侍，包括这个名义上一直暗中帮着顾昀的人。

李丰有气无力道："什么时候了，还在意这些虚礼——江爱卿，你替朕跑一趟腿。"

祝小脚迈着小碎步跟上江充，不禁远远地看了长庚一眼。他是宫里的老人了，当今大梁满朝文武，数得上的王侯将相，没有他不熟悉的，唯独这个雁北王，从小被顾昀严丝合缝地护在侯府里，长大后又"不务正业"地四处游历，鲜少露面，除了混在一众人里上朝听政，甚至不怎么单独进宫，顶多逢年过节的时候跟着顾昀一起来请个安……所有人几乎都对他一无所知。

一无所知，意味着变数。

江充和祝小脚马不停蹄，出了宫直奔天牢，快到的时候，祝小脚突然想起来，掐着嗓子道："不对啊，江大人，侯爷要进宫面圣，穿着囚服成何体统？要不我马上叫人瞧瞧今年新做的一品侯朝服，去取一件来？"

江充正一脑子国破家亡的悲愤，陡然让那老太监一嗓子吊回了魂，他哭笑不得道："祝公公，什么时候了，您还惦记这些鸡零狗碎，我……"

他话未说完，便见一人策马而来，转眼行至眼前，下马施礼拜上，正是侯府的家将统领霍郸。霍郸利索地一抱拳道："江大人，祝公公，小人乃是安定侯府家奴，奉我家殿下之命，给侯爷送上此物。"

说着，双手捧上了一套朝服和盔甲。

江充心里一动——雁北王虽然一看就是个细致人，但至于琐碎到这种程度吗？

那位殿下在防着谁？

天牢中的顾昀正百无聊赖地拎着那肥耗子的尾巴让它荡秋千，察觉到背后的风向不对，他有些诡异地回过头去，模模糊糊地看见外面闯进来三个人影，为首一人行走如风，似乎还穿着朝服。接着，牢门门锁被打开，一股特殊的宫香钻进了顾昀的鼻子，还沾着一点李丰身上特有的檀香气。

顾昀眯细了眼睛，认出那膀大腰圆的胖子正是祝小脚。如果是要提审他，断然没有直接把祝小脚派来的道理，李丰那种人也不可能自己打脸，朝令夕改地将他抓了又放，那么只能是……

顾昀脸上的笑容消失了，心道：出什么事了？

江充飞快地说了句什么，顾昀根本听不见，只囫囵捉到了"敌袭……

赵……"这几个字，一头雾水，只好茫然地装出一副泰山崩而不动的稳重，以不变应万变地点了点头。江充被他不动如山的镇定感染，心下一时大定，满腔忽冷忽热的焦虑心忧落到腹中，眼泪差点下来。"大梁有侯爷这样的梁柱，实乃万民之幸。"

顾昀满肚子莫名其妙，心想：亲娘啊，这又说什么呢？

然而他却只是随手拍了拍江大人的肩，利索地吩咐道："领路吧。"

好在这时霍郸上前一步，将他朝服奉上的同时，从腰间解下一个酒壶。"殿下让我带给侯爷祛寒。"

顾昀开盖一闻就知道是药，顿时如蒙大赦地松了口气，一饮而尽。

霍郸三下五除二地帮他换了衣服，好歹收拾了一下，一行人直奔宫里，又聋又瞎的安定侯凑合着混迹其中，头一次这么盼着药效快点来。直到他们赶到了宫墙根，顾昀的耳朵才针扎似的慢慢恢复知觉。

他不动声色地冲霍郸打了个手势，霍郸会意，忙上前两步，附在他耳边，将江充在天牢里的话一五一十地重复了一遍。

顾昀没来得及听完，本就疼得要炸的脑袋已经"嗡"一声断了弦，眼前几乎炸出了一片金花乱蹦，脚步仓皇中一个踉跄，霍郸一把扶住他的胳膊："大帅！"

江充吓了一跳，不知道刚才还镇定得没有人样的安定侯犯什么病了，见顾昀脸色难看得像个死人，忙紧张地问道："侯爷，怎么了？"

"玄铁营折损过半""北疆大关接连失守""赵将军殉国""西南辎重处炸了"……那三言两语化成了一簇致命的刀片，打着旋地扎进了顾昀的四肢百骸里，他胸口一阵尖锐的刺痛，喉头涌上一股腥甜。

顾昀额角青筋微露，冷汗顺着鬓角往下淌，眼神竟然有些涣散。江充虽然知道即便是身在天牢，也没人敢对安定侯动刑，还是给吓得不轻。"侯爷怎么了？可要下官叫个步辇来？御医呢？"

顾昀的身体微微晃了一下。

江充忙道："如今大梁安危系在侯爷一人肩上，您可万万不能有什么闪失！"

这句话仿佛惊雷划过顾昀耳畔，他行将飞散四方的三魂七魄狠狠地一震，刻骨铭心地聚拢回那根通天彻地的脊梁骨里，顾昀一闭眼，强行将一口血咽了回去。一顿之后，他在江充胆战心惊的注视下，若无其事地哑声笑道："几天没见日头，有点头疼，不碍事，老毛病。"

说着，顾昀低头微微整了一下身上的轻甲，从霍郸手中将自己的胳膊抽出来，将一直窝在他手里的灰毛耗子丢过去，叮嘱道："这是我过命的鼠兄弟，给它找点吃的，别饿死了。"

顾昀说完，转身提步往宫里走去。

此时金銮大殿中，长庚那三言两语引发了一场七嘴八舌的混战，当祝小脚高亢尖锐的声音高叫出"安定侯入宫觐见"的时候，所有人都哑火了，大殿上一时出现了死一般的寂静。顾昀一抬头便对上了长庚的眼睛，两人的目光一触即分，他已经看见长庚眼睛里千言万语难以描述其一的风起云涌。

顾昀旁若无人地上前见礼，宠辱不惊的模样仿佛他不是从天牢来的，而是刚在侯府睡了个懒觉。

李丰立刻宣布散朝，将吵架的嘴炮和饭桶们一起赶了出去，只留了顾昀、长庚和一干将领连夜商讨整顿京城防务。在家反省的奉函公不得不再次出山，整个灵枢院里灯火通明，加班加点地整理京城现存战备。

整整一天一宿，直到又过了一个四更天，天边已经露出了鱼肚白，熬黑了眼圈的李丰才放他们回去。

临走，李丰单独叫住了顾昀。

大殿内，左右皆被屏退，只有一君一臣面面相觑，李丰沉默了好久，直到宫灯感觉到阳光，"咔嗒"一声，自己跳灭了，李丰才回过神来，神色复杂地看了顾昀一眼，含混地说道："……委屈皇叔了。"

顾昀一肚子已经念叨熟了的场面话几乎脱口而出。"雷霆雨露皆是君恩""死于社稷谈何委屈"之类的鬼话已经严丝合缝地串联在了他的"油嘴滑舌"之下。

可是突然间，他的舌头仿佛涩住了，努力了几次都说不出来，只好对隆安皇帝笑了一下。

笑容说不出地僵硬，显得有点尴尬。

两人一时间实在无话好说，李丰叹了口气，挥挥手。

顾昀低眉敛目，告退离去。

叁

顾昀走出大殿的时候，眼有点花，他不动声色地站定喘了几口气，有生以来第一次觉得身上区区几十斤的轻甲这么压人。

人在危急情况下的潜力大概是无穷的，顾昀顶着平时有针有床尚且难忍的头疼，在金殿中足足忙了一天一宿，居然也没觉得怎么样。不过这会儿一走出来，他才发现自己整个人都虚脱了，衣服几乎都黏在了身上，给带着晨露的小风一吹，他先头重脚轻地打了个寒噤。

方才天上还有一丝日头，这会儿转眼便被乌云遮了回去，晨光熹微。

长庚在门口等他，背对着层层叠叠如仙宫的金殿，雁北王衣袂翻飞，正远远地凝望着起鸢楼的方向，不知在想什么。听见脚步声，长庚才回过头来，瞥了一眼顾昀的脸色，皱眉道："马车等在外面，你稍稍休息一下。"

顾昀心神俱疲，胡乱应了一声。

长庚问："那位留你说了什么？"

顾昀木然道："闲话……废话。"

长庚看出他没力气多言语，便安静地不再开口，一路回到了侯府。一早晨无数道令箭发下去，六部地方都要跟着动，他们都知道，这可能是仅剩的休整时间了。

顾昀才一进屋，膝盖就软了，跟趔趄着将自己往榻上一摔。他身上甲胄未卸，这么"咣当"一声砸下去，半个身子都是麻的，整个房顶都在他眼前乱转，顾昀有种自己再也爬不起来了的错觉。

长庚伸手扣住他的脉门，那双方才还冰冷的手这会儿烫得吓人，好像刚从火盆里捞出来的。"义父，你什么时候开始发烧的？"

顾昀低吟一声，骨头缝里在往外冒酸水，眼皮重得抬不起来，吃力地问道："我那位小兄弟还健在吗？"

长庚："……谁？"

跟在后面的霍郸忙答应一声，从怀中拎出那活蹦乱跳的小灰耗子道："大帅，活得好着呢。"

"那我也没事，"顾昀病恹恹地说道，撑着自己爬了起来，任一圈人七手八脚地将他身上盔甲卸下来，他胡乱将脸上汗湿的发丝蹭掉，"不是着凉就是上火，吃服药发点汗就过去了。"

霍郸没头没脑地站在一边，不知道自家侯爷怎么又跟个灰毛土耗子同生共死起来了，长庚却听明白了，目光微微闪了闪，将顾昀按在榻上不让他乱动。"都交给我吧。"

他示意霍郸先退下，自己动手扒顾昀那一身能拧出水来的衣服，顾昀身上软绵绵的，一睁眼头就晕，只好合上眼歪在一边任他摆弄，气息略微急促，看起来莫名多了几分羸弱。外衣与中衣一除去，长庚的手不禁哆嗦了一下。顾昀那一层薄薄的里衣被汗浸透了，几乎就是一层蒜皮，什么都遮不住，胸口与腰线全都露得欲盖弥彰，不知为什么，长庚觉得这比上次顾昀当着他的面直接跳进温泉池里还要命。

长庚一时间心跳如擂鼓，无论如何也不敢再脱下去了，只好先将一床被子拽过来，囫囵个地裹在顾昀身上，然后翻出一身干净衣服放在旁边，带着点恳求低声道："义父，剩下的你自己换好吗？"

顾昀成年以后便不太生病，偶尔来一次，显得格外严重，烧得他七窍生烟，耳鸣不止，闻言有气无力地冲长庚挥挥手，抱怨道："什么时候了，可真有你的……"

长庚眼观鼻，鼻观心地站在一边，顾昀被他弄得自己也跟着不自在起来，两人相顾无言片刻，长庚尴尬道："我去给你煎药。"

他转身出去了，总算让两个人都略微松了口气。

顾昀躺了一会儿，思绪很快被高烧搅成了一锅粥，乱七八糟什么都往里涌，一会儿想：长庚这小子到底怎么办？

一会儿又想：玄铁营退守嘉峪关，折损的兄弟们都没有人给收尸，哪怕拿张马革裹回来呢。

想着想着，他心里便觉得漏了个窟窿，什么凄风苦雨都往里钻，进宫路上被江充一句话压回去的心疼此时回过味来，变本加厉地发作，他简直痛不欲生。

五万铁甲一夜便折损了一半……

最后，顾昀意识渐渐模糊，与其说是睡着了，不如说是晕过去了，意识昏昏沉沉，时梦时醒，现在的与过去的种种都七零八落地结成了一团乱麻，顺着线头捋下去，久远的记忆浮光掠影似的一一闪过。他想起自己小时候，既不聋也不瞎的那几年，他像一只打不老实的跳蚤，老侯爷一见他就要吹胡子瞪眼，好生上火。

可是有一次，老侯爷却难得有耐性地领着他去看塞外的落日。

老侯爷长得人高马大，为人威严，对团子一样大的幼子也一视同仁，绝不肯伸手抱他，勉强牵在手里，已经是老侯爷不多的慈爱了，只是这样一来弄得大人要侧身弯腰，小孩子得努力伸高胳膊，谁都不舒服。

不过顾昀没有抱怨，那是他第一次看见边城大漠如血的落日，玄鹰的身影时而飞掠而过，像拖着白虹的金乌，远近黄沙茫茫，平林漠漠，年幼的顾昀几乎被震撼了。他们一直看着那轮恢宏的红日沉入地下，顾昀听见老侯爷对旁边的副将有感而发道："为将者，若能死于山河，也算平生大幸了。"

当时他没懂。

而如今，二十年过去了。

"大帅。"顾昀迷迷糊糊地想道，"我大概……真的会死于这山河。"

恍如隙中驹，石中火，梦中身。

这时有人推门进来，把顾昀抱了起来，给他喂了一碗水，那人实在太温柔了，像是惯常照顾人的，一点没洒出来。然后他在顾昀耳边低声哄道："子熹，喝了药再睡。"

顾昀眼也没睁，含混地应道："半个时辰……半个时辰之后叫醒我，叫不醒就泼我一碗凉水。"

长庚叹了口气，默不作声地给他喂了药，然后守在一边。

顾昀似乎是身上不舒服，翻来覆去地折腾，被子快被他蹬散了，长庚给他盖了几次，最后索性将他裹好抱在了怀里。说来也奇怪，大概顾昀从小没和什么人特别亲近过，这会儿感觉自己身后靠着人，便老实了下来。抱着他的人细心地给他调了个最舒服的姿势，陈姑娘配的安神散充斥在鼻息间，一只手恰到好处地拂过他的额间，手指不轻不重地反复按着他的额头肩颈。

顾昀这辈子没睡过这么舒服的"床榻"，转眼就不知今夕何夕了。

静谧的时间如流水一样迅疾无常，眨眼半个时辰就过去了。长庚瞥了一眼旁边的座钟，真是不舍得——既不舍得放开顾昀，也不舍得叫醒他。

可没有办法，兵祸迫在眉睫，放眼天下，哪里还有一个能给他安睡的地方呢？

长庚只好狠下心来，弹指在顾昀的穴位上轻轻一敲，准时将他唤醒，自己起身去了厨房。

顾昀心里一直都是紧绷的，一碗药一身汗下去，便将病气生生压了回去，半个时辰略做休整，等他醒过来，烧就已经退得差不多了，他在床上赖了一会儿，披衣而起，感觉自己算是活过来了。身上好受些，他心也跟着宽了不少。

顾昀心道：不就是一帮洋人吗？真那么神通广大，还耍什么阴谋诡计？

再不济，他也还活着，只要顾家还有人，玄铁营就不算全军覆没。

这么想着，顾昀长舒了口气，这才发现自己已经饿得前胸贴后背，他痛苦地按了一下自己的胃，心想：谁要是这时候给我热俩烧饼，我就把谁娶回家。

然后长庚就端着一碗热汤面进来了，热气和着香气毫不客气地扑面而来，顾昀的五脏六腑都饥渴得在肚子里转了个圈。

顾昀只好郁闷地在心里跟自己出尔反尔：这个得除外，这个可不能算……

不料这念头一出，外面突然应景地打了个闷雷。

顾昀："……"

长庚伸手探了一下他的额头道："退了，义父先过来吃点东西。"

顾昀默默地接过筷子，听见"义父"俩字，忽然心里一动，隐约觉得有什么地方怪怪的，可惜这念头只一闪就过去了，他没能捕捉到。

顾昀："你做的？"

"仓促间只来得及随便下一把面。"长庚面不改色道，"凑合吧。"

顾昀顿时整个人都不太好了，不知道堂堂"雁北王"把自己弄得这么"贤惠"是要干什么。

长庚却仿佛看出他在想什么，淡定地道："要是亡国了，就把李丰一推，我去西北开个面馆，也够活着了。"

顾昀被一口面汤呛住，咳了个死去活来。

长庚笑道："我说着玩的。"

顾昀拿起一杯凉茶灌了一口。"好孩子，学会拿我消遣了，真是越来越不像话。"

长庚正色道："当年在雁回，你突然要将我带回京城，我就打算逃跑来着，想着要么去深山老林里当个猎户，要么找个边陲小地方开个半死不活的店，够糊口就行了，不过后来觉得自己不太可能有本事从你眼皮底下溜走，所以就老实了。”

顾昀把菜扒拉到一边，把底下的火腿捞出来吃了，还没等他嚼碎，长庚忽然往椅子背上一靠，长长地舒了口气。“义父你不知道，你一天不平安出现在我面前，我就一天不敢合眼，总算……”

顾昀面色淡淡地说道：“离平安还差十万八千里呢——你跟我说说现在的情况。”

长庚心领神会，知道他指的是没在李丰面前说出来的事。

顾昀道：“玄铁营肯定是你撤回来的，要不然何荣辉他们说不定会打到最后一个人。”

“我仿了你的字。”长庚道，“把玄铁营撤回到嘉峪关，又让蔡玢将军北上援疆，算时间，何将军那边告急的紫流金想必已经倒出手来了——这事不必让李丰知道，反正他已经拟旨废除击鼓令了。”

顾昀眨眨眼：“你会仿……”

“都是些旁门左道。”长庚摇摇头，“江南那边我本来已经送信给师父了，不料还是没赶上，另外我怀疑宫里有二十年前北蛮人留下的钉子，已经托人去查了。沈将军那边还没消息，只怕不会有什么好消息。”

“没消息就是最好的消息，”顾昀沉默了片刻，应道，“那老妈子命大得很，不会死的。”

长庚又道：“义父，西北虽然来势汹汹，但现在看来，一时半会儿反而不会有事。依你看，东海之祸后，京城能守住吗？”

顾昀抬头看了他一眼，那双眼睛仿佛一对燧石，冷冷的，说不出地坚硬，又仿佛轻轻一碰，就能燃起火花来。房中只有他和长庚两人，中间隔着一碗面，顾昀便没说什么场面话，实打实地说道：“那要看我们能不能撑到有援军来。千里奔袭，洋人也想速战速决，否则不会弄这么大场面的开场，本来拖得越久对我们就越有利，但……”

但大梁的国力支撑不住持久战。

李丰丧心病狂地想要楼兰的紫流金矿，是因为这世上最地大物博之地，紫流金矿却非常稀少，供不应求。大梁近四成的紫流金来自十八部落纳贡，还有一大部分是零散地从外面买的，海运通商流进来的银子都是这么又流出去的。眼下十八部落叛乱，四境被围困，能调动的只有紫流金库存，长此以往必然入不敷出。

这还只是紫流金，物资呢？粮草呢？那比黄花还"瘦"的国库哪儿有那么多银子？

顾昀低声道："按你说的，万一最后不行，就收缩全境兵力，徐徐图之，固然是最理智的做法，可是未必能行。玄铁营退守嘉峪关也就算了——西关外虽然平时热闹，但往来大多是客居的商人，古丝路刚打通几年，不足以让他们定居，年关前后古丝路气候恶劣，关口一关，生意也没的做，现在估计早就走得差不多了。但关内不行，关内还有千村万户和亿万百姓，何荣辉就算在那儿粉身碎骨，也不能再退了。"

玄铁营是大梁民间的信仰，乃至支柱，这根支柱一旦塌了，仗真的不必打了，江山直接改名换姓比较快。

长庚沉默了片刻道："我说的是万不得已的情况。"

"没有万不得已。"顾昀摇摇头，"你心有沟壑，知道怎么摆布社稷，但是没打过仗。我告诉你，打仗除了天时地利，剩下两样，一个是火机钢甲的装备，一个是人心里悍不畏死的勇气，装备事已至此，没办法了……不过我相信洋人即便是强，也不见得比我们强多少，更别提还有蛮子那帮给个火炮也能当棒槌用的乡下人。属下兵将不是棋子，那都是人，都有血性，也都怕死，你记得上次在西南剿匪的时候我跟你说过什么吗？"

长庚说道："记得，'临到阵前，谁不想死谁先死'。"

顾昀"嗯"了一声，家国百孔千疮也没耽误他吃饭，几句话的工夫，一大碗面已经被他吃得见了底，最后捏着鼻子，一口气把讨厌的绿叶菜混在汤里直接喝了，嚼也没嚼，完事他把碗往桌上一放，问："还有吗？"

"没了，我就做了一碗，你刚病了一场，脾胃还虚，六七成饱最好。"

长庚道，"怎么打，你说了算，不必有后顾之忧，也不必顾忌别人怎么想，怎么弄钱，怎么找紫流金，怎么分化布局这些事可以都交给我。"

顾昀微微一震，失笑道："什么都我说了算吗？打不赢怎么办？"

长庚笑而不语，一双眼睛紧紧地盯在顾昀身上，像一潭静谧的水，忽而起了波澜，眼神倘若能说话，他那一句"你若输，我陪你一起背千古骂名，你要死，我给你殉葬"便已经昭然宣之于口了。

正在这时，霍郸忽然轻轻敲了敲门。"大帅，奉函公和谭将军一道来了，还顺路带来了东海一带第二封战报。"

顾昀忙道："快请！"

长庚收敛了目光，收拾了碗筷，低下头的一瞬间，长庚忽然说道："刚才还有一句话是瞎说的。"

顾昀一愣。

"说我当年没走，是觉得在你眼皮底下跑不了。"长庚头也不抬地笑道，"当年我不过是个小地方长大的边陲少年，心里根本没想那么多……"

顾昀已经敏锐地听出了他的言外之意，正色道："长庚，别再说了。"

长庚从善如流地闭了嘴，将后面的话咽了回去——当时他心里根本没想那么多，之所以最后没有逃，只是舍不下一个人而已。

谭鸿飞和张奉函很快进来了，前线战报呈递到顾昀面前，谭鸿飞的手还有些抖，顾昀心里一沉。

"大帅，江南来报，我水军一溃千里，西洋人已经北上了，那洋人不知用的什么蛟，快如闪电，顶我水军蛟船的两三倍，中间还簇拥着一个大海怪。"谭鸿飞说道，"倘若这不是胡言乱语，那么他们北上抵达大沽港，也就是这两三天的光景啊！"

长庚将战报接了过去，顾昀问道："江南水军还剩多少？"

"不好说，"长庚一目十行地扫过，"长蛟没出过海，更没打过海战，赵友方一死都慌了，四散奔逃——义父，你记得当年魏王作乱吗？"

顾昀捏了捏鼻梁，明白他的意思。当年魏王收买了江南水陆提督与半数水军，聚兵东瀛小岛觊觎京城，不料还没准备好，就被顾昀和临渊阁联手搅和了。虽说是"顾昀和临渊阁联手"，其实当时顾昀身边只有两三个玄鹰和几个半大孩子，临渊阁也不过出了三十来个江湖人，还得算上了然和尚这种重甲穿上就不会往下脱的废物。

顾昀在军中积威甚重，他突然出现吓坏了做贼心虚的叛军是个原因，但侧面也证明了大梁的海军确实是一条瘸腿——连造个反都造不利索。

倘若此事发生在元和先帝年间，顾昀或许有机会像当年整顿北疆城防军一样，插手海军，可惜，李丰可不是先帝那种杀个人都要优柔寡断的软心窝窝，那种事在隆安年间是不可能发生的了。

顾昀问道："姚重泽呢？也死了吗？"

长庚："没提，死的人太多了。"

顾昀叹了口气："还有，'海怪'是什么东西？"

长庚扫过战报道："据说像一只大八爪鱼，能潜伏在水里，浮起来像座山，能遮天蔽日，巨鸢跟它比起来，就像一只落在壮汉肩上的鸽子，身上还带着无数只铁爪，层出不穷地黏着成千上万条小海蛟，尖端打开便能放出大群的鹰甲……"

长庚说到这里，话音微微顿了顿，修长的手指在战报边上轻轻点了两下："如果真有这么个东西，一天至少要烧掉四五百斤的紫流金。"

顾昀看了他一眼，长庚微微摇头，话音点到为止，将后半句隐了去——西洋人付出这么大的代价，恐怕不是来和他们打持久战的。

"解决了江南驻军，海上再无后顾之忧，大沽港水军不是对手，下一步就是直逼京城，"顾昀将墙上的地图扒了下来，"老谭，京中多少兵力可供调配？"

谭鸿飞舔了舔干裂的嘴唇道："北大营有两千重甲，轻骑一万六，还有两千车马兵，战车一共八十辆，每辆车上有三对白虹，头尾各一个长短火炮。"

这点兵力逼宫差不多，对上西洋人预谋多年的倾力一击，却是杯水车薪了，顾昀皱了皱眉："御林军呢？"

"御林军不行，总共不到六千人，一多半都是花架子少爷兵，没见过血。"谭鸿飞顿了一下，突然想起了什么，从怀中取出一件东西，郑重地双手捧起交给顾昀，"对了，这是皇上让我带来给大帅的。"

那东西用细细的宫绸包着，不知道的还以为里面是什么明珠宝玉，打开一看，里头却是一枚面目狰狞的玄铁虎符。

顾昀接过来看了一眼，皮笑肉不笑地弯了弯嘴角。"这时候还给我干什么，黄花菜都凉了。"

谭鸿飞不知该说什么好。

顾昀随手将玄铁虎符丢给了谭鸿飞道："行吧，既然皇上拿了主意，你就按他的意思拿去写调令吧，传信山东直隶两地地方驻军回防，解京城之困，再让蔡玢腾出手来领兵增援……嗯，先调着，调不来再说。"

一边年老体衰的张奉函可没有这些牲口这样硬的心肠，本就一路心惊胆战，骤然听出顾昀的弦外之音，老灵枢脸色登时煞白，忍不住问道："大帅的意思难道是……勤王军可能调不来吗？"

长庚在旁边接道："倘若战报上的信息无误，西洋人不可能随身带太多辎重——他们也打不起，若要一击必杀，自江南登陆，必然兵分两路，一路从海上走紧逼京城，一路自陆上截断京城往四方通道，围困我们……调令恐怕已经传不出去了。"

奉函公险些当场抽过去，一屁股坐在旁边，不住地捯气。长庚没料到他这么大反应，赶紧倒了杯水端到奉函公面前，手法娴熟地在他后心处几个穴位上轻轻拍了拍。"您老镇定一点，上了年纪的人尽量不要大喜大悲，不然容易中风……"

张奉函一把抓住他的手，差点老泪纵横。"我的殿下啊，您是天生不知道什么叫着急吗？"

"奉函公少安毋躁，我还没说完，"长庚忙道，"之前义父下狱的时候，我担心边境有变，已经联系了一些朋友。"

说着，他从袖中摸出一只木鸟。

"这种木鸟需要一种特殊的磁石引路，可在持有磁石的人中间相互传信，他们之前收到我的信，眼下应该已经各自动身赶往各大驻军地了，但愿来得及。如果京城当真被围困，我可用木鸟传信，由他们代为传达，有玄铁虎符和我义父的私印，应该足以取信。"

当长庚意识到离开玄鹰，各地漫长的通信会误了战事的时候，便开始利用临渊阁，着手布置这样一个巨大的通信网络防患于未然。

谭鸿飞和张奉函目瞪口呆地看着长庚。

"都是雕虫小技，仓促间我一时也想不到别的办法。"长庚说道，"刚开始神不知鬼不觉的时候可以应急用，长久不了，敌人一旦有所察觉，这玩意便不再安全了，随便一颗小石子就能把它打下来。"

顾昀心里一时说不出什么滋味，在牢里的时候，他不是没担心过长庚，眼下看来，就算当时由他本人来调动，也不一定能比长庚做得更好了。这孩子不单及时保下了半个玄铁营，还留了这样一步活棋。

顾昀唏嘘感激欣慰之余，又觉得当年在侍剑傀儡面前都只会闭眼躲避的少年人不该成长得这样快，都是他没照顾好。

可是当着外人的面，顾昀什么感慨也不便发，只有淡淡的一句："殿下考虑得周全。"

说完，顾昀将门后挂的一个酒壶摘了下来，连甲胄也没披，随意披了一件蓑衣，吩咐谭鸿飞道："走，去北大营。"

长庚也站起来道："我陪奉函公回灵枢院，再去户部看看。"

两人各自匆匆离开，天边隆隆不断的闷雷突然摇身一变，转成了一道雪亮的闪电，凛冽地横空闪过，将阴沉沉的天从中间劈了条裂口，一场春天罕见的大雨劈头盖脸砸了下来。

倾盆如注，风雨如晦。

顾昀与谭鸿飞带着一队卫兵，顶着风雨疾驰出城，往北大营而去。谭鸿飞狠狠地甩了一把脸上的水珠，想起在侯府通报时，霍郸跟他说侯爷正病着，忍不住一夹马腹，跑到顾昀身边，大声道："这雨太大了，大帅，你风寒未愈，不如先找个地方躲一躲，等雨停了再赶路不迟……"

顾昀摇摇头，不知为什么，也许是突如其来的大雨太急迫了，他心里忽然有种不祥的预感。

玄铁营又被番邦人称为"黑乌鸦"，作为黑乌鸦的头头，顾昀果然就长了一张旷世绝代的乌鸦嘴，他所有不祥的预感都会成真，百发百中，从无例外。

顾昀雷厉风行地接管了北大营，同时，长庚带着灵枢院压箱底的钢甲火机连夜赶了过来，其中甚至包括不少玄铁的重甲与鹰甲。

谭鸿飞估计西洋人会在两三天内便北上——他太乐观了。

当天夜里，大沽港的瞭望塔上，长筒的千里眼前有两把巴掌大的防尘刷，徒劳地上下起伏，不多时，便被这一阵狂风暴雨吹打得低下头去，值班的塔兵只好将手伸出窗外，摸索到窗边锈迹斑斑的一个把手——那里头的火机坏了许久也没人修，只能人手去扳。他甩了一下手上的雨水，骂骂咧咧地摇起了长臂的把手，豁牙掉齿的齿轮半死不活地尖叫起来，一柄金属的小伞摇摇晃晃地展开，在凄风苦雨里遮住了千里眼。

塔兵抹了一把千里眼镜面上的水，对同伴抱怨道："一样当兵，人家天上来去，叱咤风云，威风得要死，咱们倒好，每天在塔上不是扫地就是摸骨牌，一点油水都没有，狗屁事没有，还要常年耗在这里，自己女人都快不认识了……真邪了门了，怎么这么大雨，哪儿来的这么大冤情？"

同伴扫地扫得头也不抬道："你就盼着没事吧，没听伍长说西洋人快打来了吗？"

"伍长每个月都有那么几天念叨西洋人，"塔兵道，"安定侯不是还坐镇隔壁京城呢吗。"

"安定侯都下了天牢了。"

"那不是又放出来了吗……"塔兵说到这里，仿佛稍微琢磨过一点味来了，忽然道，"对，不是都传安定侯逼宫吗，怎么这么快就给放出来了，莫非……"

"嘘，"同伴蓦地抬起头，"你听！"

一种滚雷似的隆隆声隐约传来，瞭望塔仿佛感觉到了什么，簌簌地发起抖来。

打雷吗？

不对，雷声都是一阵一阵的，怎么会这么绵延不绝？

老塔兵蓦地抢到千里眼前，飞快地将镜头摇了上来，目光穿过漆黑的雨幕，猝不及防地遭遇了海上巨大的阴影。

噩梦里也不会有那样张牙舞爪的怪物，它百爪向天，愤怒地高声咆哮。老塔兵以为自己眼花了，用力揉了揉眼皮，再一看，"海怪"步履如飞，方才还只是个模糊的影子，转眼不知前行了多少，已经足够千里眼看个分明了，黑压压的海蛟杀意凛然地在暗夜中滑过，猎猎风雨中的战旗露出了锋利的爪牙。

"敌袭……"老塔兵艰难地开口道。

"什么？"

"敌袭！西洋人打来了，鸣钟击鼓！愣着干什么，快去——"

急促的鼓声穿透了骤雨，瞭望塔上不徐不疾转圈的灯光疯狂地旋转起来，一传十，十传百，呼吸间，大沽港上所有的瞭望塔全响起了鼓声，自接到江南兵败的消息开始就没敢合过眼的北海水陆提督连巍心跳得快要炸膛，一把抢过亲卫手中的千里眼。

只看了一眼，他心里便哀号一声"老天爷"，从前胸凉到了后背。

"将军！"

"所有……"连巍舔了舔嘴唇，"长蛟先行，不必打招呼，重炮轰……慢着，上铁索，所有长蛟上铁索，在港外连成铁栅栏。"

"架白虹——"

"通知在港渔船商船立刻撤离！"

连巍瞥了一眼自己的桌案，"烽火令"还没来得及收起来——那是大梁最高级别的战备警告，一旦收到烽火令，说明全境已经进入了随时备战状态。

烽火令的落款是个"顾"字，那是安定侯亲自签的。

当年玄铁营在北疆遇袭，十多位大小将领含冤脱下了玄铁黑甲，放下割风刃，散落各地，到如今，隐退的隐退，养老的养老。连巍以为自己这辈子都会被困在小小的港口码头上，每天无所事事地带人在码头上走一圈，时而管管渔人们聚赌斗殴的小事……

"传信北大营，"连巍紧了紧周身甲胄，深吸了口气，将已经鼓出来的肚腩用力缩了缩，"大沽港遭西洋海军偷袭，快去！"

他提步而出，临走时想起了什么，又把立在墙角蒙尘多年的割风刃拎起来，背在了身上——昔日斩黄沙的割风刃早已经锈得连装紫流金的小槽都打不开了，它成了一根压手的黑色铁棍，除了半夜三更劫道打闷棍，大概没什么用了。

然而当连巍重新将它背在身上的时候，忽然就找回了当年那种玄甲在身、睥睨无双的感觉。

多年的沉湎与肥膘下，雪刀与钢甲的烙印在骨血里，依稀还未褪色。

长蛟连成的铁栅栏与横冲直撞的海怪正面遭遇，西洋战船像风雨中的鬼魅，海上的疾风也赶不上它们。疯狂的风浪掀起似乎能吞噬大陆的大潮，炮火连天，无数条战船转眼四分五裂，沉入波浪滔天的大洋之下。

"将军，铁栅栏恐怕挡不住！"

"将军，左翼的船沉得太多了，铁索……"

"瞭望塔——小心！"

一颗远处打来的火炮火龙似的卷过来，连雨帘都压不住那熊熊的火光，"轰"一声正中一座瞭望塔，高塔趔趄了一下，缓缓地在空中弯下腰来。

塔顶一盏雨中穿行的风灯灭了。

连巍一把推开亲卫，登上战船甲板，咆哮道："重炮不准停，白虹上吹火箭！"

"连将军，大沽港不可能……"

"躲开！"连巍将拿白虹箭的小兵推开，大喝一声，扛起了百十来斤的吹火箭，砸在巨大的白虹弓上，他狠狠地抹了一把脸上的雨水，双手抠住了白虹的校准仪。

第一支吹火箭被白虹弓狠狠地轰上了天，空中，吹火箭尾部的铁壳脱落，紫流金的光仿佛刀枪不入的冥火，猛地将吹火箭加速，流星似的喧嚣而过，擦着海怪上的战旗落入旁边的海水中。

飘扬的教廷战旗被巨大的冲击力当空扯成了一把尿布，随风四散，而那吹火箭去势不减，正中一条横冲直撞的西洋海蛟，海上炸开了一朵绚烂的烟花。

无主帅令，玄铁营寸步不敢退。

大沽港遭袭的消息连夜送到的时候，顾昀正在帅帐中同谭鸿飞与御林军统帅韩骐一起最后梳理京城城防。惊闻消息，韩骐几乎跳了起来，失声道："怎么会这么快！"

顾昀面沉似水。"北海水陆提督是谁？"

"连巍，"谭鸿飞眼圈微红，片刻后，又忍不住补充道，"是末将当年的副手。"

顾昀眼角微微抽动了一下道："韩统领。"

韩骐会意道："是，末将立刻回京，大帅放心，御林军就算是少爷兵，也只有皇城根脚下一个葬身之地。"

顾昀深深地看了他一眼，蓦地掀开帅帐。"灵枢院那帮老东西能快点吗？"

话音未落，一个传令兵跑过来道："大帅，雁北王来了！"

顾昀蓦地抬头，长庚的马已经飞奔至近前，他一把带住缰绳道："大帅，灵枢院已将现存玄铁重甲一千，鹰甲五百修整完，轻裘拆分不成套，腕扣长臂三千对，铁膝飞足四千双，肩盔还有一批，稍后送到——"

肆

谭鸿飞做梦也没想到自己有一天能再穿上玄甲，突然之间，他心里满腔愁绪荡然无存，只觉得经此一役，肝脑涂地也心甘情愿。

谭鸿飞上前一步，朗声道："属下愿为大帅前锋！"

"少不了你，白虹战车开道，轻骑与玄鹰跟我走，重甲压阵，"顾昀飞快地吩咐道，"给我拿一把割风刃，什么妖魔鬼怪，会会才知道。"

长庚将身后的长弓解了下来，这还是西南剿匪的时候从顾昀手里要过来的，那东西仿佛是隆安皇帝开始削减兵权之后，灵枢院最后一件拿得出手的作品，因为那毫无花哨的铁弓沉重极了，不是真正的高手，根本驾驭不了，因此整个军中只有这么一把试用品。而它本可以经过改进后在军中普及的。

长庚抚过冰冷的铁弓，问道："义父，我能随行吗？"

顾昀顿了顿，不太想带他。倒不是因为别的，而是经此一役，他心里对这个初出茅庐的小皇子升起了更多的期许，他自己或许能坚守死战到最后一刻，那么以后呢？谁来收拾破败不堪的河山，谁能在这场乱局之中给黎民众生破开一条出路？

长庚为人处世比他年少时要圆滑周到得多，或许不至于像他一样，和皇上闹到如今这个不可收拾的地步。

长庚好像知道他心里在想什么。"覆巢之下无完卵，如今京城这个样子，等在宫里和随行前线没什么不同，万一城破，不就是早死和晚死的区别吗？"

顾昀尚未来得及说话，谭鸿飞已经大笑道："殿下说得好！满廷酸儒，只有殿下是真男儿！"

顾昀无计可施，只好摆摆手道："话都让你说了，愿意来就来吧。"

然后顾昀狠狠地瞪了谭鸿飞一眼，看着谭将军脸上没有愈合的鞭伤，有心想把他另一边脸也抽肿了，将此人幻化成一只对称的猪头。

京城以外，黑压压的玄铁连成片，一眼扫过去，恍如回到了月牙泉边。

自马上回头，起鸢楼在大雨中灯火依然未阑珊，只是仿佛盖上了一层玳瑁般稀薄柔和的光，与巍巍皇城遥遥相望，二十艘只有除夕夜里才升起的红头鸢破例高悬空中，仿佛一众殷殷目送的眼睛。

顾昀打了个手势，北大营前锋军已经肃然而动，无悲歌，亦无慷慨词，他们在雨中穿行，面罩与头盔下无从窥测，好像一群无动于衷的铁傀儡。

大雨把京城浮在了水面上，古旧的青石板光可鉴物。

是夜，西洋海军北上突袭大沽港，北海水陆提督连巍率领手下三百长蛟与千条短舰坚守，先以铁索连接长蛟，在港外并行成铁栅栏，守至次日子时三刻，长蛟悉数葬身于西洋海怪炮火之下，无一幸免。

北海水军中共收存吹火箭三万六千支，长虹铁箭十万发，一支都没剩下，全都炸进了怒浪与深海中。而后弹尽粮绝，提督连巍令所有短舰开足马力，以舰为吹火，以身为白虹，撞入敌阵之中。

烈火浮于海上，忠魂粉身碎骨。

北海水军共撞沉、击碎、炸毁来犯者近三千艘战舰，最后逼迫西洋海怪不得不冒雨将铁触手打开，放出其中隐藏的鹰甲，仓皇狼狈地从空中上岸，这才发现，大沽港上几乎已经打得没人了。

寅时初刻，上岸的西洋人懊恼万分，急于弥补这一战中的损失，他们未做停留，直接挺进京师，路上与玄铁营——那被顾昀用一天一宿的时间组建起来的玄铁营，遭遇于东安城外。

尚未从损失惨重的登陆中回过神来的西洋海军猝不及防，一照面便被开路的八十战车兜头卷了回去，而后玄铁轻骑自重围而出，鹰行九天，唳声如剑。

教皇亲卫骤然遇见割风刃，险些当场被轻骑冲散，仓皇退守大沽港外。大梁已经多年没有过这样惊心动魄的夜晚了，战报与使者赶集似的来往于宫禁中，比打更的还勤。

整个京城无人安睡，直到第二天清晨，捷报才与晨曦一同来到。

连日来的第一个好消息，李丰乍一听说，几乎站不起来，一时也不知是该哭还是该笑。

雨过天晴，海河一夜间暴涨，空中弥漫着一股难以言喻的味道，混合着硝烟与血腥气。自地下已经回暖了，潮湿逡巡不去，一宿激战，顾昀无海军，西洋人狼狈不已，只好各自退守。

顾昀坐在余温未散的炮口旁边，玄铁头盔扔在一边，头发乱七八糟地垂下来一缕，接过长庚递过来的汤药一饮而尽。

长庚道："我没带针，带了也不敢往你身上扎。"

他扛了一宿铁弓，双手被勒出了一道深深的印子，这会儿没缓过来，还在微微地发抖。顾昀捉住他的手腕拉到跟前，见他只是脱力，并没有受伤，才放心地摆摆手道："别管我了，统计一下伤亡，老谭算不清数。"

说完，他干脆往火炮上一靠，抓紧这片刻闭目养神。

片刻后，顾昀就被皇城来使惊醒了。

跑来传令的是个年纪不大的御林军，本来以他的级别是没什么机会能看见顾昀的，这回总算见到了活的安定侯，激动得简直难以自已，他飞马而至，一跃而下，也不知被什么东西绊了个大马趴，一路摔到了顾昀脚底下。"侯爷！"

顾昀忙一缩脚。"哎哟，何必行此大礼？"

传令官兴奋道："侯爷，陛下命我来犒赏北大营，带来了……带来了……"

好，一兴奋忘词了。

怪不得御林军被北大营揍得稀里哗啦的，顾昀十分无奈，只好爬起来拍拍他的头道："不用告诉我，让谭将军看着办吧——你回去告诉陛下，别高兴得太早了，北大营就这么两个兵，什么时候打没了，我也变不出新的来，到时候倘若援军不来……"

传令官愣愣地看着他。

兵法云："凡战者，以正合，以奇胜。"好多人大概只记住"以奇胜"了，总觉得名将要能置之死地而后生，能以一己之力挽大厦于将倾，但那怎么可能呢？除非他顾昀能拿泥捏出一众不吃不喝还刀枪不入的神兵来。

初战告捷，消息传回京城，群臣指不定怎么欢欣鼓舞，但下一步呢？且不往大里说，不提拼国力、拼储备、拼资源那些长远的事，就说眼下，他手里就这么一点兵力，接下来怎么办呢？

顾昀心里清楚，无论这个开头看起来有多么威风，也改变不了他只是在负隅顽抗的事实。

他牙疼似的笑了一下，把皇帝的使者晾在了原地，走向一边的谭鸿飞。谭鸿飞手里拿着把一端已经压扁的割风刃，满是焦黑的一头上，还依稀能看出上面刻的半个"连"字。

很多将士都会在割风刃上刻下自己的名姓，这样即便拿去检修，发回来也能找到自己那把生死相随的老伙计。如果主人死在战场上找不到尸体，同袍就会将他的割风刃背回去，到时候祭一壶酒，魂灵也算入土为安。

谭鸿飞双手将那把割风刃捧起来，递到顾昀面前。"大帅。"

顾昀接过来，忽然间，他有种感觉，好像多灾多难、几聚几散的玄铁营始终垫在社稷之下，像一把散落的种子，流落四方，不知不觉中便能从哪里长出一棵参天大树。

长庚来到他身后道："昨夜折损战车十三辆，轻骑阵亡五百，重伤近千，轻伤不算，没有统计，鹰甲落了十二架，金匣子大多在空中就炸了，人恐怕……"

顾昀点点头，感觉这个伤亡数量已可以接受。"这是连将军的功劳。"

长庚低声道："恐怕今天早晨朝会上就会开始有人想和谈。"

"谈不了，"顾昀叹道，"洋人昨天晚上现了那么大一个眼，没脸来和谈，不把京城围困到插翅难飞的地步，他们不会跟我们谈的。"

而那恐怕也只是时间问题。

长庚沉默了片刻道："听说前朝亡国之君曾经也被北蛮人兵临城下，偷偷从密道跑了，倘若京城真守不住……"

"守不住也得守。"顾昀说道，"知道京西景华园吗？"

长庚一愣。

顾昀抬起食指竖在自己嘴唇前，做了个"嘘"的手势，没再多说——京西景华园乃是元和先帝年间建的避暑行宫，当年元和先帝不耐热，每到夏天必定去景华园避暑。

李丰登基以后，吃穿用度一律从简，连皇后宫妃的脂粉钱都减半，没事从不去搞些围猎、出游之类的排场事。可是就这么一个和他父皇完全不同的节俭人，却将每年夏天去行宫的习惯保留了下来，偏偏去了又不是为了享受，宫里政务堆积，他通常早起赶过去，入夜之前还得赶回来，遛狗似的绕着京城转一圈点个卯——别说避暑，不中暑就不错了。

李丰这么折腾，倘若不是有病，那只能是……景华园里有什么要紧的东西，让他必须时常巡视。

长庚何其敏锐，心里立刻冒出一个想法：四方守将都掺和过走私紫流金，那么皇帝呢？时间仓促，他入朝时日尚短，还来不及核对户部和兵部的账目，但以李丰那什么都要抓在手里的性情，建一个紫流金私库一点也不稀奇。

顾昀小声说："你大哥谁也不信，这也是我猜的，别和别人说。"

长庚皱了皱眉。"那就麻烦了……到时候李丰会求和吗？"

顾昀失笑，摇摇头道："别人来向他求和的话倒是有可能，嗯……他应该也不会跑。"

长庚双手背在身后，他一身的血污，头天夜里沾在身上的泥水已经干了，整个人显得花花绿绿的，而年轻的雁北王就在花花绿绿中不紧不慢地迈着四方步，好像春来午后在御花园遛食，沉吟片刻，他淡淡地评价道："也对，李丰不怕死，怕别的。"

顾昀不由得看了他一眼，发现奉函公说得对，长庚真是什么时候都显得气定神闲的，于是忽然问道："你究竟什么时候变成个慢性子的？"

"我哪里是慢性子，分明急躁得要命。"长庚笑道，"这其实还是跟你学的，我发现义父心里不痛快的时候，往往会假装自己很高兴，面上欢喜了，反过来也会让心里好过很多。所以我每次发现自己特别浮躁了，就自己稍微拖一拖，确实能跟着一起安静下来。嗯，肝火太旺不利养生，容易……"

"……睡不好觉。"顾昀无奈地听他说了不止一遍，已经能顺口接上了，"你到底是有多在意睡觉这件事？还有我什么时候心里不痛快了强颜欢笑过？"

长庚挑挑眉，好整以暇地看着他，一脸"你说什么就是什么"的表情。

"整队撤军。"顾昀有气无力道，"伤病号先行，过不了多长时间，西洋人就反应过来了，我们来场伏击。"

走了两步，顾昀觉得疲惫不堪，不由自主地想起长庚方才那套不知跟哪个庸医学来的歪理邪说，他便解下腰间酒壶喝了一口酒，将连将军的割风刃背在身后，打了个呼哨。战马闻声小跑着奔到他面前，顾昀嘴里的呼哨声调一拐，吹出一段莫名其妙的自编小调，从地上抓起一朵黄澄澄的小野花，翻身上马道："轻骑的弟兄们，上马跟我走！"

顾昀手中捏着野花，本想顺手将那花插在离他最近的长庚头上，不料手一抬就碰上了长庚的目光，长庚的目光竟然一直寸步不离地跟着他，那表情仿佛是在说"你往我头上盖个红盖头都行"。

顾大帅一哆嗦，愣是没敢下手，将那朵花插在了头大如斗的谭将军的头盔上，深刻地阐释了什么叫"一朵鲜花插在了那什么上"。北大营一众老兵油子哄堂大笑，玄甲轻骑打着呼哨随着顾昀飞奔而去，一个个有样学样，南腔北调的口哨声此起彼伏，顾昀在前面愤怒地吼道："谁让你们跟我学的，都快尿出来了！"

还别说，这么一闹，还真就挺解乏的。

此时，西洋海怪上——

雅先生狼狈不堪地走进舱门，迎面遇上了教皇的亲卫团团长。

"怎么样?"雅先生问道。

团长说:"醒了,陛下正要唤您进去。"

混乱的海战中,教皇所在的地方被一支吹火箭擦了个边,刚好引爆了一架炮台,巨大的冲击力把他老人家当场震晕过去了,后续西洋海军一遇到玄铁营就狼狈得不行,和教皇缺席也有很大关系。

雅先生大大松了口气,大步走了进去,教皇额头上敷了药,满头的白发软塌塌地散落在一边,露出眼角几块不明显的老年斑。

雅先生跪在地上,一脑门沮丧。"陛下,我很抱歉……"

床上的老人没有睁眼,喃喃地开口说:"是顾昀。"

"对,是顾昀,我们一开始计划将他困在这里,其实已经做好了会在北海面对他的准备,可是昨天黑乌鸦突然出现,"雅先生顿了一下,神色十分懊恼,"玄铁营被西域联军拖在了嘉峪关,我本来应该有这个自信,但还是……"

"一时没有稳住阵脚。"

雅先生无言以对。

教皇微笑起来。"每个人都会遇到自己生命中看似无法战胜的敌人,有些是灾难,有些只是磨砺——你知道灾难和磨砺之间有什么区别吗?"

雅先生一愣。

"区别就是,灾难是不可战胜的,而磨砺是可以越过的——我想这非常容易分辨,中原人的通信已经被截断,小小的一个京城,如果真有那么多军备,当初我们炮制北大营哗变的时候,会那么容易乱起来吗?"

雅先生:"您是说……"

"顾虽然年轻,但一多半的生命都是在战场上度过的,不要被他牵着鼻子走,他就算是个不可一世的狼王,此时也是爪牙都被拔去,困在囹圄中。去吧,相信你自己。"

当天,西洋海军重新整队,再次悍然登陆大沽港。上岸以后再次遭到了激烈狙击,这回青天白日,雅先生心里有底,指挥若定,很快将这一批负隅顽抗的重甲全部拿下，赢得十分容易。不料他还没来得及得意，掀开"俘虏"铁面罩一看，发现这一拨狙击的居然不是大梁甲兵，而是一群铁傀儡！

这群铁傀儡显然是临时从京畿的达官贵人们家里征调的，其中一只面罩下面还有个顽童的面具，顶着一张惨白的大饼脸，张着血盆大口冲着对面的人笑，说不出地嘲讽。

一个西洋士兵怒不可遏地伸手去摘，雅先生惊道："别碰……"

可惜话说晚了，被拽下来的面具底下拉着一根细细的引线，轻轻一拽，铁傀儡就"轰"一声炸了，直接将旁边几个西洋士兵一起炸上了天。

半个面具飞出去落在了雅先生脚下，还在嬉皮笑脸。

北大营虚晃一招，此时竟然已经全体撤退了，西洋海军愤怒地杀入城中，准备用血来平息自己的愤怒，谁知眼前居然是一座空城。

自从江南兵变的消息抵达京城时开始，雁北王便第一时间命人分批将前线百姓撤出来了——也有些死心眼不愿意走的，不过目睹了头天晚上的炮火喧天，此时早已经逃之夭夭。

顾昀给他们来了个坚壁清野。

伍

空城里有种让人毛骨悚然的死寂，让人心里直发毛，雅先生一挥手，手下立刻四散搜查城中民居。各处房屋院落依河而建，弯弯绕绕的，外来人在其中转来转去，很容易找不着北，时而还会遭遇一些拦路的大石头，将原本就让人费解的地形弄得越发扑朔迷离起来。

雅先生心里有种不祥的预感，忽然开始后悔自己的冒进。

就在这时，一个西洋士兵大叫一声，周围所有人立刻成了惊弓之鸟，抽刀的抽刀，拔剑的拔剑，众多钢甲很快围成了一圈，各自举着黑洞洞的炮口对准了那棵有异状的大槐树，只见槐树上忽忽悠悠地吊下来一个西洋士兵，半个脑袋已经被炸飞了，不知是死在哪场战役里的，血肉模糊的脑袋上绑着一张面色惨白的大饼脸面具——这回面具变成了哭脸！

一声轰鸣响起，原来是个西洋甲兵一时紧张，将短炮打了出去，树上的尸体顿时被炸成了一堆肉块，噼里啪啦地掉下来。随后，一阵让人毛骨悚然的笑声响起，树下的西洋士兵纷纷如临大敌地后退。片刻后，一只圆脸猫头鹰从树冠中冒出头来，傲然环视了一圈树下的两脚兽，笔直地振翅冲上天，诡异的笑声飘得四处都是。

青天白日里，愣是把人吓出一身冷汗。

"雅克布森大人，继续搜查吗？"

雅先生艰难地吞咽了一下，道："不……先撤出去，离开这里，快！"

他话音没落，远处骤然响起了尖锐的爆破声，随后是几声惨叫，几朵巨大的烟花呼号着上了天，炸了个火树银花。顿时有人变色道："我们遇上了伏击！"

"撤！"

"离开那儿！"

炮声与箭啸声响成了一团，几声不知由谁引起的爆炸推倒了原本就摇摇欲坠的石头房子，乱七八糟的石块和原来挡路的巨石连在一起，这空城简直成了一座大迷宫。西洋人手中的地图全然成了废纸一张，外人不熟悉地形的弊端显露无遗，一群重甲与步兵一时深陷其中，没头苍蝇一样地撞了片刻，居然出不来了！

雅先生无奈之下只好吹哨唤来西洋鹰甲，飞到半空中指挥调度，好歹将人引出来。

惊魂甫定的西洋大军退至城门口，不知谁触动了什么机关，城门上突然传来一阵让人牙酸的齿轮响，一时间，所有西洋军弓箭全部张开，万箭待发地指向城楼。

城楼上缓缓地掉下来一样东西……

雅先生拨开惊弓之鸟一样的侍卫，凑上前一看，鼻子险些气歪了，那居然又是张白脸面具，这回是个鬼脸！

"大人，我们……我们还是绕路吧？"

雅先生抬起手打断他的话，面色阴鸷地在原地站了片刻。"陛下说得对，顾昀手中没有底牌，只能靠这些不入流的诡计，你们难道被他用几张破面具就吓破胆了吗？打伏击……呵！"

他怒极反笑，冷冷地道："给我推平了这座城，我看他们往哪儿伏！"

然而一个多时辰以后，将整个空城夷为平地的雅先生在废墟里搜索了三遍，终于不得不承认，这浪费了他无数宝贵时间和紫流金的鬼地方，真的就是一座空城，所谓"伏兵"只有几张面具和一只早就飞走了的猫头鹰！

雅先生的牙龈险些咬出血来。"探路鹰呢？给我追！全速追击！"

此时，东安到京城的必经之路上。

藏在树下的顾昀接过谭鸿飞递过来的千里眼，目送着几只探路鹰从头顶呼啸而过，往京城的方向飞驰而去。他将叼在嘴里的草茎吐了出来，拍了拍身后连巍的割风刃道："老连，你算是立了大功了。"

谭鸿飞小声问道："怎么？"

"看出来了吗？"顾昀懒洋洋地说道，"洋人管事的那位现在肯定是非死即伤，现在领兵的人对京城一带明显不熟悉，否则不会激愤之下就贸然派探路鹰乱飞。"

皇城居中，京畿重地守备从来森严，绝不允许随意窥视，就连玄鹰也不敢乱飞，哪怕在非常时期，玄鹰也只敢在北大营驻地落脚，撤下鹰甲后骑马进京。但绝大多数人都不知道，玄鹰之所以不敢飞，并不是因为玄铁营特别守规矩，顾昀知道，玄鹰一旦越界飞入，很容易就会触碰到"禁空网"。

京城九门外有一圈看不见的禁空网，始建于武帝年间，花了三十年才落成，是灵枢院的杰作，禁空网一圈下面有无数暗桩，总调度就在起鸢楼上。

起鸢楼之所以建那么高，除了供四方来客吃喝玩乐，还有个非常重要的作用——它是禁空网的总桩，"摘星楼"上有个"天圆地方阁"，平时是重门锁死的。灵枢院为了这个天圆地方阁，不知熬秃了多少大师的头，它在九门外打出一圈特殊的光网，非常细密，即使是夜里，也会轻易被星月或是火光所掩盖，除非天赋异禀，否则肉眼几乎看不见。

这层光网距离地面三十丈，不会影响地面人畜往来，如果有人乘鹰甲飞过，三十丈低空之下一定会被九门卫兵发现，有白虹箭等着他们。而一旦鹰飞高度超过三十丈，就会触碰到禁空网。

被碰到的光网将折射回天圆地方阁，再经由特殊的镜子打回禁空网一带地下的暗桩，那些暗桩会随着天上光信号的弹出，锁定来犯者位置，同时从八个方位放箭。鹰甲倘若躲闪，就会发现在禁空网范围之内，无论躲到哪里，都会有暗桩的明枪暗箭如影随形。

只有除夕当天，天圆地方阁一年一次的检修时间，会暂时关闭禁空网，由红头鸢上的岗哨代替瞭望。

"探路鹰有去无回，洋人统帅很快会想起传说中的禁空网，烽火令下，红头鸢全部上天，禁空网位置也会跟着调整变动，他们一时半会儿弄不清那玩意变到了什么地方，越逼近京城，越不敢把鹰甲放得太高……"顾昀跟谭鸿飞咬耳朵道，"传令下去，让弟兄们休息好，入夜动手，玄鹰先行，从高处压住了，轻骑再自两翼奔袭，冲散敌阵，不要恋战，一击即走，省得被困住，车兵假装断其后路，炸上两三回合就放他们退走，不要逼得对方鱼死网破，咱们兵力不够。"

谭鸿飞小声问道："大帅，我们干吗不在城中打伏？"

"谁大白天打伏？"顾昀翻了个白眼，"脑子有病吗？"

雅先生想必要连打两个喷嚏了。

谭鸿飞虚心地琢磨了一会儿，感觉十分有道理，于是又问道："大帅，那你怎么知道他们入夜会走到这儿？"

顾昀："你家雁北王算的，算错了罚他薪俸，反正他一点压岁钱顶我半年俸禄。"

长庚正坐在一边修理铁弓的皮握，打了一宿仗，皮握那里磨破了一点，他便不知从哪里摸出了小刀、锉子和一小块皮子，十指灵巧异常，让人眼花缭乱。骤然被点名，长庚头也不抬地冲谭鸿飞笑道："反正里外都在侯府账上。"

谭鸿飞是个粗人，"与我同袍者皆手足"，并肩一战后，早拿雁北王当了自己人，都不在意他娘是谁了。听了这话，当下口无遮拦地打趣道："咱家王爷跟大帅不分彼此，要是位公主就好了，咱营里没准能像当年一样多个公主帐呢。"

顾昀："……"

他忍不住舔了舔发痒的牙根。

长庚手上一顿，顺着谭统领的话音道："可惜没长得花容月貌，掷果盈车的大帅不肯要。"

谭鸿飞没心没肺地道："哎哟，不对，皇上平时以'皇叔'称呼我们大帅，差了辈分啦！"

顾昀："……滚蛋！"

纯属闹着玩的谭统领与别有心肠的雁北王相视大笑。

入夜，不远处传来一声布谷鸟叫，这是敌军已入彀中的信号，谭鸿飞刚一动，就被顾昀一把按下。

"再等等。"顾昀低声道，"等四更天。"

他的眼睛在黑夜里亮得吓人，好像一对一见血开刃的神兵。

谭鸿飞忍不住舔了舔干裂的嘴唇。"王爷怎么算计的，真是……"

顾昀刚想说"他的老师是钟老将军"，不知什么时候凑过来的长庚便忽然在身后接道："一天到晚精打细算练出来的。"

谭鸿飞："啥？"

长庚看了顾昀一眼道："要攒嫁妆，好嫁大将军。"

顾昀暴躁道："你们俩没完了是吧？"

谭鸿飞那二百五"嘿嘿"地笑了起来，顾昀对这种专门负责"哪壶不开提哪壶"与"不遗余力为主帅心里添一砖堵"的狗东西简直无奈。不知道什么时候开始，长庚那小子在他面前越来越无所顾忌了，顾昀当时在温泉别院劝长庚少背点包袱，人家居然听进去了，果然就给他"轻装上阵"了。

长庚深知进退之道，拿顾昀开完涮，立刻往回找补道："义父，我开玩笑，别生气。"

谭鸿飞："咱们大帅才没那么大气性，我老谭这么多年，就上回在宫里见他发作过一次……"

此言一出，连谭鸿飞都反应过来自己说错话了，讪讪地噤了声。

顾昀脸上的神色登时淡了下去。

谭鸿飞憋不住话，过了一会儿，还是忍不住道："大帅，那件事……"

顾昀截口打断他："告诉玄鹰准备！"

谭鸿飞牙关紧了紧，终于无可奈何，叹了口气。

长庚拍了拍他的肩膀道："我去吧。"

夜渐深沉，月色阑珊，启明方兴，正是破晓前最黑的时候。

雅先生白天一路行军心惊胆战，几次三番担心遭到顾昀的伏击，惊怒交加，夜里安营也不敢放松，唯恐顾昀来了一路虚的突然来一次实的，一宿没敢放心合眼。眼看着长夜快过去，四下依然没有动静，雅先生实在撑不住，这才短暂地打了个盹。

不料他刚要睡实，就听外面炸营似的一声巨响，雅先生整个人出了一身白毛冷汗，翻身冲出来，整个夜空都被点燃了。

"大人躲开！"

一簇带着火光的箭矢从空中落下，雅先生被一个卫兵猛地推开，夜风烤熟了似的冒着热气，随后喊杀声起，两队玄骑黑旋风一样地卷了过来。

"重甲顶住！"雅先生吼道，"不要慌张，中原人没多少兵……"

他话没说完，身后传来一声巨响，一排战车神出鬼没地奔袭出来，一时间飞沙走石，好不混乱。

雅先生是个挑拨离间、合纵连横的好手，擅长阴谋诡计，却并不是一个十分得力的阵前指挥。他太习惯深思熟虑，一旦敌人超出他的预期，他便很容易反应不及时，失去对下属部队的控制。

突然，一股难以言喻的凉意爬上了他的脊背，雅先生觉得自己仿佛是被蛇的杀意锁住的青蛙，他惊惧地回头，只见一支铁箭流星追月似的划过夜空，直奔他面门。雅先生已经来不及躲闪，千钧一发间，他手下一个西洋重甲兵怒吼一声挡在他面前，铁箭竟然穿透了重甲厚厚的钢板，从那甲兵背后露出一个险恶的尖来。

雅先生惊魂甫定地顺着箭的来势方向望去，看见了一个站在玄鹰背上手持长弓的年轻人。

那年轻人鼻梁上夹着一个千里眼瞄准镜，居高临下地看了……不，睨了他一眼，目光仿佛带了毒。雅先生的亲兵立刻将长炮对准了空中玄鹰，那青年似乎是笑了一下，用一种"这个靶子不巧没射中"的无所谓表情摇了摇头，接着不慌不忙地纵身从五六丈的低空中一跃而下，与玄鹰一上一下地分开，刚好让过那硝烟弥漫的一炮。

顾昀纵马上前，一把接住从鹰背上直接跳下来的长庚，手中的割风刃在蒸汽的催动下卷成了一道看不见刀锋的旋风，马蹄高高扬起，割风刃横扫一圈，"呜"一声不绝于耳的尖啸，不知是谁的血珠溅在他眼角朱砂痣上，随即，他双腿一夹马腹，战马转眼已经跳出了战圈。

顾昀用力在长庚身上捆了一下道："混账，不要命了吗？"

长庚本想直接跳下去，快落地的时候用脚上的轻裘护腿对着地面加个速，缓冲而下，没料到竟被顾昀横插一杠，一时呆愣地看着顾昀近在咫尺的脸，胸口剧烈地震荡了一下，差点没坐稳，只好一把抓住了顾昀手腕上的冷铁甲胄。

他的眼神一瞬间撕破了表面的平静，炽烈得如有实质，顾昀没好气道："看什么？"

长庚勉强定了定神，将火焰似的目光收回眼皮下，干咳一声道："……该撤网了。"

顾昀将他往胸前一带，回马一声长哨，所有轻骑立刻聚拢，卷毯子似的冲向敌阵，被天上玄鹰狂轰滥炸了一通的西洋军直到这时才开始整队，但尾大不掉，雅先生怒吼道："重甲开路，在后方撕开一条口子！"

后方的口子不必撕，北大营的战车战线故意留得十分单薄，稍一接触，便仿佛不敌似的退开，放这伙西洋军撤退。

顾昀冲不远处的谭鸿飞打了个手势，玄铁轻骑悄然而退，像一群不讲究的野狼似的，叼一口就跑，见好就收。不然等西洋大军压住阵脚反应过来，他们这一点轻骑大约也就是送菜的——当然，等西洋大军反应过来，黑旋风已经刮过去了，消失于茫茫夜色之中，再也找不着了。

隆安七年四月十五，玄铁营夜袭西洋军于东安城西。

四月十七，西洋先行军被玄铁营牵着鼻子跑了两天，不堪其扰，向海上后援请求增援，按兵不动。

四月二十三，西洋军增援到，玄铁轻骑被迫退守，西洋军乘胜追击，急追行至武清，被顾昀引入陷阱中触发禁空网，西洋鹰甲折损过半，不得不再次退守。

四月二十六，教皇伤势稍有起色，即刻亲征。

四月二十九，武清沦陷。

五月初三，大兴府遭西洋军重炮轰击。在数万西洋大军的步步紧逼下，顾昀带着北大营的一点轻骑和鹰甲与其周旋了近一个月，终于难以为继。

初七，顾昀退守京师，九门紧闭，而援军依然尚未抵达。

至此，所有恩怨情仇全部退至城墙之后，大梁京城在绿树浓荫中入了夏，城中的人工游湖上却再没有画舫笙歌，西洋人终于派出了道貌岸然的使者。

第八章

楚歌

壹

因为一个西洋使者，早朝吵得人头昏脑涨，散朝后，长庚没搭理那一大帮各怀心事想探他口风的人，扶着奉函公径直出宫。京城里人心惶惶，车马奇缺，平时顾昀都让霍郸在宫外牵马等他，这天霍郸却不知被什么事耽搁了，一时不见人。

长庚刚开始没在意，跟灵枢院的老院长并肩而行，缓缓往回走。

奉函公一天到晚住在灵枢院里，眼圈已经凹了进去，整个人像一根抽干了水分的萝卜，只剩下一双"贼光"四射的眼睛，看起来格外"硌牙"。

"难为殿下有耐性陪我们这种腿脚不好的老东西，"奉函公叹道，"援军有消息吗，到底什么时候能来？"

长庚说道："四境之乱绊住了五大军区，地方驻军是什么样，您也知道，这些年各州的军费和紫流金配额一再缩减，根本供不起几座重兵甲，全是轻裘。轻裘固然行军快，灵巧易调动，但也极易受阻，一旦敌军沿路设重甲或是战车拦截，倘若主将经验稍有不足，就很容易将队伍陷进敌人的重围中——洋人甚至都不用出多少人。"

"殿下真是让老朽无地自容，灵枢院已经接连几年没出过像样的东西了，"张奉函自嘲地摇摇头，"我这个没用的老不死也是尸位素餐，原想着过了年就跟皇上告老，不料遇上国难，恐怕要不得善终。"

长庚温声道："奉函公功在千秋，不可妄自菲薄。"

"千秋……千秋过后还有大梁吗？"张奉函撇撇嘴，"我原以为进了灵枢院，就可以两耳不闻窗外事，一辈子跟火机钢甲打交道，专心做好自己的活，可原来这天下熙熙攘攘，君子小人哪怕各行其道，也总能撞在一起。你越是什么都不想掺和，越是想卓尔不群地做点事，就越是什么都做不成——哪怕只想当个满手机油的下九流。"

长庚知道奉函公只是发感慨，并没有想听自己的回答，便笑了一下，没吭声。

大梁走到如今这一步，皇权与军权之间积压两代的矛盾固然是导火索，却也不是最根本的缘由——沉疴痼疾在国库一年比一年寒酸的时候，就已经注定了这个惨淡收场的结局。

张奉函说道："起鸢楼的禁空网暗桩每天都在调整，那些洋人如今只敢行兵车，大批的鹰甲不敢上，但暗桩的力量始终是有限的。我听说洋人每天用线绳拉着木鸢在城外'放风筝'，只怕过不了几天，暗桩中储备的铁箭就难以为继了，到时候怎么办，顾帅有章程吗？"

北大营现存的玄鹰，连缺胳膊短腿的一起全算上总共不到一百架，一旦禁空网失效，恐怕就是城破之时。

长庚漫不经心地应道："嗯，他知道，正在想办法。"

满心忧虑的张奉函听了这话哭笑不得，不知该说这雁北王是"英雄出少年"，还是该说他少根筋，好像就算是天塌在他面前，那小王爷也是一句事不关己一般的"知道了"。

张奉函刻意压低声音道："今天上朝不见了御林军的韩统领，王爷看见了吗？现在朝中有传言，说皇上表面上怒斥西洋使者，实际已经打算迁都了。"

长庚笑了笑，眉目不惊。"皇上不会的，咱们也没到走投无路的时候，我看见灵枢院的车了，扶您上去……嗯，霍伯来了？"

霍郸步履匆匆，满脸心绪不宁，来到长庚面前道："老奴今天来迟了，王爷请恕罪。"

"不碍，"长庚摆摆手，"霍伯今天什么事耽搁了？"

霍郸小心翼翼地觑了一眼他的神色道："侯爷昨天夜里被西洋人箭矢所伤，我也是清早才听说，刚去了……哎，千爷！"

在霍郸和张奉函目瞪口呆下，方才还在溜达的长庚脸色陡然变了，翻身跃上马背，一阵风似的不见了。

九门阵前的硝烟味还没有散，西洋大军天亮方才偃旗息鼓地撤走，顾昀也得以片刻喘息。玄铁的肩甲凹进去一块，箭头已经拔出来了，两个军医围在顾昀身边，举着钳子和剪子，小心翼翼地将他变形的肩甲往下撬，内里的衣服和血肉已经混成了一团。

长庚匆忙闯进来，目光在顾昀身上落了一下，便忍不住别开了视线，脸色简直比受伤的那位还难看。

"嗞……"顾昀抽了口凉气，"我说二位能痛快点吗？绣花呢这是——怎么样？"

长庚不答，深吸一口气上前，将两个军医挥退，弯腰仔细观察了一下顾昀身上掰不下来的甲片，从怀中摸出一个指头长的小铁钳，搂紧顾昀的肩，从另一侧剪了下去。他的手极快，锋利的小钳子将变形的肩甲豁开了一道口子，血立刻沾了他一手。

长庚的脸颊绷紧了，一时有点喘不上气来，低声道："怎么伤成这样也不告诉我？"

方才还在龇牙咧嘴的顾昀生生将痛色忍了回去，咬牙切齿地说道："小事——朝会上的西洋使者怎么说的？"

"能怎么说，在金殿上大放厥词来着，"长庚活动了一下有些不稳的手指，揭开被血黏在顾昀身上的碎甲片，"说让我们解除对西域各国的'迫害掠夺'，让出嘉峪关以外领土做万国商区，商区内法度依照他们国内法治而行，还有……"

变形的肩甲整个给揭了下来，长庚盯着顾昀的伤口狠狠地抽了口气，艰难地站直了身体，缓了片刻。

"还有什么？"顾昀打了个寒战，冷汗直流，"我说大夫，你老人家怎么还晕血？"

长庚整个人绷得像根铁棒。"我晕你的血。"

他一把抢过顾昀的酒壶，狠狠地灌了两口，头晕目眩得想吐，强自吐纳片刻，长庚才拿起一边的剪子，划开看不出底色的衣服。

"还有将北疆三十六郡，西京到直隶、幽州一线以北全部划给十八部落，大梁京城迁至中原东都，另将和宁公主送往十八部为质，从此我朝向十八部称臣，年年纳岁贡……"

和宁是李丰唯一的女儿，才七岁。

顾昀怒道："放屁！"

他一挣动，血水一下涌出来了，长庚忍无可忍地吼道："别动！"

两人相对沉默了片刻，顾昀神色阴晴不定，好一会儿，才道："……你继续说。"

"此外，他们还逼李丰下令，让沈易将占领南洋诸岛的南疆驻军撤出，东海运河内外分河而治，江南水师退至河内，河外与东海一线划归西洋远东区。"长庚目色沉沉，手上却十分轻柔地擦拭着他的伤口，顿了顿，又道，"还有赔款……"

顾昀默不作声地绷紧了肌肉。

"早朝的时候李丰要斩来使，被群臣劝住了。"长庚握住顾昀没受伤的肩，"我要清洗伤口，义父，暂时封住你知觉好吗？"

顾昀摇摇头。

长庚好言劝道："我只用一点药，你抗药性强，睡不了多久，倘若外城有变，我替你守……"

"洗就洗，"顾昀打断他道，"别废话。"

长庚看了他一眼，意识到跟此人讲道理是没用的。

就在这时，谭鸿飞跑来道："大帅……"

顾昀刚一回头，便闻到一股诡异的香味，他毫无防备地吸进了一口，整个人顿时软了。英明神武的安定侯万万没想到郡王殿下还会"袖里乾坤"这种不入流的江湖手段，而且还用在了自己身上！

顾昀："你……"

长庚眼都不眨，飞快地将细针刺入他穴道中，随后一把接住顾昀失去知觉的身体。眼睁睁地看着主帅被放倒的谭鸿飞愣在门口，与郡王殿下大眼瞪小眼："……"

长庚面不改色地冲他做了个噤声的手势，将顾昀抱起来放平，开始细细地清洗顾昀的伤口。

谭鸿飞瞠目结舌："这……那……"

长庚："没事，让他睡一会儿，少受点罪。"

谭鸿飞眨眨眼——很早以前，谭鸿飞一直以为雁北王殿下像个和和气气的书生，后来发现他能打会算，心里十分佩服，起了一腔亲近之意……直到这一刻，谭统领才对他升起了熊熊的崇敬之情。谭鸿飞下意识地伸手摸了摸脸——脸上被顾昀抽的伤疤还没下去，心说：王爷这胆子也忒大了。

长庚回头问："对了，什么事？"

谭鸿飞这才回过味来，忙道："殿下，皇上来了，车驾就在后面，你看……"

说话间，神色憔悴的李丰便装而至，身边只带了个祝小脚。李丰低头看了看昏迷的顾昀，伸手探探他的额头。"皇叔没事吧？"

"皮肉伤。"长庚包扎好伤口，将一层薄丝的外袍披在顾昀身上，收拾好自己的银针，"只是我给他用了点麻药，一时半会儿醒不过来，皇兄别见怪。"

长庚说完，便起身拿起顾昀的割风刃，甲胄也不穿，转身往外走去。

李丰忙问道："怎么？"

"我替义父守一会儿城，"长庚道，"使者虽然在京，但恐怕是西洋人的迷阵，说不定会趁我们放松警惕的时候攻城，谨慎一点好。"

李丰木然地在原地站了片刻，突然抓起一把佩剑，也跟了出去，祝小脚大惊道："皇上！"

李丰没理会他，只身上了城墙。

借着手中千里眼，隆安皇帝看见不远处便是西洋军的营帐，京郊沃土，如今已经疮痍满目。往日车如流水马如龙的京城九门外萧条如许，塌了一角的城墙被报废的玄铁甲死死地撑住，摇摇欲坠，死硬不改。

北大营的普通兵将都认识长庚，纷纷上前见礼，但并不认识李丰，只是见他衣着考究、气度不凡，便当他是个文官，一概以"大人"含混称之。李家貌合神离的两兄弟并肩站在城墙上，从长相到身形无一点相似，亲缘淡薄得仿佛一根手指就能捅破的窗户纸。

李丰忽然对长庚道："韩骐应该下午就能回来，你给皇叔带个话，让他到时候找信得过的人接应一下。"

长庚也不打听，似乎一点也不好奇，只顺口应道："是。"

李丰又道："怎么不问朕让韩骐去了什么地方？"

长庚微微垂下眼，看着城墙石砖，沉默片刻后说道："这一阵子我调度户部紫流金与军需之物，发现近几年中朝廷紫流金出入有些疑问……不过可能是皇兄自有安排吧。"

隆安皇帝一听就知道，自己私藏的那点紫流金早被长庚察觉到了。

李丰有些尴尬地说道："嗯，德胜门内有一条通往景华园的密道，朕让韩骐领兵从此处出城，将景华园的私库打开，里面有……咳，朕尚未来得及下放的十六万斤紫流金——你且不要声张，眼下朝中人心不稳，倘若知道密道一事，恐怕人心浮动。"

长庚点点头，并不怎么惊诧——李丰这是把家底拿出来了。

刚愎自用如隆安皇帝，是不可能丧权辱国地对谁称臣的，他宁可葬身于九门之下。

长庚一沉默，两人之间便没什么话好说了。其实一直也是，除了朝中政务与请安时客套的废话，李家兄弟之间确实没什么好说。

李丰想起了什么，问道："你多大认识十六皇叔的？"

长庚："……虚岁十二。"

李丰"嗯"了一声道："他没成家，又久在西北领兵，想必不大会照顾你吧？"

长庚的目光微微闪动了一下道："没有，他很会疼人。"

李丰眯起眼望向渺茫的天光，想起自己也曾经有和顾昀一起长大的情分，小时候偶尔忌妒自己的父皇待顾昀更好更温柔，但多数情况还是觉得这个小皇叔虽然不怎么和他们一起玩，人却很好。

他也曾经以为这点少年情分能持续一生。

可是才不过十几年，竟已经是这般光景。

"阿旻，"李丰开口道，"倘若城破，朕便传位于你，你带着后宫与百官从密道先行，迁都洛阳……再徐徐图之，总有卷土重来那一天。"

长庚终于看了他一眼。

"倘若真有那么一天，"李丰目光平端，注视着远方，继续说道，"你也不必还位于太子，让你的侄子们有个容身之地就可以了。"

长庚没有应声，片刻后，他毫无触动地漠然道："皇兄言重了，没到那种地步。"

李丰看着他的幼弟，依稀记得小时候从母后嘴里听过的话。她说北蛮来的女人都是妖怪，最会玩弄毒物，蛊惑人心，她们生出的孽种也是玷污了大梁的皇室血脉的怪物。后来安定侯将这个流落民间多年的四皇子接回宫，为着先帝遗愿与自己仁德之名，李丰留下了他，内务府多一份份例而已，平时倒也眼不见心不烦。

直到这一刻，隆安皇帝才发现他看不透这个年轻人。

国难与大敌面前不变色，九五之尊也难以触动他的心，他身上的衣服仿佛还是去年的，袖口都磨薄了也不换。他比护国寺的了痴大师还要难以捉摸，什么也不爱，仿佛这个世界上没有什么能打动他。

李丰张了张嘴，这时祝小脚在身边低声提醒道："皇上，该回宫了。"

李丰回过神来，将佩剑交给一边的将士，无言地拍了拍长庚的肩，看了一眼那青年人挺拔的背影，转身走了。

李丰离开后，一个灰头土脸的和尚上了城楼——正是了然。

护国寺僧人已经全部撤入城中，了然随住持一起，每天白天念经祈求国运，晚上偷偷用线人调查李丰身边的人。

长庚看了他一眼。

了然摇摇头，比画道："我排查了一圈，皇上身边的人履历都很清白，当年没有同十八部巫女及其从属交往密切的。"

长庚想了想道："皇上生性多疑，不是藏不住事的人，我们这边一再泄密，那个内应必定是他的心腹——你查过祝公公吗？"

了然神色凝重地摇摇头——查过，没问题。

长庚微微皱起眉。

这时，被长庚用针辅以药放倒的顾昀终于醒过来了，他睡得差点不知今夕何夕，直到肩头伤口的钝痛传来，才后知后觉地想起发生了什么事。

顾昀爬起来穿上衣服，准备去找长庚算账。谁知他刚一出来，便听见远方传来一声巨响，整个京城都震荡起来，顾昀一把扶住城墙，心道：地震？

城楼上的长庚蓦地回过头，眉宇间阴鸷之色一闪而过——他一直以为皇城内奸是李丰身边的宫人，可以李丰的谨慎多疑，怎会将景华园的事透露给身边的奴才？

顾昀："怎么了？"

"不知道，"长庚快步走下来，"李丰方才来过，说他让韩骐从密道出发，去景华园运紫流金了……那是西郊的方向吗？”

顾昀激灵一下就醒了。

五月初九这一天，景华园之秘泄露，西洋人的和谈果然是幌子，但他们却不是要趁机攻城，而是派兵迂回至京西，半路劫杀韩骁。

韩骁垂死挣扎后终于不敌，当机立断地将十多万斤紫流金一把火点着，直接炸了密道口，玉石俱焚。

那大火燎原似的吞噬了整个西郊，烧不尽的紫流金像是从地下带来的业火，将押送紫流金的御林军、猝不及防的西洋人，乃至景华园的锦绣山水、亭台楼阁全部付之一炬，特殊的紫气如同祥瑞般映照了半边天，好像一笔浓墨重彩的霞光自天边飞流直下——

大地之心在燃烧，整个京华都在震颤。

热流绵延数十里，自西郊缓缓流入坚如磐石的九门之中，京城尚且称得上凉爽的初夏天气一瞬间堪比南疆火炉。紫流金本来清淡难分辨的气味逆着东风弥漫而来，人们终于“品尝”到了那股特殊的味道——那竟然是一种难以描述的清香。

好像松香掺杂着一点草木之气。

所有尚存的重甲全部被顾昀调动起来，白虹之弦绷紧。而不出他所料，西洋大军这时候果然也动了。顾昀不知道那一把火烧去了多少西洋军，也不知道教皇在这样剧烈的损耗下还能撑多久。围城多日，双方都已经到了极限。

方才过了未时，第一波丧心病狂的攻势到了，重甲与战车交替而行，炮火与白虹此起彼伏，双方猛烈的炮火几乎没有一点缝隙。

尘埃与喧嚣四起，西郊紫流金大火的余温不断攀升，烤得人汗流浃背，远处传来一声鹰甲升空时特有的尖鸣，禁空网尚未完全失效，西洋军却已经等不及了，竟用无数鹰甲“以身试法”。

这支西洋军先是被顾昀拖了一个多月，随后又被九门城防与禁空网所阻，每一天的消耗都是无比巨大的，而每一天的徒劳，也都在损耗着遥远的西方国内对这一次预谋十多年的远东出征的耐心。

长庚一把抓住了然和尚，飞快地说道："听我说，那个人不可能是奴婢官人，李丰身边的人我们排查了不止一次。前朝败于佞幸，我朝向来不准宦官弄权，皇上再怎样也不会荒唐到将景华园的事交给太监去办……更不可能是朝中重臣——韩骁离宫的消息弄得满朝人心惶惶，人人都说皇上要跑，李丰却一直压住了，不动声色，直到韩骁快回来，他才亲自把消息透露给我，哪怕他有意传位于我……"

了然和尚愣愣地看着他。

长庚喃喃道："我那个皇兄，太平时不信武将，战乱时不信文臣，会是谁？还有谁？"

了然手中原本无意识转着的佛珠停了，随即他倏地倒抽了一口凉气，这位优钵罗转世一般的高僧一瞬间脸色难看得像个死人。

长庚沉沉的目光转向他，一字一顿道："护国寺就在西郊。"

就在这时，一颗流弹落在两人旁边，长庚与了然一同被那气浪掀翻在地，长庚踉跄着勉强站定，和尚脖子上的佛珠却应声绷开。

古旧的木头珠在狼藉的红尘中滚得到处都是。

长庚一把拎起了然的领子，将了然和尚跌跌撞撞地拎了起来。"起来，走，杀错了算我的！"

了然本能地摇头，他本以为自己多年修行，已经洞穿了人世悲喜，直到这一刻——末法逢魔，他方才发现，四大皆空原来只是自以为是的错觉。

长庚将了然和尚一推，迎着那白脸和尚惊惧的目光道："我不怕因果报应，我去料理，大师，你不要拦我，也不要怪我。"

他尚且无辜时，便已经将这世上所有能遭的恶都遭了个遍，人世间阿鼻炼狱，再没有能让他敬畏的。

长庚："我去跟义父借几个人。"

了然和尚呆立原地，见那年轻的郡王殿下冲他做了一个特殊的手势，他将拇指回扣，做了一个微微下压的动作，郡王朝服的广袖从空中划过，袖子上银线一闪，像河面闪烁的银龙——倘若天下安乐，我等愿渔樵耕读，江湖浪迹。

了然浑身都在发抖，良久，他哆嗦着双掌合十，冲长庚稽首作礼——倘若盛世将倾，深渊在侧，我辈当万死以赴。

此道名为"临渊"。

长庚低低地笑了一声："假和尚。"

说完转身往城门口跑去。

了然忽然就泪如雨下。

未知苦处，不信神佛。

硕果仅存的玄鹰已经飞上空中，顾昀将整个京城的火力全部集中在一起，以一种砸锅卖铁的破釜沉舟之势往城下压，重甲待命在城门口。长庚第一次看见顾昀放弃了轻裘，身着重甲，那没什么血色的脸上仿佛被重甲镀上了一层苍茫坚硬的玄铁色。

听亲卫报雁北王来了，顾昀蓦地回头，脸色比拔箭的时候还难看几分，快步上前隔着钢甲抓住长庚的胳膊问："你怎么又回来了？"

"怎么样了？"长庚问道，"西洋人急了，你打算怎么守？"

顾昀不答，只是将长庚往城下拖去，他的答案尽在沉默里——还能怎样？只有死守。

"韩骁统领的事绝非偶然，李丰身边必有人叛变，"长庚道，"义父，给我一队亲兵，我去解决城内隐患，否则他们里应外合，城破只是时间问题……"

"长庚，"顾昀总是显得有几分不正经的神色收敛了起来，"殿下，我派一队亲兵护送你离开，路上千万保重，别再回来了。"

没有里应外合，城破可能也只是时间问题。

长庚眉尖一跳，他直觉这个"离开"不仅仅是送他进城。

　　就在这时，一声巨响自身后传来，洋人一记重炮轰在城墙上，数百年固若金汤的城门簌簌抖动，斑驳的外墙凄凄惨惨地脱落了，露出里面玄铁铸就的里撑和环环相扣的铁齿轮，城墙的脸皮被剥落了，露出狰狞的血肉。

　　一个玄鹰掉落在旁边，尸体已身首分离，顾昀借着重甲，一把将长庚护在怀里，剥落的巨石轰然倒在他身后，碎石溅在玄铁上，一阵铿锵乱响。两人离得极近，鼻息几乎交缠在一起——自从长庚有意避嫌之后，这样亲近时刻就好像再也没有过了，顾昀鼻息滚烫，应该是还在高烧，眼神却依然是锋利而清明的。

　　"皇上方才过来的时候还和你说过什么？"顾昀在他耳边飞快地说道，"按他的意思去，快走！"

　　李丰过来的时候顾昀尚在昏迷，两人甚至没有打一个照面。这对君臣之间，多年来在刻意粉饰的太平下无时无刻不在相互揣测，相互猜忌防备，然而在最后的时刻，他们俩却竟然都明白对方在想什么。

　　长庚瞳孔微缩，突然一把拉下重甲中的顾昀的脖颈，这人身上太烫了，像要自燃一样，带着一股狼狈不堪的血腥气。长庚心里烧起了一把仿佛能毁天灭地的野火，熊熊烈烈地被困在凡人的肢体中，几欲破出，席卷过国破家亡的今朝与明日。

　　这一刻似乎有百世百代那么长，又似乎连一个眨眼的工夫也没有。

　　顾昀强行将他从自己身上扒了下去，玄铁重甲的力量是人力所不能抵挡的。

　　可是他并没有对长庚发火，甚至没有不分青红皂白地将长庚掀到一边。他只是近乎轻拿轻放地松开铁手，把长庚安放在两步以外。

　　抛却千重枷锁与人伦，绝境下的灼灼注视，能令他的铁石心肠也动容吗？

　　倘若他准备好了死于城墙上，那么这一生中最后一个与他相依相伴的人，能让他在黄泉路前感觉自己身后并非空茫一片吗？

　　算是慰藉吗？

抑或是……会让他啼笑皆非吗？

那一刻，大概没有人能从顾昀俊秀的面容上窥到一点端倪。

长庚注视着他，止水似的说道："子熹，我还是要去截断城中内应的路，便不在这里陪你了，若你今日有任何闪失……"

他说到这里，似乎笑了一下，摇摇头，感觉"我绝不独活"这几个字说出来太软弱了，会被顾昀笑话，但这也并非虚言——难道让他苟且偷生，和乌尔骨过一辈子吗？

他跟自己没那么大仇。

顾昀深吸了一口气，喝道："老谭！"

一只玄鹰从空中呼啸而落，正是谭鸿飞。

顾昀吩咐道："点一队轻骑亲兵，你亲自护送王爷。"

他说完，头也不回地上了城墙。

白虹上的吹火箭齐刷刷地升上天，与来袭的西洋鹰甲惨烈地相撞——这是灵枢院送来的最后一批吹火箭。

敌军以人肉当梯，沉尸做桥，他们前仆后继，不顾一切。

一个西洋鹰甲用同伴炸碎在空中的尸体为遮挡，悍然越过城墙上的白虹火墙，猛地将一记长炮轰至城中，正落在起鸢楼上。那西洋鹰甲随即被一个玄鹰撞了上去，玄鹰一侧的铁翅已经失灵，背后浓烟滚滚，身上已无刀无剑，只有死死地抓住敌人的肩膀，自空中一起跌落。

没有落到地上，过载的金匣子已经炸裂，短促的火花将玄鹰与那西洋鹰甲一口吞了。

同归于尽。

起鸢楼的摘星台应声摇晃两下后轰然倒下，此时此地，云梦大观上大概只能观到废墟与残骸了。

百年京华繁嚣，与红墙金瓦上千秋万世的大梦，随着烂琉璃一起落地……成了飞灰。

金銮殿中乱成一团，祝小脚踉跄着扑到李丰脚下，大哭道："皇上，眼看着九门将破，皇上移驾吧！奴婢已经令义子在北门外备好车驾与便装，大内尚有侍卫百三十人，拼死也要护送皇上突围……"

李丰一脚将他踹倒。"自作主张的狗奴才，滚！取尚方宝剑来！"

王裹闻言忙一同拜倒。"皇上三思，只要吾皇安然无恙，社稷便有托，将来未尝……"

一个大内侍卫将尚方宝剑捧到李丰面前，李丰拔剑而刺，一剑捅下了王国舅的官帽，随后大步往殿外走去。

祝小脚连滚带爬地追在皇上身后，慌乱成一团的六部九卿仿佛找到了头羊，不由自主地跟着李丰鱼贯而出，北门外，祝小脚的一对面首义子被大内侍卫推到一边，急得直冲祝小脚叫。

祝小脚尖声道："放肆，大胆！"

他毕竟是皇上面前的红人，几个侍卫稍一犹豫，令那两个面首闯了进来，就在这时，护国寺的了痴大师迎面来了，身后带着一群武僧模样的人，行至李丰面前。

李丰神色稍缓，然而还没来得及与了痴大师打招呼，祝小脚的一个面首干儿子突然抬起头，唯唯诺诺的，脸上竟满是杀意，他跟在祝小脚身边，正好就在隆安皇帝五步远的地方，张口喷出一支吹箭。

这场变故谁也没料到，一时间左右皆惊。

电光石火中，祝小脚大叫一声，肥硕的身躯滚了过去，狠狠地撞在了李丰后背，以身替他挡了致命一击。李丰踉跄一步，险些摔进了痴怀里，他惊怒交加地回过头，见祝小脚双目圆睁，似乎依然不敢相信自己千依百顺的干儿子会变成个刺客，老太监的身体牵线木偶似的抽搐几下，一声也没来得及吭，已经断了气。

李丰呼吸一时停住了，就在这时，他听见一声佛号，隆安皇帝尚未来得及悲从中来，便觉一只冰冷的手按在了他的脖颈上——了痴大师缩在袖中的手上套了一只铁爪，那轻易能捏碎石头的怪手扼住了隆安皇帝脆弱的脖颈，尚方宝剑"当啷"一下落了地。

百官与侍卫们全都惊呆了，江充这手无缚鸡之力的文弱书生不知从哪里来的胆子，上前一步喝问道："方丈，你疯了吗？"

了痴用几十年如一日的愁苦嘴脸看向他，笑道："阿弥陀佛，贫僧没疯，江大人，当年武皇帝穷兵黩武，以四境之邻磨玄铁利剑的时候，你恐怕还没出生呢。"

江充："什……"

了痴身后一个"武僧"上前一步，对了痴说了句江充听不懂的话，随后几具重甲从四面八方走出来，站在和尚们身后。旁边的鸿胪寺卿听了个音，顿时惊呼道："东瀛人！"

了痴笑道："武皇帝一道融金令，我全家十六口人死于黑乌鸦手下，独我苟且，流落贵邦，借当年顾老侯爷与长公主大婚时大赦天下的光，得自由身，断世俗身，自此青灯黄卷长伴，苦心孤诣四十六载，总算有了今天。"

李丰喉咙被扼住，话音断断续续："你……是当年罪该万死的紫流金走私匪盗之后！"

"匪盗。"了痴皮笑肉不笑地重复了一遍，"可不是嘛，都怪紫流金——皇上嘴硬心也硬，不知骨头是不是也一样。那么请移驾红头鸢，随贫僧走一趟吧。"

李丰："朕……"

"皇上笃信我佛，"了痴道，"信我佛便是信贫僧，倒也没什么差别。"

说完，他径直推着李丰上了一艘红头鸢，命人将御辇上的蟠龙旗挂在了红头鸢尾。

"斩断绳索，将红头鸢放开，"了痴道，"传出消息，就说皇上要乘鸢弃城逃走了！"

江充："狗贼大胆！"

了痴大笑："想弑君者大可以上前！"

就在这时，不远处突然传来一声撕裂似的大吼。

了痴蓦地一怔，转过头去，只见了然不知什么时候站在了摘星台的废墟上。哑僧的喉咙自小就是坏的，用尽全力也只能发出"啊啊"的叫声，多有不雅，见过了然大师的人都没有听过他发出一点声音，他仿佛永远是一副行如清风、面带悲悯的模样。

他是前任方丈捡回来的弃婴，自小就是了痴这个师兄带大的，尽管心野得不像个出家人，十一二岁就常常溜出寺院，闯荡江湖，乃至后来入临渊阁……少年时的情义渐渐浅淡，却始终萦绕不去。

了然向他打手语道："师兄，回头是岸。"

了痴神色复杂地注视着自小带大的师弟，一时间也不由得被勾起旧时情谊，微微地走了一下神，继而喃喃道："河已干，何来……"

"岸"字尚未出口，一支巴掌长的短箭突然从一个极其刁钻的角度冒出来，趁着了痴分心之际，干脆利落地将他一箭封喉。

众人齐声惊呼，只见空中一个玄鹰贴地腾飞而至，鹰背上的长庚手中小弩上弦还在颤动，谭鸿飞手持割风刃，铁臂一挥，分头挡住两个暴起的东瀛武僧的袭击。

江充喝道："还愣着干什么，护驾！"

大内侍卫们一拥而上，一队玄铁轻骑自小巷中冲出来，李丰用力推开了痴，一代高僧的尸体自红头鸢上滚落。

了然颓然跪在了废墟中。

偌大一个家国，偌大一个天下，东西隔海，南北无边……
放不下一座远离尘世的神龛。

东瀛武僧同大内侍卫们混战起来，了痴带来的重甲一炮轰上了天，谭鸿飞直上直下地落了下来，长庚敏捷地单膝落地，两人各自分开，墙砖瓦砾四下乱飞。

长庚的目光与李丰一触即收，他将身后的白虹长弓摘下来，后背用力一靠，手中长弓铁弦拉到极致，弯弓如满月——

一声让人牙酸的尖鸣响起，正中那重甲的金匣子。

他随即退开，金匣子当即爆炸，热浪将红头鸢冲得颤动不已。

李丰一伸手扶住红头鸢的栏杆道："谭鸿飞，打开这玩意，将朕送上城门！"

谭鸿飞吃了一惊，迟疑了一下，略带询问地望向长庚。长庚眸色沉沉，算是默认了。

载着皇帝的红头鸢开赴城门，一百多个大内侍卫与百官浩浩荡荡地同行，自起鸢楼到城门口青石路十二里，不断有战乱时逃入京城的流民和本地百姓从道路两侧拥出，江河入海似的汇入其中。

此时，城门终于难以为继，禁空网哑火了，吹火箭也见了底。

城上的顾昀喝令一声，竟令人将城门打开。

等待已久的玄铁重甲自城门而出，顾昀回手冲城上伤兵打了个手势，城门在重甲阵后又缓缓闭合。

顾昀将铁面罩放了下来，他身后所有重甲都做了与他同样的动作。

贰

下一刻，重甲动了。

破败的城墙在整齐得不可思议的脚步声中隆隆震颤，一水的玄铁黑甲浸在风吹不散的雪白蒸汽中，迎着敌军海潮似的炮火，逆流而上。

第一批重甲像一把斩马刀，旋风般极快地横扫而过，直接推向敌阵腹地，被炸断的头身四肢支离破碎地散落，而烈火终究烧不化玄铁，只要金匣子没有爆裂，那些出师未捷的尸身竟大多能保持直立，甲胄中将士肉体已死，机械的齿轮却还在转动，仿佛魂灵未散似的继续往前冲去。

直到走到难以为继，便会有后来者掰开玄甲背后的金匣子，点燃事先藏在其中的引线。

那些铁面罩下的将士不分彼此，千人如一，万户侯与新入伍的北大营小兵殊无二致——或顶着炮火手持割风刃卷过敌军首级，或原地炸成一朵隐姓埋名的紫色烟花。

李丰负手站在红头鸢上，忽然对奉命侍立在侧的谭鸿飞道："阿旻呢？"

谭鸿飞乍一被问话，愣了一下方回道："郡王殿下上了城墙。"

热风吹开李丰脸上的怒色，他在疮痍满目中冷静下来，将方才捡回来的尚方宝剑扔给玄鹰上的谭鸿飞。"传朕口谕，国难当头，太子年幼，不堪重任，朕无德无才，陷江山黎民于此地，愧对列祖列宗，欲禅位于雁北王——圣旨来不及拟了，你把这个拿去给他，送他走。"

谭鸿飞手忙脚乱地接住那沉甸甸的宝剑，窥了一眼龙颜，目光从隆安皇帝微微发灰的两鬓上扫过。

李丰漠然摆摆手。

长庚手持长弓上了城墙，接过空中战场。谭鸿飞在白虹的咆哮中落在长庚身侧，拎着烫手山芋似的尚方宝剑道："殿下！"

长庚眼角一扫就知道他要说什么。

谭鸿飞："殿下，皇上说……"

这时，城上一个炸飞了一条腿的伤兵单腿跳过来道："殿下，吹火箭没了！"

"吹火箭没了换铁箭，铁箭没了便将无主的割风刃架上去，慌什么？"长庚眼皮也不眨，话却说得十分不客气，"我们守到这城墙塌成碎末为止——谭统领，你把那玩意还回去，告诉李丰，说我不欠他的，不替他当这个孤家寡人、亡国之君！还有，他现在是面帅旗，两军对垒，旗不可靡，兄弟们肝脑涂地都靠这面旗撑着，你照应一下，别让他随便死了。"

这一刻，起码对谭统领来说，十个李丰说话也不如一个长庚有用，闻言，他二话也没有，将圣上口谕怎么听来的怎么扔了回去。

口中吹响一声长哨，几个玄鹰坚守在帝王的红头鸢侧。

城下重甲以前仆后继的人肉生生破开了一条道路，而一旦重甲闯入敌军阵中，轰鸣的长短炮与声势浩大的白虹箭就都没有了用场，地面必是殊死搏斗的死战，西洋军一时半会儿无计可施，只好加重了空中袭击。

无数条已经没了主人的割风刃架在白虹长弓上，雁北王一声令下，那些传说中的神兵像铁箭一样毫不吝惜地射出，旋转的白刃转成了一朵朵绽放的蒲公英，将风也绞碎在其中，密密麻麻地携着故去之人的名姓，卷向大批的西洋鹰甲。

长庚用手指草草擦了擦落满尘灰的千里眼，架在他高挺如削的鼻梁上，吩咐道："上第二批割风刃。"

他身边的一个小将士自发地充当了亲兵侍卫，闻言扯开尚未变声的少年尖嗓子喝道："上箭——"

随后他转向长庚，低声问道："殿下，割风刃也打完了怎么办？我们往城下扔石头吗？"

长庚睨了他一眼，似乎是微笑了一下，说道："此番虽然弹尽粮绝，但拜我大梁皇上多年积累，京中紫流金还有一些，真守不住了，就学韩骐将军，把紫流金从城墙上一泼，把京城一起烧煳了，洋人一个子儿都别想拿走。"

小将士被他漫不经心的一句话说得硬生生地打了个寒战。

长庚问道："你多大年纪了？"

小将士愣了一下，讷讷道："十……十八。"

长庚笑道："少跟我来这套。"

小将士摸了一把头："……十五。"

有些穷人家孩子多了养不起，便会将半大小子送到军中吃军饷，怕年纪太小人家不收，就会做些手脚虚报年龄。

"十五，"长庚低声道，"我十五岁的时候跟顾大帅在江南查魏王之乱，什么都不懂，你比我有出息一点。"

　　就在这时，远处西洋鹰甲随着教皇一声令下群起升空，也是拼了。

　　一个个西洋鹰甲手持长炮，直接往城上轰，那本该由战车铁臂护持的长炮后坐力极大，炮火这头飞出，那一头抱着长炮的人立刻就会被冲飞摔死。这个西洋鹰甲群敢死队一般，将长炮雨点似的打在了城墙内外，城墙顷刻塌了一半。

　　红头鸢被气浪波及，摇摇欲坠，王国舅哭爹喊娘地抱住桅杆，被气喘吁吁地爬上来的张奉函一把推开。

　　"皇上！"奉函公将朝服也脱了，手中抱着个鱼肚，鱼肚里晃晃悠悠地装着紫得发黑的紫流金，险些被摇晃的红头鸢晃个大马趴，旁边一个侍卫吓得魂飞魄散，慌忙上前接住那危险物品。

　　奉函公道："皇上，弹药空了，老臣依雁北王殿下所托，现将城中所有现存紫流金运抵城门口，已着手下分批装入……"

　　"皇上小心！"

　　"护驾！"

　　横飞过来的炮火打断了奉函公的话，正擦着李丰的红头鸢而过，红头鸢当即被炸掉了一个角，嘶哑地呻吟一声，往一边倾斜而去。紧接着，又一炮不依不饶地追至，正撞向红头鸢的腹部，方才经过重创的红头鸢顿时失控，李丰的瞳孔在众人大呼小叫中随着炮火缩成了一个如针的小点。

　　谭鸿飞大吼一声，双翅骤然打开，黑翼垂天似的扑了过去。

　　在他抱住长炮的一瞬间，鹰甲催动了最快的速度，高温与撞击瞬间将这位一直对二十年前旧案耿耿于怀的玄铁旧部炸上了天，连同那长炮一起，化成了一支一去不回的钻天猴。

　　然而……幸未辱命。

　　城墙上收割了无数洋人性命的割风刃终于也打空了，长庚回头看了一眼这不甚亲切的京城，有一点可惜——因为在这里看不见侯府。接着，他挥手架起长弓，将铁箭尖端蘸了一点火油，当空射向敌军，火油高速穿过空中，箭尖上着了火，流星般划过——这是一个信号。

奉函公将袖子挽起道："红头鸢准备！"

除了李丰所在处，京城最后的十几艘红头鸢飘然上城，像是一群身着锦绣红装的舞女，莲步轻移至刀山火海上，载着紫流金，在空中与前来赴死的西洋鹰甲相撞。

皇天色变。

城墙上的长庚首当其冲，身上临时挂上的轻甲根本挡不住砸下来的气流。只觉一股大力撞上胸口，长庚眼前一黑，喷出了口血，失去了知觉。

那方才替他传令的少年大叫一声扑过来，企图以身护住他，而后城墙终于彻底塌了。

长庚不知自己晕过去多久，好半晌才渐渐恢复知觉，发现自己一条腿被卡在两个报废的齿轮中间，而方才保护他的小将士只剩下一双臂膀，齐根断在他双肩上，人却已经找不着了。

那孩子成了他身上一件赤胆忠心的短披风。

长庚咬住牙，感觉周身剧痛尚且可以忍受，因为远没有乌尔骨发作的时候那么难过。他耳朵里大概是出血了，远近的声音听不分明，乱哄哄的，模糊极了。

长庚不着边际地想：子熹不服药的时候，周围对他来说就是这样的吗……也怪清净的。

城墙塌了，城破了吗？

李丰还活着吗？

对，还有顾昀……

长庚一想到顾昀，便再不敢继续下去，生怕那两个字抽走他所有的勇气。他干净利落地截断思绪，蜷缩起自己的身体，摸索到腿上钢甲接缝处，将八道锁扣挨个撬开，把自己往外拖去。

他背后箭篓中尚有一支铁箭，而长弓也竟还未被压碎。

他还能再杀一个人，只要这一息尚存……

就在长庚刚刚将腿抽出来，还没来得及站起来时，他面前突然黑影一闪。长庚躲闪不及，下意识地往后一仰头，本能地将手中铁弓抽了出去。

一只小小的木鸟掉落在他面前，被铁弓当空劈成了两半，腹中一团海纹纸掉落了出来。

长庚结结实实地呆了片刻，随后，这方才冷静得可怕的雁北王突然浑身颤抖起来，那张轻飘飘的海纹纸摊在地上，他竟抬手捡了两次也没能将它捡起来。他的手哆嗦得五指几乎难以合拢，长庚这才发现，胳膊上的钢甲早已脱开，两根手指的骨节脱开，不听使唤了。

他模模糊糊地听见有人呼喝"援军到了"，这本该是所有人期盼已久的好消息，然而长庚心里并没酝酿多少欢喜，反而在震惊之后，升起无法言喻的恐惧。因为只有当他决然预备赴死时，才能短暂地将顾昀可能已经身化铁水的事实放在一边。

这计划好的黄泉路突然横生枝节，眼看硬是要将他阻在这一边，长庚一时蒙了。

"大哥！"他隐约听见一声呼唤，下一刻，一匹轻骑飞奔而至，来人正是阔别已久的葛晨。

葛晨飞身下马，一把扶住狼狈不堪的长庚，颠三倒四地解释道："大哥，我……我……我接到你信的时候刚好在沈将军那儿，可当时南疆……"

长庚半个字都没听进去，魔怔似的截口打断他："子熹呢？"

他话音含混不清，葛晨一时没听清。"什么？"

长庚用力挥开他的手，挣扎着站起来，不管不顾地往城外方向走去，后背上不知被什么所伤，一大片血迹顺着衣服往下滴，而本人竟浑然不觉。

葛晨呆呆道："大……大哥？殿下！"

长庚充耳不闻，葛晨眼看着一道流矢冲着长庚打过来，而他竟也不知躲闪，忙魂飞魄散地上前一步将他拉开，不过区区两步路，长庚的眼睛红得竟仿佛能滴出血来。葛晨倒抽一口凉气，心道：坏了，侯爷不会出事了吧？

葛晨从小就不缺决断，当机立断伸手做刀，斜劈在长庚的脖子上，将他劈晕了。

这一天，历来四平八稳的皇城经历了有史以来最血腥的一战，天子以身为旗，将军死于战火，所有人都到了孤注一掷的地步，终于在城墙坍塌之际，等来了援军。这支援军的经历与成分都复杂得一言难尽，统领是西南提督沈易，隐退多年的钟老将军出面替他压阵，里头还混着一小拨江南水军——那是东海兵败后，姚镇收拾的残兵。

西洋军见大势已去，被迫撤军。

近四成的朝廷命官葬身于坍塌的城墙下，李丰的红头鸢彻底失控，沈易手里又没有鹰，只好满头大汗地用白虹将钢索射上栏杆，出动了几十台重甲，一直折腾到半夜，才将吊在半空的隆安皇帝放下来。

北大营连同其统帅在内，几乎全部殁于此役。

顾昀是被人从一辆西洋战车下挖出来的，当时他肋骨折断了好几根，一口气吊着，几乎没有人敢动他，一碰就往外渗血。最后钟老将军亲自赶来看了一眼，撂下一句"他没那么容易死，死了我赔"，这才做主派了几个军医，将顾昀固定在木架上抬走。

整个皇宫搜罗出几根千年老参，断断续续地吊了顾昀三天命，他几次差点去见老侯爷，终于等来了从关外万水千山中赶回来的陈轻絮。陈轻絮跑死了数匹马，抵京后不眠不休一宿，总算是从阎王那里抢回了一个安定侯。

顾昀第一次醒来，正是黄昏，他只能隐约感觉到一点窗棂中透进来的光，可是还没力气睁眼，剧痛已经袭来。

没死，顾昀不怎么庆幸，先暗自心惊起来——京城沦陷了吗？现在是在什么地方？

他迷糊中剧烈地挣动了一下，被人一把握住了手。

那人凑在他耳边，似乎知道他在担心什么，说道："援军来了，没事……京城没事。"

熟悉的安神散味道包裹住他，顾昀的意识只支撑了片刻，便再次陷入昏迷。又这么昏昏沉沉好几天，顾昀才真正醒过来，药效早就过了，他是个听不见看不清的睁眼瞎。

顾昀有些吃力地眨了一下眼睛，看见床边有一个模糊的人影，靠气味分辨出那是长庚。他脑子里乱哄哄的，一堆问题不分先后地涌入：北大营还剩下多少人？援军哪里来的？谁的队伍？西洋军退至何处了？皇上怎么样了？

长庚小心翼翼地蘸了一点水喂给他，顾昀本能地抬手去摸索，不知牵动了哪处伤口，整个人疼得眼前一黑。

"好了好了，"长庚在他耳边道，"沈将军回来了，还有师父坐镇，你少操点心，歇一歇吧。"

顾昀深吸一口气，感觉五脏六腑都在疼。

安定侯以前没事就爱跟沈易顾影自怜一下，念叨顾家三代以内都没有长寿的命，老觉得自己这种"多愁多病身"得"红颜薄命"，没料到这条狗命非但不薄，还怪硬的，这样都没死。

顾昀张张嘴，想叫一声"长庚"，不料重伤后昏睡几日，没发出声音来。忽然，他的脸被什么碰了一下，顾昀觉得一只手捧起了他的下巴，带着薄茧的指腹轻轻地扫过他的嘴唇，说不出地暧昧缱绻。

长庚坐在床边，倘若顾昀这会儿能看清，就会发现长庚其实只草草披了半件衣服，头发也散着，肩颈手臂乃至头上，插得到处都是针，活脱儿一只温文尔雅的刺猬。他木头人似的僵坐在床边，扭个头都吃力得很，脸上一应喜怒哀乐的表情也都给针封住了，哭不出也笑不出，只好保持着面无表情的状态，当一个俊俏的大人偶。

而尽管这样，他眼中仍有红痕未退。

几日以来，顾昀病危，长庚身上的乌尔骨几次发作，陈轻絮迫不得已施针强行封住毒素，把他扎成稻草人。稻草人用那半聋听不见的声音低低地说道："再有一次这样的事，我真要疯了，子熹。"

顾昀没听见长庚说了什么，自脖子以下僵成了一条顶天立地的人棍。

在这场战乱之前，长庚从未对顾昀有过什么奢望，顾昀是他终身的慰藉，仅此而已。他为了这人做什么事，走一条什么样的路，都是他自己的事。雁北郡王有满腹的心机，可不愿意用在顾昀身上——那太廉价了。

以后，他们俩也许会把这一点走岔的感情当成一个尴尬的秘密，漫长地保持下去，等长庚一点一点地将自己磨砺到可以拿这些心意出来闹着玩，随口调笑。或是时间长了，顾昀那没心没肺的东西自己忘了这码事。

长庚从小克制惯了，只要他还没有彻底疯，他会一直克制到死。

财也好，权也好，人更如是，但凡起了贪求之心，必忧心忡忡，患得患失，从此为其所缚，这道理圣人讲过，长庚心里也清楚，因此他一刻也不敢放纵。可惜，道理归道理，城下顾昀那没有回应的回应……姑且不说长庚还能不能像从未得到过任何希望时那样痛快地放手，就是在顾昀心里，他还能当作什么都没发生过一样吗？

至于伤病交加的顾大帅，他简直头都大了两圈。

此事他认为自己的责任比较大，说起来实在心虚，因为一般情况下，倘若不是他默许，长庚是不可能碰到他的——而就算当时一时混乱没回过神来，出了"意外"，他也不应该是那种放任的后续反应。

顾昀自己也说不清自己当时是怎么想的，可能什么都没来得及想。他一闭眼，就仿佛能看见兵临城下的炮火声中长庚那深深凝视他的眼睛，好像一天一地中间，那双眼睛里只放得下一个自己。

没有人能在那种眼神下无动于衷。

顾昀一个鼻子两只眼，并未比旁人特殊到什么地方，也有七情六欲，也有喜怒哀乐。

他没有办法再像以前那样，单纯地将长庚视为一个亲近的后辈，可当儿子养了这么多年，突然变了味道，他也没那么容易转过这根筋。

这时，长庚慢慢地俯下身，伸手遮住顾昀那双不太管用的眼睛，不让他看见自己此时的尊容。

顾昀浑身没有一处听使唤，听不见看不见，一时也没力气说，平生第一次无能为力地任人非礼，目瞪口呆之余，他心道：他还敢欺负伤患吗？天理何在！

随后，他便觉得脸上被细细的鼻息扫过，另一个人的气息逼近到难以忽视。

顾昀："……"

娘的，这小子真的敢！

顾昀的喉咙不由自主地动了一下，然而长庚却并没有做什么，他似乎只是停留了许久，然后轻轻地用额头试了试顾昀的体温。顾昀的眼睛被遮着，觉得自己身边像是有只瑟瑟发抖的幼兽，劫后余生，扑到他怀里，怯怯地祈求一点安慰。他的心立刻就软了，虽然没来得及问清军中伤亡，但心里其实已经大概有数，稍微一转念，便不由得悲从中来。而长庚这会儿全须全尾地坐在他床边，对他来说，简直仿佛失而复得，顾昀忽然便不想计较那么多了，有心想伸手抱一抱长庚，可惜没力气抬手。

他满腔的怜惜和说不出的闹心很快难舍难分地混杂在一起，不忍心苛责长庚，只能苛责自己，恨不能回到兵临城下的那一刻，过去扇自己一个大耳光——看看你办的都是什么事！

长庚叹了口气，顾昀的眼睫划过他的掌心，这种时候，似乎唯有抱着对方大哭大笑一场，方能发泄出一点他心里绵延不断的惊慌恐惧，可惜他此时也是有心无力——陈姑娘禁止了他一切激烈的情绪，将他扎成了一个彻底的面瘫，用上吃奶的劲也挤不出一个微笑来，长庚便只好将心事开一个小口子，细水长流地往外涌。

顾昀重伤后到底元气大伤，精力不济，虽然勉力支撑，但还是很快就心情复杂地陷入了昏睡。长庚悄无声息地给顾昀拉好被子，恋恋不舍地盯着顾昀看了一会儿，直到身上僵硬的骨节不堪折磨地"嘎啦"一声脆响，他才慢慢地扶着床柱站了起来，迈着僵尸步离开。

倘若顾昀这辈子也会有感激李丰的机会，就是第二天听说李丰将长庚留在了宫里的时候。

这可真是让顾昀大大地松了一口气，恨不能上书请皇上在西暖阁旁边给王爷开个单间，让他踏踏实实地住进去别出来了。

沙场伤病是常事，顾昀早就习惯了，醒过来就是度过了最凶险的阶段，又躺了一天，他已经有了说话接客的力气。

接的第一个客就是沈易。

由于陈轻絮不肯给顾昀服药，他只能又聋又瞎地戴着琉璃镜，与姓沈的进行咆哮和比画双管齐下的交流。

两人分别了大半年，再相见简直是物是人非——送别时海角天涯意气风发，归来时一个绑着绷带在床上躺尸，有进气没出气，另一个数月奔波，整个人蹉跎得像个乡下老萝卜。

老萝卜沈易嘶吼着冲顾昀唏嘘道："我们都以为只是来给你收尸，没想到还能再见到一个会喘气的安定侯，大帅，你大难不死，必有后福啊！"

顾昀被沈易"唏嘘"了满脸唾沫星子，顿时升起一脑门官司，没看出自己这"后福"在什么地方，"后悔"倒是有一箩筐，他当下怒道："你还有脸说，洋毛子从大沽港登陆了一个多月，把西郊行宫烧得跟他娘的炉灶一样，你个废物点心早干什么去了？吃屎都赶不上热的！"

沈易："……"

顾昀："起开，离我远点，你嘴漏吗？喷我一脸！"

"这事我本来不想跟你提，怕你堵心，"沈易叹了口气，挽起袖子，不客气地一屁股坐在顾昀旁边，"当时我根本就没有见到兵部撤销击鼓令的来使，来使一出京城就被截了，南洋那堆羊屎蛋一样的小国趁火打劫，不知怎么知道了那帮山匪留下的密道，一夜之间从天而降，我猝不及防，让他们炸飞了西南辎重处。"

而没有击鼓令，沈易这个刚刚空降的统帅根本调不动南疆驻军。

"我那边焦头烂额，按下葫芦浮起瓢，小葛正好去找我，还带来了小殿下的字条。当时我一看就觉得要坏菜，可惜分身乏术。"沈易摇摇头，"后来木鸟还送来了玄铁虎符和你亲自签发的烽火令，我虽然没意识到京城竟会被围困到这种地步，还是勉强分出一半的兵力和紫流金库存，自己带人回京。"

剩下的话他不用细说，顾昀听到这儿也明白了，问题出在了紫流金上。

西北被虎狼纠缠，玄铁营和北城防都不敢动，否则守不守得住疆土还在其次，搞不好会被人追着打围，到时候京城之困可就真是南有西洋海军，北有狼部铁甲了。而沈易那边兵祸尚可解，麻烦的是西南辎重处被炸毁，南疆驻军的紫流金库存本来就很有限，剩下一点根本无力支撑长途奔袭。

"我只好先北上找蔡玢打秋风。"沈易叹道，"谁知道途中一再受阻，你知道将中原驻军牢牢缠住的是什么人吗？"

顾昀神色微沉。

"是流民组成的起义军。"沈易道，"老蔡的兵力被玄铁营和北城防分了一多半，剩下一点留在中原，每天焦头烂额地跟那帮人周旋，那都是些过不下去的老百姓，打狠了不是，不打也不像话，老蔡头发都愁白了一多半。"

顾昀靠在床头问："怎么会乱到这种地步？"

"自中原往南至蜀中一带的无业流民成祸好几年了，以前一直没成气候，"沈易道，"这回是有人趁乱浑水摸鱼，将这些流民撺掇起来形成了几股力量，眼看着世道将乱，玄铁营都能一夜折一半，他们胆子也大了。子熹，其实这些年我一直觉得玄铁营风头太劲不是好事，遭上忌惮是一方面，民间传说也太多了，前些年确实能威慑一些别有用心的人，可是一旦玄铁营出事，哪怕只是风吹草动，也太容易动摇军心民心了。"

两人相对无言片刻，顾昀道："别扯这种没用的淡了，现在怎么样？北大营的弟兄们还剩下几个？”

沈易脸色变了变，一时没接茬。

顾昀一看他表情，心里先凉了一半。"老谭呢？"

沈易将手伸进怀中，从轻甲下面解下一条割风刃，默默地放在顾昀枕边。顾昀呆了片刻，猝不及防地牵动了一处伤口，咬着牙没吭声，疼得悄无声息地蜷缩成一团。

沈易忙伸手扶住他道："别，子熹……子熹！"

顾昀挥开他的手，哑声道："西洋人退到什么地方了？"

沈易小心翼翼地觑着他的神色。"西洋人大破江南水军之后兵分两路，一路由他们教皇亲自带着，从大沽港上岸，直逼京城。另一路人马主要是他们花钱雇来的东瀛死士，开着重甲战车沿运河一路北上，过山东直隶两府，地方驻军没见过这种阵势，当时就被打得稀里哗啦。我们来的路上就和他们交手过一次，确实是硬茬。后来钟蝉老将军露面江南，帮着姚重泽重整溃散的江南水军，收拾残部北上，帮了我们一把，那帮西洋人这才迫不得已让路退至山东境内——现在两路分兵的西洋军合而为一，退回海上，以东瀛诸岛为据，恐怕还没完。"

顾昀"嗯"了一声，眉头死紧地皱了起来。

沈易方才一通嚷嚷，直叫唤得口干舌燥，自己给自己倒了凉茶灌下去，叹道："别多想了，你先养好自己的伤是正经事，现在离了你不行。"

顾昀半闭着眼没吭声。

沈易为了缓和气氛，转移话题道："你家小殿下简直是脱胎换骨，原来那么不显山不露水，危难时竟敢出来独挑大梁，我都快认不出来了……皇上将他'雁北王'的'北'字去了，你知道了吗？"

雁北王到雁王，虽然只有一字之差，却是从郡王到了亲王。

顾昀回过神来，恹恹地嘀咕道："这时候升官算哪门子好事……"

沈易为了哄他高兴，哪壶不开提哪壶："我路上正看见他跟重泽从宫里出来，这会儿也快回来了。"

顾昀："……"

沈易看着他的黑脸莫名其妙，奇道："又怎么了？"

顾昀躺得浑身发酸，想换个姿势，可是行动不便，姓沈的老妈子特别没眼力见儿，见他在床头艰难地挣扎，愣是不知道上来帮一把，还在那儿喋喋不休地问道："头几天你跟阎王爷他老人家下棋的时候，小殿下不顾自己伤势，一天到晚不眠不休地守着你，自己身上扎得到处都是针，脖子都弯不过去，我们看了都觉得不忍心，那真是比亲生的还……"

顾昀忍无可忍，暴躁道："亲你姥姥，哪儿来那么多屁话，快滚！"

沈易非但没有被吓着，反而蹬鼻子上脸地凑上来，问道："怎么，你又干了什么倒霉事把人家得罪了？我跟你说啊子熹，亲王殿下可不是以前被你随便搓揉的小孩了，你差不多……"

顾昀低吟一声："季平兄，看在我差点为国捐躯的分儿上，求你了，滚吧。"

沈易敏锐地从他脸上看到了"难言之隐"四个字。

沈将军多年来受顾昀欺压，打不过也说不过，仇怨由来已久，好不容易逮着他的笑话看，才不肯善罢甘休，好奇得快炸了。"赶紧的，你看现在满朝愁云惨淡，咱们也聊聊你的倒霉事开心开心……"

顾昀："……"

屋里于是没了声音，两个本来在互相吼叫的人换成了手语交流。

一炷香的时间后，沈易一脸被雷劈过的表情从顾昀房中飘了出来，同手同脚地往外走去。说曹操，曹操就到，正巧，这时候雁王殿下回来了，和沈易走了个对脸。

长庚招呼道："沈将军来了，我义父怎么样了？"

沈易："……"

西南提督沈将军面对长庚，神色几变，最后屁也没放出一个，一脸见鬼似的贴着墙根跑了。

叁

长庚推门进去的时候，正看见顾昀靠在床头，膝头上横着一把斑斑驳驳的割风刃，苍白的脸上有种说不出的落寞。

虽然听不见门响，但顾昀一感觉到门口吹进来的细风，便立刻于转瞬间收敛了表情。"你怎么又回……"

他本以为是沈易去而复返，不料抬头透过琉璃镜看清了来人，一句话顿时哽住了。顾昀的手不易察觉地抚过谭将军的割风刃，心道一声"完蛋"，措手不及地想道：我现在装晕还来得及吗？

天地良心，这还是顾大帅有生以来第一次尿得想临阵脱逃——可惜天地没良心。

长庚径直走到他跟前，若无其事地拈起顾昀的爪子，手指搭在他的脉上，静静地把了一会儿脉。这一凑，顾半瞎终于借着眼镜看清了长庚，几日不见，长庚瘦了一圈，嘴唇有点发青，是喘不上气或是中毒的人那种青法，整个人的神采都像是强撑出来的，里头是个空壳。

顾昀心里尴尬稍减，皱眉道："伤哪儿了，过来我看看。"

"不碍事，陈姑娘虽然自称没出师，但确实是当代圣手。"长庚顿了顿，又道，"你好了我就没事。"

长庚是绝不肯像沈易一样气沉丹田、引颈号叫的，他手指还搭在顾昀的脉门上，因此也没有打手势，这样一整句话，顾昀基本没听见几个字。

顾昀："……"

小伙子，说什么呢？

长庚的手顺着他的手腕滑下来，握了一下顾昀的手。人在重伤或是重病后气血往往不继，就是五六月里也容易手足冰凉，长庚捧起顾昀的手，仔细地替他按着手上的穴位。

顾昀："……占你义父便宜没够是吧？"

长庚抬头看着他笑了一下。长庚的眉目长得很英俊，是那种混了外族血统的特殊英俊，锋利得有些不近人情，可是周身的气质又偏偏平和至极，披上袈裟就能冒充高僧招摇撞骗去，又矛盾又严丝合缝地将那一点与生俱来的锋利压制住了，笑起来的时候居然还有点甜。

顾昀隔着琉璃镜被他晃了一下眼，叹了口气道："难为你那天……"

"别提了，"长庚闷声打断他，"别让我想起来，子熹，你就当是可怜可怜我吧。"

顾昀还是不习惯这个称呼，嘴唇微微动了一下，瞥见他黯淡的神色，又没忍心纠正，正自己跟自己较劲的时候，长庚忽然说："今天不热，外面太阳也不错，出去坐一坐吗？对伤势有好处。"

顾昀："……什么？"

长庚重新打了一遍手势。

顾昀想了想，随后斩钉截铁回道："……不去。"

晒太阳他没意见，但他知道自己起码一两天之内是没法自己用腿溜达出去的——顾昀一点也不想知道长庚打算怎么把他弄出去。

长庚用手语道："你不是不爱闷在屋里吗？"

顾昀正色道："现在爱了。"

长庚似乎拿他没有办法，把药放好，起身走开了。就在顾昀以为自己把他打发了的时候，长庚又转了回来，拿了一条薄毯，不由分说地往顾昀身上一裹，然后双手抱起他无力反抗的小义父，稳稳当当地把顾昀抱出了门。

顾昀："……"

要造反了吗！

正巧，仓皇逃走的沈易不放心，纠结了一路，又掉转回来，不料兜头撞见此情此景，整个人倒抽了一口罗圈形的凉气，让侯府的门槛绊了个大马趴。

长庚愣了一下，随即脸不红气不喘地问道："沈将军是落下什么东西了吗？"

沈易干笑，爬起来掸了掸身上的尘土，又欲盖弥彰地将他踩滑了的半个脚印抹去道："不打紧，落下个脚印……哈哈，那个……我那个什么，不打扰了。"

说完，这个吃里爬外的"奇葩"转身便逃窜了，唯恐顾昀杀人灭口。

院里已经放好了躺椅，长庚将气不打一处来的顾昀放好，又把谭将军的割风刃从他手中抽出来，放在躺椅旁的茶台边上，坦然笑道："怎么？有一年除夕我嫌外面人多不想出门，你不就是当着所有人的面，这么把我扛出去的吗？"

顾昀面无表情道："……所以你们今天咸鱼翻生了，排着队来找我报仇雪恨是吧？"

长庚大笑。笑完，他从袖中摸出一样东西，放在顾昀手里道："给。"

顾昀只觉得触手冰凉，他微微托了一下架在鼻梁上的琉璃镜，看清那是一支白玉短笛，通体如羊脂，一整块雕成的，玉质极细腻，形如一根缩小的割风刃，割风刃上的手握、浮雕，乃至尖端的出刃口都模仿得惟妙惟肖，尾部刻了个"顾"字。

乍一看，顾昀还以为那字是他亲手刻上去的，那字迹简直能以假乱真。

"以前那个竹的丢了吧，"长庚道，"京城天干，放久了会裂，那回说好了做个更好的给你。"

顾昀轻轻地摩挲着玉笛，有点出神道："我其实没有一把刻着自己名字的割风刃。"

长庚在他面前坐下，一丝不苟地煮起茶来，陶罐的出气口水汽氤氲，他洗了三个杯子，一杯给顾昀，一杯给自己，一杯放在谭鸿飞的割风刃前，听顾昀喃喃道："连沈易都有，就我没有，年少时总觉得玄铁营是老侯爷强加在我身上的枷锁，这一辈子不自由都是因为它。"

长大以后又觉得这根刻着名字的玄铁棍像一纸悄无声息的遗书，而他顾昀无父无母无妻无子无牵挂，茫茫人世，他这封遗书不知该留给谁，单是握在手里便觉得说不出地孤苦，消磨志气——当着长庚的面，顾昀把后面这句咽下去了，只是嘱咐："都是不懂事时候的怨气，你听听就算了，别说出去，省得动摇军心——老谭那蛮牛不喝茶，有酒吗？"

"嗯，听完已经忘了。"长庚道，"没酒，谭将军喝茶，你喝白水，二位军爷都凑合吧。"

顾昀："……"

他发现长庚对他越来越不客气了！

"这两天我跟户部的人盘点了一下家底，"长庚将两杯茶一杯水倒好，打手势道，"京西的库存被韩统领一把火烧了，守城的损耗也很惊人，北边供给已经断了，恐怕再这么打下去，咱们真要难以为继，李丰托我来问问你有什么想法。"

偌大一个朝廷，一场仗下来，要钱没钱，要能源没有能源，也真是奇了。

"没想法，只能休战。"顾昀伸手转了转杯子，"洋人其实比我们损耗大，不只是围困京城的水陆两军，他们还给边境十八部和西域诸国供应火机钢甲，打到现在无功而返，也不是什么长脸的事，未必比我们耐拖。"

"西洋军撤回海上，不会善罢甘休，"长庚道，"付出这么大代价徒劳无功，西洋教皇回去也交代不过去，他们只好背水一战。他们现在回东瀛岛休整，倘若出兵取江南，自南往北与朝廷对峙，我们就会很被动。"

大梁太大了，朝廷又穷得叮当响，真的很容易顾此失彼。

"嗯……要是不行，派人去一趟西域，楼兰这个盟友当时总算没来得及撕破脸，只要没到众叛亲离的地步，试试能不能弄来点走私的。"顾昀说着，漫不经心地端起小小的茶杯，三根手指捏着，找"谭将军"碰了个杯道，"兄弟，雁王殿下不管酒，让咱俩凑合，我管不了他，你也凑合吧。"

长庚默默地向那把无主的割风刃敬了杯茶，一饮而尽，又将谭鸿飞那杯酒在地上。

以茶代酒，祭酒为安。

长庚一语成谶——十天以后，西洋军放弃京城，掉转方向，再次自江南登陆，势如破竹，两天一夜便冲入临安城中。世代富贵的鱼米之地沦落，各大世家惊惶失措，一部分早已经收拾细软望风而逃，一部分负隅顽抗，不敌，被俘后皆自尽殉节。

李丰起用钟蝉老将军，钟老将军重新披挂上阵，带着姚镇等人和手下七拼八凑而成的残兵赶赴前线。顾昀硬撑着爬起来，匆匆和阔别多年的老师打了个照面，没来得及深叙，在城外一杯浊酒送别南征军，目送着发丝花白的老将军上马而去。

隔日，安定侯与沈易一同远赴西北。

雁亲王李旻重整京畿防务，总领六部，开始了他拆东墙补西墙的"栋梁"生涯。

第九章

西征

壹

顾昀端坐马背，问道："还在吗？"

沈易应声抬起千里眼，回头看了一眼道："在。"

顾昀离京那日，景明天清，头上顶着难得的十里艳阳，隆安皇帝率文武百官相送，送到城关，一路目送兵马萧萧远去，方才散了，只剩下一个雁王殿下没走。雁王只身登上坍塌的城门上一座硕果仅存的瞭望塔，一动不动地望着玄铁将军的背影，大有要站到地老天荒的意思。

顾昀没有回头，只对沈易说道："都走出多老远了？千里眼也该看不清了，你少瞎说。"

沈易怒道："嫌我眼瞎你自己看，一次一次地支使我，弄得别人还以为我跟王爷有什么不清不楚的关系呢。"

顾昀早准备好了满嘴的借口："你让人钉一身钢板试看还能不能回头，废话怎多。"

沈易冷笑一声，懒得拆穿他。

“我至于吗？”顾昀顿了顿，又欲盖弥彰地自问自答道，“别以你那鸡毛蒜皮的老妈子心度我能容百蛟的大将之腹。”

有道是伤筋动骨一百天，顾昀被从死人堆里刨出来，连死带活，统共也不过大半个月的光景，别说是个人，就算钢甲坏成那样，等闲都没那么容易修好。顾昀请命去西北的时候，雁王当场就急了，差点当着满朝文武的面跟他吵起来。连李丰那“不给牛吃草，专让牛干活”的破皇帝都有点过意不去。

可是这时候必须有个人站出来重整玄铁营。

西洋人围京不成，半死不活地占着长江以南，必定没有多余的精力去照应他们那帮寒酸穷鬼盟友，西北一线现在有乱七八糟的西域联军，有北蛮十八部落，本来就不能算是铁板一块，若能扭转西北战局，解决眼下迫在眉睫的紫流金问题，那么把洋人打回老家去也只是时间问题。

千军易得，一将难求，顾昀非得亲自去不可。

最后依然是陈轻絮出面解决了这个问题，她异想天开地用了一种特殊的钢板，让灵枢院赶制出来，能严丝合缝地扣在人身上，将顾昀没来得及长好的骨头固定住，这样便给他做了一套人造的钢筋铁骨。虽然穿上以后滋味实在不怎么样，但好歹能保证他看起来依然来去如风。

沈易叹道：“我说大帅啊，快把你那天大的心收一收吧，你到底打算怎么办？”

顾昀专心致志地在胸口放舟，给他装聋作哑。

沈易见此人又要这手赖，立刻应对有道地深吸一口气，“嗷”一嗓子提高了声调，吼道：“我说大帅，雁……嘿！”

顾昀回手给了他一鞭子，沈易险险地用割风刃架在面前，一双眼瞪成了斗鸡眼，不住地拍着自己的胸口道：“好险好险，差点破相。唉，大帅，好话说两句你就恼羞成怒，我看那了痴大师虽然是个东瀛奸细，但是放的檀香屁也不是全无道理——你就是命硬，红鸾星让你克得飞都飞不动，好不容易蹦起来一回，撞来的都是烂桃花。”

顾昀："……"

沈易咂吧了一下嘴，感觉顾昀这脖子可能确实不大方便扭动，不然早就扑过来揍他了。

顾昀收回马鞭，沉默片刻，摇头道："差点亡国，还能怎么办，过一天是一天吧，不定哪天就马革裹尸了，想那么多做什么？"

沈易闻言皱了皱眉。"慢着，子熹，你不会……"

顾昀："不说这个。"

沈易："那以前可是你干儿子！"

顾昀："还用你废话吗！"

沈易一脸惊骇，顾昀烦躁地别开眼。

顾昀不见这老妈子的时候怪挂念的，一见就觉得好烦，他干脆一夹马腹，从沈易身边飞奔而出，从怀中摸出了一根白玉的小笛子，呜呜咽咽地吹了起来。

什么乐器到顾昀手里也发不出好音来，被钢板夹成半个钢甲人的顾昀气息不足，声音有点抖，按孔也按得信马由缰，调子绕着大梁全境跑了一圈，本来有点逗。可此时，那笛声被卷在风里，裹了一身西出阳关的叹息，居然歪打正着地带上了说不出的苍凉，让人听完一点也笑不出了。

顾昀的腰背被陈氏钢板夹得笔直，像一根永远也不会倒的梁柱，背后背着两把各有残疾的割风刃……没有一把是他自己的。

随军的陈轻絮听着背后由远及近的笛声，忽然心有所感，低声道："凭君莫话封侯事……"

"凭君莫话封侯事，"顾昀从她身边飞掠而过，驴唇不对马嘴地打岔道，"一片冰心在玉壶，哈哈哈。"

陈轻絮："……"

被这么一接话，她居然一时想不起来后半句是什么了！

顾昀行军如风，反正身边带着个圣手陈姑娘，一点也不怕把身上的钢板颠散了。离京后，他们一路北上，刚离开直隶境内，已经连着遭遇了两拨流民侵袭，都不成气候，一击即退，一触即走，像几条探头探脑的野狗。

"这是刚离开京城没多远就盯上我们了。"沈易对顾昀道，"我跟他们交过手，狡猾，地头也熟，发现打不过立刻就跑，过不了多久又跟上，讨厌得很。当时我走到这里正听说京城被围困的消息，急行军中实在被他们弄得很恼火。"

顾昀"嗯"了一声，将手中的千里眼递给沈易道："狗头军师恐怕还读过几天书。"

沈易："怎么？"

顾昀："听说过佯装撤退的时候要'辙乱旗靡'才能引得对方上当追来，可惜小兵没能领会精神，那旗杆是他们自己砍的，我刚才看见了。"

沈易："……"

顾昀皱眉道："这些人造反是图什么？日子过不下去了？"

"哪里，"沈易冷笑道，"你把刁民想得也太好了，就算地里没事做，良民大多会找些小买卖，或是学一门手艺，总不至于活不下去，这群流窜在中原蜀中两地的流民本就是闲汉混混，被有心人组织起来，除了骚扰蔡将军，就是专门做那打家劫舍的买卖。蔡将军那边一追他们就跑，稍微平静点了还会回来。我听说他们除了打家劫舍，还有条规矩，倘若谁家出了成年男人跟着他们造反，这家就不必再受这帮贼人侵袭，妻女姊妹也能得以保全，不必时时担心被抢走。"

"……"顾昀道，"慢着，你这说法我听着耳熟，这不跟大梁徭役制度一样吗？军户不缴税。"

沈易忍无可忍道："大帅，你到底是哪边的？"

"好好，少安毋躁，"顾昀道，"这么一来当土匪的不是越来越多吗？不但'免税'，有个队伍跟着，还好歹能躲避战乱。头头是谁？"

"听人说是个看着挺吓人的老土匪，干这一行好多年了，一身刀疤，脸还被火烧过，自称是一条'火龙'。"沈易叹了口气，"那你看怎么办，我们快马加鞭辛苦两天绕过这拨暴民，直接去蔡玢西北援军驻地吗？"

顾昀背着手在原地溜达了片刻道："内忧外患交加，料理一点是一点，前有虎狼，后面不能有后顾之忧。拟一封折子，上报军机处，说我们要在此停留三五日。"

京城之围解困后，李丰便当机立断裁撤了尸位素餐的左右二相，设"军机处"统领六部，起用了一批患难中见真章的文臣。军机处里经常半夜三更也灯火通明，江充推门进去的时候已是三更，汽灯如昼，雁亲王却已经趴在桌上睡着了，手里还握着一支笔。

江充本不想惊动他，亲自接过内侍怀里抱着的折子，挥退下人，自己轻手轻脚地走了进去，不过江充毕竟是个文官，不怎么会隐藏声息，长庚还是被惊动了。只见平日里八面玲珑的雁亲王睁眼的一瞬间，眼底竟有红痕闪过，好像一抹杀气腾腾的凶光，蓦地涌向面前的人。

江充反应未及，后脊梁骨上的冷汗一下就下来了，仿佛被猛兽的杀气锁住的兔子，不由自主地往后退了一步，长袖挂倒了长庚的笔架，笔架顿时应声而塌。

长庚这才清醒，瞬间就风卷残云地将方才的杀机收拢回去，站起来道："不碍事，我来收拾。"

江充心惊胆战地看向他，怀疑自己是不是累糊涂看错了，小心翼翼地问道："王爷方才是被梦魇住了吗？"

"没什么。"长庚若无其事道，"压住胸口的缘故……脸色不好看吓着你了吧，我有点起床气，方才一时睡迷糊了，差点没弄清自己在哪儿。"

他这么说了，江充也不好再问，总觉得雁王殿下这起床气也太大了。

长庚将碰倒的笔架整理好，这才问道："怎么，寒石兄有什么事吗？"

江充回过神来，在他对面坐下。"为了王爷昨天朝会上说的向民间发'烽火票'的事，朝中杂音不小，一来朝廷向百姓借钱，此事前所未有，这样一来不是昭告天下说国库空虚吗？朝廷颜面何在？"

长庚似乎还不太清醒，坐在椅子上不住地掐着自己的眉心，闻言笑道："半壁江山都没了，就很有颜面吗？"

江充又道:"还有人提出到时候朝廷还不上钱怎么办?国库那个家底,王爷也是知道的。"

"把还钱的期限岔开,后续可以补发第二批、第三批,拆兑开就好了,周转得过来,"长庚道,"第一批买烽火票的人可以适当给一些实惠,爵位、朝中虚职、特许令……都可以,最理想的就是此事如果推行开,民间可以以烽火票当银两使用。"

"倘若真是那样,"江充犹疑道,"那些票子岂不是要满天飞?到时候必然一钱不值啊。"

长庚:"朝廷缓过来就可以买回来,等缓过这口气来,是还钱是继续,是特设机构还是专门颁布律法都是后话。"

江充点点头,接着说:"还有人问,倘若将来民间有人作假,拿着假的票子来找朝廷要钱怎么办?"

长庚被这话气笑了:"这事问灵枢院去,这种细枝末节也要拿到军机处来说吗?明天我们要不要说说如何规范马桶规格?"

江充苦笑起来:"话是这个道理,御史台殿下也知道……除了吵架也没什么正事,听说正连夜写折子参你胡作非为呢。"

长庚叹道:"说一千种道理,现在也只是战时解燃眉之急,不然还能怎么办?是在满城流民身上抽重税,还是把皇上的行宫拆了拿去卖钱?有问题的可以在朝会上提,能回答的我当廷说,没想好的我回去想想再说,这些人……"

这个朝廷就是这样,有一小拨人负责办事,剩下大部分人负责拖后腿找碴,将来倘若事成,则能自夸思虑周全,万一事不成,那就是"当年为什么不听我的"。这还不算,还有各怀心机与利害关系搅浑水、下绊子的,想办点事比登天还难……无怪所有人都知道"兼听则明"的道理,史上最多的却还是独断朝纲的帝王和权倾朝野的权臣。

"不是冲你,寒石兄别见怪,"长庚摆摆手,"我最近也是扯皮扯得太多,有点心浮气躁。"

"说起灵枢院，奉函公昨天又上了两封折子，下官做主先扣下来了，王爷看看是不是能往上送？"

长庚给自己倒了一杯隔夜的凉茶道："嗯，说了什么？"

"一封是让皇上撤销《掌令法》，解禁民间长臂师。一封是想让皇上解禁民间紫流金交易，说是大富商必然都有自己的门路，国难当头，不如发挥这些人的作用，让我大梁境内紫流金也能多个来路。"

长庚顿了顿，摇摇头道："奉函公……唉，这个奉函公。"

老人家在京城围城的时候赤膊上阵的光棍精神让李丰印象深刻，虽然这老东西的脾气又臭又硬，还认死理，但忠心不贰是没的说，因此近来他时而胡说八道，李丰也都容忍了。

"撤《掌令法》的那封折子大家看一看，没什么大毛病可以上呈，"长庚说道，"紫流金那件事就算了吧，逆着皇上的龙鳞有那么舒坦吗？委婉点，替奉函公写个摘要上报，原折子给他打回去。"

江充无奈地应了一声，正要站起来走，忽然又想起了什么似的，回过头来道："对了，还有安定侯……"

长庚蓦地一抬头。

李丰将玄铁虎符还给了顾昀，给了他调配四方兵力与战备的权力，按理是不必事无巨细地将沿途大事小情都上报的，不过顾昀没领这个情，规规矩矩地定期上折子，到了什么地方，战局如何，打算怎么做，有什么理由，全都陈列得一清二楚。

江充道："安定侯刚到中原地带，没什么要紧事，只说碰上了土匪暴民的一帮乌合之众，打算先料理干净，多不过三五日。"

长庚"嗯"了一声道："留下我看看。"

江充感慨道："大事小情都落在王爷这里，其他人的都是听听简报，唯有顾帅的折子从头到尾仔细看，王爷跟大帅的感情真是深厚。"

说着，他便要告辞离去，刚走到门口，长庚忽然叫住他："寒石兄。"

江充不明所以地回头："王爷还有什么吩咐？"

长庚一只手搭在顾昀的折子上，不自觉地轻轻摩挲着，沉默了片刻，他面色无波地说道："劳烦你帮我搜集一下朝中关于烽火票的异议，谁说的，什么时候说的，说了什么，我酌情修订方案。"

江充一惊——修订方案要什么"谁说的""什么时候说的"，他忍不住借着亮了彻夜的汽灯灯光看了雁王一眼，脸是年轻的，眼神却没有一点青涩，第一眼看便觉得是个儒雅翩翩的贵公子，再一看，眼神却并不是春风化雨的，丝丝地透出一股凉意来。

听闻先帝临终时将四殿下托付给了顾昀，在安定侯府长大，江充恍然惊觉，殿下和侯爷原来一点也不像。

江充："……是。"

长庚微微颔首，都是聪明人，不需要多做解释。

等江充惊疑不定地走了，长庚才轻轻地吐出一口气来，他睡眠本就不好，好不容易昏昏沉沉地打了个不甚愉快的盹，被这么一搅和，恐怕这一宿是合不上眼了，他便站起来换了室内熏香，点上了陈姑娘的安神散。

长庚在扑面而来的安神散前静默地站了一会儿，方才一个根本记不清内容的噩梦搅得他心口如针扎似的疼，有外人在勉强忍住了没露出来——这跟他少见的几次乌尔骨发作时的感觉很像。

因为顾昀的伤情，陈姑娘随军走了，临走时特意将他叫到一边，让他加重安神散的分量，能静养尽量静养。这一番大喜大悲地折腾，将他几年静心养下的底子败了个干净，往后再要压制住就加倍困难了，乌尔骨最忌思虑——思虑伤神尤重。

可是没办法啊……

中原一带横行的土匪暴民让蔡玢闹心得不行，蔡将军毕竟老了，麾下中原大军看似威武雄壮，其实也被人叫作"养老军"，驻地前不着村后不着店，四平八稳地往当中一坐，除了偶尔平平乱，基本就是给边境增援用了。

此时西北两处牵动着蔡玢大部分兵力，他手上本来就没有鹰甲，又生性谨慎，一点也不敢冒险，被暴民骚扰得不胜其烦。

顾昀花了三五天的时间，弄清了这一伙暴民的来龙去脉，对着地图亲自把地形摸了一遍，随后派人联系了蔡将军，准备两面包个锅贴。

造反土匪不知道京城来的队伍是谁在带兵，只是试探几次后，发现这伙人比蔡玢还面，拿着重甲和枪炮吓唬人，却从未开过火，只出轻骑，每次追出个一二里便鸣金收兵，于是认定了这支军队是中看不中用的菜瓜，正计划着要拿他们打个围的时候，蔡玢却突然抽风一样，一改之前只打不追的作风，让中原驻军留守兵力全部出动，突袭围堵造反的暴民。

其实中原驻军留守兵力不多，若说打，双方不见得谁吃亏，只是匪帮习惯了你进我退的撩闲方式，自以为是条滑不溜手的泥鳅，不舍得拿家底硬拼，因此故技重演，且战且走，迂回着遛蔡玢，然后他们就在退路上遭遇了久候的顾昀。

顾昀令重甲架好枪炮对准匪帮，大匪首一看，少爷兵们又来吓唬人，当即喝令手下冲入重甲阵中，重甲防线一冲就破，轻骑"狼狈"地顶上。匪首一看，果然炮口里都没有货，纯粹是纸糊的，大喜之下越发肆无忌惮，直接带兵顶着轻甲往前冲。等匪帮整个陷入彀中，那些"纸糊的"重炮突然响了，匪帮猝不及防，人仰马翻，尚未来得及撤，方才还躲躲闪闪的轻骑与赶来的蔡家军从两边围拢过来，真把他们包了锅贴。

匪帮溃不成军，传说中的首领"火龙"被生擒，顾昀被那一身坑坑洼洼的匪首丑得眼睛疼，打算直接将此人丢给沈易玩，随口吩咐道："问他同党在何处，受何人指使，老巢在什么地方，有没有什么能让我们黑吃黑的东西……"

沈易一口气呛住，凶猛地咳嗽起来。"大帅，你穷疯了！"

顾昀一摆手道："不说揍他……严刑逼供，我跟老蔡叙叙旧去。"

他说完正要走，突然看见一个亲兵手里拿着一把造型奇特的短刀，比匕首长一点，刀尖微微回勾，侧面有一道优美的弧度，与中原的短刀大不相同，顾昀见了觉得有点眼熟，便伸手接过来。

"大帅，这是那匪首身上搜来的。"

顾昀拔出短刀，用手指划了一下刀刃，眯起眼低声道："蛮人的东西？"

"是十八部落的短弯刀。"这时，陈轻絮走过来，"侯爷，钢板松了没有？"

"没有，劳烦陈姑娘半夜三更跟着我们东奔西跑了。"顾昀摇摇头，他握了一下短刀刀柄，"嗯，刀柄这么短不卡手吗？"

"刀柄不短，是侯爷的手不合适——这是把女人用的刀，"陈轻絮将弯刀接过来，拿在手里掂了掂，"北蛮十八部餐风饮露，和草原上的猛兽抢食吃，因此刀柄处时常有这样一个槽，万一遇上力气大的野兽，打斗中可以防脱手，这把刀的钢口很好，原主人肯定身份不低，刀柄多半是量身特制的，她的手一定很小，比我的还要小，应该是个女人——侯爷请看这里。"

陈轻絮将刀柄转过来给顾昀看，只见刀柄下面有一圈复杂的图案，好像无数花藤缠绕的一个图腾，中间裹着一个火焰的形状。她轻声道："我在一个十八部落弃之不用的遗迹里看见过这个花藤的图案，听被绑去的汉人奴隶说，这好像是十八部神女的标志。"

"我知道，"顾昀的脸色一下严肃起来，"我还知道中间那个标志代表谁。"

沈易不知什么时候凑过来，看见那图案微微抽了口气道："大地之心？"

陈轻絮莫名其妙道："谁？"

沈易："胡格尔……秀娘，她……她不是死了好多年了吗？怎么会……"

顾昀冲他摆摆手，拿着短刀转身走进关押匪首火龙的地方，一摆手将守卫都打发出去。他拎着那把短刀，脸上不辨喜怒，微微回弯的刀已经很旧了，却依然锋利，带着一股捅进肉体里就要带下一块血肉的狠辣。

顾昀将刀尖别在火龙下巴上道："听说你不交代贵起义军的老窝，也不肯说出是谁撺掇你趁火打劫纠缠蔡家军的？"

火龙："呸，小白脸！"

顾昀闻言笑了，感觉有点受用——在他看来，骂男人"小白脸"和骂女人"狐狸精"是一个道理，只能说明挨骂的人长得好。

"爱说不说吧，"顾昀好整以暇，转头吩咐沈易道，"国难当头，此人里通外国，跟北蛮子勾搭不清，你那蛮子爹还没入关呢，这边先给人舔上脚了……审你都浪费我时间，明日昭告四方，凌迟示众！"

火龙听到一半，先是迷茫，随后神色越来越惊骇，见顾昀不是说着玩的，当真态度轻慢起身要走，便用力挣扎起来。"污蔑！狗官！弟兄们都知道你老子我是顶天立地的汉子，你敢拿这等鬼话污蔑我名声……"

"污蔑？"顾昀将那把十八部的女人刀在火龙面前晃了两下，"中原人管这玩意叫狼牙钢，前面的回勾弯月尖是典型的蛮人制作，这是不是你的？"

火龙愣住了。

"刀鞘与凹槽都是特制的，上好的皮鞘，手柄上的图腾栩栩如生，必出于名家之手，普通蛮人用不起这个，原主非富即贵——"顾昀微微一抬下巴，睨着火龙道，"我说丑八怪，你的兄弟都知道你整日将此物放在身上，只是没人知道这东西的来历吧？啧，一帮不识货的泥腿子……"

"等等！慢……慢着！"火龙大叫道，"那是……那是我仇家的东西，不是……"

顾昀大笑道："是呢，听着真像真的，见过把情人的东西随身带着的，头一回听说还有对敌人这么念念不忘的，什么仇这么缠绵悱恻，来给我见识见识。"

"那个女人下药放倒我寨中百十来口兄弟，一刀一刀地挨个捅过去，最后还放了一把火，把山头也烧了个干净，一座山，连鸟都烤煳了，就跑出来一个我，让我落下了这一身疤。老子他娘的根本不知道她是哪儿来的！也不知道她是蛮子！带着这把刀是为了提醒自个儿过去的耻辱！"火龙怒极，吼道，"狗官，你污蔑老子什么都行，你要是敢给我扣这个屎盆子，我做鬼也要咬死你！"

沈易在旁边皮笑肉不笑道："那您这老牙口还怪利的，接着编啊，一个

杀破狼

蛮族女人没事往土匪窝里钻，一个人烧死一个山头的土匪？新鲜——大帅，贵府请的戏班子有这么好听的话本吗？"

顾昀叹道："肉都吃不起了，家里天天给我喝粥，还戏班子……"

火龙直眉瞪眼道："大帅……哪个大帅？"

顾昀将手中的短刀转出了花来，看着他不怀好意地笑。

火龙倏地回过味来，倒抽一口凉气道："你……你难道是顾……顾……"

"别乱攀亲戚，哪个是你姑？"沈易打断他，"说说，你是怎么跟蛮人勾结鱼肉乡里的。"

火龙的脸"腾"一下涨红了。"说了是我仇家！有一个字不真我他奶奶的天打雷劈！

"那个女的当初跟着个小商队，好像是跟家里人走散了，花钱托人带她一程，不知道要上哪儿去，路上我们把商队劫了，见她有几分姿色，便一起抓上了山。她当时带着个襁褓里的小娃娃，看着也就没出满月的样吧，自己还怀着一个……"

沈易心里暗吃一惊，面上却尽量不动声色地问："什么时候的事？"

火龙道："十九……二十年前。"

借着晦暗的灯光，顾昀和沈易交换了一个隐晦的眼神——听着正像当年蛮族神女出逃时候的事，那么当时那个婴儿应该就是长庚，可是秀娘肚子里的那个又是怎么回事？

沈易："后来呢？"

火龙往后一仰，哑声道："其他被绑上山的人大多寻死觅活，她不一样。那女的长得不错，脑子却好像不太好使，别人跟她说话，她也没什么反应，打她也不知道叫疼，让她干什么她也不反抗，没几个月，生了个早产的崽子。"

顾昀握着短刀的手微微紧了紧，不知为什么，他听到这段，忽然有种心惊肉跳的感觉，这么多年没有错过的直觉又在拨动他心里那根弦。

"都说刚生完崽子的女人不干净，那一阵子没人碰她，也没人管她，只是怕人跑了，便把她锁在屋里，每天给她口饭吃，她居然也没死……过了一段时间，我一个脑子里进水的小兄弟惦记那婆娘美色，偷偷跑过去看，回来惊骇莫名地告诉我，她身边就剩下了一个崽子，另一个不见了。"

沈易听得几乎忘了自己在套话，脱口道："少了哪个？"

"那他娘的谁知道，都是半死不活的孩崽子，大耗子似的皮包骨。"火龙果然立刻警觉，"你问这个干什么？"

沈易一滞，随即将手中马鞭狠狠地往旁边一摔，冷冷地道："什么都不知道你说个屁？多一个少一个蛮人小崽子有甚稀奇的，这让你交代事呢，你东拉西扯想等什么？"

火龙却没有发怒，脸色紧了紧。"……不，死孩子不稀奇，这种崽子都是贱命，死一个活一个也不多……稀奇的是，我那兄弟说，他没看见尸体在哪儿，那个女的被锁在屋里，根本出不去，不可能埋在地里。可她既没有扔出来，也没有放在屋里，那孩子……就……就凭空消失了。当时有放哨的兄弟说见那女人屋里半夜三更有火光，刚开始还以为是偷偷煮东西吃，后来听说那一阵子有好多乌鸦整天在她房梁上乱转……"

沈易起了一身鸡皮疙瘩，下意识地看了顾昀一眼。

火龙被烧烂的眼角跳了几下。"这事一度闹得人心惶惶，有人说这女的妖里妖气的，不正常，想杀了她，还有几个色迷心窍的舍不得，争了好久没争出什么结果来。当时我大哥见她听话，能干活，床上也带劲，便做主将她留下了，连那半死不活的崽子一起，留了她有几年吧……"

"那个人，真是妖怪……"火龙叹了口气，"真是，夜里要是没有男人去找她，她就变着法地折腾身边的小崽子，崽子的号叫声隔着山头都能听见，几次三番，寨里的兄弟都看不下去了，让她收敛，她表面上答应，回头又下手。"

顾昀猛地站了起来。沈易的心都悬起来了，见顾昀勉强将握着短刀的手背在身后，青筋暴跳。

好在火龙没注意到，好像沉浸在了回忆里，喃喃道："老话说虎毒不食子，我们这些人虽然都是心黑手狠不怕报应的，但也没见过狠成这样的女人……可是我们大哥不知被她灌了什么迷魂汤，非得说这种不是良家的女人才应该留在山上，合该是我们的人。他一时鬼迷心窍，把命也送了！"

顾昀声音有些难以察觉的干涩："怎么送的？"

"下毒，蛮人的女人一身都是毒，她在我们山寨里忍了多年没露出马脚，渐渐兄弟们都不防着她，轻易便着了她的道。她把整个山寨的人都杀了，连那些跟她一样被捉上山的女人、奴隶、肉票一起，谁都没放过，最后放了一把大火烧了山。"火龙脸上痛色一闪而过，大骂起来，说了一段漫长的污言秽语。

这回谁也没顾上打断他，顾昀的脸色难看得快绷不住了。

"我那天正好闹肚子，酒跟水都不敢多喝，这才勉强能攒够从火海里爬出来的力气，捡回一条命，那把刀……那把刀是从我大哥胸口上拔下来的。倘若我再见到那个女人，一定把她大卸八块！"

顾昀低声道："你说她带着一个幼童一起杀人烧山？"

"她把那崽子放在篮子里，"火龙道，"背在背上，那崽子看起来总是半死不活的，没骨头似的趴在竹篮里，一直看，看着满地死人，他连哭都不会哭一声，这么多年，他倘若不死在那女人手里，想必也得是个能搅弄起腥风血雨的妖孽。"

顾昀听到这里，一言不发地转身出去了。

沈易忙追出来："大帅，大帅！"

"这个人不能留，"顾昀压低声音飞快地说道，"老蔡还在这儿，趁他没有察觉，让这个火疖子头永远闭嘴，做得干净一点。"

说着，顾昀突然又想起什么，脚步一顿，眉目间满是阴霾。"不对，我忘了还有加莱荧惑，当年在雁回的时候，他跟秀娘一直暗通款曲，那蛮人准知道什么。"

沈易心惊胆战道："大帅……"

"他没跟我说过，"顾昀的双肩突然垮下去，身上的钢板却让他弯不下腰，站姿说不出地僵硬，"他从来没跟我说过，连提都没提起过……我知道那个蛮族女人满脑子复国报仇，不会对他太好，可也总归是血脉相连……"

沈易忙道："你又不知道胡格尔那疯女人做过什么，二十年前你还流鼻涕写大字呢，行了，子熹，这跟你没关系！"

"那回咱俩在大雪地里捡到他，根本不是他年少无知偷跑出去玩，"顾昀低声道，"他分明是不堪虐待，所以……"

而他们竟然还"好心"把他送了回去。

沈易无言以对。

好半晌，沈易才用耳语说道："倘若……我是说个假设，假设留下来的那个孩子并不是皇贵妃之子……"

沈易难以抑制地想起多年前，少年长庚在他面前，镇定地说自己不是皇子，脚上的残疾是被秀娘砸的那幅场景。

顾昀倏地抬起眼道："你想说什么？"

"母亲是谁不要紧，十八部巫女还是巫女的姊妹区别不大，问题是……胡格尔怀的孩子是谁的？"沈易艰难地舔了一下嘴角。

当年皇贵妃之妹住在宫里，是要嫁给宗室子弟的，元和先帝会做出这种监守自盗的事吗？倘若先帝真的那么不要脸，那还真是让所有人都松了口气，但如果……不是呢？

如果不是先帝，那最有嫌疑的无疑是当年帮她们逃走的人——心怀不轨，却能出入宫禁，甚至有能力放跑十八部落巫女，多年后接管那二人留在宫中的暗线……这些条件加起来，真的很容易让人联想起痴大师和他那一大帮东瀛奸细。

沈易浑身冰冷。"大帅，这……"

顾昀抬头看了他一眼，眼神如刀，沈易蓦地噤声。

"烂在肚子里。"顾昀低下头，抚过手中的短刀，斩钉截铁道，"北蛮那边，我迟早有一天也会料理干净，此事不要再提。"

沈易："……是。"

杀破狼

顾昀面沉似水地走了，被钢板支得笔直的后背显得格外思虑深重，径自找到了陈轻絮。

"陈姑娘借一步说话。"顾昀道。

陈轻絮不明所以，跟着他来到一边。

顾昀道："陈姑娘精通医理，又在蛮族的地方待了大半年，我有一个问题想向你请教。"

陈轻絮忙敛衽道："不敢。"

顾昀心不在焉地虚扶了她一下。"他们那边有没有什么特殊的巫术……用得到婴儿的？"

陈轻絮陡然一惊。

顾昀立刻抓住了她这一瞬间外露的惊愕："怎么？"

陈轻絮沉默良久，在原地不安地踱了两步，继而深深地叹了口气道："大帅……听说过乌尔骨吗？"

顾昀皱眉仔细回忆了片刻道："耳熟，听说过……好像是北边的一个什么神？"

"是十八部落供奉的四大邪神之首。"陈轻絮娓娓说道，"传说他有四足四臂双首双心，司风灾和大饥荒。乌尔骨生性贪婪，降临时天地变色，一切生灵都会被其吞噬，是北蛮之地最让人恐惧的一位神。"

顾昀"嗯"了一声，有点不明所以。

"我深入草原半年，但至今对十八部落的巫毒之术也只能说是浅尝辄止，其精深与源远我等外族无从想象，很多巫毒之术与他们古怪的邪神传说有关，其中最歹毒的一个就是'乌尔骨'。"陈轻絮微微顿了一下，"'四足四臂双首双心'，从字面看，侯爷听着觉得像什么？"

顾昀迟疑道："听着像把两个人黏在了一起。"

陈轻絮道："不错，邪神乌尔骨一出生就吞噬了他的兄弟，从此获得了双倍的神力。在十八部落中有一种古老的巫术，选出血脉相连的两兄弟，在他们刚出生没多久的时候，将两个人'合而为一'，培养出来的怪……

人，能获得邪神的力量，也叫'乌尔骨'。"

顾昀听了，沉默了一会儿，轻轻地按了一下自己的肋下，虽然有钢板护持，但不知为什么，他还是觉得肋下针扎似的疼。

陈轻絮忙道："侯爷，你的伤……"

"没事，"顾昀摆摆手，他微微舔了一下嘴唇，放缓了语调问道，"陈姑娘，我有些没听明白，什么叫作'将两个人合而为一'？"

陈轻絮有些犹豫。

"不要紧，"顾昀道，"你尽管说。"

"我也是道听途说，恐怕并不准确，"陈轻絮压低声音道，"就是把周岁以内的一双幼儿放在一个密封的地方，光、水、吃食……一概不给，两个中的一个会先被闷死，将死婴取出来，用秘法炼制。"

顾昀一瞬间还以为自己身上药效过去，耳朵又不中用了，艰难地问道："……什么？"

"炼制。"陈轻絮微微咬了一下字，"然后配合蛮族巫女的秘药做引，给他活下来的兄弟一点一点服下。"

顾昀失声道："那孩子还能活吗？"

"大帅太小看十八部千年的巫毒之术了，"陈轻絮叹道，"已经失传的巫毒术中，连将死人制成能跑会动的活僵的记载都有，何况是拿活人炼器。他们认为这样炼制出来的人就是'乌尔骨'，从小或力大无穷，或聪慧异于常人，因为'他'其实是两个人，四足双首，能请来邪神之力。"

顾昀犹疑道："恕我孤陋寡闻，对这种……东西没什么见解，陈姑娘，我觉得这听来像不开化的愚民中流传的无稽之谈。"

陈轻絮道："用我们固有的见闻理解，侯爷可将乌尔骨视为一种破坏神志的剧毒，有些疯子比起常人来确实力大无穷，想事情的角度也时常与常人不同，没有完全失去神志的时候显得聪慧异常也并不新鲜。"

顾昀："……还有不能用我们固有见闻理解的事。"

陈轻絮道："大帅，不瞒你说，我潜入十八部落中寻访巫毒之术，不光是为了你的耳目，也是为了追溯乌尔骨。但是蛮人相关的记载非常少，只有一条关于一个古代蛮族大将的传闻，那个人名字就叫'乌尔骨'。此人残忍嗜杀，但百战百胜，一手奠定了十八部落如今统一的局面，活了三十二岁，终身未婚，原因是'非生非死，非男非女'。"

顾昀听得直起鸡皮疙瘩。

陈轻絮："我查过此人生卒与出身，得知其母所生为一对龙凤胎，但之后没有任何关于女孩的记载，也没有说她死了……这有两种解释，或是家族败落后女孩走失了，或是……"

这对龙凤胎被炼成了乌尔骨，死了的与活着的合而为一，男的和女的长在了一起，是以"非生非死，非男非女"。

顾昀按在肋下的手紧了紧，陈轻絮紧张地问道："侯爷，是不是钢板松了？"

顾昀弯下腰，半晌才抽了一口气，低声道："为什么会有人做这种事？"

陈轻絮扶着他到一边坐下。"一般是国破家亡、满门不保的时候才会下这种狠手，用血脉为祭，供奉给邪神复仇。所有乌尔骨出世时，都会引起腥风血雨的动荡。"

顾昀："你方才说那像一种伤害人神志的剧毒，这部分说清楚一点。"

陈轻絮道："'乌尔骨'会疯，刚开始是噩梦缠身，久而久之，人会变得敏感多疑，倘若不加控制，还会渐渐产生幻觉，最后……"

"所以……"顾昀才说了两个字，声音便哑得像是裂开了，他不得不用力清了清嗓子，才得以将这句话继续下去，"所以你给他开了安神散。"

陈轻絮："……"

她当然知道顾昀指的是谁，无言以对，只好默认。

顾昀微微闭了闭眼——想起来，长庚其实不止一次漫不经心地跟他提起过，肝火旺容易睡不好觉之类的话，他却根本没往心里去过，只当这孩子跟着陈家人学医学魔怔了，一天到晚把自己弄得跟小老头一样满嘴养生之道，却原来……有那么多苦衷。

顾昀问道："长庚到什么程度了？"

陈轻絮一时没吭声。

顾昀有气无力道："你说，不管怎么样我都接受得了，只要我活着一天，他是疯是傻，我都管到底。"

陈轻絮道："殿下……殿下意志坚定，心境平和，多年来身上的乌尔骨并没有怎么发作过，他自己心里有数，比常人还多几分克制，只是前一阵子……嗯……我已经用针压制住了，侯爷不必担心。"

她说得虽然含混，但顾昀却听出来了——一直心境平和，没怎么发作过，除了前一阵。

是因为我。他茫然地想道，近乎诈尸似的站起来，一时踉跄了几步，脸色像是刚被人捅了一刀。随后他让过陈轻絮想来搀扶的手，失魂落魄地走了，僵硬的钢板撑着他，让他看起来像个紫流金快烧干的铁傀儡。

陈轻絮在原地驻足片刻，素白的脸上是十分的凝重，她不由自主地往京城的方向回望了一眼——前几日放出的木鸟应该已经抵京了，只是……她信中写的决定真的对吗？

贰

京城的天阴沉沉的，木鸟飞过时，小小的身影完全融入了压人的黑云里，几乎是隐形的。

张奉函从一辆马车里钻出来，对车里人拱手致谢道："劳烦王爷抽空送老朽到此。"

长庚挑开车帘，笑道："我连日住在军机处，也该回侯府拿几件换洗衣服了，顺路而已，奉函公不必客气，倒是灵枢院没给您备车马吗？"

张奉函不太在意地道："都拿去给下面人跑腿用了，我不出京，老骨头一把，也该活动活动。现在到处都在打仗，朝廷哪里都在用钱，咱们省一点是一点吧，不能力挽狂澜，还不能略尽绵薄之力吗？"

长庚笑道："是这个理，后生受教。"

张奉函忙道"不敢"，长庚却又叫住他道："奉函公留步。"

他说着，将张奉函那封大言不惭要求皇上解禁民间紫流金的奏折取出来，双手递过去道："奉函公恕罪，这封折子我擅自拦下来了，没往上送。这里没有外人，我与您说句诛心的话，民间紫流金向来是皇上一块逆鳞，自武帝开始便没有一天放松过。将心比心，紫流金对皇上来说，与传国玉玺殊无二致，您若是皇上，能容许民间私自拿萝卜雕玉玺卖着玩吗？"

张奉函知道自己那封折子递上去恐怕没什么用，不是被军机处打回来，就是又惹隆安皇帝发通脾气，可他颇有些文人意气，总觉得"你爱听不听，我该说得说"，谁知雁王殿下居然亲自纡尊降贵地来找他分说，还讲得这么坦诚。

张奉函被他这坦诚弄得老脸有些发红，叹道："殿下……唉，殿下说得有理，一时老糊涂，给殿下添麻烦了。"

"我知道奉函公为国为民的拳拳之心，您老是灵枢院一根脊梁，这些年大梁的日子不好过，钢甲战备全要靠您一手操持，"长庚摆手道，"我们护着您都来不及，哪儿有麻烦一说？"

张奉函有点无措，偏偏雁王神色真诚至极，语气也不让人觉得肉麻，一时不知如何应对，只连声道"惭愧"。

"我那发小兄弟葛晨自从进了灵枢院，整日里便是在我耳边嘀咕奉函公如何如何，"长庚调侃道，"恨不能连您爱喝猴魁，爱吃腌萝卜都一起学过去，我看他就差买顶白发每天戴着了。"

张奉函的老脸这回真红透了，恨不能将他新收的小徒弟葛晨叫过来抽一巴掌，什么鸡毛蒜皮都往雁王耳朵里倒。

"我和葛晨从小一起在雁回镇长大，小时候赶上蛮人入侵，他家里也没什么人了，这么多年一直跟着我……"长庚微微一顿，颇有些为难地看向张奉函，"我不东拉西扯，直说了吧，有个不情之请，葛晨想托我跟奉函公说，他一直倾慕奉函公人品，想认您……嗯，做个长辈，不求别的，只想将来可以常在膝下侍奉，也算是全了他一桩心愿，您觉得怎样？"

张奉函一时呼吸都急促起来。

葛晨随沈易入京以后，便留在京城中入了灵枢院，他又勤快又伶俐，还很有天分，跟张奉函特别投缘，没几天便被那老头收为亲传弟子。可弟子和义子是不同的，他张奉函这辈子两袖清风，无权无势，一天到晚就会招人不待见，能给人带来什么好处呢？能庇佑谁吗？纵使老来膝下荒凉，除了家里几条老狗，谁还肯来搭理他呢？

长庚觑着他的神色道："唉，我早跟他说了，奉函公最爱清净，不爱要他这种聒噪货，您不必为难，回头我替您骂他一顿就是了，您放心，那东西从小没心没肺的，不会往心里去。"

张奉函忙道："殿下且慢！殿下！我……这……老朽……"

他一着急，舌头打了结，一脑门热汗，长庚也不出声，好整以暇地看着他笑，笑容了无阴霾，明净得像个少年，带着点恰如其分的小促狭。

张奉函难得见他不老成持重的模样，回过神来，无奈失笑道："殿下真是……"

"那我同他说去，我在前面拐弯回家了，奉函公自便。"长庚轻快地道，"回头让小葛找个良辰吉时，给您磕头去——对了，这眼瞅着要下雨，您从我这儿拿把伞，以备不时之需吧。"

张奉函这蜇得李丰满头包的老刺儿头面带微笑跟长庚告别，用慈祥的目光一直注视着雁王的车走远。

长庚前脚刚走，天色便果然如他所言，淅淅沥沥地下起了小雨来。

奉函公将长庚留给他的伞撑起来，一时有些感慨。这大半年以来，兵荒接着马乱，纵使不得太平，可是他只要看着这些年轻人，便觉得大梁金殿上那根顶天立地的大柱子还没有塌，还有那几个人撑着。

世间聪敏有才者何其之多，然而一个人倘若过于聪明，便总少了几分血气，更倾向于明哲保身，非得有真正的大智大勇之人率先站出来，挑起那根梁，方才能将他们聚拢到一起。走在前头的人注定劳心费力，也不一定有好下场，再不值也没有了……但是万千沙砾，若是没有这么几块石头，不是早就被千秋万代冲垮了吗？

奉函公回过头去，见巷尾一角有雪白的僧袍一闪而过，他便敛去了脸上的笑容，快步走了过去。

巷陌的酒楼不像昔日起鸢楼那样气派端庄，更像是一家随便的小茶肆，穷酸如奉函公走进去倒是不显得突兀。他收起折伞，将上头的雨水抖干净，听见木楼梯上被人轻轻敲了几下，抬头便见了然大师摘下湿淋淋的斗笠，站在二楼冲他微微一点头，奉函公会意，快步走了上去。

两人一前一后地走进最里面的包间，里面已经有一个中年男人等着，那男子有四五十岁，相貌平平，衣着打扮也不怎么张扬，但一看就很和气，好像眼角眉梢都是圆的，然而倘若有户部官员在这里，大概会十分吃惊——此人正是江南首富杜万全。

杜万全江南发家，曾经亲自组建过一支商队下西洋，是大梁朝自武帝开海运后绝无仅有亲赴西洋的巨贾，九死一生，利润丰厚，回来后人称"杜财神"。后来他举家迁入西北，被选为古丝路中原商会会长。

早在安定侯不知因为什么在京城被勒令罚俸反省，归期未至时，这嗅觉灵敏的大商人便率先召集商会成员开始分批撤离，之后西域局势动荡也并未伤及太多无辜，可以说是这财神爷的风向标带路带得及时。

没人知道杜万全有多少钱，都说他富可敌国——当然，就以大梁现在的穷酸样看，能敌国也没什么了不起的。这么一个财神爷，如今却和护国寺的和尚，灵枢院的老刺儿头聚在一家颇为寒酸的小酒肆中。

见了张奉函，杜万全忙客客气气地起身将其让入上座，拱手道："快请快请，我与老哥哥有十来年没见过面了，如今看来，您是一点都没变，风采尤胜当年啊。"

张奉函一边推辞一边道："哪里话，老了。"

杜万全正色拱手道："杜某入京前，便遭妻儿劝阻，唯恐京城局势未稳，我这一把老骨头交待在这儿。我同他们说，那奉函公不比我年长才高吗? 兵临城下时手无寸铁, 面无惧色, 我一个小小商人, 虽比不得这种无双国士, 但倘若连事后前来拜会都不敢, 那成什么了? "

杜财神久居商场, 一身和气生财, 跟雁王殿下说话有异曲同工之妙, 都属于两句能把人脸说红了还让人觉得受用的。张奉函意识到再跟他客套下去, 他们天黑之前不一定会说得着正事, 只好坐在首位。

了然和尚双手合十, 打手势道: "杜先生家大业大, 日理万机, 奉函公一会儿还要赶回灵枢院, 我们便闲话少叙吧, 后生僭越, 便将这话茬提起来了。"

说着, 他将怀中佛珠取出来, 轻轻一拉, 一串珠子便散开了, 了然将最大的隔珠掰开, 从中取出一块古旧的空心木头, 外壳古朴, 有无数精巧的齿轮静静地陈列其中。

奉函公与杜万全对视一眼, 不再客套, 各自从怀中拿出了一个差不多的空心木头块, 三块空心木摆在一起, 彼此吸引, 在桌上自己滑动起来, 里面的齿轮互相咬在一起, 眨眼便严丝合缝地并上了, 拼成了一块木牌的上半部分, 上面有个"临"字。

"这块牌子上一回拼齐, 还是两百多年前的事。"杜万全叹了口气, "上一次先人前辈们将此物交托给太祖皇帝, 没有选错人, 换来两百年太平盛世。如今传到我们这一代人手里, 但愿这一次我们依然能选对……今日了然大师召集'临渊', 想必是有人选了。"

了然打手势道: "钟老和陈家人都在前线, 人不能到, 钟老前几日托人将他的意见与保管的木牌带来了, 陈姑娘那里乱, 人也稍远些, 还没见, 不过我估摸着也就是这一天半天的事。"

杜万全看了一眼桌上的临渊木牌, 端坐肃然道: "大师请说。"

"阿弥陀佛,"了然双手合十垂下头, "有一人自战乱伊始, 便借由临渊阁木鸟传书, 给被围困的京城留了一步活棋, 临危受命, 杀内奸, 亲自守城, 抗旨不受皇位——"

张奉函听到这里, 立刻附和道: "大师说的这个人我同意, 我在朝中与雁王殿下接触最多，他虽然年轻，但德才兼备，我这块木牌愿意托付给他。说来惭愧，我这老东西多吃了这许多年闲饭，到关键时候什么用处也顶不了，听见前线战报就蒙了，既想不到西洋军真能围困京城，也想不到用木鸟传信……杜先生，你怎么说？"

桌上两人同时望向杜万全，杜万全想了想，一时没有应声，圆滑道："雁王殿下身份贵重，我不曾接触过，但听说那位殿下曾师从钟老先生，还与陈家人有交情，那两位想必要了解些，不如等等他们？"

了然从怀中取出一只木鸟，木鸟腹部有一条极细的封条，完好无损。

"这是钟老的，"了然道，"贫僧尚未拆开，请。"

杜万全搓了搓手，颇为不好意思道："杜某不客气了。"

他说完，小心地揭开封条，掰开鸟腹，从里面取出了第四块木牌。这一块拼上，"渊"字便拼出大半，只剩一个角了，木牌下还压着一张来自钟蝉的海纹纸。

张奉函道："钟老手把手地教导雁王殿下排兵布阵、骑射功夫，那是什么情分，不会不……"

他话音突然顿住了，只见杜万全将钟蝉将军的海纹纸铺在桌上，那字条上写道："此子有安天下之才，但幼年太过坎坷，少时虽堪称仁厚，中年后未必'从一而终'，又有'乌尔骨'之隐患，望诸君慎之。"

张奉函说嘴打嘴，盯着那张字条呆了好半晌。"这是什么意思？这……什么叫乌尔骨隐患？"

了然皱了皱眉，像是不知该从何说起，好一会儿才比画道："是北人的一种毒，雁王殿下年幼时流落到雁回镇，受北人巫女迫害，至今陈家人还在想办法，还没能根治……"

张奉函匪夷所思道："还有这种事？太医院都是死的吗？这……"

"奉函公少安毋躁，"杜万全打断他，"前些年因为古丝路，我也常在西北一带走动，对蛮人的巫毒之术有一些耳闻，听人说过，这个乌尔骨仿佛是对人的神志有损害。想必钟将军也是顾虑这点，担心殿下思虑过重吧。"

"国难当头，安定侯伤筋动骨尚且赶赴西北，雁王又岂是吝惜自身的人，杜公这种说法未免令人寒心。"张奉函肃然道，"再者了然大师也说，此毒他从小就有，到如今我看不出他有什么不正常的，将来也未必有多大影响。钟老将军倘若信不过雁王，难道还能找到别人来接管临渊木牌？"

张奉函自从京城被围困后，整个人成了雁王的忠实拥趸，挂在手边的伞还是刚从人家车上拿的，一提到雁王就脑热，恨不能将"我家殿下天下第一"昭告天下。此时，这老灵枢说了一通仍然没有解气，又意犹未尽地继续道："此时与两百年前不同，那时是朝廷横征暴敛丧失民心，才有四方群雄而起，如今却是外敌入境，皇上……皇上虽然一些手段法令过于激烈，但也算得上勤政爱民，并无过错。值此乱世，倘若临渊木牌落到别的什么人手里，谁能担保他不生异心？雁王殿下本为天潢贵胄，危机当头本可继位东迁，可他没有，他当时在城楼上！倘若这样的人不值得托付临渊木牌，还有谁配？"

杜万全圆滑惯了，不跟他戗着来，闻言只是笑了笑道："这我相信，雁王殿下人品才华无可指摘，不过这事，我们都是外行人。我看不如这样，咱们都听陈姑娘的，先点些酒菜吃着，等陈姑娘的信送到再做决断，好不好？"

张奉函的神色微缓，也摇头自嘲道："老了老了，还是一把暴脾气，杜公别往心里去。"

他话音还没落，三人便同时听见一阵翅膀扑棱的声音从窗外传来。

杜万全笑道："说曹操，曹操就到。"

杜财神回手推开窗，一只活灵活现的小木鸟钻了进来，轻轻地在桌子上啄了两下，趴下不动了。这只木鸟比钟将军那只还要特别，因为后者是托信得过的人送来的，陈轻絮的这只却是在西北行军路上放飞回来的。

木鸟的腹部以特殊的手法上了"封条"，不是钟将军那象征意义的纸封条，而是一串严丝合缝的暗锁，上面有二十七个孔洞，需要以细针按顺序穿入，否则会引燃木鸟腹中剩下的紫流金，不知道开锁秘钥的人什么都拿不到。这种特制的木鸟工艺极其复杂，就连临渊阁内也没几只，就连长庚也不知道——西洋人围城的时候，他还一度对木鸟通信的安全性心怀忧虑。

杜万全取出一根银针，另外两双眼睛同时落在他的手上，一瞬间，张奉函心里忽然升起一点说不出的紧张。

"且慢。"就在杜财神将木鸟封条打开，还未取出信的时候，张奉函突然叫住了他。

杜万全和了然一同抬头看向他。

虽然同属临渊阁，但常年一头扎在灵枢院里的奉函公同陈轻絮这个浪迹江湖的晚辈之间并不熟悉，没怎么见过，更谈不上了解，可不知为什么，他心里就是升起一种结果可能会不那么尽如人意的预感。

张奉函面颊紧了紧，缓缓说道："眼下长江以南，东海沿岸都在洋人手里，钟老将军亲自镇守前线，却也只是守着而已，不敢贸然行动，以他手头的兵力与战备，现在根本不足以过江。我听说洋人野蛮残忍，已经一把火烧了江南书院，这倒也没什么，书没了可以再印，可以再立新说，可倘若人也没了，那就没法救了。"

老灵枢说到这里，声音一时有些发颤："'三秋桂子，十里荷花'之地，眼下成了一片焦土，而我们国库空虚，紫流金又告急……四面漏风，临渊阁倘若袖手旁观，我们不如各自散了，回家带孩子，入什么道？立什么命？既然不能沉寂，木牌非得出世，我们虽然只是贩夫走卒之流，也不想所托非人，当今天下，朝中有雁王，塞外有顾帅。顾帅……不是我说，他早就与临渊阁打过交道，可是从未表达过半点亲近的意思，那位手握玄铁营，看不上，也无暇打理我们这点庞杂无序的资源。如果诸位再以这种……这种莫须有的缘由同雁王殿下错身而过，下一步打算怎么办呢？"

他说得情真意切，竭尽全力想将杜万全拉到自己这边，连了然听了都微微动容。可杜财神乃是一个人精，哪儿有那么容易头脑发热？听完表面是热切激愤，嘴里却依然避重就轻："其实雁王殿下从小与临渊阁交情匪浅，本就算是阁内人，就说京城被围困时的通信网，不就是殿下调用临渊阁所建的吗？国难当头，有用得着我们的地方，大家都绝无二话，有没有托付木牌这个仪式，其实区别也不大吧？"

"不是这个道理，杜公想岔了。"了然摇头比画道，"倘若没有这块木牌，遇事时临渊阁不过是举手之劳提供些小便利。有了这块木牌，才能让阁中人毁家纾难地全力以赴，那不一样。临渊阁沉寂两百年，全靠这块木牌牵连维系并召集，乱世中人人都想明哲保身，纵使你我，能动用的力量也不过就是跑腿送信之类——恐怕还没有大一点的江湖帮派有用。"

这话说得意味深长，杜万全脸色微变。财神爷与穷得跟狗做伴的奉函公不同，人家是真正的家大业大。光脚的一个人吃饱全家不饿，但穿鞋的不行。如果说在座有谁最不希望临渊木牌重现人间，那无疑就是杜财神。

了然给他留了面子，点到为止，没有直白地戳透——临渊木牌可以调动临渊阁中最神秘的"道法堂"，阁内任何不服木牌调配而叛逃者，道法堂都会将那人追杀至天涯海角。也就是说，没有木牌号令，杜财神或许只需要掏点零花钱意思意思，有了这块木牌，便是让他倾家荡产，他也得认。

了然将自己的佛珠挨个穿起来道："杜公请把陈家的木牌请出来吧。"

杜万全沉默了一会儿，动手掰开木鸟腹，最后一块木牌掉了下来，一落在桌上，就自动与其他木牌归拢到一起，补全了"渊"字。

海纹纸滚出来，了然动手抹开，见那字条上陈轻絮字迹潦草、十分简短地写道："陈家会全力以赴。"

张奉函一时有点回不过神来："没了？"

了然无奈地笑了笑，陈轻絮寡言少语，平时口头上说话也就算了，落到纸笔上，她是万万没有耐性写长篇大论的，行就行，不行就不行，天大的事到她手里也就是龙飞凤舞的一句话。

"既然陈姑娘这样说了，殿下所中的慢性毒应该不成问题。"了然转向杜万全，"那杜公的意思呢？"

临渊木牌分五块，任何一个人都没有资格独自否决，此时已经是三对一，杜万全知道，不管自己同不同意，结局都已经是既定的了。杜财神苦笑一声道："了然大师客气了——我听说雁王殿下最近在推行烽火票，届时倘若有用得着杜某的地方，尽管开口就是。"

张奉函婉转地劝道："杜公，覆巢之下无完卵，真到天下动荡时，乱离人不及太平犬，万贯家财也无异于流沙飞水，可是这么个道理？"

被一帮穷鬼强行绑上贼船的杜万全依然很堵心，敷衍地拱手说了一句："不错，奉函公高义。"

三个人匆匆吃了一顿各怀心事的便饭，酒水也没怎么动，便各自散了。

就在他们做下这个决定的时候，长庚也回到了侯府。

葛晨正在书房里等着他，长庚吩咐了一句不要打扰，便不动声色地走进去，回手带上门。侯府空旷人少，一帮老仆有聋的，有腿脚不便的，也不知是伺候主人还是在主人家养老，时常叫人使唤也叫不来人，端茶倒水都要自己动手。不过这样也有方便的地方，比方说不用老防着隔墙有耳。

葛晨一见长庚，便站起来了，天生的娃娃脸上有些紧张。长庚却十分淡定坦然，冲他摆摆手道："截下来了？"

葛晨应了一声，从怀中摸出了一张海纹纸。

"我按你说的，借修复禁空网之便，偷偷把那木鸟截下来了，里面的字条换过了，封条保证修复得天衣无缝，"葛晨抿抿嘴，又道，"年关时小曹去北边找陈姑娘，亲眼见她收放过木鸟，之后偷偷捉来，用模子将里面的封条暗锁拓了下来，应该不会有问题。大哥，为什么我们要截陈姑娘的木鸟，她字条上写的这个是什么意思？"

长庚一时没回答，把那皱巴巴的字条展开看了。上面的字迹与了然他们收到的那一份别无二致，唯有内容不同。

这一张字条上写道："陈某才疏学浅，多年寻访未能找到乌尔骨解法，有负重托，临渊木牌之事，还望诸君慎之。"

长庚看完以后没什么触动，顺手把字条烧了，不怎么意外地想道：

果然。

以他多年来对临渊阁的了解，最后做主的不是三人就是五人，五个人的可能性大。临渊阁中有许多独到且极其精巧的火机钢甲，因此必有灵枢院的人。当年给顾昀医治耳目的陈家人是以临渊阁名义出手的，顾昀不可能会无条件信任他们，所以中间肯定有老侯爷旧部牵线，因此还应该有代表军方的人。了然和尚一直充当四方联络的角色，可能也算一个，代表护国寺，那么其余两个很可能一方掌控着"财"，另一方就是太原府陈家。

五个人里只有了然和灵枢院他把握大一些，其他三方都悬而未决。

世上除了长庚自己，只有陈姑娘最了解乌尔骨的可怕之处，她向来对事不对人，不可能会因为私人感情而支持他。而掌控"财"的人通常容易为家业所累，在这种情况下很可能会往后缩，代表军方的……如果如长庚猜测，真是钟老将军，那钟蝉不一定会为他说话。

后面两方面的人各有门路，他很难接触到，只有陈轻絮随军西北，届时必以木鸟传书，能给他可乘之机。

幽幽的火光照亮了雁王殿下年轻俊美的脸，使他看起来竟有一些不真实。

"大哥……"葛晨讷讷地叫了长庚一声，这小圆脸对他的雁亲王发小忠心耿耿，但不傻，他大概能猜出陈轻絮的加密木鸟可能和临渊阁的最终决策有关，虽然按照长庚所托做了偷换字条的事，但心里一直揣着疑虑——长庚一向坦坦荡荡，疏阔通达，从未做过这种见不得光的事，这回却……是为了权力吗？

"我并非一定要得到临渊阁不可。"长庚仿佛知道他在想什么，神色淡淡地对葛晨解释道，"但我在朝中时日太短，虽然暂时有皇上撑腰，还有江大人等一干新锐跟从，毕竟根基尚浅，很多事情施展不开。别的能等，但前线的紫流金和银子等不起。这种时候我只能退而求取临渊阁之势力，倘若有时间，所有问题都可以光明正大地慢慢解决，就怕洋人不给我们这个时间。"

葛晨闻言后背一挺，心里的疑虑顿时烟消云散，反而有些不好意思。"这我和小曹都明白的，嗯……大哥，你也多注意保重自己，别等到时候侯爷班师回朝了，你又累倒了，那他岂不是要找我的麻烦？"

说完，他好像想象出了侯爷找他麻烦的具体过程，自己被自己吓得打了个寒战。

长庚脸上的神色柔和了些。"我就管到这场危局过去，等天下太平了，谁还乐意做这种吃力不讨好的事？咱们也不能白给他们干活，届时得让皇上在风景最好的地方封给我一座山头，在山上弄一片桃花林子，春天赏花，夏天吃桃，山下还得有温泉，我打算漫山遍野地养点鸡鸭，下了蛋就直接扔到温泉里煮……"

葛晨的肚子"咕"一声，长庚一愣，随即两人同时大笑起来，长庚一跃而起道："太晚了，别惊动王伯他们了，咱哥儿俩自己包点饺子吃。"

葛晨颇为不好意思道："不……不好吧，大哥，哪儿能让亲王殿下动手剁馅擀皮……这也太那个……"

长庚睨了他一眼："吃不吃？"

葛晨斩钉截铁道："吃！"

两人于是黑灯瞎火地溜进侯府的厨房，将打瞌睡的老厨娘赶回去睡，"咣咣当当"地折腾了一通，听着打更的动静，一人捧着锅盖，一人就着笊篱，十分不讲究地直接在厨房里分吃了六十多个饺子，葛晨烫得"嗷嗷"直叫，仿佛又回到了乡下少年时光。

好时光都在半夜三更，青天白日下还是步步惊心。

一个月以后，烽火票依然没有落实，就在李丰皇帝都被吵得烦不胜烦时，一场悄无声息的清洗逐步开始了——先是都察院连上三道折子，参雁亲王，说他一手遮天，手下军机处私自卡扣朝中官员奏折，使怨声有碍天听。而他提出的所谓烽火票完全是胡搞，是拿着朝廷的颜面丢在地上踩，祸国殃民。

雁亲王当场命人将军机处有史以来上呈与打回奏折的记载全数摆在朝堂上，所有打回的奏折均记录在案，何时，因为什么打回条分缕析，全部有简报上奏至西暖阁，无一份有出入，令人哑口无言。

随即雁亲王以"才疏学浅，难以服众"为由，奏请隆安皇帝卸去身上一干职务。李丰照例不准，这位刚满二十的亲王殿下年轻气盛，扭头便称病辞朝，跑回侯府闭门不出了。

满朝见人说人话，见鬼说鬼话的老狐狸精，还真没人这么明目张胆地闹脾气，李丰一时哭笑不得。

可还没等皇上微服出宫上门哄弟弟，雁亲王一走，朝中立刻出了事。

先是军机处群龙无首，一团乱麻，每日呈递到李丰案头的折子便也没了章程，雪片似的，各地都在要钱要紫流金，看得李丰焦头烂额。随后，户部兵部两位尚书几乎要在朝堂上动起手来。李丰震怒之下一追究，发现都到了这步田地，竟还有人在军费中层层盘剥揩油贪墨，当即气急败坏，追查出一起震惊朝野的大案，上至堂堂二品大员，下至七品小官，一大批人被牵连其中，连都察院的那帮碎嘴子都莫名其妙地倒了一半。

九月一场秋雨把京城洗得一片肃杀，江充亲自到侯府传旨将雁亲王请回朝中。至此，有心人仿佛明白了什么，雁亲王再次提起烽火票，几乎没遇上什么阻力便推行开去。刚开始，有人忧心第一批烽火票发不出去，不料甫一面世，立刻有江南首富杜万全等人联络一干民间义商鼎力相助，不到三天，首批烽火票竟被抢购一空。

真金白银涌入国库，至此，没有人再多嘴了。

隆安七年年底，江南前线两军依然对峙，安定侯沿途联合中原驻军收拾了造反暴民，终于回到嘉峪关，隔日，兵临城下的西域联军便望风而退三十里。

这一年年底，顾昀先后写了十四封亲笔信，分别给西域诸国国王"拜年"，同时磨刀霍霍，预备在朝廷送来下一批军备时便开杀戒。

新春佳节，嘉峪关外没有张灯结彩，烽火一触即发——朝廷终于送来了久违的军饷与战备，只是押送的人身份特殊。

顾昀刚带着一帮轻骑巡防归来，还没下马便听说雁王来了，当时就蒙了一下，轻裘都没顾上卸，便把战马缰绳一扔跑了。

他一路飞奔回驻地，后面一帮亲兵不明所以，只好也拉练似的跟着跑。一水玄铁轻骑不整队不换班，撒丫子狂奔，搞得驻地守卫如临大敌，还以为哪儿又来了一拨外敌，个个撑起千里眼四处观望。

嘉峪关的玄铁营驻地中，来自京城的车驾已经一字排开，管辎重的正忙得热火朝天，顾昀却突然毫无预兆地刹住脚步。

亲兵们也连忙跟着停下来，一个个面面相觑。

顾昀莫名其妙地回头看了他们一眼道："你们慌里慌张的跑什么？"

亲兵们："……"

顾昀干咳一声，掸了掸玄铁轻裘上不存在的土，刚散完德行，一转脸又毫无障碍地换了一副不慌不忙、闲庭信步的做派，他背着手，晃晃悠悠地溜达进帅帐。

当天除了正当值、巡防没回来的，顾昀手下数得上的大将都在里头陪着，中间围着个人。只见那人一身锦缎朝服正装，雪白狐裘下露着一截广袖，正是朝中新贵雁亲王。他听见动静回过头来，目光猝不及防地就和那倚门框的顾大帅在空中撞上了。

雁王似乎吃了一惊，随即眼睛一下就亮了，一路的风尘都被涤荡一空，他有点难以抑制地抬抬手，微微清了清嗓子，咳嗽声居然有点走调。

这一声咳嗽传来，众人都望向门口，纷纷起身道："大帅。"

有些聚散如转瞬，有些聚散却如隔世。

中间隔着一条交织的怒火与冷战，那种就是转瞬。

中间隔着数不清理不明的重重真相，拿不起放不下的暧昧情愫，那种就像隔世。

反正顾昀是百感交集全都涌上心口，把他那跟长江入海口一边宽的心口堵了个严严实实、沙砾紧凑……良久，方才颤颤巍巍地从中间渗出一点灼灼逼人的热水，绵绵不绝地化入四肢百骸——顾昀背在身后的手心竟微微出了点汗。

他大尾巴狼似的伸手一压，示意众人不用多礼，迈开四方步溜达进去。"边关现在不安稳，殿下怎么还亲自来了？"

长庚道："赶着年关，我来给兄弟们送点年货。"

顾昀听了人五人六地"嗯"了一声，神色淡淡地问道："难为你了，这半年多大家都不好过，朝廷挤出点口粮实在不容易——皇上有什么旨意吗？"

他这么说了，长庚只好先宣旨，煞风景的圣旨一露面，两侧的将军们立刻稀里哗啦地跪了一片，顾昀刚要跪下接旨，便被长庚阻止了。长庚虚托了他一把道："皇上口谕，皇叔见圣旨听着就是，不必行礼。"

不知是有意还是无意，长庚说到"皇叔"两个字的时候，声音微微压低了一点。

李丰整日里"皇叔"长"皇叔"短的，叫得顾昀一听见"皇叔"俩字就烦得头大如斗，可此时忽然被长庚这样叫来，却好像有一把小钩子钩了他一下，涌到嘴边的"礼不可废"四个字愣是没排出个先后顺序。

深冬腊月天，西北苦寒地，一身的冷甲几乎要把顾昀焐出热汗……他连圣旨都听得有一搭没一搭的。幸好李丰的正事一般都在军报批复中说，圣旨里写的都是犒军的废话，听不听两可。

直到周围一群将军齐声谢了天恩，平身而起，顾昀都没回过神来。一般来说，这种场合应该由级别最高的那个人上前，代表众人顺着圣旨说几句报效国家的豪言壮语，这圣旨才算有来有往地传达完了。顾昀突然诡异地这么一沉默，众人也都只好跟着他一起沉默。玄铁营的将军们集体大眼瞪小眼，不知道安定侯对这份颇为空泛的圣旨有什么意见。

周遭这么一静，顾昀这才意识到自己丢人了，他若无其事地端起高深莫测的脸，喜怒莫辨地说道："嗯，皇上言重了，都是应当应分的事。老何，叫人去准备准备，给雁王殿下接风洗尘……别弄那么复杂，都是自己人。大家手脚麻利点，天黑之前将辎重与战备清点好——看什么，还不散了，都没事做了？"

将军们对宠辱不惊的顾帅肃然起敬，鱼贯而出。

玄铁营各司其职，效率奇高，转眼人就走光了。方才还人声鼎沸的帅帐一下安静了下来。顾昀轻轻地舒了口气，感觉长庚的目光一直黏在自己身上，黏得他几乎要用尽全力才能扭过头去。

不知是不是身上那狐裘的缘故，他总觉得长庚仿佛清瘦了些。

西北路上，火龙的话、陈姑娘的话交替着从他心里闪过，顾昀有生以来还是第一次面对一个人的时候不知从何说起，心里千般情绪，脸上不知该做何表情，反而显得又冷淡又镇定。他好像头天刚离开家似的对长庚招招手道："过来，我看看。"

长庚一时弄不清他是个什么态度，暂时收敛了自己肆无忌惮的视线，忽然忐忑起来。

他这半年来闹出了好大的动静，不知道边关听说了多少，更不知道倘若顾昀知道，会是个什么态度。顾昀离京时，两人的关系又那么不上不下的，中间隔了这么长的时间，像是一坛子酒，没来得及下完料，已经先给匆匆埋进了地下……

短短几步，长庚心里走马灯似的，滋味别提了。谁知这时，顾昀却突然伸出手，一把将他揽了过去。

玄铁的轻裘甲从肩头到五指第二个关节全都包裹得严丝合缝，使顾昀的怀抱显得十分坚硬，那微微露出的一小截手指，被嘉峪关的寒风撩得同轻裘甲一般冰凉。冷意仿佛顷刻间便洞穿了雁王身上的狐裘，他狠狠地打了个寒战，一瞬间受宠若惊得手足无措起来。

顾昀微微闭上眼，双臂缓缓地收紧，松软的毛领扫过将军的脸，安神散的味道如影随形，不知是不是他的错觉，总觉得那味道比之前还要重些。二十年的乌尔骨如一把锉刀，挫骨雕肉地给他磨出了一个这样的人，顾昀心疼得要命，可又一个字都不敢提。

长庚骨子里有种不向任何人妥协的执拗，从那么小开始，每天夜里宁可睁眼等到天亮，也不肯跟他透露一点。一个人如果捂着伤口不让谁看见，别人是不能强行上去掰开他的手的，那不是关照，是又捅了他一刀。

"子熹，"长庚不知他抽了什么风，只好有几分局促地低声道，"你再这样抱着我，我可就……"

顾昀勉强压住心绪，咽下酸涩，面无表情地冲他挑了挑眉："嗯？"

长庚愣是没敢说。

舌灿莲花的雁王殿下难得哑口无言，顾昀看着他笑了起来，伸手将他的狐裘一拢道："走，带你出去转转。"

两人并肩走出帅帐，关外的朔风硬如刀戟，猎猎的旗子像在空中展翼的大鹏，天高地迥，远近无云，押送辎重的车队一眼望不到头，自四境战争爆发以来，哪里都仿佛捉襟见肘，已经不知多久没有再现过这样近乎繁华的场面了。

顾昀驻足看了一会儿，暗叹道：那么大的一个烂摊子，得熬多少心血才能收拾出一个头绪来？

"先送来这么多，其他的我再想别的办法，"长庚道，"现在《掌令法》取消了，灵枢院那边这个月又添了几个直属的钢甲院，正向天下长臂师招贤纳士，在钢甲火机方面格外有建树的，不论出身，都有进灵枢院的机会。奉函公信誓旦旦说西洋海军的海怪也没什么可怕的，只要给他时间，他也能做出来。"

"奉函公这辈子没吃过饱饭，这是要吃一碗倒一碗吗？"顾昀笑了笑，"那海怪除了长得吓人和败家，还有什么用？没钱没关系，就算用轻骑，我也迟早把那些到别人地盘上来撒野的东西踹回老家去，你……"

他本想说"你不要太逼迫自己"，可是微微一侧身，裹着一半钢甲的手刚好撞到了长庚的手心。长庚下意识地攥住了他冻得发疼的手，这动作随即被他宽大的朝服掩住，袖中拢着人的体温。

方才顾昀那个意想不到的拥抱实在像一把明火，一下把他心里所有难以置信的期待都点着了。他直勾勾地看着顾昀，一语双关地问道："什么？"

顾昀一天里第二次忘了词。

在外人看来，两人像有病一样面面相觑了片刻，顾昀僵立了许久没做出反应，长庚的神色渐渐黯了下去，心里自嘲地想道：果然还是我的错觉。

就在他打算退开的时候，长袖掩盖下，顾昀居然回握了他的手，那冰冷干涩的手指带着钢甲的力度，没有一点躲闪游移，长庚的瞳孔剧烈地收缩成了一点。

顾昀微微叹了口气，心里知道，他方才半是冲动半是不忍地迈出这么一步，以后再也不能回头了——被乌尔骨折腾了这么多年的长庚承受不起，再者，态度反反复复，那也实在太不是东西。他并非没有说过逢场作戏的甜言蜜语，喝多了也会满嘴跑马地胡乱承诺，可是一生到此，方才知道所谓"山盟海誓"竟是沉重得难以出口，话到嘴边，也只剩一句："我让你多保重，留得青山在，不怕没柴烧，不必那么殚精竭虑，有我呢。"

长庚整个人有点傻了，顾昀一句话从他左耳进去，又从右耳原封不动地集体撤离，一个字都没听进去。

顾昀被他盯得有些尴尬。"走了，那帮泥腿子都等着瞻仰雁王风采呢，傻站在这儿喝西北风算怎么回事？"

在玄铁营的地盘上，是不可能搞什么"葡萄美酒""美人歌舞"的，战时军中严令禁酒，敢偷喝一滴的一律军法处置，绝不姑息。而此地唯一跟"美人"沾点边的陈姑娘也在顾昀钢板撤下去之后，便自己领了军医的职，在嘉峪关以内的伤兵所忙得不可开交，十天半月没出现过了。眼下就剩下个"西北一枝花"，虽不会跳舞，但好在能随便看，不要钱。

所谓给雁亲王接风，也不过就是多做几个菜，暂时不负责布防的几位将军过来作个陪而已——还不能陪到太晚，因为要轮流顶班，一点休息时间弥足珍贵，他们片刻不敢放松，还未入夜，人就都散了。

只剩下一个顾昀领着始终有点恍惚的雁王去安顿。

"这边无聊得很吧？吃没好吃，喝没好喝，一天到晚最出格的娱乐项目就是几个人凑在一起掰腕子摔跤，输赢还不带彩头。"顾昀回头道，"你小时候不是还因为我不肯带你来生过气吗？气生得值不值？"

长庚虽然滴酒没沾，脚步却一直有些发飘，总觉着自己在做梦，梦话道："怎么会无聊？"

顾昀想了想，从怀中摸出他的白玉短笛。"给你吹个新学的塞外曲听好不好？"

长庚注视着短笛的目光格外幽深，感觉这场梦他是醒不过来了。

这时候，整顿防务的沈易归来，老远就听说雁王殿下亲临，本打算抱着复杂的心情过来一叙，不料还隔着百十来米，先眼尖地看见顾昀抽出了他的宝贝笛子，沈易顿时如临大敌地脚步一转，扭头就跑。

顾昀手中的乐器从竹笛换成了玉笛，又在苦寒无趣的边关修行半年之久，可是技艺却奇迹般地毫无进步，催人"尿"下的功力还犹胜当年。一阕塞外小曲，吹得人肝胆俱裂，不远处一匹正等着重装辔头的战马吓得活像被一群大野狼包围，椎心泣血地嘶鸣起来。玄鹰斥候从天而降，跟跄了一步愣是没站稳，直接扑地，摔了个讨压岁钱的模样。

长庚总算找到了一点自己没在做梦的依据——这动静已然超出了他狭隘的想象力。

一曲终了，自以为隐晦地风花雪月了一把的顾昀有几分期待地问道："好听吗？"

"……"长庚迟疑良久，只好诚恳道，"清心醒神，有那个……退敌之能。"

顾昀抬手用笛子敲了一下他的头，对自己丧心病狂的技艺毫不脸红。"就是为了让你醒醒，这几天跟我睡，还是让人给你收拾个亲王帐？"

刚有几分清醒的雁王被这突如其来的调戏砸了个满脸花，一时愣在了原地。

顾昀眼睁睁地看着长庚自耳根下起了一片红，一路蔓延到了脸上，不由得想起当年自己发高烧，长庚替他换衣服时那个不自在的模样，当时只觉得无奈，这会儿心却痒了起来，心想：你趁我骨头断了一堆只能躺尸的时候占便宜那会儿，怎么就没想到有今天呢？

顾昀道："怎么又不吭声了？"

"不用麻烦……"长庚挣扎了半天，咬牙下定决心，"我……我正好要看看你的伤。"

顾昀忍不住接着逗他道："只看伤？"

长庚："……"

叁

顾昀的腰椎和颈椎都有问题，长庚都不必细查，卸了甲隔衣服一摸就知道。

他摒除绮念，皱眉道："子熹，你多长时间没卸轻裘了？"

"拆了钢板就一直穿着……"顾昀说到这儿突然感觉有什么不对，顿了一下，忙又补充道，"嗯，洗澡的时候当然还是卸的，我可不是了然那有脏癣的秃驴。"

长庚一伸手将他按趴下道："别动——你还有心思埋汰别人。"

这些将军年轻时戎马倥偬，威风得不行，倘若有幸活到老，大多会落下一身伤病，腰椎颈椎异位简直再正常不过。

轻裘虽然轻便，却是直接加在人身上的，不像重甲那样自有支撑，顾昀枕戈待旦起来，睡觉也不脱，久而久之骨头和肌肉都得不到休息，长庚稍稍用力一按，就能听见他一身筋骨"嘎啦嘎啦"地乱响。

"你现在感觉不到，是因为腰背的肌肉尚且能撑住，将来上了年纪怎么办？"长庚双手从他后背肩胛骨上重重地捋过，揉捏起他僵硬的肩膀。

沈易每每多说一句，都要被顾昀甩脸色，可是同样的话换成长庚说，顾昀却没有一点不快，懒洋洋地半合上眼听着。军中一切从简，哪怕是安定侯也没什么特权，帐内只有一张行军床，一盏吊在床头的汽灯，灯光昏暗，半遮半掩地笼着两个人。

长庚："疼吗？"

顾昀摇摇头，慢吞吞地低声道："你这批东西送来，风声必然已经传出去了，西域联军那群乌合之众本来就各怀鬼胎，人人都在打自己的小算盘，眼下西洋人已经支撑不了无条件提供给他们火机钢甲了，过不了几天，准有背信弃义偷偷向我投诚的……噗，你等等。"

捏他的肩背时顾昀没反应，但长庚的手指刚顺着他的脊柱往下一捋到肋下附近，顾昀突然整个人一绷，笑了起来。"痒。"

长庚的手指吃着劲，几乎卡进了他骨肉中，无奈道："这么大手劲也能痒，你分得清疼和痒吗？"

"分明是你手艺不行。"顾昀抱怨了一声，"不过他们投诚不会太真诚，这帮孙子两面三刀的事干得太多了，不打服了下回还得弄得我们后院起火。我打算除夕夜里出兵，先揍一顿当年夜饭再说。"

长庚一手按住顾昀的肩，另一只手竖过来，用手肘沿着顾昀的脊梁骨往下按。"嘉峪关的玄铁营兵力够吗？"

"不够也得……"顾昀整个后背都弓起来了，"哈哈哈，别，不按了，不按了。"

长庚没听他那套，用胳膊肘压着他，将他脊椎两侧从头到尾捋了两遍，这才微微停了停。

顾昀笑得肚子疼，眼泪都快下来了，好不容易喘了两口气，才续上方才的话："也……也差不多，给试探着投诚的回信，事先约好，只要他们滚远点，我们就不动手。到时候先偷袭，然后重甲压上，声势弄大一点，以吓唬为主，吓唬走几个是几个，剩下的挨个收拾。"

长庚微微活动了一下手指，笑道："不怕别人说你言而无信，背信弃义？"

顾昀漫不经心道："一帮纳贡的从属国造反，儿子打老子，怎么没见他们守什么恩义……啊！你……你这赤脚大夫！"

长庚按住了他腰间的穴位，顾昀"嗷"一嗓子，活鱼似的弹了起来，"吭当"一声撞在了床板上。

长庚没办法，只好缩回手道："忍一忍，营中军医没给你按过吧？"

顾昀："嗯，我想想……"

"别想了，没人按得住你。"长庚站起来，将手指换成手掌，一条腿跪在他身侧，"那我轻一点试试。"

这回长庚换指为掌，手掌一点一点加力，用掌心以下的地方贴着穴位附近，由轻到重地逐渐加力。顾昀一点也不知道配合，长庚掌下力量越大，他腰腹间的肌肉就越是较劲似的紧绷，单衣下腰线痕迹分外清晰。长庚一瞬间有些恍神，有种自己两只手便能将他的腰拢过来的错觉，本来没什么邪念的心陡然哆嗦了一下，毫无预兆地开始狂跳，手上的动作也不由自主地轻了下来，给顾昀换了另一种痒法。

这回不至于让他弹起来，却有一层说不清道不明的东西顺着长庚的手流了上去，顾昀尴尬万分地回身抓住长庚的手道："好了。"

长庚一惊，心血全往上涌去，脖颈处红成了一片。

顾昀干咳一声，问道："你呢？什么时候回京？"

长庚不错眼珠地盯着他道："……我想过完十六再走。"

顾昀："……"

这话说得太窝心了。

顾昀出了会儿神，低声道："你还是别在这儿待那么长时间了。"

长庚别开视线，带着几分赧然道："嗯，只是随便说说，虽然烽火票让国库缓过一口气来，但朝中还有不少悬而未决的事，我还是……"

"你人在这里，太消磨志气。"顾昀严肃地打断他道，"本帅的志气。"

长庚："……"

顾昀伸手将长庚往下一拉，长庚单膝跪在床边，一时不防，被他一把拽了下去，险些砸在顾昀胸口上。

顾昀伸手插进他的头发，扣住他的后脑，忽然说道："你那烽火票的事我听说了。"

长庚瞳孔微缩了一下，顾昀却在一顿之后，只字未提他为了排除异己编排出的一场大案，只嘱咐道："回家在门缝床底下找找，看还能不能搜罗出几两银子，也买一点，将来你皇兄也不必还钱，赏个养老的庄子就是了。"

长庚心绪起伏一番，忍不住脱口问道："要庄子做什么用？"

"等把洋人都轰出去，打到天下太平，我就不打了。"顾昀轻轻卷着他的发梢，低声道，"我前一阵子想好了，到时候将玄铁营一拆为三，鹰、甲、骑各自掌三分之一的帅印，以后既能互相配合又能互相牵制……玄铁虎符还是还回兵部。这一战以后，不光是大梁，四境外的外邦也得剥层皮，换一辈人，三五十年的安稳总归是没问题的。反正你皇兄看我也别扭，我也不伺候他了，以后的事，让后人去愁，找个山清水秀的庄子做……嗯，那个聘礼。"

长庚听了半晌没言语，眼睛在汽灯光的照射下竟似有泪痕一闪而过。"你上次不是这么说的。"

顾昀："嗯？"

长庚："你上次说让我别怕，跟了你，以后对我好……也作数吗？"

顾昀一口否认："我什么时候说过这种混账话？"

长庚毫不留情地翻旧账："去年正月在侯府，在你房中，你扒我衣服时说的。"

顾昀大窘："我那个是……我……"

长庚肩头垮塌下去，忍无可忍地避开了他的目光。

我的将军。他心里的怆然无从吐露，历代名将有几个能安安稳稳地解甲归田？这话不是戳我的心吗？

顾昀沉默片刻，这胸口比海宽的男人好像总是在刚刚好的时候突然长出心来，听见那些不曾出声的话。他一翻身搂住长庚的后背，越过那年轻人的肩头，落在汽灯微弱的荧光上，有一下没一下地拍着长庚。

顾昀心里有一角塌了下去，腾出了一块最柔软的地方，他想温一壶酒。

汽灯幽幽的，像上古传说中安魂的长明灯，长庚连日赶路累惨了，没一会儿就迷糊了过去。顾昀只是略微打了个盹，刚过四更天，他便披衣而起——倘若不是长庚来了，他这些日子基本也是连轴转的。

京城中辎重清点情况，饷银如何分配，紫流金还有多少，怎么分布兵力怎么打……诸多种种安排都要主帅过目。别看他嘴里将"挑拨离间"之计说得简明扼要，可真功夫还在细节处，阵前多一分准备便多一分胜算——虽然顾大帅的笛声杀伤力极强，可围城千军万马，若只靠"西北一枝花"刷脸和"魔音穿耳"两招退敌，手段未免太过单一。

顾昀低头打量了已经熟睡的长庚一眼，见他果然如陈姑娘所言，睡得并不安稳。别人是日有所思，才会夜有所梦，长庚却是无论睡前有多开心的事，闭上眼都没有好梦等着。这会儿，他的眉心已经皱成了一团，关外的雪月下脸色显得惨白，手指无意识地收紧，像是抓着根救命稻草似的揪着顾昀的一角衣服。

乌尔骨是一种极耗神志的毒，醒着的时候尚能凭着意志压抑一二，睡着以后却会变本加厉地反噬，总是睡不够的顾昀想象了一下都觉得毛骨悚然。他试着将自己的衣角往外抽了一下，抽不出来。长庚仿佛被这动静惊动了似的，攥得更紧，脸上甚至闪过一点说不出的厉色。

军营重地，顾昀不便断着袖出去与手下商议军情，只好叹了口气，伸长胳膊将长庚外衣上的荷包解下来，从旁边够了个杯子过来，将安神散倒了一点在杯底，压实后点了。

浓郁的安神散味立刻在帐中弥漫开，顾昀将杯子放在枕边，俯身在长庚额上轻轻亲了一下。长庚可能是醒了，又没有完全醒，迷迷糊糊间似乎也知道是谁在身边，脸上痛苦的神色终于稍减，总算松了手。

顾昀有些忧虑地看了他一眼，披着夜色出门了。

这个年关凄凉极了，除夕夜里，关内传来寂寥的鞭炮声，寒风扫过，只见红纸屑随风飞舞似彩蝶，远近却不见点爆竹的顽童。就算是京城，起鸢楼已经塌了半边，往年达官贵人们一掷千金争抢的红头鸢也都不见了踪影。

大批的流民过江而来，冻死了一批，又饿死了一批，易子而食之事时有发生。

各地政府一开始不肯开仓放粮，年前长庚曾亲自领钦差职，一边为了烽火票一事游走各大商会之间，一边又转手借了钟老将军一队兵力，沿途办了一批囤粮不发的奸商与佞臣，以雷霆手段杀鸡儆猴，这才让充斥街头巷尾的流民们有了个可以领稀粥的地方。

不管是小康人家，还是贫苦农民，几百年、数代人不舍得吃不舍得穿攒下的一点家底，不过一年半载，都毁于一旦。想来人世间沧桑起伏如疾风骤雨，身外之物终是生不带来，死不带去，殚精竭虑，原也都是尽人事听天命的虚妄。

嘉峪关的玄铁营照例准备了三车烟花，预备给即将到来的隆安八年添些彩头，除夕夜里，城楼上挂起了灯笼，守卫也显得格外漫不经心。

一个贼头贼脑的西域斥候身披枯草皮，偷偷潜入嘉峪关外，在千里眼后面偷窥了嘉峪关一整天，只见玄铁营的城关守卫这一天都显得十分松散，平日里站得标枪一样的岗哨卫兵少了一半，有不停抓耳挠腮的，有左顾右盼的，还有不停地回头看，好像在期待着什么的……这种心不在焉过了一会儿得到了解释，原来是一批家信从最近的驿站送来。透过千里眼，西域斥候看见这天传令兵直接登上城门，很多收到信的人当场就拆了起来。

每日巡防的轻骑只出现了一次，不远不近敷衍地转了一圈就回去了。

玄铁营也是人，一年到头，也总有那么几个特别的日子牵动他们的心肠。

自从大梁京城来使，整个西域联军都紧张了起来，日夜派人盯着嘉峪关驻地。一直等到嘉峪关城楼上放起烟花，中原百姓们的鞭炮声若隐若现地响起来，眼看着是要过个安静年的意思，这天值班的斥候才谨慎地确定玄铁营确实没动静，悄无声息地召集手下撤回去了。

就在他们动身离开之后，不远处一块小山包上的"巨石"忽然抖动了一下，自中间往两边分开——那竟是一部玄鹰甲。

玄鹰的双翼背部被涂成了与周遭灰石头一般的颜色，甚至还以工笔细细地勾勒了纹路，乍一看简直能以假乱真。他一直等着那潜伏的西域斥候跑远，才悄无声息地直冲向天空，一丝单薄的白雾刀刃似的划过夜空，倏地便不见了踪影。

是夜，在烟花掩映处，嘉峪关处的玄铁营分三路而行，融入夜色中。

城墙上的灯笼高挂夜空，分明是个红红火火的热闹模样，长长的灯影映照在千年古城墙上，却有说不出的孤高苍凉。

京城事务堆积如山，长庚只来得及与顾昀匆匆一叙，年前就不得不开始启程往回走，除夕夜里他刚好行至关内的伤兵所，陈轻絮早已经收到消息，手持木鸟，在伤兵所门口等着他。

时隔半年再相见，两人间没有一点尴尬，好像陈轻絮没有反对过长庚接管临渊木牌，长庚也没有偷偷换过她的字条。临渊木牌已经交出，她对同伴们的选择再保留意见，此时也须得服从木牌调动。

"殿下不要再往里走了，"一个随行侍卫小声道，"没几个全胳膊全腿的，看了让人心情不好。"

"你只是看了人家一眼，心情都觉得不好，那些断胳膊断腿的呢？"长庚扫了他一眼，那侍卫臊得满脸通红。

"我来给弟兄们拜个年，"长庚转头对陈轻絮道，"朝廷封赏与抚恤金一并发下去，算作年礼……正好在这儿等一会儿。"

陈轻絮："等什么？"

"捷报。"长庚道，"第一道捷报，我正好顺路带回去，着军机处讨论下一步对西域诸国分化打压的政策。"

　　陈轻絮细细打量了一下长庚的脸色，说道："我听说殿下这一路马不停蹄，先是南下江北整顿运河沿岸酷吏奸商，又回京调度户部与灵枢院，不计代价地赶在年关前来西北，接连奔波，至今没有休息，但是好像气色还不错？"

　　这件事挺离奇的，她离京的时候，长庚身上的乌尔骨几乎到了无法收拾的地步，本以为他这半年多又劳神又费力，不知到了哪步光景，接到临渊木鸟时，陈轻絮心里几乎有点忐忑，唯恐从他眼睛里看见那点不祥的红光。

　　谁知长庚的脸色比她想象中好太多，雁亲王身上那种"天塌地陷我自宁静"的状态似乎又回来了。跟他随着钟老将军两袖清风、浪迹江湖时的那几年差不多。

　　可是好像又有一点不同，他仿佛不像以前那样寡淡得十分刻意，也不缺烟火气了。

　　"跑几趟腿而已，不至于的。"长庚浑不在意道，"都说是万事开头难，其实我倒觉得开头未必是最难的。你看如今朝中上下都到了得破釜沉舟的地步，我干得再不行，顶多也就是再被洋人兵围一次京城，不可能更坏了——亡国这事，一回生二回熟，朝中诸公估计也习惯了，不会太怪罪我。"

　　"……殿下这心胸真是近朱者赤，得了几分侯爷真传。"陈轻絮隐晦地把万事不走心的顾昀拖出来鞭了一次尸。鞭尸完毕，她仔细回味了一下，又觉得也有几分道理，故而又道："不错，有时候比起重整河山，盛极之后衰落的下坡路的确更难接受。"

　　"那就碍不着我的事了。"长庚带着几分随意的态度对她说道，"子熹幼年时身体底子不好，须得尽早调养。要是不打仗，他在玄铁营里也待不了几年了，他要是走，我就跟他走。"

　　陈轻絮："……"

她花了好一会儿工夫才反应过来这个"子熹"指的是谁，微微睁大了眼睛。

老皇帝不靠谱，软弱了一辈子，看着临死前才认回的小儿子，知道自己已经是条行将就木的老狗，再也无力保护他了，于是挣扎着出了个馊主意——让外姓人顾昀做他的义父，却不正式过继，赐此子"李"姓，让他顾不顾、李不李，稀里糊涂地活在京城，在他野心勃勃的哥哥们刀下留一条稀里糊涂的小命。

此事不合礼法到了匪夷所思的地步，正如长庚的存在，先帝和了一辈子稀泥，到死仍只会这一手。

顾昀统共比长庚大不了几岁，先前做他义父，只是个临时的保护者，及至长庚成年袭雁北郡王爵，这荒诞的口头关系自然就没有了。及至战时临危受命，变成雁王，更已经是一人之下，万人之上，仍唤顾昀作"义父"，一方面是旧情分，另一方面，也算是变相保持自己"名不正言不顺"的姿态，以示与世无争。

他此时突然变称呼，到底是……

长庚这好似漫不经心的一句话，给她吃了一颗定心丸。

西北边境纵然天高皇帝远，但雁王殿下在朝中翻云覆雨的手段她还是略有耳闻的。陈轻絮感佩之余，也不得不生出几分他将来会为权势所绊的忧虑来——她并非信不过长庚的人品，可是乌尔骨始终如一片驱不散的乌云，三年五年，他尚且能固守本心，十年八年呢？权力与毒会不会加速侵蚀他的神志？到时候他手握临渊木牌，权势滔天，谁还能阻止他？直到听了这句话，她才略放下心来——无论如何，只要安定侯好好的，这世上便总有人能牵制住他，拉他一把。

这么一想，陈轻絮有些暗自庆幸，多亏临渊木牌没有受她那一票反对的影响，最终还是交到了长庚手里，否则大梁真的不一定能在短短半年内缓过这一口气来。

这一口气，在除夕夜里终于缓缓攒成了气吞山河的势——玄铁营兵分三路，奇袭西域联军驻地。

西域联军与嘉峪关对峙良久，好一阵子没接到洋人补给，自己技术不行，钢甲战车坏了根本不会修，环视周遭，盟友都是一言难尽的蠢货，完全指望不上，早就各自萌生退意。

十六国联军当天收到斥候报，说玄铁营毫无动静，因此放下心来。守卫都在闲逛，各国统帅正毫无准备地凑在一起专心吵架，整个驻地一片黑灯瞎火，黑乌鸦突如其来地从天而降。好多人裤子都没套上就仓皇应战，被来势汹汹的玄铁营狂风卷落叶似的掀过。

有个离得远的小国见势不好，飞快地算计了一下自己那没什么家底的国力，国王和统帅当机立断，首先率众跑了。

这一跑，像是发了个信号，联军整个哗然，正一发不可收拾时，玄鹰从天上扔下了一大堆复制的书信，纸钱似的撒得到处都是——之前有几个西域小国国主意意思思与顾昀暗通款曲，写了几封暧昧不明的亲笔信，此时被翻脸不认人的安定侯拓下来印了一堆，当空糊下来，配合最早一批逃跑先锋，显得格外有震撼力。

还不等那几个两面三刀的西域小国气急败坏地跟盟友赌誓，天上便传来大梁铜吼那山呼海啸的动静。

有个伶牙俐齿的玄鹰先后用大梁官话和西域各国通用语大声将几个叛变的小国家点了一回，然后悍然宣布道："尔等既已臣服，便自行缴械退到一边，倘若刀剑无眼误伤友军，玄铁营概不负责！"

西域联军整个炸了，这种时候谁有闲暇停下来仔细阅读分析纸上的是非曲直，匆匆扫一眼开头结尾，见那称呼肉麻，态度谦卑，先当是确凿的证据信了八九分。西域各国的队伍都乱了套，外有强敌，内有叛徒，撞上谁都不像好人，当下不分敌我地战成一团。

那是隆安八年，正月初一，交子方过，辞旧迎新。

蛰伏退守的玄铁营在主帅回归后，终于露出了压抑大半年之久的獠牙，铁剑咆哮着向西，切瓜砍菜一般地从西域联军驻地上席卷而过。

联军大败，四散奔逃，一宿之间，他们见识了当年三十铁骑便能横扫十八部落的玄铁营真正的战斗力。

初二，一伙西域残兵败将且战且退，玄鹰生擒十六国联军之首的龟兹国王。

与此同时，捷报传到关内伤兵所。

这是自半壁江山沉沦后，大梁真正意义上的第一道捷报，整个伤兵所都沸腾了，无论是一众缺胳膊少腿的西北伤兵，还是雁亲王体体面面的随侍，全都不分彼此地抱头痛哭成一团。

长庚重重地舒了口气，本想张口吩咐下人立刻准备回京，谁知叫了一声，竟没人顾得上理他，只好无奈摇头，取了块手帕递给一边无声无息掉眼泪的陈轻絮。

这一天他们等了太久，风雨飘摇中大厦将倾，然而只要那根磐石梁柱未倒，玄铁军威风骨未折，便总有将这破败河山收拾起来的一天。

年初四，西域联军溃退至古丝路入口处，行踪消息被俘虏来的汉人奴隶泄露，遭遇了楼兰人的伏击——西域联军进犯大梁时，曾一举占领楼兰，杀了老国王，年轻的酒鬼王子被迫流亡异地，此时终于有机会大仇得报，简直杀红了眼。

至此，联军再受重创，已然是溃不成军。

破五当天，玄铁营锐不可当地收复古丝路二十七处关隘，直接出兵攻入昔日的万国驻地，将尚来不及撤走的一干洋人全部俘虏。

肆

沈易跑到营帐中报道："大帅，西域那帮龟孙子缩了，递书和谈，怕跟他们那些衣食父母的洋爹交代不过去，想用他们之前抓走的汉人换俘，你看……"

顾昀一口答应："换！"

此言一出，帅帐内一片哗然，"大帅三思"此起彼伏。

沈易吃了一惊："大帅，战报尚未上传朝廷，这批俘虏里不乏番邦要员，擅自处理了……这妥当吗？"

顾昀打断他："若玄铁营当时未曾退走，这些百姓此时应该还在自己国境之内，哪怕沦为流民，至少还能排队领碗粥喝，不会无缘无故被抓走被当畜生折辱……我不是指责诸位，当时撤军令也是雁……是我让人传的。玄铁营得以保存，方有如今这场胜仗，被俘受辱同胞之功还在我等之上，慢待谁也不能慢待功臣。"

这话一出，帐内鸦雀无声，再没有人提出异议了，不过他们很快发现，顾昀原来也没打算"擅自"处置战俘。

双方于约定之地、约定时日将各自俘虏换回，然而就在西域联军打算灰溜溜地离开时，一个轻裘玄骑突然拿了一根没有箭尖的木头箭杆，回手往旁边人的胸口轻轻一戳，那人胸口早加好了鸡血袋，一戳就破，远远看去，"鲜血横流"，像是中了一箭一样。

"中箭"的那位十分敬业，在原地前后左右晃了一圈，才安心进入装死到底的环节。

顾昀面对着目瞪口呆的敌人，冷酷无情地一声令下："这些猪狗不如的东西背信弃义有瘾，以换俘为名，竟放暗箭偷袭我军，将他们拿下！"

前面充门面的轻骑倏地散开，几十个重甲越众而出，顾昀的话音没落，重炮已经响了。

顾昀少年平西域叛乱的时候初出茅庐，还没有这样无耻，后来古丝路开通，双方互通友好时，安定侯一直都自持大国风度，约束属下，对外总是一派"仁义礼智信"的儒将风度。

谁知道他竟能当面指鹿为马，颠倒黑白，睁眼说瞎话！

说好来换俘的西域联军同万国俘虏一起惊呆了，尚来不及愤而反抗，埋伏的玄鹰从天而降，截断后路，当空一箭横削，将放了一半的信号弹打哑火了，三下五除二便将他们收拾了。

顾昀这才转头对沈易道："我就借用了一下战俘钓鱼，也不能算是'擅自处置'吧？"

沈易："……"

被西域联军抓去的中原俘虏大部分是千里迢迢来讨生活的商人，当初一念之差，没有跟着杜财神退走，以致落到了这种境地。这些人中有自己做小本买卖的，也有跟着商队混饭吃的，男女老少加在一起，总共还剩下三十多人——其他都已经死在了西域人手中。

当天夜里，这些被百般折辱、当牛做马的中原人终于在玄铁营的护送下，彼此搀扶着回到了自己的国境内。离古丝路关口还有十来丈远，尚不及通关，也不知是谁先带头跪下，以头抢地，痛哭不止，丝路入口处哀声一片，过往孤鸿不忍听。

顾昀摆摆手，令护送的将士停下来不要催促，默默地等在一边。

这些俘虏中，只有一个人没哭，那男人有三十来岁，文质彬彬的，是个读书人的模样，身边带着个十六七岁的少年，径自来到顾昀面前，也不僭越，隔着一水亲兵，远远地站定。

一个亲兵在顾昀耳边道："大帅，我路上听人说，好像就是这书生将被西域人掳去的难民归拢到一起，还设计泄露了西域狗贼的行踪，让楼兰王子有机会偷袭。"

顾昀略一点头，便见那书生已经带着身边的少年跪了下来。顾昀对外虽然刚耍完流氓，对这些人却不敢有一点轻慢，忙叫人去扶，说道："先生不必这样，快请起，怎么称呼？"

那书生不肯站起来，沉声道："大帅，草民姓白名初，是个久试不第的穷书生，没出息得很，因父母早亡，家境贫寒，便绝了科举之心，去年带着幼弟来古丝路给人写写算算讨生活，不料遭此大难。白某虽不才，亦是圣人门下，知道'不辱先，不辱身，不辱理色、不辱辞令'乃士之节的道理，然而情势所迫，落入敌手，为苟全性命，被那些狗贼肆意侮辱，施以宫刑……"

顾昀一时不知该说什么好，亲自越众上前，来到那兄弟二人面前，沉声道："是我们来迟了。"

白初道："苟延残喘到如今，不过是想亲眼得见王师收复失地。"

顾昀肃然拱手道："先生之功赫赫，我定会上报朝廷。"

白初低低地笑了笑："残破之身怎敢居功，只是草民有个不情之请。"

顾昀："请说。"

白初道："我有一幼弟名正，年方十六，不及加冠成人，君子六艺虽大多不行，但骑射之术尚可。草民知道玄铁营乃是国之利器，将士们个个都是精锐，以他的资质原是不配的，只求能让他当个跑腿侍奉的小厮之流，跟在大帅鞍前马后调教几年，日后高堂在天有灵，叫他长成个顶天立地的男子汉。"

顾昀看了一眼那少年，见他长得虎头虎脑，也不插话，径自在旁边红着眼圈抹眼泪，便暗叹一声："先生快快请起，这都是小事……"

白初按着那少年脑袋上前几步，逼他跪在顾昀面前。"给大帅磕头。"

少年是个心眼实在的孩子，让磕头就玩命磕头，一点虚的都没有，脚下的石砖地让他磕得直震，顾昀无奈，只好弯下腰要将他扶起来，可他刚一碰到那少年双肩，便是一怔，只觉那孩子双肩不住颤抖，不像激动，倒像……恐惧。

几个念头突然从顾昀心里闪过——

西域联军在古丝路处因行踪泄露而遇袭，损失惨重，怎会不震怒？

那么他们便会拿这些嫌疑甚重的中原俘虏开刀，别人先放一边，但领头的那个无论是否与这事有关系，绝对少不了被牵连，敌人才不会管这其中有没有冤情，也根本不必有证据，只消一点怀疑就不会留下他性命。

这次换俘，放回一些老弱病残就算了，怎会把这个白初也放回来？

方才他就隐约觉得不对劲，可是那白初和着数十人大放悲声的背景说出那样一番话，他心里一时又激荡又愧疚，没来得及深究！

顾昀一警觉，当即后退，就在这时，只听一声大吼，那"白初"整个人胀大了一圈，清瘦的脸撑圆了，皮肤寸寸皴裂——他脸上竟掉下一张撕裂了的人皮面具来。

"大帅！"

一具玄铁重甲毫不犹豫地扑过来，一把抱住顾昀，错步间转身以三层钢板的后背为盾护住他——

"轰"一声巨响，那"白初"整个人炸了，巨大的火浪席卷四方，伏地的少年当场尸首分离，顾昀耳朵里"嗡"一声，一阵尖锐的刺痛袭来，后背重重地砸在地上，眼前一黑。

奉命断后的沈易听见巨响，回头一看，吓得肺都快喷出来了，当时就要过去。

可沈将军沉浮边疆多年，毕竟已经不再是当年灵枢院里的意气书生了，胯下神骏方才摆头一动，沈易已经回过神来，紧紧地将马缰拽住，第一时间撮唇做长哨："玄骑不要乱，玄鹰去探敌军异动，传我令……"

可他话没有说完，一个玄鹰斥候倏地落在了他面前："报！大帅！"

"等等，大帅腾不开身，"沈易拦住他，"怎么回事？先跟我说就行。"

那玄鹰斥候飞快道："沈将军，西域十六国撤回国内后，重整旗鼓，纠集各国国内保存的战车共十八辆，正往我方驻地行进，恐是要反扑……"

沈易沉声道："多少人？"

"若不算车，从天上看，甲与骑兵有三四万……"

"沈将军！"顾昀的一个亲卫连滚带爬地跑过来，沈易蓦地扭过头去，险些抻着脖筋，头皮一阵一阵地发麻。他简直不敢想象，倘若顾昀真有个三长两短，他们怎么守住古丝路入口的二十七处关隘。

难道再退一次吗？

那亲兵急喘了口气道："大帅令你立斩龟兹国国王于两军阵前，将人头挂在旗杆上，破釜沉舟，玄铁营不留一兵一卒守城，直接出兵迎敌！"

沈易才听了前半句，一颗卡在嗓子里的心重重跌落回腹中，乃至后半句几乎没听清，破天荒地又让那神经紧绷的亲兵重复了一遍，这才扬声喝道："叛……喀，叛军是强弩之末，秋后的蚂蚱最后一蹦了，听我号令，备战！"

爆炸发生的一瞬间，顾昀被身边一个重甲以身护住了。

那玄甲将士当场身首分离，顾昀短暂地晕过去片刻，被震出了一口血，一只耳朵直接就听不见了。醒来后顾昀顾不上其他，第一反应就是敌人要借此机会反扑——西域各国两次叛乱，与大梁的深仇大恨一两代人之内是解不开了，眼下被一日千里的玄铁营所慑，终于知道怕了，这大概会是他们的最后一击。

何荣辉肝胆俱裂地将顾昀从重甲下拖出来，顾昀半个身体都是血，有他自己的，也有别人的，电光石火间，他周身潜力爆发，心下起伏了无数个念头，一把抓住何荣辉的胳膊，将"斩俘迎战"的命令传出去，而后他仿佛烧尽了最后一点力气，断断续续地道："一干军务现由沈……季平暂代本帅职，不可声张……"

何荣辉差点哭了。

顾昀耳畔嗡嗡乱响，一时什么都听不清楚，喃喃道："封锁消息……今日之事，胆敢泄露一个……一个字，军法处置……去伤兵所请陈姑娘来……嗯……"

顾昀说到这儿，胸口一阵剧痛，旧伤显然还没来得及好利索，此时又添了新彩，眼前一阵一阵发黑，他却还在操心。"慢……慢着！让传令兵一定确保雁王车驾离开后，再去叫陈姑娘，先不要告诉她这里出了什么事，秘密请来，务必……"

他说不下去了，拽着何荣辉的手一时无力地垂下，何荣辉当场吓了个半死，哆哆嗦嗦地伸手去探他的鼻息——虽然微弱，但还在。何将军这才捯气似的喘了几口，弯腰把晕过去的顾昀抱起来。

沈易远远地与红着眼的何荣辉对视了一眼，打了声呼哨，怒吼道："斩龟兹国王，兄弟们，随我踏平叛贼！"

西域联军自知拼不过玄铁营，仓皇撤退途中便合计出了一条毒计，安排精通易容的西域死士暗算顾昀，此时听见爆炸声，还以为得手，精神大振，正打算一举拿下丝路口，谁知还未追至古丝路大关，便正面遭遇了全部出动的玄铁营。

那一声爆炸似乎彻底激怒了这群黑压压的铁战神，龟兹国统帅本以为逼退玄铁营便可以迎回国王，不料一抬头见国王的脑袋高悬旗杆上，跟旌旗一起荡悠悠，活像一把打了结的寒碜流苏，龟兹统帅"啊"一声直接跌下马去。

为首的玄铁将军脸上扣着铁面罩，黑压压的玄铁轻重甲下根本分不出谁是谁，仿佛怕敌阵看不清旗上挂了个什么，那将军在猎猎风中一摆手，一个轻骑回手将割风刃卷成了一朵可怖的花，割断了旗杆上一根绳子。龟兹国王人头落地，一路滚到两军阵前。龟兹国统帅连滚带爬地扑过去，抱住国王的人头，与那光溜溜的一颗脑袋大眼瞪小眼片刻，终于忍不住"嗷"一嗓子，在两军阵前号起丧来。

这一嗓子仿佛是玄铁营的号角，下一刻，重甲整体动了，玄铁营的主帅身披轻裘，端坐马背上，将手中割风刃举起，霍然下劈，方才鸦雀无声的两万黑乌鸦人与马一同举步，将喊杀声压抑在那隆隆的脚步声里。

西域官兵大骇，除了顾昀，玄铁营中哪个将领敢做主先斩后奏，直接杀龟兹国王？

难道顾昀竟然没死？看这架势，他们非但没能炸死顾昀，反而激怒了玄铁营。

这一宿，沙海披血，玄铁重甲对上西域战车，退敌于古丝路外二十里。西域联军反击不成，再次溃散，玄铁营一路穷凶极恶地追杀至西域诸国境内，斩敌首近万，屠尽龟兹贵族。

而西北伤兵所里，陈轻絮才刚把带着捷报回京的雁王车队送走，没来得及从喜极而泣的激动中回过味来，两个玄鹰就直接闯了进来道："陈姑娘，大帅请您去一趟。"

顾昀再次醒来的时候，是有人要强行掰开他的嘴喂药。

他什么也听不清，轻喘了一口气，感觉心肺烧着了似的一阵剧痛，生生要把眼泪疼出来，他尚没完全清醒，迷迷糊糊地想道："这是快死了吗？"

这念头甫一冒出，顾昀便狠狠地咬住牙。

不行，他心道，加莱荧惑还活着，江南尚在沦陷，我死不瞑目。

这股子狠劲仿佛一剂鸡血，直接从他心口打进去，顾昀一激灵，倏地醒了过来。正给他喂药的沈易撬不开他的牙关，急出了一身冷汗，此时突然感觉顾昀牙关一松，竟能自己吞咽，顿时大喜过望，连声叫道："子熹！子熹你睁眼看看我。"

陈轻絮忙道："醒了能进药就没事了，沈将军，你别哆嗦，呛着他了，给我！"

顾昀没让西域死士炸死，谁知让姓沈的一碗汤药给灌了个九死一生，不知从哪儿攒了一点力气，挣扎着要推开那祸害。他这一动，整个帅帐都沸腾了，一大帮五大三粗的汉子嗷嗷哭叫，七手八脚地都想上去帮忙。

陈轻絮忍无可忍地吼道："够了！都给我出去！"

顾昀敏锐地嗅到了一股女子身上的香味，知道是陈轻絮来了，微微偏了一下头，避开送到嘴边的药碗，吃力地睁开眼。

陈轻絮知道他在担心什么，忙在他掌心写道："雁王已经回京了，他不知道。"

顾昀苍白的嘴角微微弯了一下，似乎是笑了，勉强将药喝下去，精神又涣散了。

顾昀震伤了肺腑，加上旧伤复发，反反复复地烧了一宿，"死不瞑目"

四个字磐石似的撑着他，第二天，他便让人叹为观止地爬了起来，汤药如水似的灌下去，紧接着便把手下将军全都叫来，听了一遍战报。

等这边散会，陈轻絮将一碗药端到他面前，顾昀接过来一饮而尽，不知这回是撞伤了脑袋还是巨响伤了耳朵，他本来就靠药物维系的耳畔一直嗡嗡的。

放下空碗，顾昀第一句话便问道："雁王几时走的？"

陈轻絮惜字如金道："初三一早。"

顾昀松了口气——西域一线尽在他掌控中，只要长庚已经走了，那此事就绝不会有一个字传到京城中。至此，公与私两件事他都放下心来，顾昀自动将此事算作虚惊一场，冲陈轻絮一笑，自嘲道："最近我有些忘形，一时不察，现眼了，见笑。"

陈轻絮没有笑，反而拉过一把椅子坐下，做出要长谈的架势。"侯爷，我有几句话同你交代。"

有些大夫是气急败坏型的，病人但凡有任何一点不配合，都要叽嘹暴跳一番；还有些大夫是放羊型的——你找我来我管治，不愿意治拉倒，不勉强，爱作不作，爱死不死。

陈轻絮无疑属于后者，无论顾昀夹钢板上前线，还是一再一意孤行地加重用药剂量，她都没说过什么，极少这样正色。

顾昀："陈姑娘请。"

陈轻絮斟酌片刻，说道："人身上的任何一个地方都并非单打独斗，耳目也都连着脏器，侯爷幼年毒伤的后患一直延续至今，而此番战役又接连伤筋动骨，使肺腑震荡，五脏不安——西域之乱既然已经压下去了，以我之见，大帅最好借着押送战俘之机，回京休整一二，否则……"

顾昀了然。"总有一天，什么灵丹妙药也治不了我了对吗？"

陈轻絮脸上没什么异色，点头道："侯爷自己的身体，想必心里是有数的。"

顾昀"嗯"了一声，好半天没吭声。

人在二三十岁的时候，是很难感觉到岁月流逝带来的"老"与"病"的，偶尔身上不得劲，一般也不会往严重的地方想，没有切身的感受，旁人"珍重""保重"之类的叮嘱大抵是耳边风，有太多东西排在这副臭皮囊前面了，名与利、忠与义、家国与职责……甚至风花雪月、爱恨情仇。

顾昀也未能免俗。

他原来总觉得自己的归宿就是埋骨边疆、死于山河，他把自己当成一把烟花，放完了，也就算全了顾家满门忠烈的名声。可是事到临头，凭空冒出了一个长庚，一巴掌将他既定的轨迹推离了原来的方向，叫他忍不住心生妄念，想求更多——比如在为社稷损耗过后，还剩下一点不残不病的年月，留给长庚。

倘若他早早死了，长庚一个人背负着那北蛮女人歹毒的诅咒，以后可怎么办呢？

万一有一天乌尔骨发作，他真的……那谁来照顾他？谁会管他？

陈轻絮不善言辞，本来担心自己拙嘴笨舌，说服不了顾昀，谁知还没等她打好腹稿，顾昀却忽然道："我知道了，多谢，以后也还请陈姑娘多多费心。现在这个局势，休养未必能成，但只要我不入宫面圣，边关没有紧急军情，那药能不用便尽量不用了，好不好？"

陈轻絮愣了愣，突然发现顾昀好像不一样了。

三代玄铁营传到顾昀手中，就是铁板一块，他一句话便是令行禁止、绝对权威。在顾昀的消息封锁下，京城只得到了西疆大捷的消息。

奉函公在朝堂上一边听一边哭，举国沸腾——连顾昀后来上书请罪，说自己阵前擅自杀龟兹国王的事都显得像细枝末节了。反正顾昀那活驴阵前手段强硬不是一天两天了，连李丰都觉得这很像是顾昀干得出来的事。

只有长庚对着那传到军机处的请罪折皱起眉。虽然说不清为什么，但他就是觉得里面别有隐情。可惜还没等他细想，送信的玄鹰特使便又拿出了另一封信道："王爷，这是侯爷交给您的家信。"

顾昀上一次给他写家信，还是刚刚前往古丝路的那两年，总共写过两封，还有一封是沈易代笔的。

长庚涵养功夫一流，当时平静地接信道谢，等特使一走，他便立刻挥退了两侧随侍的小太监，迫不及待地拆开。他手本来就巧，拆得又极为小心珍重，信封没有撕坏一点，拿出去还能当个完整的用。

刚一打开，里面先掉出了一小截压干的杏花。

顾昀活像沈易上身了，事无巨细地写了好多话，他本就嘴欠人损，描述起西域联军的熊样更是不吝坏水，敌军屁滚尿流之态简直如在眼前，倘若军机处还有人在，这会儿大概要惊悚了，谁见过淡然自若的雁亲王在案牍成山的桌案后自己笑得这么开怀？

而在结尾，顾昀又写道："关口有几株杏树，为战火牵累，焦灰大半，虫蚁不生，本以为早已死绝，一日归来，见枯木逢春，槁灰中又生花苞，可怜可爱。行伍之人多煞风景，讲什么惜花也是对牛弹琴，不如先下手为强，折一枝与你玩去……"

安定侯那能传世的行楷后面涂了一句，长庚依稀辨认出那是"愿来年早春能剪侯府几枝春梅"，后来大约是觉得议论未来事不祥，复又涂去，潇潇洒洒地写了个落款，不知是故意的还是巧合，他那落款处隐约留了个花枝的印记，端肃地横过那个"顾"字，单是看一眼那压了花痕的字，就能感觉到一股暗香扑面而来，说不出地风雅无双。

长庚被他闷骚了一脸。

这些世家公子哥无论平时看起来是粗是糙，还是不走心，这些吟风弄月的小手段个个都会，谁都有那么几招压箱底的。长庚不由得想起那次顾昀灌多了黄汤的那股雅痞劲，他倒不至于为了那些莫须有的风流韵事拈酸吃醋，反而觉得这样的顾昀怪可爱的。

长庚就着一碗凉茶，慢吞吞地把顾昀的家书从头到尾看了三四遍，恨不能将每一个字都拓在脑子里，闭着眼落笔能摹出一封一模一样的，这才将信纸和干花都收进荷包贴身放好。

随后他落笔在一边的纸上写了"世家"两个字，微微合上眼。

"雁亲王"三个字一出口，就是代表皇族的，值此国难当头之际，世家与皇族之间利益空前一致，只要他不出格，便不会有不长眼的跳出来跟他过不去，很多手头宽裕的世家甚至对烽火票表达了极大的支持，这回多多少少都出了一点银子……

那么下一步呢？

边关一旦动手，就是巨额的军费，流民还在源源不断地渡江，大梁境内人心惶惶，不事生产，那一点应急用的烽火票银很快就会见底，朝廷总不能靠借钱活着。改革田制、税制、民商制度等等，俱是迫在眉睫，随便动哪里都得伤筋动骨。届时，满朝上下的世家权贵都会是他的敌人。

长庚方才还带着温暖笑意的表情冷了下来，狼毫轻勾，在"世家"二字上打了个叉。

灯下年轻的亲王侧脸俊秀极了，也冷酷极了。

奉函公也好，葛胖小也好，陈姑娘……甚至顾昀，他们好像都觉得挑起大梁的那个人可以在大厦落成时将大梁轻轻撂下，拂衣而去。

但那怎么可能呢？

"权势"二字，在危亡之际从来都是一条你死我活的不归路。

几日后，西域诸国求和的消息传入京城，军机处奏请隆安皇帝后，紧急商量了一天，批复安定侯，须确保两件事：第一，让叛贼三五年内无翻身之力，省得他们对付洋人的时候这边后院起火；第二，要紫流金，越多越好，国库之危暂解，但大梁紫流金之困还未松口。四境之围之所以先从西边下手，玄铁营在此是一方面，另一方面也是为了以最快的速度解决紫流金问题。

其他大小事宜由安定侯自己酌情做主。

随后雁亲王便进宫面圣，将这一阶段的战事、烽火票的成果与李丰做一个简短的报告。

李丰掐指一算，几乎要震惊于烽火票的效果，忍不住道："怎么这么多？"

"这也不稀奇，朝中大人们急圣上之所急，愿意毁家纾难者不计其数，值此时节，岂有自保的道理？多少都尽了些力。"长庚先不慌不忙地拍了个马屁，又道，"至于民间——有道是'贾人夏则资皮，冬则资绨，旱则资舟，水则资车，以待乏也'，能成一方巨贾之人，大抵都不是只会追逐眼前蝇头微利的商贩。"

李丰沉吟片刻，问道："那按你的意思，他们打算从朕这里追逐到什么呢？"

长庚不假思索道："商人家财万贯，但也须得风里来雨里去，从某种程度上来看，比看老天爷脸色吃饭的农人强不了多少，有时候朝廷一条法令下去，就能让万贯家财倾家荡产，或是行商途中遇到强梁，身家性命都会不保。如今国难当头，以江南首富杜万全等人为首的一干商会巨贾挺身而出，一方面是为了报国，另一方面，又何尝不是想找皇兄当个靠山呢？"

奉承话李丰听得多了，没那么容易被打动，神色淡淡地看着话里有话的雁亲王。

长庚也不多卖关子，又趁热打铁道："眼下正是用钱之际，朝廷还打算发第二批烽火票，依皇兄看，是不是适当给这些商会领头人一点甜头，以鼓励更多人倾囊相助？"

李丰没吭声，用一种异样的眼神打量起长庚。

"真心实意"这种东西是有时效性的，过期不候。譬如京城被围困，隆安皇帝满腔悲愤与愧疚，恨不能一头撞死在先帝陵前，那时他是真打算传位给长庚。

也譬如眼下局势渐稳，他看长庚的角度也随着时日一起缓缓偏转，也偏得很是真心实意。

雁王李旻方才二十出头，放在寻常人家里，不过还是个刚刚开始学着挑梁过日子的毛头小子，他却在短短半年间一手将大梁危局缓和下来，此时静立西暖阁中，芝兰玉树、沉稳有度，让人说不出地……忌妒。

试想一代九五之尊，登基没几年，便先后被两场叛乱糊了一身官司，还闹出了"北大营哗变"这种滑天下之大稽的奇闻逸事，乃至最后被外族铁蹄染指山河，四方生民流离失所……而这一切在走过最低点之后，都在雁亲王上朝掌握军机处后开始慢慢好转，李丰心里会是什么滋味？

百年后史家该如何评价这段历史？

李丰真是一点也不想知道。

最重要的是，李旻——他的四皇弟，还那么年轻。

李丰心头横亘着一股阴郁，态度也跟着冷淡下来，不轻不重地说道："普天之下，莫非王土。他们既是大梁子民，为国为民，便是倾家荡产，难道不是分内之事吗？要朕许什么好处——那不真成了买官卖官了？成何体统！"

长庚极会察言观色，与李丰目光轻轻一接触，立刻就知道皇帝这毫无来由的冷漠是因为什么，心里虽在冷笑，脸上却露出一副不似作伪的震惊与不解。"皇……"

李丰不耐烦地打断他："行了！如何嘉奖深明大义的民间商人，回头让户部和礼部一起理出个分寸来，适可而止就是，不可荣宠太过。"

长庚摆出"闷闷不乐"的脸色，半晌，才不情不愿地道了声"是"。

李丰看了他一眼，忽然似有意似无意地提起："吏部尚书卫疏年事已高，昨儿夜里正好下雨，他早起赶着上朝，一不留神在自己家里摔了一跤，摔断了腿。朕派太医看过了，眼瞅着恐怕要不好，卫家已经向朕递了请辞告老的折子……这样一来，吏部尚书一职恐要空缺出来，阿旻你统领军机处，可有人选举荐？"

这是一句不甚高明的试探，但不高明不代表没效果。

对李丰这种生性多疑的人来说，无论长庚是顺水推舟地笼络自己人上位，还是答得过于滴水不漏，都不是李丰希望看见的，前者说明他野心太大，后者说明他处心积虑。

长庚先是一愣，随即本能地脱口道："什么？卫大人出事了？"

那模样竟像是真的一无所知。

这句话脱口说完，长庚仿佛"才回过神"，发觉自己答非所问，于是皱眉思索良久，对隆安皇帝焦头烂额地叹了口气："这……皇上恕罪，臣这一阵子每日围着这一点银子打转，实在也是无暇他顾，吏部的折子可能还没来得及看。这个……尚书一职至关重要，臣一时也想不出人选……"

李丰怀疑他在推脱。"不妨，你尽管说。"

长庚伸手按了按紧锁的眉心，顿了顿，答道："这样，不如皇兄在朝中公开考评，有能者居之？"

李丰："……"

这答案实在出乎意料，李丰被雁王不按常理办事的天马行空唬得一愣，几乎被他带跑了，脱口问道："怎么考？"

"譬如为官履历，有何政绩，多年来功劳几何，等等，都有记录。"长庚微微一顿，话音一转又接道，"还可以加上此人是否有担当、知大义等标准，比如是否认购过烽火票——说到这里，臣弟倒是想起个事，为着往后烽火票顺利推行，皇上能否将持有多少烽火票也纳入考评标准？这不算卖官鬻爵了吧？"

说了半天又被这小子兜回来了，李丰感觉倘若此时撬开雁王那俊俏的脑袋，里面的脑浆想必都结成元宝的形状了。

隆安皇帝哭笑不得道："你……混账话！"

长庚这回却没有顺竿爬地一味讨巧，低声告了罪，眉目间带上了一点遮掩不住的愁绪。

这么三言两语驴唇不对马嘴的对话，倒叫李丰心里的阴郁疑虑散了大半，也看得出雁亲王的心思真不在吏部。

无论如何，李丰心道，他也算是鞠躬尽瘁了。

这么一想，李丰神色稍霁，挥手对长庚道："算了，你先回去吧，让朕再想想。"

长庚应了一声，行礼告退，心知这一关算是过了。然而就在他将要退出西暖阁的时候，李丰忽然叫住了他。

"等等，阿旻，还有件事，"李丰和颜悦色地用拉家常的语气说道，"如今你年纪也不小了，总是一个人独来独往也太不像话，总该成家立业了。"

长庚心里狠狠地一跳。

李丰亲切地说道："方大学士的嫡孙女年方十七，正待字闺中，我听说此女早有贤名，书香门第出来的姑娘，教养想必也好，出身也不算辱没你，可堪佳偶。你大嫂听说，很想替你张罗一二，我多嘴问一句，若你中意，皇兄替你做了这主，如何？"

这门亲事非但好，简直是太好了——大学士方鸿虽已致仕多年，但满朝要员有一多半要拜他为座师，膝下三子，个个出息得很，次子方钦更是刚接任了户部尚书，自元和年间，世家门阀，隐隐以方家为首。

长庚的脸色却一瞬间变得极难看。

李丰长眉一挑，问道："怎么？"

长庚转身掀衣摆跪下，脸绷得死紧，只是不吭声。

李丰奇道："你这是做什么？"

长庚一言不发地跪在那儿。

李丰再怎么亲切也是皇帝，见他这样，脸色也撂了下来。"看不上就说看不上，你堂堂亲王，谁还能逼你的婚不成？摆脸色给谁看？"

"臣……不愿意，"长庚给他行了个大礼，声音都不对了，"长嫂如母，皇后娘娘一片爱护之心被臣弟辜负，皇上还是治我的罪吧。"

李丰皱眉道："因为什么？你是听说了那姑娘什么不好，还是另有心上人？这里没外人，不必避讳谁，尽管说就是。"

长庚目光在西暖阁内一扫，固执地不肯吱声，眼圈微红。

李丰当然不是为了给雁王找一桩好亲事，他也万万不想看见方家与雁王结姻，这样虚情假意地提起，其实是方才的试探还没完，也没想到会激起雁王这么激烈的情绪，当下起了几分好奇，一挥手叫内侍撤出殿外候旨。

西暖阁中只剩下兄弟两人，李丰道："这会儿能说了吗？"

长庚对他深施一礼，没吭声，却先缓缓解开朝服衣领。

李丰吃了一惊，整个人站了起来："这……"

雁王的胸口上布满了陈年的伤疤，最触目惊心的便是一处烫伤，离咽喉很近，细细的一条，像是被燃着的烧火棍抽的。

"还请皇兄恕臣弟御前失仪之罪。"长庚低声道，带出一点不易察觉的颤抖。

李丰大惊过后随即反应过来，呆了好一会儿，才放柔了声音，低声问道："是……当年那个蛮族女人做的吗？"

长庚脸色青白一片，伸手把衣服缓缓归拢好。他那城上拉弓、一箭射死东瀛贼首的手指剧烈地颤抖着，垂下眼低声道："虽因一人之过而恶视天下人乃是懦夫行径，但……"

他咬了咬牙，话音不由自主地断了一下，艰难地说道："方家姑娘兰心蕙质，该有个终身所托。臣弟性情古怪，实在不喜人近身，什么婚事……皇兄往后还是不要再提了。"

李丰愕然道："这是什么话，堂堂亲王，岂有一辈子不成亲的道理？"

长庚面无表情道："那么皇上不如卸下臣王爵，放我与那些野僧人浪迹江湖？"

李丰："……"

雁王看着是光风霁月、知书达理，实际上小脾气不少，而且犯起脾气来也不疾风骤雨，摔杯子摔碗，就一句话"我撂挑子不干了，爱找谁找谁去"。

李丰气结，拿他没办法，当即发了一通火，让雁王滚出去，雁王二话没说滚了。

内侍有眼色地一路小跑跟上来，屁颠屁颠地问道："王爷，回军机处吗？"

雁王十天半月也不一定回家一趟，几乎就是住在军机处的。这日长庚却在一顿之后，目光有些茫然散乱，似乎站在原地发起呆来，内侍不敢打扰，只好大气也不敢出地在旁边站着。

"……不，"长庚低声道，"回家。"

他身上那些陈年的伤疤，连顾昀都没给看过，他一直以为那会像一段不可触碰的岁月，可是没想到今时今日，居然成了他在李丰那里拖延周旋的工具。

马车辘辘走过京城宽阔而四通八达的青石板路，闭目养神的长庚突然睁开眼。

有一天这些都会变得不可收拾。

有一天他会比现在还要不择手段。

但他心里并不难受，因为这一步一步，都是他自己走出来的，早就想好了，没什么好后悔的。

一路回到了冷冷清清的安定侯府，长庚谁也没惊动，径自来到顾昀那无比整洁简单的卧房中躺下，闭上眼，好像被子上都还有清浅的药香。

过了半个多月，朝堂上无数扯皮争辩之后，隆安皇帝最终驳回了雁王关于"首批购入烽火票的百姓按金额大小予以加官进爵"的荒谬提议，只给商会许诺，未来等局势稳定，会开通军队护卫的商路，使其免受盗贼匪徒侵扰，此时购入过烽火票的，可以直接凭此票获得入会资格，不必缴纳任何费用。

又过了一个多月，一条震惊朝野的法令自上而下实行——将烽火票作为文臣吏治考核的重要指标。

一把所有人此时都没有看见的刀锋，缓缓地露出形迹来。

这法令一出，举世皆惊。

大梁朝廷并不亏待官吏，俸禄不算低，但官场上人情往来，花销也大，特别到了元和先帝年间，国力在武皇帝的铁血开拓下曾经空前强盛了那么几年，奢靡排场已然隐约有蔚然成风的态势，此时又鼓励官员为了前途购入烽火票，岂不是明目张胆地鼓励贪污舞弊？

不过几天，边疆都听到了风声。

"子熹！"沈易把马缰绳往亲兵手里一摔，直接闯进帅帐，刚要说话，却见顾昀鼻梁上架着个铂金琉璃镜，就知道他又没吃药，只好将下面的话咽了回去。顾昀近来也不知是怎么了，只要不见外人，就不怎么爱吃药了，好像打算当一个心境平和的瞎眼聋子。

沈易刚抬起手，顾昀便道："不用，你说就是，我也练练唇语。"

沈易叹了口气："……吏治改革的事听说了吗？"

唇语顾昀早年是会看的，但这些年一直依赖药物，身边的人又都会为了照顾他而打手语，弄得他有些生疏了，得慢慢习惯，他反应了一会儿才弄明白沈易指的是什么，顾昀眉心缓缓地皱了起来，缓缓点点头。

"雁王殿下到底是怎么回事？这么搞下去不怕人以后说他是贪官佞臣之始吗？就算能解一时燃眉之急，以后怎么办？有家底的名门望族就算了，天下寒门士子不把他的脊梁骨戳碎了吗？你说他独掌军机处，本来就树大招风容易遭嫉，我真是……"沈易一番话说得满怀忧虑，他一忧虑嘴皮子就快得仿佛小鸡啄米，上下翻飞，把顾昀看得直眼晕——大半没"听"懂，但是最后一句看明白了。

沈易的最后一句是："将来他打算怎么收场？"

顾昀沉默了下来。

沈易："子熹，你说句话。"

"不能再打下去了。"顾昀没头没尾地答道。

沈易重重地长叹一口气，怀疑顾昀方才是根本没"听"见他碎碎叨叨地说了些什么，心道：练唇语，练个屁，练我的嘴皮子还差不多。

他正打算变换沟通方式，顾昀便自顾自地接道："先前我有些急躁冒进了，被人炸一下也是活该，好在这边有惊无险，但我这几天想了好多……

加莱荧惑不是西边这帮窝囊废，那头恐怕要打几场硬仗，咱们现在恐怕没有一鼓作气的家底——得从长计议。"

　　沈易一愣："你是打算……"

　　"我这一头就把朝廷拖累得团团转，"顾昀低声道，"该休养生息了。"

第十章

忧怖

壹

隆安八年初夏，西域诸国收拢残兵，开国门，联名向宗主国上请罪书。古丝路入口处，西域诸国第二次与大梁代表坐在一起，被迫议和。

对手下败将，顾昀根本懒得出面，只派了沈易全权代理。

沈易带着大梁的苛刻要求前来——先是要敲一大笔金银，随后又要在西域各国建大梁驻兵所，监控属国；自此以后，除楼兰是盟友外，其余属国皆不许备火机钢甲，包括轻裘在内，现有的全部销毁；最后，大梁还要求，属国每年开出的紫流金中七成以上纳贡与大梁。

种种条款，沈易自己念一遍都觉得牙疼，简直是刮骨三分，诸国代表果然一片哭爹喊娘。

首次谈判破裂，隔日，顾昀便带了三百重甲夜袭已经投降的西域残兵营，炸得天上人间一串大地红，人为地替他们完成了合约第二条的主要内容，并公然宣称，其他两条不答应没关系，他立刻带人屠城。

屠城这事有伤天和，一般只有蛮人才这么干，大梁军中很少有这种风气，西域人刚开始尚且硬挺，但等顾昀令人轰开城门的时候，谈判桌上的联军代表终于屈了。几经讨价还价，三天后，《楼兰新约》签订，在顾昀重兵威慑下，各国首先以最快的速度销毁了国内战备，随后又叫苦不迭地拼凑出大梁敲诈的第一批紫流金。

五月底，顾昀和沈易自西域秘密押送紫流金回京。

一场大雨洗刷了京城的街头巷尾，细碎的槐花落满了长街。

吏治改革之事风声大雨点小，所有人臆想中的乱局奇迹般地没有出现。

首先，世家门阀都不傻，就算对雁王变着法地从他们口袋中挖银子有所不满，心里也明白，相比自己，那些科举出身，浑身上下搜罗不出几两银子的穷翰林才是最恨这政策的，犯不着由他们来替人家做这个出头鸟，所以刚开始，这群人个个躲起来准备看笑话。

不料这事也真邪门了，除了几个冥顽不灵的老酸儒站出来说了几句"体统""不体统"之类的鬼话，朝中竟连个水花都没翻起来。

长庚先是上书拿下了皇帝，将他对烽火票更长久的设想上呈李丰，来龙去脉写了个分分明明，有技巧地隐瞒，有技巧地夸大，最后给皇帝画了一张大饼——假以时日，烽火票从上至下推行，能将天下民间金银悉数收归国库，民间买卖全凭票据即可。票据多寡由朝廷酌情裁定，再不会出现民间金银充斥积灰，国家危难时国库无钱可用的局面。

李丰先前觉得雁王有些想法过于离经叛道、不成体统，这时才发现，此人并非不成体统，简直是要将"体统"二字踩在脚底下。昔日有始皇帝收天下之兵以铸金人，今日就出了个敛天下之财的雁亲王。

可是这想法实在太过诱人，李丰在稍稍理解了"用几张纸片代替金银买卖"是个什么概念后，一方面心里隐约存着不安，一方面又实在无法抗拒这个诱惑，将折子扣了三天，反复推敲后，终于还是义无反顾地吃下了这张饼，命长庚着手操办，但再三警告，手段不可过激，尤其对朝中那些寒门出身的后起之秀，要"徐徐图之"。

李丰皇帝不知道的是，早在雁王上书要求改吏治的时候，江南首富便携各地巨贾十三人进京，在当年临渊木牌择主而论的那家小酒楼中请了一次客。

小酒楼本来破破烂烂，名不见经传，前些年被起鸢楼的光芒遮掩得如月下萤火，眼神不好的根本找不着，此番却十分侥幸地从疮痍满目的京城中保留了下来，年初又修整一番，正式开门迎客，在原本的二层小楼上又加盖两层，破砖烂瓦整饬得十分干净，更名"望南楼"，叫人见了，便凭空生出一股半壁沦陷的悲意，十分应景——少有人知道，这原本半死不活的酒楼，就是杜万全的产业。

双方首次洽谈时十分不顺，读书人自恃清贵，又都是在宦海沉浮多年，委实不愿意与这些满身铜臭之人打交道，大多是来敷衍应酬的。

谁知接触下来，才知道杜万全其人不简单。

杜万全曾亲自下西洋，见过真正的大世面，为人谈吐、胸中沟壑都与普通商贾有着天渊之别，一条三寸不烂之舌能生生把死人说活，加上江充不动声色地从中斡旋，很快便有许多人心思浮动。就在吏治改革的法令润物无声地浸润到各处时，杜万全等人又开了望南楼最大的一间包房，第二次宴请以江充为首的朝中重臣八人——全都是在朝中无依无靠，科举出身的。

这一次的密谈持续了四个多时辰，及至月上枝头时，首座江充才举杯终局。

江充肃然起身，环视周遭，不少人推杯换盏间喝多了。

"今日酒足饭饱，大家也都累了，我不煞风景，提一杯，大家伙各自喝了残酒，散去就是。"江充说道，"只要我们这场仗还要打下去，烽火票推行便势在必行，诸公一心为国……"

江充只说到这儿，就停了下来，缄口不言地将杯中酒一饮而尽，剩下的话尽在不言中。

一心为国，也还请考虑一下自己的出路。

多年对时局朝政完全插不上嘴，迫切希望有自己代言人的巨贾与一干无权无势、两袖清风的文官相逢，正式结盟。

杜万全将一室文官商人挨个送走后，独自回到了望南楼，来到了方才那间包房的隔壁。那屋里仆从都没有一个，灯也没怎么点，只头顶悬着一盏昏黄的汽灯。桌上有二两黄酒、一碗清粥与一碟小菜，粥喝了半碗，酒剩了三分，小菜只是略动了几口，而桌边人已经撂了筷子。

杜万全不复方才八面玲珑的模样，恭谨地上前见礼道："雁王爷。"

长庚客气地一点头："杜公。"

杜万全一眼扫过桌上的清粥小菜，忙道："王爷素日节省，实令我等感佩，不过这望南楼乃是咱们自家的产业，怎不叫上些顺口的？眼看要入夏，我让他们备下些清心养生的……"

"别忙了，我就吃这个顺口。"长庚摆摆手，说道，"今日之事全仗杜公，劳动您了。"

杜万全忙连声道不敢，见他起身要走，殷勤地将一边的伞提起来。"后院已经备好了车，王爷这边请。"

一开始了然和尚召集临渊木牌时，最心不甘情不愿的那个人就是杜万全。他早年发家确实没少依仗临渊阁的民间力量，然而挣下这份家业，杜万全不可能会承认这其中有临渊阁多大助力，此时要他为了一个从未接触过的人将毕生心血全部投入其中，是个人都不肯。但在与雁王接触了这大半年后，眼下最愿意为雁王鞍前马后的却也是杜万全。

杜财神多年来走南闯北，见识阅历无不高过常人，隐约觉得长庚眼下确实是在救国之危难，但更多的却是在铺垫些别的。杜万全有种说不出的兴奋感——大梁风雨飘摇的路自武帝而兴，元和帝而盛极转衰，隆安帝而穷途末路，眼下确实到了快要走入一个新转折的时代了。他却仅凭着一块木牌便搭上了这条大船，说不准就是大机缘。

长庚刚走到门口，忽然无意中在自己腰间摸了一下，脚步便是一顿。

杜万全眼尖瞥见，忙问道："王爷找什么？"

"没什么，"长庚顿了顿，似乎有些心不在焉道，"香用完了。"

这些日子他面面俱到，安神散消耗得太快，一时还没顾得上配。长庚叹了口气，对杜万全笑道："不碍事，杜公留步，不必送——转告奉函公，他念念不忘的事，会有实现的那天。"

长庚平时基本滴酒不沾，只是这天连着听了四个多时辰的墙脚实在太累，才让人上了二两黄酒微微刺激一下。谁知这点微醺非但不助眠，晚上回去还让他有点难以入睡。

长庚在床上翻来覆去许久，直至快四更天，才迷糊了一阵。半睡半醒间，好像听见有人进门，他翻身惊醒，抬手拧开床头吊着的小汽灯。不知是京城这阵子雨水多潮的，还是这屋里好几天没人住了，那汽灯只闪了一下，又灭了。

来人却熟稔地坐在一边的小榻上，笑道："你鸠占鹊巢好自在啊。"

长庚吃了一惊，眼睛已经习惯了黑暗，借着一点微光看见竟然是顾昀回来了，忙问道："不是说还有两天才到京城，怎么这么快？"

顾昀漫不经心地伸了个懒腰，往旁边一靠道："想家，想你了，我自己一个人快马加鞭提前跑回来的。"

上次一别还是年关，转眼冬去春来，如今已经入了夏，有半年没见。虽然顾昀战报中时常夹带"私货"，隔一阵子便寄封家书来，但墨点白纸，怎么比得上真人在眼前？长庚想他想得不行，当下便要扑上去抱住他。

顾昀却往后一仰，轻飘飘地躲开了长庚的手，身如纸片似的，转瞬落到了窗前。外面雨已经停了，月光悄然自水坑上蜿蜒入室内，顾昀背光而立，长庚看见了他身上万年不卸的轻裘甲。

"干什么一见面就动手动脚的？"顾昀轻笑道，"我就是来看看你。"

长庚听了前半句正哭笑不得，他倒恶人先告状了，也不知道谁比较爱动手动脚。及至听了后半句，长庚笑容忽然就收敛了，隐约感觉到了一点不对劲。"子熹，你怎么了？"

顾昀不吭声，两个人一坐一站，半晌相对无语，倒像是诀别一样。长庚的心毫无来由地狂跳起来，震得他胸口几乎装不下别的东西，气也喘不上来。他忍无可忍地爬起来,向顾昀走去,从床边到小窗,不过四五步远,他却仿佛怎么也走不到头。

他前进一些,顾昀便要退后一些。

长庚不管不顾地转身一把抓起别在床头的汽灯,疯狂地拧起上面的机关,汽灯发出几声爆鸣,突然一下亮了,屋里灯光大炽。长庚不顾灯光刺眼,惶急地转向顾昀,却见站在窗边的人面白如纸,带着不似活人的灰败,两行血迹顺着他的嘴角和眼角朱砂痣淌下来。

那汽灯"啪"一声又灭了。

顾昀低低地叹道:"我不能见光,你点它做什么……长庚,我这就走了。"

"不能见光"是什么意思?长庚差点当场疯了,不顾一切地扑上去,拼命伸手一抓,却只抓到了冰冷刺骨的玄甲。长庚嘶声道:"你站住,你要去什么地方!顾子熹!"

"去该去之地。"顾昀的声音里带出些冷意,"你如今羽翼已丰,巧取临渊阁,豪夺李家江山,天下风云际会皆在掌中,何等手段?李丰不就死在你手上了吗?我久留无益,特来告别。"

长庚惶急道:"不,等等,我没有……"

他直觉想反驳自己没有,可是话到嘴边说不出来,心里一阵糊涂,感觉顾昀所说的事好像又确实是自己干的。

顾昀沉声说道:"我受先帝所托,将你从雁回小镇接回,一直照顾你到成人,指望你即便不是个经天纬地的栋梁之材,起码是个人品端正、光风霁月的好人,你又是怎么做的?"

初夏夜里,长庚突然感觉到前所未有的冷。

"我依先帝旨意照顾到你长大,却没料到养大的是条中山之狼。"顾昀微微叹了口气,"大梁自太祖开国至今,两百年了,本以为能千秋万代,谁知传国玉玺毁在我这一辈手上……"

长庚想狠狠地抓住他,或是大哭大叫一番,然而整个人仿佛被定在原地一样,只能木然地看着顾昀轻飘飘地一转身,撂下一句:"顾某九泉之下请罪去了，不必再见。"

随后他竟穿墙而过，凭空消失了，打开的窗户空荡荡的，长庚一时间五内俱焚，大叫一声惊醒过来，心跳如擂鼓，足足三息，方才回过神来，缓缓将胸中一口郁结之气吐出，后知后觉地明白过来——那只是个逼真的噩梦。

不知是喝酒的缘故还是什么，他的头一抽一抽地疼，四肢发酸，睡了一宿比没睡还累。努力平静了片刻，长庚正打算起来喝口水，再闭目养神一会儿，谁知刚把自己撑起来，蓦地看见窗边木椅上有一团黑影。来人吐息极轻缓悠长，显然是个高手，乃至长庚方才被自己心跳鼓噪声所震，一时居然没有察觉。

他本能地喝道："谁？"

那人低低地笑道："你鸠占鹊巢好自在啊。"

再没有比这更大的惊吓了，长庚本来就没从噩梦里醒过神来，当时胳膊肘一软，直接摔回到床上。顾昀那破床从床板到枕头无处不硬，这一撞非同小可，缜密冷静的雁亲王险些被一个枕头给撞晕过去。

顾昀吓了一跳，忙蹿到床边扶他起来。他将沈易与一干亲兵全甩在身后，自己提前了两天赶回来，本打算休整一宿明天早晨去吓长庚一跳，谁知进门一看，发现房间被某人占了。

长庚少年时刚来京城，像个战战兢兢的小狗。顾昀每次一出远门，他就时常钻到顾昀卧房里，拼命从熟悉的气息里汲取一点安全感，没想到这么大了还这样。

顾昀从陈姑娘那儿知道长庚睡眠不好的真相，身负乌尔骨之人本就难入眠，睡着了也很容易被惊动，便也没舍得叫醒他，自己坐在一边喝茶，守着他自然醒。

"撞哪儿了？唉，给我看看。"顾昀莫名其妙道，"你害我千里迢迢赶路回来，没个落脚的地方，虽然十分恶劣，但我也没说什么呀，干吗跟见了鬼似的……背着我干什么对不起我的事了？"

长庚颤抖着一把抓住他的手腕，这回抓住的是人温热的体温，这点温度刚让他缓过一口气来。

顾昀发现长庚情绪不稳，以为是乌尔骨噩梦，便想说几句闲话让他缓和一下，于是道："怎么不问我为什么提前两天赶回来？"

长庚的脸色当时就变了。

顾昀那乌鸦嘴接着说："想家，想你了，我自己一个人快马加鞭……"

长庚厉声喝道："别说！"

他这一嗓子实在太惨烈，顾昀一顿，随即小心翼翼地问道："长庚，怎么了？"

边说，他边顺手去摸床头的汽灯。

可是就这么轻轻一拧，那汽灯闪烁着跳了两下，随后"啪"一声没动静了，居然坏了。

一瞬间，现实和噩梦以一种不可思议的巧合交叠在一起，长庚嘶哑地低声惨叫了一声，四肢隐约的酸痛潮水似的涌进他心里，化成了十万八千种森严可怖的幻象，张开血盆大口，一口便将他囫囵个地吞了下去。

顾昀见过乌尔骨发作，只是那时候他还被蒙在鼓里，恰好长庚也不是很严重，便一直误当成走火入魔。这会儿，他见长庚整个人蜷缩成了一团，浑身肌肉紧绷得坚硬如铁，不多时便剧烈地颤抖起来，好像忍受着极大的痛苦，而且力大惊人，顾昀居然一脱手没按住长庚。

长庚猛地甩脱顾昀的手，十指如鹰爪，狠狠地抓向自己，顾昀当然不能看着他自残，伸手格住他的胳膊，低喝道："长庚！"

他的声音似乎给长庚带来了一线清明，然而也只是让长庚停顿了片刻而已。那关键时刻掉链子的汽灯在"嘎吱嘎吱"地响了一会儿后，终于缓缓地揣着气亮了起来，光线昏黄而不稳，时明时灭地照亮了长庚那双如血的眼睛。

顾昀吃了一惊——只见长庚脸色和嘴唇都是惨白，好像浑身的血色都笼在那双眼睛里，而原本正常的双目中竟隐约现了重瞳。

杀破狼

真像一尊传说中的邪神。

顾昀从陈姑娘嘴里听说"乌尔骨",当时只觉得心疼,一些匪夷所思的地方其实并没怎么信,直至此时,一股凉气才顺着他的后脊缓缓地爬上来。长庚那双无悲无喜、血气翻涌的眼睛,居然让这身经百战的将军突然遍体生寒。

两人目光相抵,顾昀忽然有种在荒郊野外遇上野兽的错觉,一时没敢移开视线,缓缓地摊开空无一物的手,试探着伸向长庚。长庚没有躲,甚至在那温暖的掌心贴上他脸侧的一瞬间,微微低下头,神色漠然地在顾昀手上蹭了一下。

顾昀胆战心惊地低声问道:"还知道我是谁吗?"

长庚垂下那双比普通中原人更浓密些的眼睫,低低地叫了一声:"……子熹。"

还能认识人就好,顾昀没留意长庚语气中的异样,先松了口气。可他放心得太早了,还没等这一口气松到底,长庚猝不及防地伸出一只手,一把掐向他的脖子:"不许你走!"

咽喉乃人身要害,顾昀本能地往后一仰,架住了那只冰凉的手。长庚顺势带住他的手腕,狠狠地往下一别,顾昀只好屈指敲向长庚肘间麻筋。极狭隘的空间里,两人你来我往地交手了好几招。那疯子本就武艺精湛,此时邪神附体似的力大无穷、横冲直撞,顾昀又投鼠忌器,生怕不小心伤了他,汗都快下来了,气急败坏地骂道:"我他娘的刚回来,往哪儿走?"

长庚倏地一顿,顾昀落在他颈侧的手随之停下,用手背在他下巴上轻轻捆了一下道:"醒醒!"

这一下轻拍可能是力道不够,非但没把人叫醒,长庚那双如同要滴血的眼睛忽然眯起来,像头被激怒的豹子,回头给了他一口,咬住了顾昀的胳膊。

顾昀:"……"

早知道就大巴掌扇上去了!

顾昀轻"啐"一声，眼角狠狠地抽了抽，他这辈子挨过砍，挨过炸，被人恨不能生吞活剥地一口咬住却还是破天荒头一回，真有心一甩胳膊崩掉那疯子几颗门牙。可他手臂僵了良久，最终还是没下得去手。片刻后，顾昀缓缓地放松了手臂上的肌肉，有一下没一下地捏着长庚的后颈，一边抽凉气一边低声道："扒皮抽筋吃肉——咱俩多大仇，你有那么恨我吗？"

这话不知触动了长庚哪根神经，他眼睛微微一眨，随后两行眼泪毫无预兆地就下来了。

长庚也不出声，只是一边叼着顾昀的胳膊，一边悄无声息地流眼泪。那眼泪似乎冲淡了他眼睛里可怕的血光，良久，长庚的牙关竟然微微地松了，顾昀试探着抽出自己鲜血淋漓的胳膊，看了一眼，低骂道："属狗的浑蛋。"

可是骂归骂，他还是把人搂进怀里，伸手抹去长庚眼角的泪痕，拍着长庚的后背。长庚无声无息地伏在他胸口上，足足靠了小半个时辰，才渐渐从一片混沌中艰难地恢复神志，整个人像是刚从一场大梦里苏醒，茫然了半晌，那些乱七八糟的记忆才渐渐回笼。一回想起自己刚刚干了什么，长庚汗毛都竖起来了，他本来是烂泥一团，这么突然一僵，顾昀就知道人缓过来了。

"醒了？"顾昀推开他，微微活动了一下自己发僵的肩膀，伸出手问道，"这是几？"

长庚心乱如麻，根本不敢看他，低头一看顾昀那已经自己结痂的胳膊，脸色更难看了，双手捧起来，嘴唇颤了颤，说不出话来。

"嗯，狗咬的。"顾昀不怎么在意地看了一眼，随后又挤对道，"这狗牙还挺齐。"

长庚微微踉跄着爬起来，找来细绢布和净水，低头擦拭他的伤口，整个人好像刚被蹂躏过一样，三魂七魄一个在家的都没有，说不出地凄惨。

像顾昀这种天生保护欲过剩的男人，倘若不论感情，单就感觉而言，大概"脆弱"是最能打动他的，美色还要排在其次。见了这番光景，顾昀的目光当时就柔和下来了，抬手将五指做拢，轻柔地整理起长庚方才滚乱的头发。

"去年秋天，我跟季平行至中原一代，路遇一伙以'起义'为名趁火打劫的土匪。"

长庚魂魄尚未归位，有些茫然，不知他为什么突然讲起了战事。

顾昀用一种比手上的动作还要轻柔的语气，缓缓地说道："我们联合蔡老收拾了这伙祸害，捉了匪首。那匪首自称'火龙'，一身的刀疤，还被火烧过，审问过程中，我们从他身上搜到了一把蛮族的女人刀……是胡格尔的。"

长庚的手狠狠地一哆嗦，手中细绢掉了下去。

片刻，他神色木然地低头去捡，却被顾昀一把捉住了手。顾昀柔声问："你那么小也能记得吗？"

长庚的手凉得像个死人。

顾昀叹了口气道："其实陈姑娘都告诉我了，关于那个……"

长庚截口打断他："别说了。"

顾昀顺从地缄口不言，默默地在旁边看着他。

长庚僵坐片刻，手下的动作陡然利索起来，三下五除二将那点咬伤处理好，而后站起来，背对顾昀道："雁王府建成也有一阵了，我还一直住在你这儿，本就不太方便。前一阵兵荒马乱没顾上，我……我天亮回军机处，这几日就找人收拾一下搬回去……"

顾昀的脸色倏地沉了下去。

长庚语无伦次的话说到这里，住了口。他不由得想起年关时自己去西北犒军，顾昀那让他受宠若惊的温柔态度——所以顾昀只是知道了乌尔骨的真相，只是可怜他吗？

说来似乎不可理喻，长庚可以肆无忌惮地在李丰面前展览旧伤疤，却连一点端倪都捂着不想让顾昀看见，谁知他自以为捂得严严实实，风声却依然从手指缝里往外透。长庚紧紧地咬住牙关，感觉嘴里还有方才发疯时的血气——腥而甜。

自从接到顾昀准备回京述职的折子后，这些日子他昼夜都在期盼，每时每刻都像是在熬时间，然而好不容易盼来了人，长庚却恨不能立刻逃出顾昀的视线。他脑子里乱哄哄的，下意识想逃，转身便要往外走。

顾昀："站住，你去哪儿？"

长庚浑浑噩噩，没理他。

顾昀骤然低喝一声："李旻！"

从小到大，顾昀没怎么对他说过重话，更难得有火气。

然而他在军中向来说一不二，权威极高，这么微微含怒一声喝问，隐约带着杀伐森严的金石之声，长庚一激灵，本能地停下脚步。

顾昀面沉似水地坐在床边道："给我滚回来。"

长庚茫然道："我……"

"你今天要是走出这个门，"顾昀冷冷地说道，"我就打断你的腿，皇上也救不了你。管你什么亲王郡王？回来，别让我说第三遍！"

长庚："……"

这是雁王统领军机处之后，第一个敢当面说要打断他腿的人，长庚被顾昀这突如其来的脾气撞蒙了，一时真没敢往外走，他鼓足勇气回头看了顾昀一眼，心里百般难以宣之于口的委屈与痛苦一股脑地顺着胸口涌上来……脸上泪痕犹在，只是人已经太清醒，实在哭不出来了。

顾昀实在受不了他这种眼神，只好妥协似的起身上前，从身后一把薅起长庚，半强迫地把他扔在床上，拉过已经凉透的被子盖在他身上。"为什么这么多年都没和我说过？"

长庚深吸了口气，低声道："……怕。"

怕什么？

顾昀微微一愣，随即一只手端起长庚的脸问："怕谁？我吗？"

长庚深深地看了他一眼，这一眼就让顾昀明白了什么叫"忧怖丛生"。顾昀本想问"怕我什么？怕我嫌你，猜疑你吗"，但话到嘴边又咽下去了。一时无话好说，顾昀便直接动了手，拎起长庚的领子，在他脑门上重重一拍道："怕就对了，别以为你长大翅膀就硬了。"

长庚："……"

就在这时，外面突然传来几下敲门声，霍统领嗓门如锣，叫道："王爷，时辰快到了，该准备上朝了，可要更衣？"

顾昀："……"

原来这一番折腾，不觉天已经蒙蒙亮了。

霍郸敲了一通门，没人应，以为长庚睡过了没听见，正待再敲，那门却忽然从里面打开了。霍统领看见来人吓了一跳，震惊道："侯……侯爷！"

他们家顾帅什么时候回来的？一个家将都没惊动，他是怎么进来的？跳墙吗？！

屋里的长庚有点尴尬，一边整理自己凄惨的仪容，一边应道："我这就……"

顾昀不由分说地打断道："去给王爷告个病假，他今天不去了。"

霍郸吃了一惊，忙问道："那……请太医吗？"

"太医？太医都是饭桶。"顾昀没好气地撂下这么一句，转身进门，吩咐道，"没事别来打扰，快走。"

霍郸瞠目结舌。

被"禁足"的长庚无奈地看着自作主张的顾昀道："我没病。"

"你没病，难道我有病？"顾昀翻出一小把安神散，放进一边的香案中点起来，事到如今，也不必再遮遮掩掩什么了，"这是陈姑娘托我给你带回来的。"

一股沁人心脾的幽香从屋里弥漫开，长庚轻轻地嗅了一下道："陈姑娘改配方了？"

顾昀揉了揉胳膊上被他咬出来的牙印道："专治咬人的小疯子。"

安神散很快起了作用，充入肺腑中，让人闻起来浑身懒洋洋的，提不起一点力气与戾气。长庚筋疲力尽地靠在床头，放空了目光，呆呆地望着顾昀。他神色憔悴，发丝散乱，迷茫的眼神总是追着顾昀打转，有点病病歪歪的，一点也看不出长了一口"铁齿钢牙"。

长庚喃喃道："子熹，我抱抱你好吗？"

顾昀心说：真腻歪啊。

然后还是走过去坐在他旁边，任凭他不依不饶地靠过来，搂住自己的腰。

"告病吧。"好半晌，顾昀忽然道，"不是已经有军机处了吗？江寒石也算能干，只是以前缺了几分机遇，这回他意外地提上来，想必也能大施一番拳脚。西域进贡的紫流金已经差不多抵京了，我们可以踏踏实实地休养生息一两年。蛮人不事生产，我们拖得起，加莱荧惑拖不起，北方战局时间长了必有变化，只剩下一个江南……洋人毕竟成千上万里隔海而来，耗资巨大，强龙都不压地头蛇，我们总比他们有优势吧？"

长庚微微睁开眼，感觉顾昀布满薄茧的手指无意识地在他头颈间穿梭，把他弄得头皮一阵一阵地又痒又麻。

"吏治改革方才开始，"顾昀低声道，"此事虽由你一手发起，但是我看群臣水花不大，基本都是默认态度。你若是此时抽身，之后是行是废，功过也都在别人头上，咱们不争功，也未必会落下不是……不管那些事，踏踏实实地回家休养几年，好不好？"

沈易千言万语，唯有那句"将来他打算怎么收场"，顾昀听进心里去了。顾家世代封侯，又是皇亲国戚，权贵起落，宦海沉浮，他见了太多，权臣悍将的下场他也心知肚明。哪怕是天潢贵胄，风头太盛，便能躲开当权者与春秋笔的秋后算账吗？

"退不了了，"好一会儿，长庚才低声道，"吏治改革的第一刀已经出去了，这是刮骨疗毒，皮肉都已经划开……此时打退堂鼓，是让它皮开肉绽地待着，还是再给重新缝上？"

吏治改革只是第一步，倘若只将其视为推行烽火票的手段，只到这一步便止步不前，来日战后，甚至来不及等到战后，朝中必会产生人人争抢烽火票的局面。到时候不但贪腐会蔚然成风，恐怕烽火票最后也是一文不值的下场，大梁恐怕会死得更快。

顾昀抱着他的手一紧，长庚再睁眼时，眼中血色与重瞳已经悉数褪去。"子熹，你知道什么是乌尔骨吗？"

顾昀微微一愣。

"乌尔骨是一种邪神，也是蛮人最古老的一种诅咒。当他们举族覆灭时，就会留下一对孩子，练成乌尔骨。这样炼制的人有举世无双的力量，必会带来腥风血雨，天大的仇人也能终结。"长庚的声音温润如昔，只是带了一点说不出的嘶哑，"胡格尔临死时对我说，我一生到头，心里都将只有憎恶、怀疑，必得暴虐嗜杀，所经之处无不腥风血雨，注定拉着所有人一起不得好死。没有人爱我，也没有人真心待我。"

顾昀微微抽了一口凉气，他以前总觉得长庚少年时心思太多太重，里头藏着无数弯弯绕绕，让人摸不着头脑，却不知无数弯弯绕绕后面，竟然还压着这么一段诛心的话。

"可是有人爱我，也有人真心待我……是吗？刚才是你把我叫回来的。"长庚低声道，"她从未有一天给过我温情，我也绝不会如她的意，你信我吗？子熹，只要你说一个字，刀山火海我也能走下去。"

他贵为雁亲王，统领军机处，然而每每从秀娘烙入他骨髓的噩梦中惊回，心里可想可念、可盼可信的，却始终只有一个顾昀。

一个人的分量太重，有时候压得他重荷难负。

了然大师有一次对他说过，"人之苦楚，在拿不在放，拿得越多，双手越满，也就越发举步维艰"。长庚深有所感，承认其说得对，但一个顾昀对他而言，已经重于千钧，他却无从放下——因为放了这一个，他手头就空了。

一个人倘若活得全然没有念想，那不是要变成一面忽悠悠任凭风吹的破旗了吗？

顾昀抬手拢住他的肩，轻轻地在他的肩颈处敲了一下，长庚吃痛，却不躲不闪地看着顾昀。顾昀问道："我为何要让你走刀山火海？"

"我想有一天国家昌明，百姓人人有事可做，四海安定，我的将军不必死守边关，想像奉函公一直抗争的那样，解开皇权与紫流金之间的死结，想让那些地上跑的火机都在田间地头，天上飞的长鸢中坐满拖家带口回家探亲的寻常旅人……每个人都可以有尊严地活。"

顾昀一呆，这是长庚第一次跟他说出心中所想，说得他都有些热血难抑。可惜仔细一想，无论哪一样，听起来都像是不可达成的。

"我可以做到，子熹，你让我试试。"长庚低声道。

既然他身负"邪神"之力，难道不能试着扒开血色的世道，开出一条前所未有的凡人路吗？

那一年在雁回镇上，十三四岁的少年也曾对不过弱冠的年轻将军吐露过不枉此生的愿景，当时尚且轻狂未退的顾昀当面泼了他一盆凉水，冷漠地告诉他英雄都是没有好下场的。而今，黄沙大漠几遭，宫阙天牢往返，顾将军自己真真切切地体会到了什么叫"英雄都是没有好下场的"，却无法再对长庚说出一样的话。

将心比心，如果此时有个人指着他的鼻子跟他说："顾昀，你就快点滚回侯府养老吧，活到现在算你运气好，再不抽身迟早有一天你得死无葬身之地。"

自己会怎么想呢？

这世道，一脚凉水一脚淤泥，人在其中免不了举步维艰，走的时间长了，从里到外都是冷的，有颗还会往外淌热血的心，坚持一条明知不可为而为之的路不容易，要是别人……特别是至亲也来泼凉水当绊脚石，岂不是也太可怜了吗？

贰

雁王殿下一整天称病没露面，宫里和军机处与一干重臣纷纷派人来问候，都被霍郸打发了。霍郸行伍出身，主帅有命必然说一不二，说不让打扰就是不敢打扰，默默地在大门口当门神，同时仍对"大帅是怎么进来的"这件事百思不得其解，闲来无事，整肃起侯府稀松的家将防务来。

顾昀赶投胎似的提前两天跑回来，又一宿没睡，跟个疯子斗到半夜，简直是身心俱疲，一觉睡到了下午，醒来以后依然倦得不行，药劲也过去了，耳聋眼瞎。也不知道是谁的病假，顾昀看着手腕上的伤，有心将起床气大发特发一番，又觉得为这点事发作未免显得小气，只好憋憋屈屈地暗自想道：下回一定要缝上他那张嘴。

顾昀起来后四处摸索琉璃镜，可那小东西不知去哪儿了，摸了半天也没摸着，却被一只温暖的手牵起来。

长庚趴在他耳边道："沈将军他们还没到，今天你不用出门，不用药了好不好？我照顾你。"

顾昀本来也不大用了，可有可无地点点头。"不用照顾，我习惯了，眼镜找不着了，去给我拿片新的。"

长庚搂着他不放。"琉璃镜是我拿走的，不给你。"

顾昀问道："你拿我的琉璃镜做什么？"

长庚笑道："喜欢。"

说完，他细致地帮顾昀穿好衣服，又弯下腰替顾昀穿好鞋，摆弄得尽心尽力、细致周到。

喜欢什么？顾昀莫名其妙——喜欢他瞎吗？

长庚不怎么大声说话，为了让顾昀听见，便总要耳语相告，说些"小心门槛"之类的话便也有如耳鬓厮磨。行至门边，顾半瞎本能地伸手去扶门框，被他温柔而不由分说地将手截住，长庚任性道："别碰别的东西，你扶着我就好。"

这种前所未有的全然的掌控感快把长庚迷恋疯了，片刻也不愿意撒手，过了没一会儿，生生把顾昀腻得浑身发毛。顾昀打死也想不明白，本来又疏离又克制，给他换件衣服都要非礼勿视的一个人，究竟是怎么睡了一觉就变成现在这副疯魔样的？

顾昀委婉地抗议道："看不见我也没残废，你不用一直扶着——不是一天到晚忙得昏天黑地吗？"

长庚："那你跟我去书房。"

顾昀走后，他的书房基本是长庚的地盘，进门一看，让常年飘在边关的顾昀一时都有些陌生起来。长庚扶着他坐下，阳光从一个十分熟悉的角度打在书房中人的脸上，顾昀忽然若有所感，伸脚一钩，果然在桌下碰到了一个小小的板凳，道："这东西居然还在。"

长庚俯身把小凳子捡起来，只见那木凳上画了几只活灵活现的小王八，咬着尾巴围成一圈，旁边稚气十足的字体刻着"神龟虽寿，十则围之"。

驴唇不对马嘴。

长庚笑了半天，拉过顾昀的手按在那刻痕上，问道："你干的？"

"别笑，我小时候也没正经读过几天书，"顾昀微微弯起眼，"书都是在宫里跟着皇上和魏王他们一起念的。老侯爷自己学问稀松平常，也就兵书看得多一点，找了个酸不溜丢的老酸儒在这儿念经给我听，听不了一时三刻就睡着了，只能自己给自己找乐子——嗯，忙你的吧，我好像好久没回过家了，随便走走。"

"别，"长庚忙道，"我喜欢听你说，然后呢？"

顾昀面露难色，这实在不是什么长脸的事，可是长庚难得开怀，顾昀犹豫了一下，只当是逗他开心了，便接着道："我那时候捣蛋捣得厉害，先生都被我折腾怕了，不敢当面管教，背地跑去跟老侯爷告状。老侯爷除了会打人，就是罚我在凳子上扎马步，一哆嗦准掉下来，真他娘的不像亲爹……后来我觉得那老山羊胡子成日告状，实在不是东西，跟沈季平合计了一下，偷了点泻药来下到了先生茶水里。

"泻药本来没什么，只是我们俩都小，没轻没重，先生又年纪大了，身体虚弱，险些喝出人命来。顾家两百年没出过这么丧心病狂的败家子，老侯爷大发雷霆，想抽死我，幸亏公主拦着……嗯，我娘后来承认，当时她不是不想打我，是因为她自己体寒不易生养，怕打死我让顾家断后。"

　　长庚想象了一下，感觉自己要是有这么个熊孩子，也得往死里抽，然而随即想起那倒霉孩子是顾昀，又觉得倘若换作自己是老侯爷，即便真被这人闹出人命来，自己大概也只好亲自上门给人偿命，万万舍不得碰顾昀一根汗毛的。

　　他忍俊不禁了半天，问道："后来呢？"

　　顾昀微微一顿，脸上的笑容真的有点维持不下去了，他神色微敛，沉默了片刻，才说道："后来他们俩感觉这么下去要无法无天，就干脆把我一起带到了北疆玄铁营驻地。"

　　而他那猫嫌狗不待见的童年就这么猝不及防地结束了。

　　那大概是他这辈子最刻骨铭心的痛苦，顾昀说到这里，本不愿再往下讲，然而可能是那些话在他心里存了好多年了，一时居然有些刹不住。

　　"北疆……真是苦，刚打完仗，到处都是伤兵，每天黄沙落日，连公主帐下都喝不上一口热茶，哪儿有在京城当少爷痛快？我一开始死活闹着要回来，老侯爷不干，被我闹烦了，就把我拎到行伍间训练。每天玄铁营的将士们练兵，我就得在旁边陪着练武，稍有偷懒，他就当着那些铁巨人的面动手打我。"

　　老侯爷算准了儿子的狗脾气，淘归淘，娇气归娇气，但当着众人的面，这小东西即使还没有人家大腿高，也万万不会哭闹丢自己的脸。长庚赖在顾昀身上，下巴垫在他肩上，贴着他耳根道："若我早生二十年，就把你抱起来偷走，好好地放在锦绣丛中养大。"

　　顾昀想象了一下那番情景，被他肉麻得无言以对，哭笑不得。

　　其实细想起来，钟鸣鼎食之家，自三代而衰者多矣。像顾昀这种出身的孩子，又是独生，倘若当年真的任凭他在京城里无法无天地长大，指不定要顽劣成什么样。非得有个老侯爷这样狠心的爹，才下得去这样的毒手修理他，让玄铁营不至于后继无人。

　　只是谁也没想到，他成才的代价太大了。

　　"王伯说你从北疆回来以后性情就变了，不爱见人，谁也不理。"长庚停顿了一下，拉过他的手写道，"你恨先帝吗？"

顾昀下意识地想去摸腰间酒壶，一伸手才想起来，他已经决定戒酒，酒壶早就没在身上了。

顾昀抿了一下嘴唇道："不恨……给我倒杯茶来。"

长庚差点以为自己听错了。京师围困刚解，顾昀伤得爬都爬不起来，一开口却仍是不知死活地要酒喝，怎么去了一趟西域打了一回仗，倒知道养生了？长庚虽然一直对这酒鬼习性颇有微词，但见他突然转性，心里却"咯噔"了一下，不喜反惊。他起身给顾昀泡了一杯春茶，再次不放心地疑神疑鬼起来，不动声色地搭住顾昀的手腕，只恨自己学艺不精，没能号出什么名堂来。

虽然耳目不便，但顾昀还是感觉到了他的紧张，立刻反应过来，意识到自己露了马脚。长庚实在太敏感了，一个人倘若一直劣迹斑斑，不如干脆劣下去，旁边跟着收拾的人已经习惯了，反而是他毫无预兆地突然转性会让人无所适从。

于是顾昀若无其事地把茶水喝净，舔了舔嘴唇道："酒壶不知道落在哪儿了，上回沈老送来的自酿酒还有吗？"

这句听起来比较像顾昀的风格，闹了半天是刚才说话说得渴了。长庚略微放下心，一口回绝道："没了，凑合喝茶吧。"

顾昀半真半假地"啧"了一声，接着嘴边被送了块东西，一股糯米黏糊糊甜腻腻的味道钻进鼻子，顾昀往后一仰道："什么东西？我不要……嗯……"

长庚喂了块糯米茶点给他。

顾昀眉头皱成一团，他不爱吃甜的，被长庚和那块茶点齁得够呛，可也不好吐出来，只好像多年前那碗含着半块蛋壳的鸡蛋面一样，囫囵咽了，从甜得过分的豆沙馅里嚼出了一点甜过头的苦来。他忽然有点不安，长庚这股腻人的劲不正常，方才听说他不喝酒时那种陡然紧绷的疑神疑鬼劲也不正常——极致的大悲大喜因为太耗神，往往不能持久，一般都只有一小会儿，之后要么转为麻木混沌，要么当事人自己转移注意力，冲淡这些情绪，本能地自我保护。

顾昀正色道："长庚，把琉璃镜给我。"

"不，"长庚以一种类似禁锢的姿态圈住他的椅子，不依不饶地追问道，"为什么不恨？"

他最后的问话又热切又冷漠，热切是打破砂锅问到底地想得到一个"恨"与"不恨"的回答，好像顾昀只要承认一个"恨"，他就要采取什么行动一样。冷漠却是他仿佛忘了嘴里这个"先帝"是他亲爹，随口一提，像提起路边猫狗一样漫不经心。

顾昀心里微沉，沉默了一会儿，反问道："你呢？现在还恨胡格尔吗？"

长庚没料到他又将话抛了回来，有点意外地眨了眨眼——倘若顾昀此时能看清，就会发现长庚的眼睛不红了，瞳孔却依然有重影。

长庚冠冕堂皇地回道："倘若她还在我面前，我必将她扒皮抽筋，但她已经死无葬身之地了，我就算想将她挖出来鞭尸也徒劳无处寻，再恨她也没有办法消解，反而会如她的意，加速毒发，是不是？"

这绝不是他的真心话，顾昀心再大，耳再聋也听得出来。

顾昀正要开口说话，突然感觉赖在他身边的人一震——是那种全神贯注时被突如其来的打断惊吓的震动。身后一阵细细的风吹来，似乎是有人敲开了书房的门。

顾昀侧过头，问道："是王伯还是老霍？"

门口的老管家提高了声音，喊道："侯爷，是我，灵枢院来人找雁王殿下！"

长庚那重影的双瞳倏地缩了回去，乍一看仿佛被强光刺激了一下似的，他下意识地放开顾昀，像平常一样露出一点"非礼勿碰"的拘谨，拘谨了一半，又想起了什么，脸上茫然神色一闪。

顾昀假装没有察觉。"有事先去忙吧，我好几天没正经吃过饭了，去找点吃的，刚才又被你塞了一块不知什么玩意……噎得我胃里直泛酸水。"

长庚先是一愣，随即狠狠一拍自己的额头，懊恼地揉了揉眉心道：

"我……那个……我真是……"

他"腾"一下站起来，仓皇道："我先叫厨房给你做点好消化的。"

王伯忙道："是，老奴这就去。"

长庚一口气走到书房门口，又想起了什么，在自己身上摸了摸，从怀中摸出了顾昀那副琉璃镜，转回去还给顾昀，金属链子与外框被他焐得温热。长庚将镜片细致地擦干净，架在顾昀鼻梁上，目光在他脸上流连良久，忽然低声说道："子熹，我……我方才真觉得自己在做梦。"

所以才敢那样放肆忘形。

顾昀被他神神道道地折腾了一中午，闻听此言很是来气，想撅他一句"打你一巴掌看你疼不疼"。谁知他没来得及说，长庚便微微一顿，站直了，有点自嘲地苦笑道："长这么大没做过这么好的梦，醒不过来就好了。"

顾昀："……"

他一正常，顾昀立刻又不忍心苛责了，感觉再来几次，自己非得也跟着神神道道起来不可，只好喜怒莫辨地端出四平八稳的模样，摆手打发他快滚。

隆安八年初夏，顾大帅虽然一直在犯太岁，但大梁的国运却仿佛从跌到谷底后开始缓缓复苏，像漫长的隆冬过后，漫无边际的白雪下面开始有零零碎碎的嫩芽露出枝头来。

入了夏，先是安定侯快刀斩乱麻地平定西方属国之乱，签订了《楼兰新约》，玄铁营押送西域进贡的紫流金抵京。至此，大梁四面楚歌之下，总算破出了一条活路。

沈易等人押送紫流金刚到，灵枢院又传出喜讯。顾昀原本那把一直未能在军中推广的大铁弓终于有了新突破。葛晨这个屠户出身的后起之秀果然天纵奇才，设计了一种全新的金匣子，轻便极了，可以装在弓箭上，完美地由人力掌控。

本来非绝代高手拉不开的铁弓弓弦重量减轻了一半以上，可以经人的双手毫不费力地打出白虹铁箭，精准度极高，铁箭厚重，不易受狂风影响。一旦这批弓大规模赶制出来，白虹将从此在大梁军中绝迹，而那铁箭中还能再加火机系统，特制的铁箭射出后能在空中二次加速，甚至能在敌阵中爆炸，威力极大。

六月底，在玄铁营的虎视眈眈与西洋国内矛盾渐渐凸显的情况下，南北两边的战局同时短暂地平稳了下来，大梁有了一个得以喘息的机会。满朝上下都知道，此时当务之急便是安民心，特别要将战祸中流亡各地的流民安顿好。

可是怎么休养，怎么安顿？给这些流民重新安排田产是万万做不到的，哪个青天大老爷也没有那么高风亮节，将自家地让出来给别人分。

军机处组织了几回大朝会召集群臣讨论，始终没讨论出个所以然来，只收集了一堆馊主意，组织流民去开荒之类，气得隆安皇帝当廷暴跳如雷地指责一干朝臣尸位素餐："你们怎么不说将流民收拢流放到东海效仿精卫呢？"

军机处雁亲王带头沉默，也不表态，六部及各地方官员上折子互相推诿，当廷吵架闹腾得不可开交。就在这时，杜万全带着他天南海北的十三巨贾出面上书朝廷，声称他们愿意效仿西洋人，在各地设立民办的厂房，收拢四方流民以事生产。

这样一来不需要多少地，当时长庚自运河沿岸法办安排流民不利的贪官污吏没收来的那点田产足够用。他们还打算以当年江南的耕种傀儡为蓝本，召集一批民间长臂师，改造出一系列的民用火机。

随着第二批烽火票发放，朝中一股暗流般的力量逐渐凝聚起来，他们蛰伏未动的时候，乍一看完全不成派系，此时却暗中不显山不露水地开始推动这件事：上谏隆安皇帝，给这些最早站出来扛烽火票的民间义商一些特许权，比如他们可以直接上书至军机处，奏请皇帝本人特批，然后在保证军用的情况下，允许他们每年购买一定限额的紫流金。

这封折子最早是从工部呈上来的，工部尚书孟珏是个翰林出身的寒门士子，折子里说："此乃一箭三雕之计，既解决了各地流民骚乱，又显示朝廷不会亏待有功之人，高价卖给这些巨贾的紫流金所得银两还能额外投入军需战备。"

一石激起千层浪，这回，嗅觉敏锐的簪缨世家中，终于有人回过神来了。

好久没有上朝的顾昀有幸旁听了一回大朝会是怎么个剑拔弩张的盛景，听得他目瞪口呆，感觉此地比明枪暗箭的前线阵地还危险。

十三巨贾一封折子，士族与寒门的后起之秀间历代积压的矛盾陡然激化。此时长脑子的人已经发觉了那些官商勾结的暗箱交易，更有嗅觉敏锐的，已然察觉这股新兴的势力难以抵挡的未来将会撼动士族之根本，一股日薄西山的危机感悄然而生。

朝堂上，亲商会派指责世家"结党营私，祸国殃民""站着说话不腰疼"，更有甚者，暴跳如雷指着对方鼻子骂"你有主意，让流民去贵宅安顿可好"。几大世家则脸红脖子粗地争论"商贾之人何能登大雅之堂""紫流金国之重器，岂能流入私人之手"，最后干脆是"不知几位大人收受贿赂几何，与这些挑担货郎穿一条裤子"。

然后一排将军在安定侯不吭声的情况下面面相觑，一起作壁上观，末了由军机处跑出来你一句我一句地和稀泥。

顾昀抬头看了一眼隆安皇帝，只觉李丰真是老了，不过三十来岁，他已经华发遍生，一脑门焦头烂额的戾气。有那么一瞬间，顾昀忽然想："倘若当年城将破时，他被一枚流矢钉死在红头鸢上，是不是对他而言反而是件好事呢？"

李丰似有所感，正好抬头碰到顾昀的视线。

这天散朝后，顾昀便被留在宫里。两人战前闹翻，之后顾昀马不停蹄地四处打仗，几乎没有再私下相处的机会，这一回再次在一同长大的地方聊些经年闲话，几乎是恍如隔世。李丰留下顾昀实属一时冲动，真一同走在御花园里，才发现无话好说，着实尴尬。

正在这时，太子下学经过，过来问安见礼。

李丰不怎么沉迷于后宫，子嗣不丰。太子刚满八岁，还没开始长个子，一团孩子气，见了李丰有点拘谨，规规矩矩地上前见礼道："父皇。"

随即又小心翼翼地看了顾昀一眼，有点想搭话，又不知这人是谁。顾昀冲他笑了一下道："臣顾昀，参见太子殿下。"

太子吃了一惊，小男孩都爱听大英雄的故事，此时见到真人，一方面激动不已，一方面还要在父亲面前勉强维持太子威仪，小脸都涨红了，磕磕巴巴地道："顾……顾将军！不……那个……皇叔公不……不必多礼。孤……我还习过皇叔公的字呢。"

顾昀神色有点古怪："……殿下太客气了。"

"皇叔公"仨字给了他会心一击，叫得他觉得自己长出了两尺长的胡子。

那天李丰挥退四下，只留下太子随行，谁也不知李丰和顾昀聊了些什么，宫人只知道，小太子似乎与安定侯十分投缘，一直缠着他不肯走，最后趴在安定侯肩头睡着，是安定侯亲自送回东宫的。

临走时，隆安皇帝特意嘱咐顾昀，要是有工夫，常进宫来看看，也指点指点太子。君臣相谈甚欢，之前皇上与安定侯翻脸，军政离心之事，似乎只是被人刻意淡忘的涟漪。

而此时望南楼雅间中，江充匆匆赶到，从袖中取出一份密函递给长庚。"王爷，您看看这个，我们在朝中根基未稳，这回可能是有些操之过急了。"

那是一份奏折拓本，江充压低声音道："大内流出来的，下朝以后，几大世家就通过王国舅，联名将折子递到了皇上那儿，恐怕是蓄谋已久。"

长庚神色不变地接过来。"王国舅？他自己屁股擦干净了吗？这段时间战乱纷纷，谭将军身死京城，便觉得没人追究他了？"

江充将声音压得更低："王爷，王国舅是太后母家，只要不谋反，皇上不会动他……再者当年那件事谁敢提？若是以此为由扳倒了王国舅，难道先帝不会落一个受小人妖女蒙蔽，残害忠良的昏君名声？子不言父过，皇上不可能因为这件事办了王裦。"

长庚面无表情，一目十行地将那拓本扫了一遍，忽然"咦"了一声。

江充："怎么？"

长庚："这东西不像是王裦那酒囊饭袋想得出的，谁的手笔？"

江充："哦，说来此人与王爷甚有渊源，当初方家不是还有意与王爷结亲吗？这背后提刀之人正是那方小姐的叔叔，当朝户部尚书方钦，原是元和十八年先帝钦点的状元郎，前朝唯一连中三元的，自小才名卓绝。"

自从方钦接掌户部，一干事务井井有条，与军机处配合得当，从未拖过后腿，可谓是个能臣。可惜屁股决定脑袋，他生于方家，代表方家，注定是一块才名卓著的绊脚石。

"半朝座师，风头无两。"长庚轻轻地敲了敲桌案，"旧时王谢堂前燕，也该往寻常百姓家里飞一飞了。"

江充听出他话里杀机，心头一跳。

可是还没等江充看个分明，长庚又若无其事地赞道："方尚书确实有才，真乃治世之能臣。"

雁亲王言语轻快，赞赏似乎也赞赏得实心实意，仿佛方才那一点说不出的杀机完全是江大人自己的臆想，只有"治世"二字用得十分微妙。

方钦的折子直指隆安皇帝的心窝，他也不评论将流民归入厂房是好是坏，只揪住紫流金监管安全问题不放，甚至把顾昀也拖出来说事——数万玄铁营将士于前线浴血奋战所得，若不能善用，岂不寒忠臣良将之心？

顾昀约莫是不会太计较的，但李丰的逆鳞是妥妥地被戳中了。长庚劝奉函公在紫流金问题上让步的时候说过，自那英明神武的武帝开始，紫流金之于帝王家，便仿佛是另一个传国玉玺，何况自景华园数代积累的皇家私库一朝付之一炬后，李丰只会更没有安全感。

方钦还条分缕析地列举了一长串紫流金售卖给私商可能造成的后果，比如开了这条口子，以后怎么鉴别私商手里的紫流金是从朝廷买的还是走私的？倘若外来走私紫流金价格更低，那逐利的商人理所当然会打着特许的牌子走私，民间私藏、私售、私运紫流金一事本就屡禁不止，往后不是更管不了了？

再比如，要是不出意外，厂房产业总归比凡人一辈子的寿数长，就算朝廷只给这十三位民间义商特许权，他们的子孙后代怎么办？烧紫流金的地方往后只会越烧越多，否则必然难以为继，那么朝廷是要让他们子子孙孙都有特许权吗？子孙分家怎么办？厂房被人买下来怎么办？倘若紫流金的特许权也能买卖，那么将来歹人要私囤钢甲火机谋反，不也太方便了吗？

但如果这种特许权只是一锤子买卖，对人不对厂，那以后这十三个怀揣特许权的人死了，厂房一散，不还是要流民横行吗？眼下这一代流民知道造成他们流离失所的是外敌，是朝廷管他们饭吃、给他们安排去处，但几十年后的流民，他们会怎么想？他们只会觉得是强制收回特许权的朝廷砸了他们的饭碗，这样一来，岂不是解一时危局，埋下无穷祸患吗？

此外还有种种顾虑，不一而足。方钦最后用文雅的措辞总结：鼓动将紫流金贩售给私商的人，要么头脑简单，顾头不顾腚，只看眼前不想将来怎么收场，要么根本就是根搅屎棍子，浑水摸鱼，不知是什么居心。

方尚书才高八斗，长长的一封折子字字句句往隆安皇帝心坎上戳。

"倘若这折子按照常规途径，先送到军机处，我们还有能力拦一拦，"江充叹道，"可是……唉，王爷，方家在朝中毕竟根基深厚啊。"

长庚突然无声地笑起来。

江充被他笑得莫名其妙。

只见雁亲王慢条斯理地端起桌上的茶抿了一口。"方大人说的乃是当务之急的时政，并非歌功颂德的废话，其言又句句在理，并无不妥之处，就算送到军机处，我们又有什么理由拦下？寒石，你那句话妥当吗？军机处是什么地方，专门欺上瞒下、弄权舞弊用的吗？"

他语气虽然温和，但话已经说得极重。江充悚然一惊："王爷……"

长庚神色微敛，淡淡地打断他道："今日这话自你口出，自我耳入，不会传到第三个人那里，姑且就算了，但我不希望在军机处再听见类似的话。"

江充忙正色应道："是，下官失言了。"

长庚的神色温和下来，睁眼说瞎话："我这个人经验有限，遇上事城府与涵养都不足，拿你当自己人，嘴里也没个把门的，话说得轻了重了的，寒石兄别太往心里去。"

江充连声道"不敢"。

他被雁王一手提拔，别人都以为他是雁王心腹，但他自己却越发觉得看不透这位知遇之恩深重的上司。以方家为首的世家势力不会坐看朝中新贵借此机会上位，必定会不遗余力地打压，这是肯定的。别人或许不清楚，但江充心知肚明，这些所谓"新贵"恰恰是雁亲王一手扶植——从改革吏治，甚至更早，发行烽火票开始，这件事就已经在铺垫了。

倘若他这漫长的铺垫是为了布一个局，那么最后会指向何方？

雁王殿下真的只是大公无私，所做种种只为了缓解国家一时危局吗？他真像自己一直表现出来的那样无欲无求，只待外敌一退，便会立刻挂印回家当个吃皇粮的闲散王爷吗？

要真是那样，他有什么必要殚精竭虑地铺这么大一个摊子？

但倘若雁王只是用这一个弥天大谎欺骗世人，心里另有所图……他又能图什么？他是当今皇上唯一还活着的亲兄弟，也是大梁唯一的亲王，若想再进一步，也就只有……那个位置了。

但这也说不通，雁王要真的有意皇位，当年隆安皇帝亲口传旨让他继位的时候，他为何要抗旨？退一步说，就算他当时推拒，后来又起意，那他何苦以亲王之尊得罪一干朝中重臣？难道不该出手拉拢吗？

江充一头雾水，颇为小心地问道："可是殿下，就连下官看完这封折子，都对私商设厂一事充满疑虑，何况皇上？但若此事当真不成，那么朝廷该如何安抚杜公他们这些于国有功之人，众多流民又该如何安顿呢？"

"这你就想岔了，"长庚意味深长地笑道，"皇上看完以后只会对私商买卖紫流金一事充满疑虑，既然方大人已经说得这么清楚了，私商买卖紫流金不可行，我们不如想想怎么解决这个问题，不就两全其美了吗？"

江充倏地一愣。

长庚摆手道："回去准备一下，明天列位稍微早点到，军机处在朝会之前先议一议此事，别让我皇兄失望。"

江充应了一声，起身告辞。他从雁王平心静气的字里行间听出了某种说不出的笃定——好像雁王早已经料到了方钦这封折子，也早已经想好了下一步应该如何应对。但……既然有解决方案，为何一开始不提出来，非要绕这个弯子呢？这样除了激化烽火票新贵与世家门阀之间的矛盾，还有什么用？

"哦，对了，寒石。"长庚叫住他。

心事重重的江充回过神来，以为他有什么要紧事，忙洗耳恭听。

长庚道："顺便叫望南楼给我炸二斤盐酥小黄鱼包好，我一会儿带回去，多谢！"

江大人脚下一滑，差点从楼梯上滚下去。

叁

被隆安皇帝留下的顾昀堪堪赶着宫门落锁之前离开。

四方战备调配要经安定侯看过，才能上报军机处转呈皇帝报批。本来最新的紫流金调配方案在大朝会后就要交给顾昀，谁知皇上一留便将他留到了这个点钟，沈易只好一直等他等到夜幕将临，正百无聊赖地打哈欠时，才看见顾昀慢吞吞地往外走。

"怎么这么半天？"沈易迎上去，"我还以为你又因为什么和皇上吵起来了。"

顾昀接过他手中准备上呈的折子，随手翻了翻道："等我拿回去看——

有什么好吵的，都这把年纪了。"

沈易一脸震惊地看着顾昀，舌头打结道："这……这把年纪？大帅，你没事吧？皇上到底跟你说什么了？"

居然把一天到晚臭美的"西北一枝花"说成了"这把年纪"！

顾昀惆怅地瞥了一眼自己的肩膀，小太子趴在他肩上流的哈喇子还没干。人要是打光棍的时间长了，就总是容易觉得自己还青春年少，不料一不小心已经成了"叔公"辈，这才恍然想起来，就自己这岁数，倘若换成个寿数短的，大概半辈子都过去了。

"没什么。"顾昀边走边心不在焉地说道，"可能被大朝会吵得气闷了，跟我说了几句丧气话……皇上那个人，从小爱争强好胜，干什么都非得压过别人一头，刚登基的时候也不是没想过泰山封禅之事，这些年弄成这样，他……唉，也不容易。"

沈易背负双手，默默地听着，每次牵扯到这些皇家烂事，他都觉得十分心累。以那已经进了皇陵的元和先帝为首，一个比一个反复无常，三天好了，便让你荣宠无双，恨不能权倾天下，两天恼了，转眼让你变成个阶下囚，弄不好小命都不知吊在谁的刀锋上。

就说元和先帝，要是早能快刀斩乱麻，现在顾昀再投胎都差不多能娶媳妇了，偏偏那位又想除掉顾家，又几次三番不忍下手，像个狠心端了虎窝的猎人，干都干了，偏不舍得杀那瑟瑟发抖的幼虎，非得抱回家当猫养，杀得情真意切，宠得也情真意切，结果养出了顾昀这么一个情意深重的"祸根"，真不知是成是败。

沈易叹道："咱们在外面打仗的不知道朝中难处，回来才晓得，雁王殿下这一年多真是不容易。你猜怎样，我爹昨天还在跟我念叨，说我是'塞翁失马，焉知非福'——本来我家虽不是什么名门望族，却也是世代科举，正经八百都食皇粮俸禄的，当年我一意孤行要进灵枢院，我家老头倒是没怎样，三姑六婆都疯了，后来又从灵枢院里跑出来跟你从军，更不像话……唉，都别提了，反正在我们家那些姑姨娘舅眼里，我就是个无可救药的败家子。"

顾昀不满道："实打实的军功在身，怎么就败家了？"

"说得就是，不过现在我家老头反而有点庆幸，"沈易道，"他说如今朝中四下都是暗流，局势也越来越复杂，反而不如跟着你在外面打仗来得踏实，起码炮口刀尖都是对准敌人的。"

顾昀心里却没多踏实，反而塞得更严实了。他不知道长庚在纷乱的朝堂中扮演了一个什么样的角色。迄今为止，军机处都仿佛只是一个特殊时期为了统筹国力、协调群臣而设的临时机构，虽是国事中心，直接上呈皇帝统领六部，但其中每个人还保留兼任了原有职务，好像一旦战事平息，军机处就能随时裁撤。

以雁亲王为首，军机处一直都围着皇上和各大军区所需转，其中所有人的立场似乎都在迷雾重重之后。

"不说这些糟心的，"沈易开口打断他的思绪，搓了搓手，讪讪道："子熹，咱俩这么多年交情了，让我蹭顿饭行吧？"

顾昀奇道："你家穷得揭不开锅了？"

沈易一反其碎嘴常态，扭捏支吾了半晌，才道："我爹……最近想给我张罗一门亲事，那个……有点太热情了，我惹不起他老人家，只好四处躲一躲——哎，你差不多行了，别笑闪了腰，有这么恩将仇报的吗？哦，你有愁我替你发，我有愁你幸灾乐祸……"

顾昀笑得喘不上气来。"我……真是长见识了，头一次看见因为被逼婚吃百家饭的将军。"

沈易："顾子熹，咱俩交情还在吗？还在你就赶紧闭嘴，请我吃顿好的，还能原谅你。"

沈易真后悔没趁着顾昀爬不起来床的时候好好报仇雪恨一番，果然老实人就是挨欺负。

顾昀笑累了，才敷衍地安慰道："快知足吧，有人催逼是老父健在，我想让人催还没人催呢。"

沈易听了，神色有点落寞，说道："我爹可能是怕我死在战场上，着急给沈家留后吧。这么多年了，我也确实没让他省心过，就是……我这个人怎样，自己知道，天生琐碎得很，倘若有了老婆孩子，心思恐怕就难留在边疆了，你本来已经够孤苦伶仃的，我要是再走……"

顾昀不笑了，在两步以外回过头来看着他。

沈易道："不过最近我倒是看出你有点想要功成后身退的意思，真把洋人打回去，皇上无论如何也不能再找你麻烦。再说还有雁王殿下在朝，殿下自小心细仁义，又对你……想必能照顾你，我吊儿郎当了这么多年，也确实该收收心，成家立业了。"

"季平，"顾昀道，"莫非……"

沈易等着他说。

顾昀："……你也暗恋我？"

沈易被地上翘起的石头绊了一下。

顾昀摇头晃脑叹道："天生丽质难自弃，唉，长得太英俊也是麻烦。"

沈易终于忍无可忍，咆哮道："你还要不要脸了！"

沈将军一时什么愁绪万千都化成了怒火，一路跟顾昀掐回了侯府，正好在大门口遇上刚从望南楼回来的雁亲王。

当着沈将军的面，长庚十分客气地打了招呼，又将小黄鱼递给顾昀道："刚出锅，义父上回说好吃，我就顺路买回来了。"

沈易干笑。

顾昀干咳。

雁王殿下一露面就降伏了两位活蹦乱跳的将军，笑容可掬地把俩人领进门了。

沈易大小也是一方统领，也就顾昀平日里同他处得随便，别人是不好这么不见外的，怎么也得当个客招待，顾昀不管事，长庚便只好亲自去与家人交代。

沈易觑了一眼雁王长身玉立的背影，凑到顾昀耳边低声问道："雁王殿下……还住你这儿？"

顾昀一顿，拆开油纸包，将盐酥小黄鱼捏出来吃，含混地应道："嗯。"

沈易知道他有点没心没肺，但没料到他这样没心没肺，一颗好管闲事的后宅老嬷之心翻涌上下，忍不住道："你这浪荡东西，这许多年了也不知成个家，这破烂侯府里除了老弱病残就是营中丘八，天一黑，满院子铁傀儡拎着灯瞎溜达，鬼宅似的。殿下小时候在京城无依无靠，借你半片肩甲'挡风'就算了，现在算怎么回事？"

他说着，禁不住又把声音压低了八度："皇上答应吗？你……我说你什么好啊顾子熹！"

沈易说的是显而易见的屁话，顾昀自然思量过，但……还能怎么办呢？

长庚身上有那一重从小落下的乌尔骨，他每一刻都踩在刀尖上，活着就是险象环生，顾昀何德何能，机缘巧合，成了堪堪吊着他的一根头发，怎能撒开手？怎敢撒开手？

顾昀咂吧了一下嘴角沾的椒盐粒，眉目不惊道："将来收回江南，我就带他走，也省得他在京城待着碍人眼，管别人怎么说呢。反正我活着一天就护着他一天。"

他说得倒轻巧，沈易气得径自在旁边喘了一会儿，拿白眼翻顾昀。顾昀叼了条小黄鱼，想了想，顺手掰给了沈易一半，对他说道："一会儿赶紧吃，吃完赶紧走。没见人家军机处一天到晚忙得乱转吗，不长眼力。"

沈易差点让鱼噎死，让他气了个倒仰，怒道："我大老远地来替你发愁，你就拿这副见色忘义的嘴脸相待，顾子熹，我总算明白何为日久见人心了。"

顾昀道："你怎么那么下流？"

军中一帮血气方刚的汉子，有能考上天子堂前的翰林出身，也有入伍前大字不认识一个的寻常武夫，趣味各有高低不同，开起玩笑来荤素不忌，私下里常有些上不得台面的荤话——有些原本正常的，被他们一编派，也能引来无数猥琐的联想。

沈易先是一愣，仔细回味了一下方才自己最后一句无心的话，反应过来，确信顾昀此人已经没治了，吼道："你才下流！"

长庚本来在门口和王伯说话，听见里面咆哮，莫名其妙地回头看了看又嚷嚷起来的沈将军，冲王伯嘱咐道："上回宫里送来的枇杷膏还有吗，一会儿给沈将军拿一碗来，我怕他喊坏了嗓子。"

顾昀好整以暇地跷着二郎腿往旁边一坐，等沈易怒气渐消，他才忽然道："行了，季平，少在我这儿撒气。我知道你心里烦，虽说都是父母之命，媒妁之言，但你要不喜欢尽可以不娶，管是谁家的女儿？沈家宗族再盘根错节，管得着我玄铁营的人吗？"

沈易呆了片刻，神色沉郁下来道："我不是怕，只是……"

顾昀点点头，他们是自小一起长大的世家公子，彼此的难处不必明说，都心知肚明。

"我小时候就听家里婶娘与祖母议论我爹，说他如何不成器，文不成武不就，整天在钦天监里领闲差，跟一帮僧僧道道的鬼混。"沈易微微叹了口气，"我父辈三人，大伯脚有残疾，仕途难行，我爹又是那不着调的性子，那些年沈家全靠三叔一人独撑……结果我辞去翰林入灵枢院，祖父知道了险些厥过去，要将我逐出家门，是我爹跟三叔顶着不孝的罪名护着我。当时家法都请出来了，祖父一时失手，三叔为了护着我，挨了一鞭子，他本就殚精竭虑气血两虚，当场被我祖父打出一口血来，从那以后身体就每况愈下，不到三十五，人就没了——我那时候毅然离京，跟你从军，也是因为这个。"

因为愧疚，因为不想回家……也想为自己挣出一把功名来，给眼高于顶的家族看看。钟鸣鼎食之家，外人看来多少锦衣玉食羡杀人，唯有身在其中的，才知道那里头也有诸多无奈。

"有时候就是觉得没意思，"沈易低声道，"忒没意思，几回生死挣命，挣出个人模狗样，回家掀开门帘，等着你的还是那一套，除非断绝六亲，逐出家门，否则永远都得被那些盘根错节的关系摆布……我就随口抱怨，你也别往心里去，这都不是大事，跟你们家的事比起来，我家那真是一点鸡毛蒜皮。"

顾昀笑道："都是闲愁。"

"可不是嘛，"沈易自嘲道，"你看见钟老将军上的折子了吗？里面除了军情，还详奏了江北灾民形状之凄凉。这还是夏天，说话就入秋，倘若再不能将人安顿下来，还不知要怎么过……朝不保夕，也就是我们这些尸位素餐的，还在为自己后院那点事发这些没着落的闲愁。"

他说完，幽幽地叹了口气，两人各自沉默片刻，顾昀忽然道："明天将钟将军的折子拿给我看看，倘若时机合适，早朝时候呈上去。真是听他们吵够了。"

沈易一愣，安定侯的态度全权代表军方，这么多年没在内政上表过态，这回是要站在军机处……雁亲王背后了吗？

正这时候，不知什么时候走进来的长庚插话道："不必，义父，些许小事，哪里就需要你亲自出面了？"

沈易见他来，忙撤下方才坐没坐相的姿态，不由自主地正襟危坐道："王爷为苍生社稷殚精竭虑，我们这些只会花不会赚的败家丘八也是想略尽绵薄之力。"

长庚笑道："沈将军哪里话，众将士浴血在前，才有我们喘息倒手的余地。运河沿岸设厂一事牵涉众多，你们搅进来反而容易横生枝节，我还摆得平，放心吧，保证在天寒地冻前安顿好。"

如今的雁亲王早已经不是雁回镇上的懵懂少年了，国家危亡必有挑梁之人，他年纪虽轻，手掌军机处的沉稳威仪却已经尽在周身，三言两语宛如闲聊，经他嘴里说出来，却仿佛掷地有声。

沈易恍然想起来，自从雁王接手军机处，他们要钱来钱，要粮来粮，一批一批的火机钢甲一点也不犹豫地往前线送。倘若不是他们从京城来，知道朝廷是怎么一个百孔千疮的熊样，大概还得纳闷，怎么日子比战前还要宽裕些。

沈易正色抱拳拱手道："无论如何，末将要替边疆数万将士谢谢王爷。"

长庚笑道："沈将军说的哪里话，都是应当应分的……再说义父都已经谢过了，是不是？"

顾昀："……"

这小王八蛋！

长庚从他手中抽出油纸包，柔声道："零嘴吃两口解馋就行了，节制点，待会儿还有正餐。"

沈易这万年老光棍简直不好意思在此地坐下去了，这回不用顾昀赶，他也想赶紧溜了，安定侯家的饭吃起来真牙碜。

第十一章

风起

壹

晚间送走了身心遭到重创的沈将军，长庚抽走顾昀拿着不放的酒杯。

顾昀懒洋洋地笑道："没酒了，就一个杯底，我闻闻味。"

长庚丢给他一包安神散道："爱闻闻这个。"

顾昀无奈地摇摇头——他放纵是放纵，但只要是自己想节制，也绝不含糊，多日滴酒不沾，沈易来了，也才喝了三两杯，基本就是沾沾嘴唇润润喉的量，知道长庚要管他，才不主动放杯子。长庚实在太爱管顾昀，事事照顾到，并且绝不假手他人，好像这样能让他心里踏实似的。都是小事，顾昀也乐得不动声色地惯着他。

两人洗漱干净回房，顾昀拍拍床头，对长庚道："银针拿过来。"

长庚那日被噩梦魇住，大惊大悲，几乎陷入幻觉，整个人都魔怔了，顾昀当时按捺住没表示什么，隔两天沈易等人抵京，他便去找了陈姑娘。

陈姑娘过来看了一次，动手将重瞳时不时冒出来的雁王扎成了一只刺猬，下了一打禁令，酒色辛辣荤腥生冷一概不得沾，最好每天照着护国寺大师们的菜谱吃，睡前还得以银针安神固心，有些他自己够不着的地方，便只能让别人代劳。这是细致活，侯府没什么细致人，顾昀不放心别人，只好亲自跟着陈姑娘学了好几天，所幸他自幼习武，穴位找得准，死记硬背，学得也快。

长庚安然地趴在床头，将后背交给顾昀那二把刀，一点也不怕顾昀扎错了，每天无论怎么心力交瘁，这一会儿工夫都是他心里最放松的时候，恨不能一直这样到地老天荒。

顾昀以前时常听民间说些一针扎不对，能把人扎瘫了之类耸人听闻的传言，因此一点神也不敢走，深浅一分也不敢错，也当真是难为他那双瞎眼。直到最后一根针放好，他才微微松了口气，身上出了一层薄汗，随手拿起旁边的汗巾擦了擦手，一回头，却见长庚侧着脸，眼睛眨也不眨地盯着他看，眼睛里的血色与重瞳尽去，眼神安静而悠远，映着汽灯一点微光，像是含着古佛下、青灯中的人间烟火。

顾昀：“看什么？”

长庚的嘴角僵硬地挑了挑，银针在身，他被封成了一个面瘫，笑不出来。

顾昀：“好了，笑不出来别笑了，一会儿叫人给你拔了就行，赶紧休息，明天不是还要早起？”

“子熹，”长庚面部能调用的肌肉不多，话也只能轻轻地说，听来越发像撒娇，“你给我拔针。”

顾昀：“小爷，奴婢一会儿还给你铺床叠被好不好啊？”

长庚早把顾昀看透了，有恃无恐地看着顾昀，只是笑——嘴角挑不上去，眼睛里却盈满了笑意，样子乖乖的，一点也不像身负诅咒的“邪神”，他轻声说道：“好啊。”

顾昀心道：爬到我头上来了。

他白了长庚一眼，端坐在一边闭目养神。没过多大一会儿，就听见旁边窸窸窣窣的声音传来，便道：“老实趴着，一会儿再把针碰掉了。”

"脖子累，"长庚嘀咕了一句，喃喃道，"我没事，就是那天自己吓唬自己，魇住了。"

顾昀已经困了，因为长庚睡不安稳，屋里一直点着安神散，安不安得了长庚的神不好说，反正被"殃及"的顾昀闻见，却有点睁不开眼了。他被西域人暗算，旧伤一度反复，小半年了，伤虽然见好，但他自己感觉得到，精气神已经大不如从前。人在前线的时候心里尚有根弦绷着，眼下回家，每日不必枕戈待旦，心里的弦稍稍一松，身上就时常有种缭绕不去的倦意，此时话说了没两句，眼皮沉甸甸的要睁不开了。

正这时，窗棂被从外面轻轻叩了几下。

顾昀的睡意猛地一清，警醒过来，他轻手轻脚地把长庚放好，推开小窗，一只脏兮兮的木鸟飞进来，一头栽进了他手里。木鸟已经很旧，一股檀香气仿佛腌入味了，清清淡淡地钻进了顾昀的狗鼻子，呛得他一皱眉，两根手指捏起那木鸟，嫌弃地递给长庚。"是了然那秃驴？又跑哪儿去了？"

护国寺被李丰清洗过一番，本想将住持之位交给救驾有功的了然，了然却固辞不受，依然在寺里挂个名，去做他云游四海的苦行僧。

"在江北帮着安顿流民。"长庚不怎么灵便地爬起来，"在老百姓那里，有时候和尚说话比官府管用。"

他说着，掰开木鸟，将了然和尚的信取出来看了一遍，方才脸上一直萦绕的笑意渐渐消失了，好一会儿，微微叹了口气，把信放在一边。

顾昀接过来一扫道："江北疫情，怎么没听说？"

"那边气候又湿又热，死的人多了，倘若不能及时处理，发生疫病也不稀奇……去年才整治了运河流域，我给他们分派了安顿流民的任务纳入政绩，混账东西，竟还学会瞒报了。"长庚低声道。他坐在床边，面无表情，整个人的神魂似乎都被几根银针固定在躯壳之内，看起来格外疲惫木然，他的目光落在床头一角，床头汽灯将他的鼻梁打出大片的阴影，铺在消瘦了不少的脸上。"原以为整一次好歹能清两年，先熬过这两年再说，哪儿知道竟这么……"

若非烂到根里，恐怕也不会养出这种滚刀肉一样胆大包天的地方官。

顾昀见他没什么意外，便问道："你之前已经知道了？"

长庚沉默了一会儿道："子熹，帮我把针下了吧，差不多了。"

很多人在疲于奔命，很多人在丢掉性命，而大朝会仍然在吵架。顾昀三下五除二将他身上的银针除去，从旁边捡起一件薄衫披在长庚身上。"别想了，好好睡一觉，有什么难处尽管告诉我，不要老自己一个人扛着。"

这话不知触动了长庚哪根神经，他突然转头望着顾昀道："无论什么你都会帮我吗？"

顾昀想了想，回道："天理伦常在上，除此以外，要星星不给月亮，就算阴天下雨，我也架个梯子上天给你摘，好不好？"

说到最后，他似乎又有点嬉皮笑脸的不正经，但这次长庚没笑，也许是刚才封住的身体尚未能完全舒展开，也许是听出了顾昀的弦外之音。

顾昀拍了拍他道："过来，躺下。"

长庚却突然回身，一把扣住顾昀的手腕，方才平静如星辰之海的眼睛里忽然就掀起了一阵风暴，摒除了往日温文尔雅的外皮，他脸颊苍白，眼珠极黑，手背上青筋暴跳，隐隐藏着传说中远古邪神之力。直到看见顾昀一皱眉，长庚指尖的力道才松开，他用一种难以言喻的神色盯着顾昀看了片刻。"子熹，给了我的东西，不要再从我这儿收回去。"

顾昀脸上波澜不惊地应道："行——侯府俸禄都交给你，但是每月给我一二两碎银当零花钱好不好？"

长庚听他顾左右而言他，神色倏地一黯，顾昀却一笑后把长庚按在枕头里。"我不丢下你，对天发誓——怎么疑心病那么重？快睡吧祖宗。"

长庚不依不饶道："就算我真的……"

"真疯了也不丢下你。"顾昀搭在长庚身上的手有意无意地轻轻拍着他，像哄一个很小的孩子，"你要是胆敢出门伤人，我就打断你的腿绑在屋里，一天到晚看着你，满意了？大半夜的非得来这儿讨骂……"

他说的分明不是什么好话，长庚的呼吸却陡然急促起来，眼睛一瞬间亮了，死死地盯了顾昀片刻。长庚闭上眼想象了一遍那番情景，浑身发紧，恨不能真的被顾昀打断腿关在屋里——小黑屋也行，绝不抱怨——那至少代表这个人是看着他的，关注着他的。

他翻来覆去片刻，终于忍不住伸手钩住顾昀的手腕道："说好了，我要是疯了，你就把我关起来，或是你将来要先我而去，就给我一瓶鹤顶红，送走了你我自行了断……哑！"

顾昀抬手搁了他一巴掌道："了断个灯笼，闭嘴，再不睡拿被子闷死你。"

刚下了针就开始神神道道的雁王总算被一巴掌打老实了，闭了嘴。顾昀的意识比他先一步被安神散拉进了朦胧中，陷入昏睡时还在发愁——长庚那句"自行了断"恐怕还真是说得出做得到，不知是他天性如此，还是乌尔骨也在潜移默化地改变着他。虽然长庚极力掩饰，但顾昀还是一天比一天能感觉到他骨子里的偏执和格外激烈的性情。

这么下去怎么得了？

隆安皇帝的大朝会本来十天一次，最近非常时期，很多事一直悬而未决，才改成天天都来，满朝文武都得打起精神起五更爬半夜，军机处却要比所有朝臣还要早到半个多时辰。第二天顾昀被霍郸叫醒的时候，长庚已经先走了，愣是没吵醒顾昀，也不知是他动作太轻，还是顾昀睡得太死。

"把那玩意熄了，"顾昀揉着太阳穴指着香炉道，"我都快被它熏得长睡不醒了。"

霍郸依言熄灭香炉，嘴里却道："大帅，这只是普通的助眠安神散，怎么别人吸了都没事，单单用在你身上就跟蒙汗药一样？你这不能怪香炉，每天都这么倦，分明是气血两虚，年纪轻轻的，这么下去怎么好？"

"嘘，"顾昀冲他使了个眼色，压低声音道，"赶明儿我去求陈姑娘给我开两服药，你少跟别人啰唆，听到没有？"

霍统领讲究"军令如山"，立刻一板一眼地应道："是！"

这日大朝会一上来就是剑拔弩张，几大世家果然联手，将头天晚上江充拓下来送到长庚那儿的折子当廷抛出。而后户部侍郎吕常率先站出来，言辞激烈地弹劾工部领头推荐十三巨贾涉足紫流金是"野心昭昭"，两批人马差点在大殿中当众撕咬起来，被大发雷霆的隆安皇帝一嗓子喝住。

方钦好整以暇地作壁上观，觑着皇上难看的神色，与一干党羽使了个眼色，知道自己这是戳到皇上的痛处了。果然，李丰长出了口气，掐了掐自己的太阳穴，缓缓说道："此事从长计议吧，朕也觉得私售紫流金一事多有不妥——军机处怎么说？"

江充闻言出列道："皇上，军机处诸位大人今天一早提前过来，也是在议论这个事，所忧所虑与吕侍郎不谋而合，皆以为向民商私售紫流金不妥。"

一句话把众人都说愣了，方钦犹疑不定地看了雁王一眼，突然有点弄不清这位行为诡秘的亲王殿下跟谁坐一条板凳。

李丰对江充这个自己一手提拔起来的纯臣印象颇佳，闻言也觉得所奏之事很对胃口，摆摆手示意他继续说。

江充便接着说道："然而流民之祸已是迫在眉睫，中原蜀中一带本就土匪众多，哪怕安定侯打死一条火龙，指不定民间还藏着'水龙''风龙'等着望风而动，只要有利可图，必定层出不穷。流民今天是良民百姓，但倘若逼得活不下去，明天就能落草为寇，眼下四境本就兵祸战事连连，倘若我们再后院起火，还谈什么休养生息，岂不是叫那些外敌见了也笑掉大牙？何况前一阵子臣听闻江北暴发瘟疫，如若属实，更是雪上加霜……"

他话没说完，朝堂上已经"轰"一声炸了。

李丰眼前一黑："瘟疫？什么瘟疫？"

好整以暇的方钦先是一愣，随即反应过来了什么，难以置信地抬头望向方才还咄咄逼人的吕侍郎——运河沿岸去年一大批官员被雁王拉下马，各大世家都忙着往里安插自家人，两江总督就是吕侍郎的嫡亲姐夫。吕家这一代的当家人不太提气，但姻亲满朝，吕贵妃是皇长子生母，根基很深……但方钦万万没想到他们竟胆大包天到这种地步！

在大梁朝，天高皇帝远，地方倘若发生大灾，灾情瞒报夸大乃是常事——前者为了为官者自己的声名与政绩，后者则通常是为了多骗国家一点赈灾款。眼下国家积贫积弱，想来刮不出油水，怕疫情严重自己吃挂落，加上吕家人自作聪明，生怕皇上心忧民生过于心忧紫流金，顺了那些商人之意，所以故意将消息扣下。

这里头乱七八糟的事方钦一转念就明白，当下狠狠地瞪了姓吕的一眼，恨不能将牙根咬出血——他们怎么不想想纸里包不住火？

雁王去年才出其不意巡查运河沿岸，如今才几个月？上一任的人头还没烂成骷髅呢！

隆安皇帝自己勤俭刻苦，最恨贪墨舞弊之事，雁王又是个不结党不营私，看着八面玲珑实际翻脸不认人的怪胎，吕家人简直是在那两位眼皮底下作死。倘若功亏一篑，都是这帮自作聪明的小人拖的后腿！

殿上李丰大怒道："江爱卿，你把话说清楚！"

长庚不慌不忙地出列道："回皇上，臣弟闲来喜欢抄经礼佛，与了然大师私交甚笃。了然大师辞了护国寺住持一职后，便南下江北一带帮着安顿流民。只是他白身一个，不便打搅地方官，便只是四处化缘，宣法讲道，从当地富户那里筹些善款来解燃眉之急。日前了然大师托人捎回一封私信与臣，诉说灾情严重，让臣弟尽快想办法，然而信中提到江北疫情之严重臣竟闻所未闻。信刚收到，真实情况尚未核实，江大人方才一时情急嘴快，皇兄不要怪罪。"

雁王说着，不带烟火气地扫了吕侍郎一眼，随后目光又似有意似无意地掠过面色铁青的方尚书。

李丰深吸一口气，森然道："六部九卿、军机重地，没有听到一点消息，倒被一个……一个布衣破钵的苦行僧人泄了底，此事如果属实……"

他沉默良久，咬牙切齿道："朕倒不知道这朝中是谁一手遮天了。"

大殿群臣"呼啦啦"地跪了一片。

吕侍郎后背爬满了冷汗，整个人已经蒙了。方钦心里暗叹一声"扶不起来的东西"，上前缓缓道："皇上先请息怒，臣倒是觉得此事未必真像了然大师说的那么严重。江北湿热，夏日难挨，流民又体弱多病，想来个别发热症也并不稀奇，不一定就真是疫情。皇上想，倘若真有人有一手遮天的能耐，为何别人都拦得住，偏偏拦不住了然大师送信回京呢？"

长庚头也不抬地听着，听到这句，便轻笑了一下道："方大人这话我没听明白，您是说了然大师分不清什么叫'疫情'，什么叫'热症'呢，还是说那和尚胆大包天，构陷一方重臣？再或者是本王没事找事，随便伪造了个什么证据，打算排除异己呢？"

方钦忙后退一步道："皇上明鉴，臣万万不敢。"

李丰方才一皱眉，长庚便从善如流地拱拱手道："我少不更事，心直口快，方大人别往心里去。了然大师每月初一十五焚香祈福，会手绘一张平安符封入锦囊中托驿站寄给臣，许臣些国运昌隆、皇兄康健之类的祈愿。平安符封口之后是不便随意拆开的，皇兄也知道，然而近日臣收到的几封平安符却有被拆开后重新装回去的痕迹，也不知是谁见不得臣弟这一点小小私愿……"

方钦被他哽得不行。

长庚从怀中摸出一封东西，并不是顾昀头天晚上见过的那封信件，而是一把古旧的，不知攒了多久的字条，指肚宽，又经过拼接后给重新粘在了一起，每一张字条上都是一串不知所云的墨迹，然而并排与旁边的字条拼在一起，却能在繁复的花纹下看出一段完整的字，连在一起便是："江北疫情严重，死者遍野，驿站路封，望朝廷早做打算。"

长庚说道："一行字分成四片纸，打乱顺序寄过来，以梵文及图腾纹理遮掩。"

隆安皇帝是认得了然字迹的。方钦正要开口，长庚却抢在他之前截了和。

长庚扬声道："但诚如方大人所言，此物毕竟非正当渠道所得，真假尚且存疑，故而臣弟未曾立刻上报。本想今日奏请皇上，请皇上许臣下江北查看流民情况，以便安顿，顺路也可以核实此事是否属实，只是江大人一时情急嘴快，居然就这么说出来了。"

江充忙十分有眼力见儿地磕头道："皇上恕罪。"

此言一出，雁王的弦外之音让在场众人当场起了一身鸡皮疙瘩，方钦脑袋都大了——雁亲王又要南下！

"法不责众"在雁王这里是没有意义的，上回从南往北，他走一路杀一路的壮举还历历在目。雁王好像一点也不怕朝中没人干活，一点也不在乎树敌万千。说杀就杀，不群不党，谁的面子都不给——反正他是皇上的亲弟弟，只要不谋反，没人动得了他。

方家一度想向雁王示好，每次都被他不轻不重地挡回来。

想倒手给雁王送礼的，头天送过去，第二天印着灵枢院特制防伪标识的烽火票就会送上门。他不好财，也不好美色。也有人送过美人，翌日就退回来，实在退不了，便往雁王府一丢，让她们打扫院落——雁王府空壳一个，自建成，雁王就没回去过过一次夜。

众人踏破门槛的方家嫡女在他眼里什么都不是，一开始有人惦记上雁王空悬的正妃位，削尖了脑袋将门路走到后宫，谁知后来皇上也不知是吃错了什么药，因为这事连皇后都发作了一通，原话是"无知妇人少把手伸到前朝"，简直是要纵容这弟弟孤独终老，一时间此事愣是没人敢提了。

方钦见机极快，话音一转，立刻道："皇上，臣听说不少歹人混在江北流民中，见天闹事，那地方离前线又近，有洋人虎视眈眈。王爷身份贵重，再者军机处一日不能离开王爷，白龙鱼服入那乱处，恐怕太冒险了。"

李丰皱起眉，转向长庚道："着人去查就是了，什么事都要你亲力亲为，像什么话？"

他有点欣赏长庚这种但凡有目标就抓住不放，天王老子都不放在眼里的轻狂气，觉得此人又得用，又不会城府太过。再加上长庚是他唯一的弟弟，哪怕少时两人不在一起长大，谈不上什么情分，值此国破家亡之际，李丰也别无选择，只好将他那点无处安放的亲情勉为其难地落在长庚身上。

不过隆安皇帝放心的同时，也不免有点头疼。雁王平时待人温和体贴又没架子，办起事来可不是那么回事，兵临城下时他就敢把自己的尚方宝剑扔回来，如今管着军机处，犯到他手里的不管是谁，一概六亲不认。

李丰摆手道："此事不用说了。"

长庚不依不饶："皇兄，江北之地流民众多，四面八方都有，不知是个什么情况，我们连看都没看一眼，只在朝中大谈特谈如何安顿他们，不也是纸上谈兵吗？既然现在诸公各自有理，谁也拿不出个章程来，不如由臣弟走一趟，回来再向皇兄禀报。"

李丰眼角跳了跳，就在这时，一直当壁花的顾昀忽然慢悠悠地出列道："既然雁王有这个心，皇上不如成全了吧。倘若江北贪官污吏横行，别人也不见得有分量压得住，要是不放心，臣可以沿途护送。不就是一点流民乱匪吗，还不必放在眼里。"

长庚一愣，没想到他突然出面，这可不是事先安排好的。

沈易偷偷看了顾昀一眼，顾昀趁低头冲他飞了个眼色，实在是怎么看怎么没正形。沈易牙疼似的别开脸，感觉话本里的奸夫多半也就是这副嘴脸了。

这话任是谁说都显得又狂妄又不靠谱，单单从顾昀嘴里冒出来无比斩钉截铁。顾昀想了想，又给自己补充了一个现成的借口道："江南之地总归是要收回来的，臣正好要探一探前线情况，这两天本想上折子请旨来着，巧了，顺路送雁王殿下过去，保证把人给您全须全尾地带回来。"

安定侯一出面，谁也不用争了。

李丰隔日就下旨，以雁王为正钦差，都察院右副都察使徐令为副手，彻查江北疫情瞒报一案，安定侯沿途护送，还带了灵枢院一人葛晨随行，探察江南西洋军的战备。

从朝会上下来，方钦心里其实是气急败坏的，只是城府太深，人前不便于表露出来，只好面色阴郁地坐在马车上。他文采斐然，曾为先帝盛赞，手腕卓绝，能以次子之身挑起方家这根名门望族的大梁，在朝中左右逢源，自接管户部以来政绩卓著，就是军机处那浑身刺的雁王爷见了他也和颜悦色，人前人后多有赞誉……整日里却要与吕常等小人为伍。

人言"君子不党"，可人又言"权势"二字，密不可分，无权便没有势，无势又哪儿来的权？

自圣人门下登天子堂前，自然与那些靠着家世捐官混日子的酒囊饭袋不同，方钦想建功立业，留一段佳话。倘若他不姓方，非投入雁王麾下，好好将这乌烟瘴气的破烂朝堂整饬个干净不可。可惜人是不能选择自己出身的，头三十年锦衣玉食，为家族所庇护，要什么有什么，后三十年就必定得为这个家族鞠躬尽瘁，囚困到死——

突然，马车停下，外面的家人低声道："老爷，吕大人拦车，说有几句话想同您说。"

方钦脸色冷了冷，恨不能姓吕的赶紧去死。面无表情地僵坐片刻，方尚书将脸色调回和颜悦色的模样，掀开车帘半真半假地斥道："狗奴才，懂不懂事，还不请上来，报什么？"

家里下人给主人背锅背习惯了，诚惶诚恐装得可圈可点，将一脑门官司的吕常请上车驾，往吕侍郎府上走去。

吕常一身冷汗黏在身上，上车倒头便拜："方尚书救我一命！"

方钦心里冷笑，面上却大惊失色地将他扶起来，装傻充愣道："延年兄这是干什么？"

吕常当然也知道姓方的装蒜，然而事到临头，找个救星只能紧紧抓住，也不计较他是什么态度，忙细细致致地将自家姐夫——如今的两江总督杨荣桂那一堆事交代了。

杨荣桂胆大包天瞒报江北疫情，清洗地方势力，将胆敢吃里爬外不服管的一干"异己"全部下狱，又派人封锁驿站，把进京告御状的秀才十八人暗杀在半路上，伪造成流民匪徒见财起意，等等，不一而足，罄竹难书。

方钦听得心肝肺乱颤，大大地长了一回见识。

吕常哭诉道："方尚书，下官隐瞒不报，并非为自家亲戚，实在是为了咱们的大计啊。您想，皇上病急乱投医，连烽火票这种有伤祖宗颜面的东西都发出来了，倘若知道江北已经到了这步田地，再加上军机处煽风点火，弄不好真会应了那群贱商的意思，让他们弄什么工厂啊！"

方钦看着吕侍郎一把鼻涕一把泪的德行，心里好生腻歪，心想：放屁！

可是面上，他却只是忧心忡忡地叹道："你糊涂啊延年，还记得当年灵枢院的张奉函发疯要皇上开禁民间紫流金，被雁亲王将折子打回去的事吗？雁亲王总跟那群酸儒混在一起，你就忘了他姓什么了吗？他姓李！李家人再怎么样，能允许一群民间商人倒卖紫流金吗？雁王根本没想拿那些商人做什么文章，他分明就是知道了令姐夫所作所为，以此为引，声东击西，趁机发作。"

吕侍郎无言以对，只好嗷嗷哭，本就没什么颜色可言，这么一来，看着简直是面目可憎，不顾方钦阻拦，又跪下来，磕头如捣蒜地一迭声道："大人救命。"

方钦不想救命，就想让他早点去死，便推托道："雁王身边有那顾侯爷，安定侯一句话能把江北钟将军的前线驻军都调过来，收拾不了几个府衙吗？延年，不是我见死不救，我也是鞭长莫及啊！"

说完，他仿佛悲从中来，跟着以袖掩面，愁云惨淡地抽噎起来。"想当年杨公与我同科登科，有同窗之谊，一起踏青游湖好不快活，如今各自两地为官，他遭了难，我不想救吗？"

吕常："……"

来求人救命，反而把人弄哭了，也真算奇了，方钦不愧是心黑手狠的方家第一人。

吕常暗暗咬了咬牙，脸上凄然道："方大人，此事一旦牵扯大了，那就是诛九族的大罪，你我世代相交，打断骨头连着筋，你不能不管啊。"

方钦的脸颊狠狠地抽动了一下，吕常这句话戳到他软肋上了。方钦有个同父异母的妹妹，通房所生，也不得宠，长到十来岁，跟哥哥们没怎么说过话，但这位方小姐少不更事的时候玩了一把大的——跟人私奔未遂。

其实海运开后，礼乐崩坏了好多年，这事要是放在东边沿海民风开放的地方，根本不算什么惊世骇俗的大事，有那闲婆痴汉议论几句就算了，弄不好还会有人夸这女子小小年纪颇有胆识——那么多洋女人露着后背上大街，也没见家里谁有意见。

可偏偏事出方家。

自元和年间开始，朝中渐渐形成了一种风气，民风越开，世家门槛便越是守旧，好像不这样就不能体现其清贵体统似的。方家这点事出得十分打脸，本想直接把人关上几年送到寺里出家，但正赶上当时吕家有意攀附，见此机会心头暗喜，苍蝇遇上粪一样忙不迭地扑上去。最后，吕常一个花钱捐官的堂弟娶了方小姐。

京城中有头有脸的家族统共这么几家，互相聘来嫁去的，谁和谁都有点亲戚关系，可谓是一荣俱荣，一损俱损。吕常的话是提醒，也是威胁。

方钦不哭了，缓缓直起腰来，端详了吕常片刻，心道：区区一个侍郎，胆敢威胁我……此人断然不能留了。

“吕公请起，”方钦沉吟了片刻，缓缓道，“我还是那句话，此事求谁也没用，想有转机，还要从雁王殿下身上下手。”

吕常一听，又把话说回来了，脸拉成了一截苦瓜。“可那……”

方钦竖起一只手打他的话音，用小桌上的茶壶倒出了一点水，口中压低声音道：“雁亲王何等样人，整个国库都从他手中经过，会看得上你那仨瓜俩枣的孝敬？再者，有些男子生性好洁，不愿那些闲杂人等近身，不好渔色也不稀奇，你搜罗的那些庸脂俗粉又不是什么绝色，我都看不上，何况雁王？”

吕常愣了愣：“那……”

方钦蘸着茶水，在桌上缓缓写了“黄袍加身”四个字，随即意味深长地看了呆住的吕常一眼，伸手将桌上的字迹抹去。

吕常瞠目结舌良久，一屁股坐在旁边，嘴唇颤抖了几下道："方大人，这可是……这可是……"

方钦冷笑道："可是什么？你又待如何？像杀那几个手无缚鸡之力的穷酸秀才一样中途截杀雁王爷？你当安定侯一天到晚在朝会上声也不吭一个，就真是摆着好看的吗？还是真以为令姐夫能在江北一线一手遮天，让钦差无功而返？要真是那样，那妖僧的信是怎么送到军机处的？当今眼里不揉沙子，想当初一个翻脸，连安定侯也说关就关，你真当他会对吕家——对我们这些人念旧情吗？"

一炷香的时间后，吕常魂不守舍地从方钦的马车上下来，游魂似的进了吕府。

方钦对车夫吩咐道："回府。"

他漠然地在车里点上熏香，把吕常的味道全部隔离开——该让有些人知道，世上不是有了共同利益，就能随意摆布他人的。

车厢中青烟四溢，方钦端坐一边闭目养神，心道：要是能顺便把雁王拖下水，那就可谓是一箭双雕了。

就算那雁王真的大公无私，心无杂念，连玉玺都不放在眼里，那么这次扳不倒，他手里也还有一招撒手锏——雁王手腕酷厉，油盐不进，眼下不显山不露水，似乎只是个纯臣，然而细想起来，大梁走到如今这一步，每一步背后都有他的影子。这样的人倘不能并肩，必成劲敌，纵使亲王之尊，也少不得……

贰

长庚和江充等人交代完自己南下期间的各项事务，总算在太阳落山前赶回了侯府，正看见顾昀在指挥家人收拾行李，他本人优哉游哉地坐在院中栏杆旁，手中把玩着长庚送他的白玉笛子，时不常地凑到嘴边吹几个销魂的音……若说长庚此时有什么后悔的，就是后悔送给顾昀一支有眼的笛子，早知道打根实心棒槌给他拿着玩多好。

远远地见到长庚回来，顾昀冲他招手道："长庚过来，我给你吹段小曲。"

长庚唯恐他动真格的，忙大步走过去，一把揽住栏杆上的顾昀，将他拽了下来，凑到他耳边道："留着嘴做点别的。"

顾昀："……"

他发现真是近墨者黑，长庚越来越有自己的风采了。

两人一起往内院走去，长庚问道："今天大朝会上怎么突然说要去江北前线？吓我一跳。"

顾昀背着手，白玉笛子在手指尖来回往复地摩挲，嘴角擎着一点笑意道："早不想在京城待了，天天泡在这种乌烟瘴气里，还不如在前线痛快。"

长庚失笑道："难道你是去散心的？"

"嗯，散心，"顾昀道，"也不放心你。"

长庚一愣，嘴角的笑容渐渐凝固了，有那么一时半刻，他明知道顾昀随口说的"不放心你"，不过是不放心他带着几个书生去江南流民堆里，但一个古怪的念头却依然不受控制地自心底而发。一个声音在长庚心里说道：他不放心我什么？是怕我做什么手脚，还是怕我联手钟老的江北驻军逼谁的宫？

顾昀见他脚步忽然一顿，莫名其妙地回头看了他一眼，问："怎么了？"

长庚与他坦然的目光一碰，顿时深吸口气，伸手揉了揉自己的眉心，心道：我想哪儿去了，疯了吗？

顾昀曾经是他的慰藉……然而这慰藉止于顾昀回头正眼看他的那一刻。

可能人天性贪求，因贪而生恐惧忧怖。

长庚赶上去，带着几分惶急拽住了顾昀的手，好像只有握在手里，心才会落在实处。顾昀长眉一扬，不以为意，原地摊开手掌，让长庚将手塞进自己手心里。炎炎夏日，将军的手也没有温暖到哪儿去，只有手心处一点火力，全给了长庚。

正这当口，王伯快步走来，正好看见这俩人在庭院里就拉拉扯扯的德行，当即一低头，眼不见心不烦地禀报道："侯爷，太子殿下来了。"

"啊？"顾昀吃了一惊，"快请。"

片刻后，八岁的小太子蹬着一双小短腿跑到顾昀面前。侯府太大，小殿下为了保持威仪，不肯让人抱，来到顾昀面前的时候，鼻尖已经冒了汗，刚进院，一眼便瞥见长庚也在，顿时收住小跑，正经八百地迈着四方步走进来，先是开口要叫"皇叔公"，想起顾昀好像有点不爱听，于是小大人似的拱手见礼道："顾帅，四皇叔。"

顾昀半蹲下跟他说话："太子怎么这么晚还出宫来？"

"我听父皇说顾帅要随四皇叔南下，特来为皇叔与顾帅饯行。"小太子一板一眼地说道，说一半忘词了，转着眼睛想了好一会儿，耳根通红，脸上却装出镇定自若的模样，径自接道，"愿卿此去江北一路平安，早日归来！"

顾昀被他逗坏了，一边听一边笑。小太子偷偷看了顾昀一眼，被笑话了也不生气，笨手笨脚地掏出两个平安符来，给顾昀和长庚一人一个。

顾昀逗他道："太子饯完行，还有什么吩咐？"

小太子刚开始不好意思，绷了好一会儿没绷住，小心翼翼地拉住顾昀的衣角道："还想求顾帅墨宝，父皇说他以前也有皇……顾帅的字帖呢。"

顾昀喜欢他喜欢得不行，二话不说俯身抱起小太子，直接在书房现写了一份给他。小太子令内侍用锦盒装好，欢天喜地地赶回宫去了。

一路礼数周到地将太子送出府，长庚这才道："当年先帝拿我当棋子拴住你，如今李丰是故技重演，用太子修复跟你的关系吗？"

顾昀啼笑皆非道："什么话，小孩的醋也吃？"

长庚似笑非笑地看着他，忽然道："义父偏心，从来没有握着我的手一笔一画教过我写字。"

顾昀："……"

当年谁模仿他的字迹，天衣无缝到把玄铁营的何荣辉都骗过去的？

顾昀无奈道："你也八岁吗？"

长庚一脸淡定地拿话戳他心窝："我八岁的时候也没有人教过我，胡格尔只会用刚从炉灶里拿出来的烧火棍……"

"好好好，"顾昀忙道，"给你补回来行了吧？"

顾昀说着，取过方才的笔给长庚，握住他的手，另一只手撑在桌上，微微垂下眼，想了想，带着长庚在纸上落下了一个正楷的"旻"字。

长庚满身都是他身上淡淡的药香，不动声色地深吸了口气道："写一个字不够，我在护国寺的时候都是抄经的。"

"……"顾昀把手一甩，"去你的，想累死我吗？"

长庚也不吭声，就一动不动地盯着顾昀。片刻后，顾昀服了，认命地将下巴往长庚肩上一垫，一笔一画地抄他那遭瘟的车辚辚经，感觉此人近日来越发恃宠而骄，简直要管不了了。

三天后，正副钦差——雁亲王与右副都察使徐令在顾昀及二十亲卫的护送下出京，灵枢院葛晨随行。

徐令是隆安元年李丰钦点的探花，人如令名，长得眉清目秀、面如敷粉，倘若不是安定侯那杀气腾腾的亲卫破坏气氛，单是这右副都察使跟雁王站在一起，便活像两个相携出游的公子哥。

离开九门之后，顾昀直接将一行人带到了北大营。徐令一介书生，居然也不太怕顾昀这传说中的玄铁凶器，直言问道："侯爷，我们来北大营是何意？"

顾昀笑道："换马。"

此番行程前途多舛，徐副都察使做好了疮痍满目，疲于应付地方贪官的准备，纵然有安定侯随行，也并没有增加多大的安全感，特别是在发现安定侯心情十分愉悦，仿佛不是去闯龙潭虎穴，而像是去郊游一样之后。

徐令正丈二和尚摸不着头脑，葛晨已经熟稔地进了北大营。葛晨拜入奉函公门下后，逐渐从奉函公手中接过了军工战备这一块，时常来北大营跑腿，都跑成脸熟了。他将一行人轻车熟路地带入了北大营的火机钢甲库。"王爷，徐大人，这边请。"

随后，徐令被震惊了。

只见那平地上有一条"鸢"，与当年的红头鸢一般大小，外皮却远比红头鸢简单低调得多，并无那些画舫似的雕栏玉柱，上面只有一个灰蒙蒙的玄铁外壳。这鸢森然幽静地停在原地，两侧找不到一个火翅，反而是四个底座上分别装着几排铁炮口一般粗的排气孔，线条流畅到几近优雅，就像是一架放大了无数倍的鹰甲。

徐令叹为观止道："这是什么？"

葛晨得意扬扬地介绍道："还没起名字，整个大梁只有这么一架，我们试着将鹰的动力装到了小鸢上，废了好多次才成功，此物既能运人，又比巨鸢那一步一挪的东西速度快。只是现在还不成熟，满朝上下也只得这么一架，紫流金耗得厉害，装不了多少东西，这回是试飞之外的头一回用——什么时候能解决耗费问题，这空中战车一时半刻就能把那些洋毛子轰回老家去。我师父说，倘若能投入军中，不妨唤作'大雕'。"

徐令难以置信地看了一眼并不意外的长庚——雁王殿下这是早有预谋要收拾江北一干蛀虫吗？居然连一日千里的代步之物都准备好了！

"我们直接前往江北前线，"长庚道，"侯爷已经和钟老打好招呼了，将此物留在前线驻军处，再想办法乔装自南往北走。南来北往的驿站想必已经严阵以待了，何苦去钻他们的套？怎么样，徐大人敢不敢坐这尚无人试过的'空中战车'？"

徐令家境贫寒，不屑于跪拜权贵，也不屑于与商贾为伍，虽自小素有神童之名，天分卓绝，分明是大才之人，一路走来，却有多少次要为那些权钱交易的人让道，乃至当年名动京师的大才子在朝中蹉跎了无数岁月，心里岂能无怨无尤？而此前，朝中素有谣言，说上次雁亲王整治运河沿岸，看似雷厉风行，实际不过给了各大世家一个安插自己人手的机会。徐令这次跟雁王出来，深知江北地方官根基深厚，势力盘根错节，心里不是不忐忑的，唯恐查到最后，又不知为谁做了嫁衣裳。

直到这时，他才感觉到了一点雁王恐怕是真想办点事的意思，心潮澎湃时，朗声应道："食君之禄，岂敢临阵退缩？王爷请！"

当年顾昀用鹰甲从西北飞到江南，也不过是两三天的事，这空中战车体积大，到底比玄鹰慢一些，然而也慢不了太多，从京城到江北前线，不过耗时两天半，此时雁王出京的消息都尚未送到有心人手中。

而他们这一走，京城中也开始有人蠢蠢欲动。

隆安皇帝酷爱勤俭，自从战事告急后，整个京城气氛十分紧张，比国丧还要清寂几分。歌舞娱乐一概停止，谁也不想在这种时候触隆安皇帝的霉头，十来家明面上的勾栏院都关门歇业，连个消遣的地方也难找。顾昀一走，沈易每天又少了个地方喝酒闲聊，实在无处可去，恨不能长在军营中。

刚开始确实没什么事，谁知躲了没两天，沈家就来人捉他回去了。

沈易无可奈何，只好奔赴刑场一般地和自家小厮回去，人还没进门，沈老爷子挂在门口的八哥就开口冲他大放厥词："两条腿的小畜生回来了，两条腿的小畜生回来了！"

沈易捡起个谷壳，往那鸟脑袋上弹了一下道："闭嘴，扁毛畜生。"

鸟挨了揍，尖声叫骂："小畜生没毛，你个丧门星的小畜生没有毛！"

沈易愣了愣，将马缰绳递给家里小厮，"丧门星"这词他已经很久没听过了，一时忍不住偏头问道："家里谁来了？"

下人回道："回将军，三夫人带着辉少爷来了，正在里头跟老太爷说话。"

沈易心里顿时有种不祥的预感——三夫人就是他三叔的遗孀。三叔当年为他所累，英年早逝，家里只留下一双孤儿寡母，堂弟沈辉从小体弱多病，长大以后又添了放浪形骸的毛病，一天到晚没别的正事，就知道混在脂粉堆里，满脸纵欲过度的肾亏样。

沈老爷子虽然一直对弟媳有愧，但婶娘一直将三叔的早逝算在沈易头上，两家已经好久没有交集了。沈易至今记得那披麻戴孝的妇人指着他大骂丧门星的模样，不由得奇道："婶娘来有什么事？"

下人道："这……小人也不是很清楚，只是见三夫人提了好多礼来，进门也客客气气的，想来亲戚走动，总没有坏事吧。"

沈易"嗯"了一声，心事重重地走进去，果然见他那三婶和堂弟都在。当年的俏丽寡妇如今已老得脱了相，三夫人颧骨凸出，下颌骨尖锐得能当刀子捅。沈辉状态更差，黑眼圈快砸在脚背上了，整个人就是一个尖嘴猴腮的空壳子，一见沈易就谄媚地笑，笑得人浑身不舒服。

还不等沈易见完礼，三夫人已经站了起来，手里的帕子卷成了一团，笑道："多年不见，季平竟这么出息了，西南提督，那可是封疆大吏，将来前途不可限量——唉，我这个当娘的，就是不如你爹狠心，早知道当年将你这不成器的兄弟踢出家门，由他去四方闯荡闯荡，现如今也不至于长成这副熊样。"

沈易不知道她是几个意思，只是客套，不吭声。

三婶仿佛是有点怕他，勉强撑着热情打了个招呼，就坐在一边不敢看他了，三言两语间，沈易听明白了三婶的意思——闹了半天都是他那堂弟沈辉惹的祸。

沈辉文不成武不就，捐个不入流的小官也三天打鱼，两天晒网。前一阵子隆安皇帝明令禁止官员出入烟花之地，偏有不长眼的不往心里去，明面上的勾栏胡同不敢去，便纠集一帮狐朋狗友去嫖暗娼。偷腥也就算了，几碗黄汤下肚，还因为争风吃醋跟人大打出手，闹到了京兆尹那里。

全国愁云惨淡，这帮人还有心情搞这种事，京兆尹当即将一干参与斗殴的败家子下狱。本来都是些有头有脸人家，各自活动一下关系就出来了，谁知正赶上隆安皇帝整顿风气，撞在枪口上了。

沈易听完以后嘴角直抽，心道：沈辉这小子要是我儿子，早就打死了，还让他出去丢这个人？

三夫人抹眼泪道："为了这孽畜，我是求爷爷告奶奶，能走的关系都走了，后来还是我一个手帕交，早年嫁给了刑部陆大人，出面替这孽障说了几句好话，才将他赎出来。"

沈辉漠然地在一边嗑瓜子，好像祸事不是他惹出来的一样。

沈易一时没搭腔，他虽然出身世家，却鲜少和这群人混在一起，谁是谁的夫人，谁是谁的姻亲一时反应不过来。

沈老爷子搭腔道："既如此，咱们也应该好好登门道谢才好啊。"

"可不是，"三夫人来了精神，说道，"隔日我便备下厚礼亲自前往陆大人家道谢，哪知人家非但不收礼，还客客气气的，说是小事一桩，只为了与我们沈家结个善缘，往后指不定要做亲戚呢——我这才知道，是沾了咱们沈将军的光。"

沈易看了她一眼，又看了自家老父一眼，有点笑不出了，他生硬地问道："婶娘这话从何说起？"

他出入沙场，书卷气再怎么重，也不免沾染了几分肃杀气，冷下脸来一抬眼，三夫人脸色抽动了一下，仿佛是不堪与他对视一般狼狈地移开视线，躲躲闪闪道："二哥近日不是正给将军说亲吗，将军有所不知，我那手帕交的同胞妹妹正是户部吕大人的继室。吕大人之女正待字闺中，有才有貌，在京城素有令名，当年咱家将军解京城之困时，那丫头就十分心许将军——英雄谁不爱呢？只是咱们将军日理万机，素来与文官无甚交往，女孩家脸皮也薄，不好贸然来问，托我来探探口风。"

半个时辰后，沈易推说晚上有事，还要去一趟北大营，不在家里吃，剩下沈老爷子一个老纨绔，整日里除了念经就是遛鸟，前廷后宫一问三不知，也不便留自家兄弟的孤儿寡母用饭，三夫人母子便告辞离开了。

那母子俩刚走到门口，便听沈府那门神似的八哥又发话了，此扁毛大仙目送着三夫人那一顶小轿，张牙舞爪地扑棱着翅膀道："婊子遛狗，癞皮狗。"

沈辉的脸色当场黑了，捏着鼻子送客的沈易低头蹭了蹭鼻子，掩住嘴角一点笑意。他原本觉得这鸟嘴里不干不净又烦人，改天应该给揪下来拔毛炖了，没料到外敌当前竟也能冲锋陷阵，顿时十分宽慰，决定改天给它老人家弄点好米泡酒下饭。

不过面上，沈易还是解释道："这畜生整日在门口挂着，人来人往谁见了都逗，学了一口市井粗话，堂弟别跟畜生一般见识。"

沈辉是个被酒色掏空的败家子，不敢炸刺，牙疼似的笑了一下，落荒而逃。沈易目送这母子俩走远，面色才沉了下来，他在门口站了片刻，伸手摸了一把八哥的尾巴，自语道："单是听说过穷人家吃不起饭卖儿鬻女，见识过跑到将军府里来买将军的吗？"

八哥敌我不分，扭头给了他一口，啐道："呸，蠢畜生！讹得你裤裆别不上针脚！"

沈易："……"

还是炖了吧。

他自嘲一笑，往回走去，正看见沈老爷子一副仙风道骨的模样，拎着拐杖远远冲他招手道："季平过来，我有几句话同你说。"

方才外人在沈易不好意思发作，此时鼻子不是鼻子眼不是眼地大步走过去，对沈老爷子道："吕家是出贵妃的门第，我娶不起，要娶你自己娶——别扯什么三叔恩情，就算挟恩图报也没有直接让人以身相许的。"

沈老爷子沉默片刻，慢吞吞地说道："你自小猫嫌狗不待见，为父也未料到你有一天竟还能待价而沽，实在与有荣焉。"

"……"沈易噎了片刻，怒道，"您老人家什么都不懂，消停点遛鸟去吧，少管我的事！"

"我虽然老得快要喘不动气，但外面的事也还多少知道一点。"沈老爷子不愠不火地说道，"我朝自武皇帝开始，尤其忌惮文武官员私相授受，手上有兵权的大将娶公主的事我听说过，娶这些名门望族的闺秀却少有发生。别说是你，就是当年顾帅……不也是才订了婚，尚未来得及过门，就死了新娘子吗？"

他老人家说话跟唱戏似的，还拖着长音，拖得沈易眼皮一跳，总觉得那长腔短调里内蕴颇丰。沈老爷子不理会他，摇头晃脑地叹道："自京城围困，皇上被迫还玄铁虎符与顾帅，当今天下，便有那么些人，越来越不将天子放在眼里了。"

这里头怎么还牵扯到顾昀了？

沈易半晌没回过味来，细细思量了良久，他才咂摸出了一点意思——自西洋人围城以来，李丰先是被迫将军权交还顾昀，随后又被洋人一把火烧了京西景华园并皇家数代私藏的紫流金……乃至如今，四境之困未解，隆安皇帝的无力之处正一点一点地往外渗透。想来李丰自己也知道，否则以他那狗脾气，怎会主动和顾昀修复尴尬的关系？

沈老爷子装神弄鬼地念叨道："我昨日观星，见贪狼夺紫微光，四方星辰暗淡，人心惶惶如野草，而鹿已下中原，恐乱世将始……"

沈易打断他："爹，昨儿晚上不是阴天吗？"

"无知竖子，"沈老爷子看也不看他，"我且问你，如今御林军的殿帅姓甚名谁？"

沈易愣了片刻——御林军中多少爷，然而按照惯例，虽然他们也熬资历、拼家世，但最高统领一般都是从北大营调来，身怀军功之人。

然而此番京城被围，半数以上的御林军精英与前统领韩骐在京西殉国，其"娘家"北大营也近乎全军覆没，京畿守卫损伤惨重，实在是人才凋敝。御林军中剩下的大部分是当年韩骐看不上，留在皇城根底下凑数的少爷兵。经此一役，这些少爷都算是有了军功，位置也跟着水涨船高，最高统帅头一次竟未经北大营锤炼——乃是当年在韩骐手下一参将，名叫刘崇山，是吕常长嫂的亲弟弟。

沈易在心里琢磨了半天，才算将这盘根错节的关系捋清楚，心里一凉，紧走两步，压下声音对沈老爷子道："爹，姜还是老的辣，要不您给指点指点，顾帅与雁王前脚刚走，吕家就整这一出，是怎么想的？"

沈老爷子用花梨木拐杖敲打着地面，哼哼唧唧地道："我就知道遛鸟，什么都不懂，你不是翅膀硬了吗？要什么指点！"

沈易每天被顾昀欺压，早已经养出了一副能屈能伸的大丈夫性情，风凉话灌进耳朵也当没听见，追着问道："莫非一个小小侍郎，还敢……"

"小小侍郎？"沈老爷子抬头瞥了他一眼，冷笑道，"大将军，方家半朝座师，吕家姻亲倾野，捏死你一个在穷乡僻壤领兵的乡下丘八易如反掌，你信不信？你真拿自己这'西南提督'当棵葱了吗？"

沈易摇头："我不信，自古那么多扶不起来的阿斗皇帝，也没见谁一天到晚净想造反，这等有违纲常之事……"

"雁王下江南，吕家必是摊上大事了，再纲常就等着满门抄斩了！当今是阿斗吗？肯受谁欺压制约吗？"沈老爷子说着，用拐杖狠狠地抽了沈易的左腿一下，"往这边走，是死路一条！"

沈易本能地往右边侧了下身躲过，沈老爷子又抡起拐杖，结结实实地从另一边削上了他的右腿。"往这边走，只要敢想敢做，抓开一线生机以后，能位极人臣，你迈哪条腿？"

沈易狠狠地皱起眉道："他们想利用雁王……"

这一想未免有些心惊胆战，御林军素来是皇上心腹，倘若心腹反了，没有防备的情况下，非传召不可入京的北大营来不及救。而一旦雁王妥协，真的猝不及防被他们推上皇位，顾昀该如何自处？

他会因为一己私情而纵容这些窃国之人吗？

依照沈易对他的了解，顾昀断然是不会的。

可是外敌虎视眈眈，半壁江山沦陷未归，倘若李丰死了，顾昀会在这节骨眼上对雁王兴兵动武，还政于八岁太子吗？

沈易发现自己不敢打这个包票……只是无论顾昀如何选，这样一来，别管是父子恩，朋友义，还是难与外人道的儿女私情，大概都走到头了。

沈易心思急转——不，他能想到，难道雁王想不到？只要雁王真把顾昀看那么重，就万万不会……

杀破狼

沈老爷子道："这么着，你修书一封，想个说得过去的稳妥理由，亲自上吕家的门，将这门亲事推托一下。"

沈易愕然道："推就推了，又不是退婚，我亲自上门做什么？"

沈老爷子深深地看了他一眼，低哼了一声，不搭理沈易了。片刻后，沈易脸上愕然之色稍退，脸上浮现出震惊来——他爹的意思，居然是让他左右逢源，不在这个节骨眼上得罪吕家！

沈易忍不住提高了声音："爹，我除了在边境战场上对敌之外，没对别人干过这么两面三刀的事。想娶哪家的姑娘就出门找人说媒下聘，不想娶就推，也犯不上在这事上虚与委蛇，我成什么人了？你真觉得一群乌合之众，拿得下雁王？"

沈老爷子停下来，背对沈易道："自雁王入朝掌军机处以来，先是解国库之缺，再是押送军需之物，一手将玄铁营推到西域老窝，安四方，拒胡虏，何等功业——你知道他心里是怎么想的吗？"

沈易大怒道："雁王何曾结党营私过？他只不过想还天下一个太平，再携……携……归……归隐退朝罢了。他年纪轻轻，鞠躬尽瘁容易吗？身后还跟着你们这一群妄自揣测的老糊涂，你简直……简直是不可理喻！"

"踩你尾巴了？"沈老爷子嗤笑一声，"以雁王今时今日所为功业，他还用得着结党？有的是人愿意追随他！知道什么叫'三人成虎'吗？第一人，是借着烽火票与吏治新政上位的朝中新贵；第二人，是想要平定江山，为国为民做点事的；还有第三人，第三人就是他得罪过的那些人；前两者恨不能他黄袍加身，后者则恨不能将他架在火上烤，这'三人'从根上是一样的。前两种人愿意推他上位，后一种愿意推波助澜，看他阴谋败露以谋反罪论处。动动你的脑子，除了谋反大罪，谁动得了亲王？"

沈易嘴唇动了动，说不出话来。

沈老爷子又道："你可知什么叫'逼上梁山'？你可知什么叫'木秀于林，风必摧之'？人心不如水，平地起波澜，有那成虎的三人，你说将来——将来皇上能容他功成身退吗？究竟是谁糊涂！"

沈易一时间如堕冰窖，僵立片刻，终于面色铁青，一言不发地转身走了。

沈老爷子暴喝道："你干什么去！"

沈易头也不回道："做该做的！遛你的鸟去吧！"

满京华，都是睡不着的人。

此时，顾昀等人方才秘密抵达江北前线，一路风驰电掣，十分痛快，谁知临到快要降落的时候出了问题——他们来得不巧，赶上了一场惊天动地的大雷雨。这空中战车为了兼顾速度和耗油量，不可能太沉，万里无云的时候一日千里，威风得不行，遇到风雨可算是蔫了菜了，"大雕"成了个"秃毛鹌鹑"。

整条大雕被高空处猎猎的风卷得东倒西歪，其他人尚能忍，葛晨这位至关重要的老灵枢却先倒下了，晕得爬都爬不起来。雁王本想以针灸之术暂缓他的症状，谁知一针刚扎进去，大雕骤然倾斜，若不是顾昀眼明手快一把拽住了葛晨的领子，他差点就撞在床脚上——那刚入穴位的针可就直接搋进去了。

众人在气若游丝的葛灵枢指导下修改既定方向，绕开这片阴雨地方，在原地转得五迷三道。

顾昀手中的千里眼被天地一灰的大雨遮得什么都看不清，只好凭着感觉指挥道："往下落一点，落一点！"

又一道惊雷落下，几乎和大雕擦身而过，狂风中大雕瑟瑟发抖，颤出了行将就木的尖叫声，整个往一侧翻去。顾昀一个不防跟跄了一步，正好栽进长庚怀里。长庚顺势搂住他，一手抓住雕上的栏杆，一手紧紧地抱着顾昀，脸上沾满了江南雨水的湿气。

徐令在旁边紧紧地抓住一条桅杆，这辈子再也不想上天了，哆哆嗦嗦地问道："侯爷，咱们还能活着去查那帮贪官污吏吗？"

"没事，"顾昀不以为意地笑道，"徐大人放心，谁还没从玄鹰上摔过几次，不用慌，我在这儿，保证谁也摔不死。"

徐令："……"

凄风苦雨中，一个亲兵吼道："往前，往前！大帅，看见陆地了！"

徐令深吸了一口气，尚没来得及念阿弥陀佛，就听另一个亲卫吼道："大帅，葛灵枢说右翼可能有问题，咱们翻的角度太大了！"

顾昀："什……"

亲卫又吼道："要落地了，扶好……小心！"

顾昀只觉得眼前一黑，大雕往一侧倒，歪着脖子一猛子扎在了地上，雕上的人差点被甩出去。长庚抱着顾昀滚了三圈，撞到一根桅杆上方才停住，只听"咔嚓"一声，顾昀一把拎住长庚的领子，将他往旁边一拽，随后那桅杆笔直地倒了下来，险险地与他们俩擦身而过。

散落四处的亲兵集体吓了一跳，纷纷叫出声，直到这时，顾昀才发现他与长庚手脚相缠，看起来十足暧昧，当着外人面，他忙欲盖弥彰地干咳一声，爬了起来，打量起周遭。

此时正值深夜，大雕落处是一片撂荒的田地，一眼望不到边，四下安静得不像话，村落房舍、鸡鸣狗吠全无，只偶尔响起几声夏虫幽静的叫声。

顾昀心里忽然有种不祥的预感："这是哪儿？"

一个亲卫踉踉跄跄地上前，气还没喘匀道："大帅，我们一不留神，好像已经过江了。"

还没爬起来的徐大人听见，一趔趄又摔了下去。他们居然一个猛子扎到了敌阵！

长庚扭头冲顾昀笑道："大帅，飞过头了。"

顾昀有些尴尬地蹭了蹭鼻子道："这么大动静，一会儿别再把西洋兵招来——去问问小葛，这不靠谱的破雕怎么处理？"

两个亲卫动手将差点去见先帝的葛晨刨出来，葛晨四肢并用地扑棱开旁人："哕……"

"先别吐，"顾昀拎起葛晨的领子不让他低头，强人所难道，"先告诉我这玩意能拆吗？"

葛晨："……"

听闻沈将军一年之中总有三百多天想掐死安定侯，在这一瞬间，葛晨理解他了。

不到半炷香的时间，安定侯身边的亲卫就按照葛灵枢的指引，三下五除二地一阵叮当乱砸，把大雕的动力系统拆卸下来了，拆成四块，由四个人分头背起来，剩下一堆没用的废铜烂铁。顾昀往大雕上的炮筒里兑了一点紫流金，摸出火折子道："我数一二三，快跑。"

徐令一头雾水，只见雁王打了个手势，两个亲卫一左一右地架起他，一行人往逆风的地方飞奔而去。随后"轰"一声巨响，巨大的烟火快把阴雨连绵的天也炸碎了，和着半空中一声闷雷，大地都在簌簌发抖。

顾昀把残骸炸了个灰飞烟灭！

徐令蓦然变色道："侯爷，招来敌军怎么办？"

"废话，招不来敌军咱们怎么回去？"顾昀光棍地说道，"总不能游过江吧？徐大人，跟着我没事。"

徐大人再也不敢相信他了。

叁

徐大人以前和所有人一样，对代表玄铁营的安定侯有种毫无理智的信任，仿佛只要有顾昀的地方，龙潭虎穴都能去闯一闯，天塌下来有他去扛……当然，这种信任眼下破灭了。

徐副都察使的小白脸上一片铁青，尚抱着最后一线希望问道："大帅……难道此番过江也是您有意为之？"

"怎么可能？"顾昀莫名其妙地看了他一眼，"唉，我早就跟奉函公说过了，这玩意肯定不靠谱，玄鹰飞得快是因为到了天上可以依赖人力操控，他弄这么大一坨东西，若风平浪静就算了，遇上点风雨就得歇，上战场不是给人送菜吗——你看，果然歇了。"

葛晨吐得翻江倒海，眼泪花哨道："下官……回……回去一定跟奉函公说。"

徐令胆都快吓裂了，做不到像葛灵枢那么乐观，他感觉自己恐怕是回不去了。

好在还有个会说人话的，长庚转过头对徐副都察使笑道："别听他的，吓唬你呢，此地一马平川，目光所及之处看不见驻军营帐，说明敌军前锋根本不在附近，今夜又是雷雨交加，爆炸声和雷声混在一起，他早算计好了，不会引来大批敌军的，最多是警醒的巡防兵过来看看。"

顾昀一脸坏笑。

徐令近乎热泪盈眶地看着雁亲王，别的不说，他对雁王爷这临危不变色的胸襟和胆气佩服得五体投地，当下真心诚意道："王爷睿智。"

"睿智什么，"长庚一摆手，"我从小被他变着花样糊弄到这么大，早有经验了。"

徐令不知道为什么，从雁王提到顾昀这三言两语里感到一种异样的亲昵。

大雨夜里埋伏在荒草地中滋味不怎么好受，好在西洋巡防兵来得快，不过片刻，就有人骂骂咧咧地说着番邦话过来，地面传来微微震颤的马蹄声，方才还嬉皮笑脸的顾昀忽然眉头一皱，低声道："奇怪。"

徐令怕了他的一惊一乍，忙问道："顾帅，什么奇怪？"

"来人有……三、四、五……怎么才这么几个人？"一侧的雁王压低声音道，"西洋人的巡防未免也太儿戏了吧？"

"不知道，"顾昀摇摇头，"先做掉再说——有人会他们那叽里咕噜的番邦话吗？"

他话音刚落，所有人的目光不约而同地集中在雁王身上，长庚与这二十几个一脸期待的人面面相觑片刻，道："都看我干什么？"

葛晨震惊道："王爷居然也不会说番邦话吗？"

长庚莫名其妙。"……我是会说几句苏州俚语，可什么时候会过番邦话？"

原来这一年多以来，众人或觉得他为人莫测，或觉得他心机深沉，或单纯只是觉得他是个能人，总以为不管遇到什么，他都应该有办法，什么都应该会一点。

一侧的徐副使忽然道："下官其实倒是懂一点。"

方才盯着雁王的目光集体转移——还加上了雁王自己的份。徐令干咳了一声，到底没有露怯，说道："当年王爷与顾帅守京城城门，百官追随圣上行至城门下，下官也跻身其中，有感于书生之百无一用，然而六艺未通，上阵杀敌有心无力，便想着要下决心学一学那番邦话，倘若将来再战，身不能入钢甲，倘若能跟着众将军鞍前马后，当个跑腿学话的，也算不枉此世托生七尺之躯。"

最后一句话近乎铿锵，其实这一行人中，除了徐副使，不是老江湖就是玄铁黑乌鸦，奸的奸，猾的猾，脚程奇快，会玩命，也会杀人，一路惊险连着惊险，换成别人大概早就崩溃了。难为徐大人一弱质书生，怀揣一颗为生民立命之心，竟一路跟着咬牙担下来了。

风雨如晦，而天地间有一书生。

连顾昀都蹭了蹭自己的下巴，不好意思再逗他玩了。

"等会儿要劳烦徐大人了，"顾昀戏谑的眼神沉了下来，目光中似有寒铁光，"来了！"

说话间，一队身着轻甲的西洋巡防兵便行至眼前。一人越众而出，围着雨水半晌没扑灭的大火与残骸转了几圈，叽里咕噜地说了句什么。徐令小声道："他说'下这么大雨，本不该无端着火，这片区域中没有外人，到底发生了什么事'。"

"这片区域中没有外人"是什么意思？

顾昀方才一偏头，另一个洋人士兵从地上捡起了一块烧完的残骸，拿在手里翻看片刻，忽然一蹦三尺高，嗷嗷地又说了句什么。

徐令忙道："他说'这上面有大梁人军工厂的标志，有大梁奸细混进来了'——顾帅，他们开始紧张了，我们被发现了吗？"

木头能烧焦，石头与铁皮却不行，想来是灵枢院的标记叫人认出来了。

徐令："顾帅，恐怕这些夷人会示警招……"

顾昀一只手按在了腰间的割风刃上，偏头看了长庚一眼。长庚不慌不忙地摸出一个能夹在鼻梁上的千里眼，手指轻轻一抹镜片上的水珠，微微拨动了一下弓弦，仿佛是侧耳确定了一下它是否受潮，而后在徐令瞠目结舌的注视下，他缓缓地将那弓弦拉开了。

顾昀一摆手，二十个玄铁营亲卫飞快地从杂草丛中穿过。

只见一个西洋巡逻兵从腰间解下了一根牛角状的长号，深吸一口气，正要凑到嘴边鸣响示警，一支铁箭蓦地破空而来，分毫不差地自其左耳洞入，当场将此人的脑袋射成了一个红白相间的烂西瓜，脑浆喷了他同伙一身。下一刻，几道黑影暴起，迅雷似的扑到反应不及的西洋士兵面前，割风刃在空中发出此起彼伏的细碎鸣叫，切瓜砍菜一般，转眼几个人头便落了地，剩下一个尚未来得及下马，战战兢兢地举起双手，惊骇欲绝地望着杂草丛中突然冒出来的杀手。

直到这时，徐令才捯出一口气，木然地将他方才那句话说完："……招来同伙。"

顾昀拍拍他的肩，诚恳地回道："现在招不来了——扒光他，绑上带走，此地不宜久留，先撤！"

两个玄铁亲卫闻言十分光棍地挟持起那西洋兵，剥蒜皮似的将他卸甲搜身，剥了个干净，然后将那长得夹生白斩鸡一般的西洋兵捆成了一团待宰的猪肉，塞住嘴，拎走了。

"我看那边有个小村，借个地方审一审。"长庚边走边道，"一般这种临江之地，战乱时能跑的都跑了，家里恐怕只剩下一些老弱病残，十室九空，等会儿见了人，也正好跟当地人问问沦陷之地是什么情况，只是还得请徐大人先行，玄铁营的弟兄不说话不动也总是杀气腾腾的，别让他们吓着老百姓。"

徐令忙道："是，下官遵命。"

说着，徐令偷偷看了长庚一眼。雁王已经被雨水淋透了，一缕头发从鬓角掉下来，湿答答地滴着水，他分明是深一脚浅一脚地走在荒无人烟的野地泥塘中，脸上的神色似乎依然是不变的不以为意，身上背着他那甫一拉开就石破天惊的弓。

长庚无意中一抬头，正好碰到徐令的目光，便和颜悦色地问道："徐大人想跟我说什么？"

徐令脸色几变，终于还是将涌到嘴边的话咽下去，只客客气气地摇摇头。

一行人走进小村，见小村如鬼村一般，静悄悄的，除了风雨声与他们各自的脚步声，什么动静都没有，一扇扇破败的柴扉半开半掩着，院里野草长了半堵墙高，入目处全是断瓦颓垣，有家人门口还挂着一件小孩的豆绿兜肚，泥汤子乱滴，已成了一块破布。

村中最宽敞的便是宗祠，大院老远就能看见，可供外人落脚。

葛晨从怀中摸出一支小火折大小的棒子，拧开盖子，里面射出微光。那祠堂里头顶砖瓦已经不全，外面下大雨，里面下小雨，屋里桌椅板凳倒的倒、坏的坏，只有墙角留下的几匹破布，有着江南素色的印花，依稀还凝着旧日的繁华。

徐令四下打量了祠堂内外一番，问道："好像没人，顾帅，当地人不会都跑光了吧？"

顾昀也略皱了皱眉，招来几个亲卫四下搜寻，俯身捡起墙角的印花布。

"我上次下江南的时候，正值春暖花开。"顾昀说道，"花团锦簇，暖风袭人，连造反的都不紧不慢，弄些装满了香凝的商船偷偷运送紫流金……"

他话没说完，一个亲卫就快步闯进来道："大帅，您快看看，祠堂后边……后院那里有……"

顾昀眉一扬："有什么？"

那名亲卫艰难地说道："……村里人。"

江南的小村蜿蜒婉约，村里有一条小河，两侧民房沿细流而建，潺潺不分南北东西，而今都破落了。那祠堂门口"忠孝节义"四块石牌已经碎了一半，烂石头滚进杂草堆里。徐令脚下不知踢到了什么东西，低头一看，险些跳起来——竟是一块死人的骸骨。

徐令："这……这……"

说话间，雁王已经率先进了祠堂后院——只见整个院落中祖宗牌位横七竖八散落得到处都是，倒塌的神佛遗迹败落蒙尘，而乌黑的石板之上，无数具身首分离的尸骸整整齐齐地排列其中，男女老少不尽相同，黑洞洞的白骨眼眶上却已经遍生蛛网。

徐令倒抽了一口凉气，无意识地抓住了门框。

"此地四通八达，"长庚沉默良久，才低声说道，"南北有外海与运河，东西官道可往天南海北，以往来去络绎不绝，此地又多平原，异族强行占领，时间长了，必定难以为继，我们的人也很容易混进去，我想他们只好做一番彻底的清理。"

徐令呆呆地问道："什么叫……彻底的清理？"

"派出重甲屠村，"长庚道，"画一个圈，将圈里的人赶到一起，清理干净，再不放活人进来，然后只要派人把住几大官道出入口，就不会再出现当年数千玄铁营假借行脚商身份混入西南的事——现在我总算明白为什么方才巡防的兵只有那么几个了。"

"……因为这地方根本就是无人区。"长庚说话间蓦地发难，一脚踹在那西洋俘虏的肚子上，那俘虏的肠子好悬没让他这含怒一脚踹出来，叫也叫不出来，只好杀猪似的在地上哀哀地哼哼。

顾昀接过葛晨手里的照亮之物，照亮了一块泡糟了的木头，上面有一行指甲刻下的字迹。

一个亲卫问道："大帅，那是什么？"

顾昀喉头微微动了动:"……遗民泪尽胡尘里……'里'字只有一半。"

那大木头柱子下面有一具骸骨,已经烂成一团,白骨斑斑,煞是骇人,唯有一根被虫蚁啃食得干干净净的食指,仍在不依不饶地指着那行字迹,仿佛依然在无声地质问:"鱼米之地鬼火幢幢,王师将军铁骑何在?"

一宿淋雨,直到此时,寒意才终于从顾昀的骨子里透了出来。

而"江南沦陷"这四个字也前所未有地力透纸背而来,整个祠堂中一时竟是死寂的。

不知过了多久,长庚才轻轻一推顾昀道:"别看了,子熹,夜长梦多,咱们先离开这儿,跟钟老会合要紧。"

顾昀指尖绷得死紧,闻声直起腰来,不知怎的,眼前竟然一黑,跟跄了半步方才站稳。长庚吓了一跳,一把托住他的胳膊肘道:"怎么了?"

顾昀胸口一阵发闷,多年未曾感受过的体虚乏力油然而生,有那么一时半刻,他茫然间产生了某种无法言喻的虚弱感。自从西关处受伤之后,无论他是戒酒还是减药,都没法阻止这身体每况愈下,好像以往欠下的债一股脑地都找上了他。

如今面对一具骸骨的质问,他无言以对,心里甚至产生了一丝忐忑的软弱。顾昀想道:我何时能将江南收回?我还……来得及吗?

然而顾昀心里诸多的疑虑与忧思只起了一瞬,转脸就被他强行压了下去——至少在外人看来,他是恢复了正常。

"没事,"顾昀侧头看了长庚一眼,将手肘从长庚掌中抽出,若无其事地对徐令道,"徐大人,问问那白毛猴子他们老窝在什么地方,有多少人,多少甲,钢甲藏在哪里。问一遍不说,就切他一根手指头,烤熟了给他打牙祭。"

传说西洋士兵好多是花钱买来的,没什么悍不畏死的节操,顾昀连蒙带吓的诸多手段没来得及用,亲卫一亮割风刃,他就什么都招了。果然如长庚所说,江边大片平原被他们清理成了无人区,每块区域只留一个岗哨护卫,一个岗哨所只有十来个人,大多是骑兵。

"大部队一部分作为前锋，与钟将军他们对峙，一部分……"徐令艰难地抿抿嘴，翻译道，"……四下抢掠，逼迫俘虏当劳工，为他们当矿工，当奴隶，所劫之物运送回他们国内，堵住那些想让教皇下台的嘴。"

此时骤雨已停，浓云乍开，露出一点稀薄的月色来。放眼之处，尽是荒烟弥漫，而耕种傀儡在田间地头忙碌，农人喝茶论国事的盛景再难出现了。

徐令低声道："下官原以为江北流民已是困苦非常，但他们也还有处草坯窝棚挡雨，一天到晚还有两碗稀粥可领……"

长庚打断他："多说无益，我们走，让那洋狗带路，去他们岗哨所。"

两个玄铁营亲卫立刻应声架起那西洋兵。

"雁王殿下！"徐令紧走几步，叫住长庚，"我们与西洋狗，何时可一战？"

长庚脚步不停，头也不回地答道："倘若能顺利安顿江北诸多流民，老天爷给脸别下天灾，休养生息一两年，熬到十八部弹尽粮绝，重新打通北疆紫流金之通道，我不信我们奈何不了这群西洋狗！"

只是如今朝中乌烟瘴气，举步维艰，万千流民仍然流离失所，谈什么休养生息，一致对外？

徐令狠狠地抽了口气，眼圈都红了，赶上雁王的脚步，在他耳边低而急促地说道："王爷可知你之前在朝中改革动作太大，早有人将您视为眼中钉……不说别的，单是这次南下查案，那杨荣桂倘若真的贪墨瞒报，这几日必然收到风声，他若是破釜沉舟，大可以将府中金银财物全换成烽火票，只说王爷您为了强行推行烽火票不择手段，给地方官员下各种完不成的指标，他们贪赃枉法是迫不得已。都察院与御史台必然闻风而动群起而攻之——到时候您怎么办？"

长庚似有似无地笑了一下道："要是真有人能将这乱局接过去，收复江南，安定四方，我收拾行李滚蛋又能怎么样？徐大人，我所作所为，并非为了自己，也并非为了那些人说我一声好——谁愿意参谁参，我自问对得起天理良心，半夜三更睡在军机处也好，睡在天牢大狱也好，没有祖宗出来扇我耳光，其他……"

他不再继续往下说，年轻而英俊的脸上似有含着讥诮之色的苦笑一闪而过。徐令宛如看见了缭绕在雁王身侧的孤愤与无奈，心里巨震，脸上火辣辣地疼——御史台被雁王当众打脸不是一次，早恨不能抓住一点把柄将雁王党咬个满头包。

而都察院是朝中"清流"聚集地，都是像徐令一样，既不愿攀附权贵，也不屑与商贾铜臭之人同流合污，自诩只忠于君，视雁王所作所为是饮鸩止渴，加之流言蜚语四起，他们总觉得雁王是个城府深沉，将皇帝玩弄于股掌之上的权奸。

徐令这一次跟着雁王南下，查办贪官污吏是一方面，更重要的是趁着世家与新贵斗成一对乌眼鸡，两院清流已经打算联手参雁王这始作俑者一本。徐令此来，目的并不单纯，既是隆安皇帝不放心雁王李旻，也是两院为了抓住雁王不臣之心的把柄。

有人为江南江北疮痍满目而劳心费力，哪怕手段激烈了些——而他们却在朝中等着拿人家错处，究竟是谁在祸国殃民？

徐令不由自主带了些许哽咽："王爷……"

长庚微微扬眉，不解道："徐大人怎么了？"

徐令一时说不出话来。

顾昀一言不发地在前面引路，徐令那书生自以为是悄声耳语，实际以顾帅不聋时的耳力，在顺风的地方早听得一字不漏。他眼角瞥见一侧自己那听得激愤不已的亲卫，又看了一眼神色闪烁的葛晨，大抵知道这次误入敌阵的"事故"是从何而来了。

顾昀略微低了头，心里一转念，就知道这南下之行是做给谁看的。

从某种程度上来说，深宫中长大的顾昀其实比长庚更了解李丰。倘若一个人心气太高，自己又差点意思，很容易就落到李丰的境地里。隆安皇帝是懂权术之道的，可是再厉害的牧羊犬也只能放羊，哪怕它牙尖嘴利，单打独斗的时候能咬死狼，也当不得狼王——同样的道理。

顾昀根本不必打听朝中分几派，各持什么政见，徐令此来不管是什么目的，不管他是哪一门、哪一派，实际上他都是李丰的人。李丰就喜欢这种不巴结、不结党，没身份没背景的棒槌，他毕生都在追求"纯臣"。

"纯臣"应该是个什么概念姑且不论，反正在隆安皇帝眼里，这俩字包含两层意思：首先要是皇上自己提拔上来的，背后没有什么世家权臣推波助澜，背景够清白；其次，要让皇帝觉得安全可控。

刚开始，雁王李旻就是走的这条路线，那时他在朝中毫无根基，无依无靠无权无势，全身上下只有那一点皇家骨血——还是令人暗生疑虑的混血，近乎无知者无畏地挑起军机处大梁，俨然就是个李丰眼里的"纯臣"。

不过后来，李丰发现雁王并非"无知者"，翻云覆雨的大小手段太多，皇上被他摆弄毛了，已经不再敢相信他的"纯"，所以隆安皇帝派了个更纯的来牵制他。

透过徐大人脸上的那双燕子似的眼，一个皇帝正在往外窥伺，只可惜这双"千里眼"里面居然还是一副赤子心性，想必雁王诸多招式还没来得及用老，他已经先自己上钩了。

如今大梁容不下刚正不阿的纯良忠义之人，顾昀多年来虽然避嫌不掺和内政，但那些人是什么德行，他也心知肚明。长庚入朝后的所作所为，纵然他远在边疆，也都略有耳闻，然而知道和听说是一回事，亲眼看见又是另一回事。其实直到此时，在顾昀心里，长庚也一直还是当年那个温良纯粹的少年人，或许才华横溢，但从不恃才傲物，或许也有一点小性子，但不怎么轻易发作。即便发作，也发作得很有分寸，只为告诉得罪他的人"我生气了"而已，被报复的多半只会觉得自己像是被亲昵的小动物伸爪不轻不重地挠了一下，一条白印，不破皮。

能让人疼到骨子里。

那么真实又温暖……真实到顾昀即便心里有数，但感情上却始终无法将他跟那杀伐决断的雁亲王李旻联系在一起。

而今，在江南凄风苦雨下，这两个仿佛风马牛不相及的形象终于逐渐重合为一。一时间，哪一个都显得陌生起来。顾昀方才就一直喘不上气来的胸口闷痛得更厉害了。可是身在敌阵中，主帅不便没事伤春悲秋，他便只好擎着一脸近乎轻狂的轻松神色，默不作声地吃了这记闷痛。

一行人很快随着西洋俘虏摸到了最近的岗哨所，据那西洋俘虏说，他们岗哨所的人分两批，轮换着巡逻。无人区巡起来很简单，久而久之，这帮西洋骑兵也比较怠慢，乃至被敌人混进来都毫无所觉。

"那毛子说岗哨所里只有两具重甲，"徐令小声道，"其他没什么称手的，大帅，重甲能帮我们过江吗？"

"能，"顾昀回道，"下去就沉，比猪笼浸得还快，专治各种奸夫淫妇。"

徐令："……"

亏他方才还以为安定侯正经了一会儿，现在看来果然是错觉。

顾昀抹了一把脸，将一脸的疲惫一把抹去了，装也装出一副很有精神的模样。"别忙，咱们先借这些岗哨毛子皮混到江边前线里，伺机弄一条他们那行进奇快的短蛟来。徐大人放心，方才我已经通知了钟老将军，到了江面，那边自有接应。"

徐令直眉瞪眼道："顾帅已经和钟将军接上头了？何时接的？"

顾昀正色道："心有灵犀一点通。"

又开始扯淡了。

一次又一次上当的徐副都察使终于学会了在顾昀面前闭嘴，并由此推断出了雁亲王一副天塌地陷也不动声色的稳重都是从哪里磨炼出来的。

长庚却狠狠地一震——他确实已经知会了钟老将军，用的却是临渊阁的手段，实在不便说给徐令听，本来准备了另一套戏打算做给徐大人看，谁知顾昀却三言两语间默默替他背了这个锅。顾昀手握玄铁虎符，战时调动四方，跟边境驻军之间有不为人知的联络方式不稀奇，再棒槌的人听他搪塞一句之后也会识趣地不再追问，倘若一会儿碰见援军，徐令也不会再起疑心。

长庚湿漉漉的手心一瞬间出了一层冷汗。

"他知道了。"长庚心里忽悠一下，冰冷地沉了下去。

谋事在人，成事在天，再环环相扣的计划中途也未免会产生波折与意外。对长庚来说，他遭遇的第一个意外，就是那日朝堂上自请南下时一番慷慨陈词没来得及说，却被意外站出来的顾昀一锤定音。

箭在弦上，不能不发，他只好硬着头皮往下走，将自己诸多布置做得越发隐蔽。

涉及顾昀，算无遗策的雁王总是要糊上一时片刻——倒不是脑子不够用，是他实在分不清自己究竟是个什么打算。一方面，他很想像瞒过徐令一样顺便瞒过顾昀。阴谋诡计毕竟失之磊落，到底落了下乘，他不想让顾昀见到自己是怎样机关算尽的，也一点不敢去想顾昀会如何看待这件事。另一方面，他心里又破罐子破摔地隐隐希望顾昀能明察秋毫，那近乎是一种对极亲近之人无理取闹一般的撒娇心态——想让那人知道，自己就是这样的货色。

他那么矛盾，既怕碰到顾昀那坚硬的底线，又总是忍不住想要试探。大约世上最难测的并非敌人的险恶，而是心上人那再真挚也时时让人觉得飘忽的用心吧。

顾昀似有意似无意地回头看了他一眼，长庚的眼皮不受控制地掀动了一下，似乎想要躲闪，随即又直直地看进顾昀眼里，目光如钩地想从中扒拉出一点蛛丝马迹。

可是这时，葛晨偏偏不长眼地凑过来，在顾昀耳边道："大帅，我怀疑洋毛子的重甲有特殊工艺，比我们的省紫流金，要不你们先收拾人，我去把这重甲拆开看看，偷个师！"

葛晨这么一冒头，刚好转移开了顾昀的视线，仓促间长庚什么意味都没能从那一眼中咂摸出来，而周围尽是碍眼的外人，他不能上前问个清楚，只好径自七上八下。

顾昀闻言，指了个亲卫跟着葛晨，拍板道："偷不回来我可当你是偷懒，回去军法处置，走——"

他一声令下，十几个黑乌鸦悄无声息地围了这小小的西洋岗哨所，悄无声息地把里头那几个还在大梦春秋的西洋兵收拾了，从岗哨中搜罗出一套驻军防控图，几套轻甲。一行人各自将轻裘甲穿在身上，到时候只要将面罩往下一放，谁也看不出来里面的人不是"原装"的。

顾昀一指瑟瑟发抖的西洋兵俘虏道："给他穿上轻甲，金匣子里装一根引线，敢捣蛋就把他炸成饺子馅——对了，小葛呢？"

葛晨忙一路小跑地跟过来道："哎哎，大帅我在这儿！"

顾昀一看，这么一会儿工夫，此人不但将洋人的重甲拆了，还雁过拔毛地将那重甲中的整个核心动力拆了下来，守财奴似的绑在腰间不肯放下，一双眼亮得活似掉进了米缸里的耗子，屁颠屁颠地跑过来说道："顾帅，我也要假扮西洋兵吗？我要把这个带走，有肚子大一点的轻甲吗？"

顾昀意味不明地打量了他片刻，指挥手下亲卫将葛灵枢五花大绑，忽然笑道："穿什么轻甲？好几十斤那么沉，我这儿倒有个更合适的角色给你，你也不必变装，假扮成来敌阵偷鸡摸狗还被捉住的奸细怎么样？万一被人盘问，咱们也好有个托词——对了，正好你带着这玩意也像人赃并获，绑起来！"

葛晨一脸震惊地取代了方才的洋人俘虏，被两个铁面无情的亲卫抓起来绑成一团，手脚吊在长竿上，晃晃悠悠地被人挑着走。葛晨又不傻，隐约觉得自己可能是哪里得罪大将军了，顾昀故意整他，忙将求助的目光投向长庚："王……"

"王什么？"顾昀将铁面罩往下一放，声音从冰冷的面罩后面传出来，镀了一层寒霜似的，"堵上他的嘴，俘虏不许乱叫唤。"

自己还在七上八下的雁亲王根本不敢出声，在他的默许下，葛灵枢整个人变成了一团人字形的冤屈，被一根长竿挑走了。

一行人大摇大摆地挑着"俘虏"前往西洋人驻军所在，临近破晓，已经穿过了江南大片的无人区，逼近敌阵。此时，透过千里眼，他们已经能看见趴在江面上的那只骇人的西洋水怪，虎鲨一般来去如风的西洋蛟横行。这还是几个人头一次直面这些旋风似的西洋蛟，徐令一时看得有些眼晕，西洋人的防线太严密了，他双手都是冷汗，不知道这几个人究竟是怎么做到在敌阵中依然大摇大摆的。还没来得及靠近驻地，几架短炮的炮口就移动过来，黑洞洞地对着他们。

徐令艰难地咽了口口水，这时，他一侧的肩膀被人按住了，徐令听见雁王在他耳边说道："怕的时候，不要想被人发现我们就死定了，你要想，这些都是我们要料理的，今天不杀了他们，明天也要挨个清算，我们是来杀人的，不是被人杀的。"

徐令从雁王清清淡淡的话音里听出一股属于狩猎者的杀意，整个人微微打了个寒噤，那股杀意仿佛在战栗中传递到了他身上。徐令深吸一口气，想起祠堂中的累累白骨，狠狠地闭上眼，果然畏惧之情就少了。

雁王又道："拉好那带路人的引线，我们都听不太懂番邦话，只能仰仗徐大人，倘若他有一点异动……徐大人敢杀人吗？"

徐副都察使自幼读书，连鸡也没杀过，牵着引线的手不由自主地哆嗦起来，他这一哆嗦不要紧，那位西洋俘虏感觉自己命悬一线，也跟着哆嗦了起来。按在徐令肩上的那只手却往下一压，力透钢甲而来，像一副铁钳，以外力强行稳住了徐令。

徐令一咬牙道："敢，王爷放心，下官定不辱命。"

长庚缓缓撤回手，感觉顾昀在看他，藏在铁面罩后面没敢回视，悄然抹掉手心的冷汗。

他可以告诉每个人应该怎么做，但是没有人来给他指点一下迷津。

这时，西洋守卫通过铜吼说了句番邦话，大意是询问他们干什么的。徐令清了清嗓子，回道："巡营的时候抓了个中原奸细，押过来看看怎么发落。"

驻地卫兵疑惑地探了个头，顾昀默不作声地用西洋剑柄敲了敲他们俘虏的后背道："识相点。"

徐令没有翻译，西洋俘虏已经明白了顾昀的意思，哆哆嗦嗦地将自己轻甲的头盔掀起来，一撮熟悉的黄毛打消了守卫的疑虑，守卫瞥了一眼被吊在竿子上的葛晨，做了个龇牙咧嘴的鬼脸，招了招手，几个炮口缓缓地移开了，驻地将他们放了进去。

"先等一会儿吧，"放他们进来的卫兵说，"教皇大人在接待重要客人，大人们都陪着，报上去也没人管，先去登记，把这头猪关起来，晚上再烤。"

其他人都听不懂，因此毫无反应，徐令知道这种时候就连雁王也没法给自己任何指导，连着咽了两口口水，他尽可能镇定地问道："从哪里来的客人？"

"圣地。"守卫不耐烦地抓了抓脸，"不该你知道的事少问吧。真不知道他们什么时候能把我们放回去，这场仗打不完了——嘿，兄弟，这几个无人区里的废物抓住了一个奸细，给他们两口肉干吃，这辈子估计他们也立不了更大的功了。"

一帮西洋兵哄笑起来。

徐令提起的心稍微放下了一点，率先推着西洋俘虏往那守卫指引的方向走去，谁知就在这时，那西洋俘虏突然动了一下，徐令牵着的那根特制的引线露了出来，还没走开的西洋守卫一眼看见了。"等等，你背后是什么东西？"

徐令的冷汗一下下来了。

那守卫狐疑地走到徐令近前，上下打量了他一番，忽然伸手按住自己腰间佩剑道："把你的面罩掀起来。"

徐令心口狂跳，僵直得不能动。

就在这时，远处突然传来一声尖锐的警报，冲天的火光迎风而起，众多西洋兵从他们身侧跑过，那盘问他们的西洋守卫一走神，长庚蓦地上前一步，手中不知什么时候多了一根手臂长的细针，迅雷不及掩耳地刺入了那守卫脖颈。

西洋守卫吭都没吭一声，站着死了，一个玄铁营的亲卫一把摘下那守卫的头盔，回头割断葛晨的绳子，将头盔扣在了他头上。

徐令这一口气才喘上来，注意到顾昀的亲卫少了一个。

顾昀轻轻巧巧地夺过徐令手中的引线，撂下一句："走。"

徐令还没反应过来，便见顾昀一把拽开那俘虏背后的引线，手中割风刃不知挑开了那西洋人轻甲背后什么东西，飞起一脚将他踹了出去，那俘虏背后冒出一大团白气，借着顾昀那一脚之力，轻甲喷云吐雾般地将他往前推去。

西洋俘虏发出一声不似人声的惨叫，与此同时，这边的异动不可避免地被人注意到了。玄铁营的亲卫训练有素，顾昀一个手势下去，便各司其职地举起手中弓弩长短炮，往四面八方扫射而去。

直到这时，那西洋俘虏的轻甲才炸了，巨震一时将周遭营帐与西洋兵都掀了开去，徐令没站稳，一只扣着轻甲的手却抓住了他，拉着他往前跑去。

一行人趁乱狂奔，行至一拐角，顾昀蓦地一伸手拦住了徐令和拽着他的长庚，飞快地低声问道："'往那边跑了，追'，怎么说？"

徐令来不及反应，飞快地翻译成了西洋人的话。

他话音刚落，便有敌军追至，只见顾昀一抬手抽出西洋轻甲上的佩剑，一嗓子将徐令方才教的话惟妙惟肖地模仿出来，并率先拎着西洋剑，杀气腾腾地"追"了出去。

都是一样的甲胄一样的面罩，也分不清谁是谁，顾昀执掌玄铁营多年，实在太有将军气质，一声令下，西洋兵也忍不住跟着他跑了。

徐令："……"

他们莫名其妙地就从被围捕人员变成了追兵。

一直追到了江边，徐令只见一道黑影蓦地从远处越众而出，身上伪装用的西洋甲已经卸了，俨然就是顾昀少了的那名亲卫。那玄铁营的将士发出一声悠长的啸声，而后一跃跳入江中。徐令急中生智，大声用番邦话吼道："上船，追！"

顾昀没料到徐大人近墨者黑得这样快，忍不住冲他比了个大拇指。

徐令没来得及得意，就被顾昀隔着几十斤重的轻甲从江边扔了下去，落在一艘西洋蛟上。蛟上水军也听见了岸上动静，纷纷过来围观，就在这时，几道黑影纷纷落下，手起刀落将几个西洋水军料理干净，全是一刀毙命，绝无拖泥带水，一丝声音也没有，尸体来不及倒下，已经被杀人者不动声色地扶走了，看着仿佛只是并肩走进了船舱。

片刻后，岸上混乱尚未结束，一艘西洋蛟已经风驰电掣地趁着尚未亮起来的晨曦冲出了西洋驻军港。

肆

葛晨能亲手将这快得不可思议的西洋蛟开出去，哪怕刚才被当成风干猪肉吊了半天，他也觉得自己值当了。他整个人亢奋得像个见到了绝世美人的登徒子，面容猥琐地在西洋蛟的操作台上摸来摸去，就差流哈喇子了！

江水中炸起一团颜色奇异的烟花，正是顾昀那位放火跳江的亲卫。葛晨笔直地将西洋蛟开了过去，下一刻，一条小孩手臂粗的铁索从西洋蛟上山呼海啸地横扫而出，豁开海风，"呜"一声尖鸣。也亏得水中之人乃是玄铁营精英，非但没被这凶器吓着，反而一抬手攀住那铁索，人跟着那铁索扫出半圈，随后借力一个跟头翻上了西洋蛟。

葛晨大喝一声："扶稳了！这西洋蛟灵枢院垂涎已久，今天总算弄到一艘，大帅，以后咱们跟在你鞍前马后捡剩饭也行啊，哈哈哈！"

所有人都被葛灵枢这撒欢似的跑法晃得无暇他顾，只能尽力攀住旁边的栏杆，顾昀耳边都是翻涌的江水敲打蛟身的咆哮声，一边磨牙一边想道："方才绑都绑了，怎么没想起揍他一顿呢？"

西洋蛟从那大海怪下面飞一般地掠过，此时，西洋人再要反应已经来不及了。

南岸的西洋驻军方才从混乱中回过神来，急赤白脸打算追击，谁知令还没下，江对面黑压压的一片大梁长蛟毫无预兆地出了港。

雅先生惊骇地放下手中的千里眼，连忙吩咐道："慢着！别追，那是个阴谋，舰队整队集结，准备迎战！见鬼，中原人龟缩那么久，怎么今天突然出战？"

教皇脸色也不太好看，亲自陪着一个两撇小胡子的男子从营帐中走出来——大约就是所谓来自圣地的客人，两人"貌合神离"地对视一眼，教皇转过头，颇为忧虑地望着那大兵压境似的江北驻军。

江上那艘横冲直撞的西洋蛟转眼便没入大梁长蛟舰队中，而就在双方都严阵以待的时候，大梁水军在敌军愕然的注视下，突然后队变前队，什么动作也没有，缓缓地缩了回去——仿佛只是出来亮了个相。

剩下这边一头雾水的西洋军不提，钟蝉老将军收到长庚木鸟传书的时候着实吓了一跳，暗骂这疯子行事忒颠倒。然而雁亲王与安定侯亲临，钟蝉与姚镇一武一文两个江北当家人无论如何得亲自来迎。

按规矩，钟蝉施礼拜上道："末将参见雁王殿下、顾帅……"

那两位都和他有过师徒之缘分，没人敢真让他拜下去，忙一左一右地上前扶起钟蝉。

顾昀的目光无意中从钟老将军的手背上掠过，只见那手背上布满了细碎的褐斑，枯瘦得仿佛只剩下了一层皮，一股衰老的味道扑面而来。钟蝉已经年逾古稀，尽管腰背依然笔挺，头发毕竟是白了，几十斤的轻裘也再难以承受，身上只披着一层象征性的薄甲片。

顾昀看着他，心里一时百感交集。他曾经无比羡慕钟老将军，恨不能效仿之，将官位与爵位一并卸了，隐姓埋名，江湖浪迹，谁也找不着，那该有多快活。然而羡慕了一圈，他还没来得及走，钟老将军却已经以老迈之身回来了，两人一南一北，各自鞠躬尽瘁，顾昀觉得自己像是看见了兜兜转转躲不开的宿命。

钟蝉意味不明地扫了长庚一眼，又打量了顾昀一番，说道："顾帅脸色不好。"

顾昀笑道："我承了皇命，保证把雁王和徐大人两位钦差平安无事地送回京城，结果出师未捷先落到敌阵里，吓都吓死了，脸色怎么能好？"

钟蝉淡淡地说道："既然如此，给诸位大人接风洗尘之事稍后再议吧，重泽，你先安排诸位大人换洗一番，休整一二再叙，非常时期还有些军务，末将就少陪了。"

说完，他看了雁王一眼，不冷不热地一抱拳，真就转身走了。长庚大概知道老将军对自己安排这事不大满意，在一边没吭声。钟蝉这个岁数了，黄土埋到了脖颈子，指不定哪天就见先帝去了，犯不上巴结谁，再者朝中位高权重的几位都算是他的后辈，因此别管来的是雁王还是安定侯，他老人家一概不假辞色，那态度把方才死里逃生的徐令看得一愣一愣的。

只剩下姚镇在旁边头疼，忙搜肠刮肚地插科打诨打圆场，又急着给众人安排营帐休息。

顾昀草草梳洗一番，把被雨水浇透了的衣服换下来，还没怎样，先累得不行，吩咐一声不要让人来打扰，便径自在帐子里睡了个昏天黑地。

等他一觉醒过来的时候，天已经黑了，顾昀眼前一片模糊，周遭的声响也都听不太清，他才一动，旁边一双手便伸过来，先周到地给他喝了两口茶水让他醒神，随即又将一碗味道熟悉的药递到了他面前。

不用问，顾昀也知道来人是谁。

顾昀没什么精神，睡了一觉身上更乏，没心情理会长庚，接过来一口干了，又倒回枕头上，专心致志地闭目养神，等着药效发作。长庚就安安静静地坐在一边，以手指代替银针，不轻不重地在顾昀头颈间的穴位上流连。顾昀被他按得昏昏欲睡，感觉自己心头一点清明像是一盏风中摇摇欲坠的灯，燃烧得断断续续的。片刻后，逐渐清明的耳力与绵延不断的刺痛感同时升起来，顾昀这才彻底清醒过来，不由得微微皱起眉。

长庚手上的动作一停，伸手想将他皱起的眉揉开。眉心乃要害，比咽喉还要敏感，顾昀什么都看不清，模模糊糊地看见有东西靠近眉心，便偏头躲了一下。

谁知这不怎么明显的一躲不知怎么就刺激了长庚，他方才安静沉默的气息骤变，呼吸陡然急促起来，眼神像饿狼，又是贪婪，又是害怕，脱口道："顾子熹，何必这样防我？"

顾昀一愣："你说什……"

"我是蛮女之子，生父不详，从小就是个乌尔骨的傀儡，不定哪天就像个金匣子一样爆了，居然还不肯找个没人的地方等死，野心昭昭，在朝中弄权。"长庚"哈"了一声，"下一趟江北你要亲自随行，怎么，大将军，怕我有一天谋朝篡位，侯府择不干净，累你一世声名吗？"

顾昀本来模糊的视线逐渐对上焦距，四下已经能看清了，才知道自己不知不觉睡了一整天，天亮时候歇下，此时已经是黄昏稍过，暮色渐合。顾昀在光线暗淡的地方看了看长庚的眼睛，并未在他眼中发现那不祥的血光和重瞳，便知道他此时是清醒的，纯粹是找事。

顾昀神色冰冷下来，平静地坐正了道："你再说一遍。"

相持了不知多久，长庚目中凶狠之色终于过路潮水似的稍稍平息，而一股无法言说的哀求之色却慢慢拨开浮沫露出来。"子熹，我……"

顾昀冷冷地问道："你什么？"

长庚在他的目光中不由自主地瑟缩了一下，放开他，整个人僵直如木偶，微微闭上眼，颓然坐在一侧。他对顾昀的一切都太敏感了，敏感到顾昀什么话都不必说，一个眼神就能让他肝肠寸断。

沉默在小小的营帐中蔓延，好久，长庚才在一片落针分明的死寂里低声说道："这回南下，我要逼李丰站在我这一边，要试探朝中世家门阀到底能掀起多大的风浪——那些人因循守旧惯了，内里也不是铁板一块。在京城中动作太大了容易遭到反弹，不如以江北为突破口，引他们自己掉以轻心地分化上钩。我还要借机推新贵上台，等着下一步彻底排除异己，清理朝堂。"

他三言两语间仿佛有暗潮席卷而过，独独不提"安顿流民"四个字，好像赌气似的避嫌，故意不肯说自己一点好意，怎么阴险狡诈，怎么卑鄙无耻，他偏就要怎么说。

谁不知道雁王见人说人话，见鬼说鬼话，只要他愿意，张奉函那种老刺儿头都能哄得服服帖帖，而此时面对顾昀，他却感觉自己变成了一个年轻版本的张奉函，专拣顾昀不爱听的说。

而他开了口，便一发不可收拾起来，稍稍喘息片刻，继续口不择言道："这批新贵是我用烽火票捧起来的，趁着国难聚集成党，往后根本不必苦心扶植，只要稍加照拂，必能因势利导地成一股大势。他们会迫不及待地把旧朝政与旧制度搅个天翻地覆。我要自武帝始便由皇帝一人乾纲独断之例彻底断送在这一代，至于李丰，他爱怎样怎样，李家人全死光了我才高兴。"

顾昀此时算是听出来了，这混账东西自己觉得亏心，反倒特意到他这儿虚张声势地张牙舞爪，非找碴吵一架才安心。顾昀心头冒着火想道：遂你的意。

他于是口气很冲地问道："你不姓李？那你是姓猪还是姓狗？"

"我？"长庚短促地笑了一声，"我天生猪狗不如，只是蛮女手里的一具人肉傀儡……"

他这话没说完，顾昀抬手便要给他一记耳光，长庚本能地闭上眼，却硬扛着不肯躲闪，那巴掌携着劲风而来，却在落到他脸上之前，堪堪停在了他的颈侧。

"功过自有天下人评说，你和我死缠烂打地要夸讨骂有什么意思？"顾昀本想将声气压一压，谁知说到后来也动了真火，"一哭二闹三上吊地逼着我承认你做什么都行，做什么都对，再大逆不道我也双手赞成，你就满意了？睡得香了？良心安放下了？"

他话音里仿佛带着刀，一句一个血口子，长庚疼极了似的微微抽着凉气，颤抖道："天下和我有什么关系，是天下人负我，我从未亏欠过这天下一丝一毫，我管他谁评说……可是人活一把念想，子熹，我一生到头，这点念想想分也分不出去，都在你身上，你要断了我的念想，不如给我指条死路，我这就走。"

"哟，怎么，雁王殿下还要死给我看？"顾昀差点让他气笑了，"我这辈子最讨厌别人威胁我。"

长庚听了如堕冰窖，难以自抑地发起抖来，这一天没和顾昀说上话，他心里惴惴不安到了极致，也很想像糊弄徐令那样，拿捏好分寸火候，跑来求一番谅解……那也并不是难事。

可是道理一千条，他心知肚明，偏偏做不到，偏偏忍不住。

顾昀推开长庚，长庚一惊，慌忙伸手去抓他。"子熹！"

顾昀顺势带过他的手腕，逼着他摊开手心，随即不知从哪儿抽出了一根什么玩意，抬手便往长庚手上抽了下去，"啪"一声响动，长庚剧烈地哆嗦了一下——这辈子从没被先生打过手心的雁王殿下惊呆了，一时连挣扎都忘了。

顾昀拿来打他的正是那支白玉笛。"你自己拿自己当猪狗，谁会把你当人看？你自己不知道珍惜自己，撒泼打滚地向谁讨宠？你贱不贱？贱不贱？贱不贱？"

他嘴里骂着，骂一句便抽一下，接连在长庚手心上抽了三下，专门往一个地方抽，打完红印子就一条，绝无晕染。

打完，顾昀用白玉笛别过他的下巴道："别人如何待你，和你有什么关系？别人敬你畏你，你就天下无敌，别人弃你如敝屣，你就真他娘的是团烂泥吗？区区一个死了八百年的蛮女，区区一点乱人心性的巫毒旁门能怎么样？看着我说话！"

长庚无言以对。

"听人夸雁王殿下学富五车，却不知什么叫'自重'，你那五车里装的是什么？草纸吗？"顾昀说完，将玉笛扔到一边，叹了口气，"你等了一整天，特地来讨打，现在如愿以偿了，滚吧。"

长庚愣愣地坐在他的榻边，握着自己红肿的手心，在一片火辣辣的疼痛里微微回过一点味来，难以置信地抬头望向顾昀。

顾昀背对着长庚给自己倒了一杯凉茶，慢吞吞地喝完，火气稍去，他才问道："两江流民几时能安居？"

长庚哑声道："……若是快，年底之前。"

顾昀又问了一个与徐令同样的问题："北疆江南，几时能一战？"

长庚闭了闭眼，轻轻地回道："西洋国内并非铁板一块，这么一探就知道，教皇自己的位置都摇摇欲坠，年内必出使者与我们和谈。倘若将计就计，休养生息一两年，养精蓄锐后就可以放手一战。"

顾昀沉默了一会儿道："打完仗，能太平多久？"

长庚："国富力强时，自然四海宾服。"

"嗯，"顾昀一点头，说道，"你去吧。"

长庚一时没反应过来："去……去哪里？"

顾昀："你不是要和徐大人查江北杨荣桂舞弊瞒报一事吗？怎么，我估计错了，你没打算连夜走，还想等着钟老给你接风洗尘吗？"

长庚呆呆地看着他。

"我得在江北驻地多待几天，"顾昀道，"那二十个亲卫你带走，除非洋人水军过江，不然对付地方官的打手走狗足够了，眼看要天黑，别耽搁了。"

长庚默默地站起来，整理自己乱七八糟的仪容。

"还有，"顾昀顿了一下，"你那个手，一会儿自己上点药。"

长庚挨了顿好打，却不知为什么，一路上郁结于心的那些念头竟去了不少，他撒娇似的小声叫道："义父……"

顾昀一指军帐门口，简短地道："滚。"

长庚不敢耽搁正事，不太好意思地偷偷看了顾昀一眼，勉强平复了一下心绪，逃走了。

伍

两江沿岸一场大雨下过，没有北方那种雨过天晴的碧空如洗，反而越发地闷热起来。

江北驻军本是一支真真正正的杂牌军，在钟老将军手下不过一年多，已经很有样子了，倘若顾昀他们闯入的敌军阵营也有这样的素质，大概也没那么容易被他们闹个天翻地覆。

顾昀与钟蝉牵马并肩而行，谁都没有穿甲胄，谁也不嫌谁走得慢。

"我这些年一直没怎么闲下来过，"顾昀道，"上次和师父聊天不知是何年何月的事了。"

安定侯私下叫师父，钟蝉也没客气，面不改色地就生受了，回道："小侯爷越发沉稳了，要是老侯爷还活着，看见您有今日成就，大概也能……"

顾昀接道："打死我了。"

钟蝉一愣，刀刻似的脸上露出了一点吝啬的笑容："无须妄自菲薄。"

江风自南而来，空中微微含着一点水汽，让人觉得周遭湿漉漉的。顾昀拂开未束的长发，一言不发地望向南岸方向，想起亲眼所见的荒村与白骨，脸上的笑容渐渐黯淡。钟蝉顺着他的目光望去，伸手拍了拍顾昀的肩头道："气数一事难以概述，莫要说我等凡人，便是圣人也难以逆势而行。我倚老卖老说句大逆不道的话，为今之计，莫说是老侯爷，就算是你那外祖武帝在世，也未必有什么益处，咱们尽人事，听天命，问心无愧就是。"

顾昀愣了愣，他这老师，真的是熟读兵书、文武双全，当年教他的时候，也是真的不近人情，不料这些年浪迹江湖，整个人也变得旷达了不少。

钟蝉又道："陆上打仗咱们不怕，主要水军还差一口气——你看那西洋人，要么走海路，要么临江，他们也知道这一点。这些日子怎么打水战，我有些心得，还不太成熟，这几天你也不走，有空咱们好好合计合计。"

顾昀一点头道："我知道，咱们的海蛟也不行，这回正好缴了一艘西洋蛟，回头让葛晨带回京，看看灵枢院有什么想法。"

钟蝉叹道："兵可以训，战备与紫流金，老朽就真的爱莫能助了，只能靠你们这些年轻人尽量周旋。"

顾昀眉目一动，隐约知道钟老将军想和他说谁。果然，下一刻，钟蝉道："雁王少年时在我身边待了几年。"

顾昀："是，我知道，叨扰师父了。"

钟蝉："那你知道临渊木牌在他手上吗？"

顾昀顿了顿，想说"不知道"，又觉得有点亏心，只好实话实说："他没跟我提过，不过大概也有些猜测……想来要不是临渊阁，杜财神等人也不会那么顺当地支持他。"

钟蝉"嗯"了一声，又道："雁王少年时，少有年少之人的骄矜，为人自持冷静，性情有些执拗，但并非一味自怜自赏之人，知道好赖，懂得仁义为先——比你小时候强得多。"

顾昀："……"

钟蝉瞥了他一眼，眯起眼睛，露出一点不易察觉的笑意，稍纵即逝。"但我这么看着，少年人不轻狂，有时并不能算是一件好事，他早熟得有悖人性，必是幼年时受苦太多之过。蛮人巫女的事，我也听陈家的丫头说了，你打算怎么办？"

顾昀没有很快回答，沉吟了片刻。

钟蝉道："乌尔骨缠身，并非他个人意志，我有时候想，我对他诸多疑虑，其实也并不公平。倘若他只是个寻常人家的寻常孩子，无论如何我不该说什么，可他不是。他身上连着国祚——子熹，如今朝中一个雁王，牵一发而动全身，离不开他，也不能全依靠他，你明白吗？"

顾昀大概听明白了钟老将军的言外之意，老师是让他自己留一手，不要让雁王权力太大，必要的时候想方设法以军方之力挟制雁王，当退则退。

但顾昀没有接这话，只说道："我会看着他的，师父您放心。"

钟蝉一皱眉："我知道他从小跟着你长大，情义深厚，但你能看着他多久？陈家这一代家主是那个丫头，才这一点年纪，十年八年之内，不见得能指望上她，雁王的神志能撑那么久吗？"

"我活一天，就保他清醒一天。"顾昀道，"即便有一天他真的失控，我也对付得了，数万玄铁营还在西北守着国门呢，不会让他乱来。"

钟蝉微微一愣，有那么一瞬间，他觉得自己听出了顾昀话音里的别样意味。

就在他们两人在背后瞎担心的时候，长庚与徐令带着顾昀拨给他们的二十个亲卫来到了江北扬州。他们一行人扮作流民实在强人所难，便扮作商人，只说是杜财神麾下临安府一处当铺分号的掌柜，因为打仗被迫迁移至江北，一直没什么事做，这回商会向皇上请命沿运河建厂安顿流民，虽然朝廷尚未批复，但估摸着有谱，于是令其北上做前期的考察。

那临安当铺的名字、掌柜身份年龄正好与长庚对得上。杜万全那边早安排好了，就算有心人去查，也查不出什么破绽，故事编得天衣无缝，长庚等一行人便大摇大摆地来到了扬州。无论如何，杜财神如今是举国上下的财神爷，被长庚刻意一捧，大商会上一封折子能直达军机处，俨然是一副大皇商的气派，比地方小官强多了。杜财神的人，当地府衙官员于情于理得见一面——哪怕杨荣桂这个吕家人实际与杜万全不对付，面上的功夫也得做到了，在飞檐阁设宴请了长庚他们一顿。

自从洋人入侵，举国动荡开始，年节时的官宴都大大削减了，起鸢楼倒下至今没能再站起来，徐令觉得自己好久没见过这种纸醉金迷之地了。"飞檐阁"在此地素有令名，又被人叫"小起鸢楼"，虽然没有当年摘星台与云梦大观的恢宏，精巧奢靡却俨然更胜一筹。

京城禁止寻欢作乐已经很久，此地却天高皇帝远，全然没有人在意。飞檐阁楼上"咿咿呀呀"唱小曲的声音隔着一条街都听得见，进进出出都是红男绿女。

徐令看得直咋舌，目瞪口呆地对长庚道："王……掌柜的，贵府上有这等气派吗？"

长庚摇头笑道:"哪里,温饱而已,我家那位有点钱都拿去补贴一帮孤儿寡母了,心里没个成算,我看他改天非要变卖祖宅不可。"

徐令愣了一下,才反应过来他说的不是空置的雁王府,而是安定侯府,"补贴孤儿寡母",约莫是死伤抚恤。前些年没打仗的时候,国库困难,皇上有意削减军费开支,那一点抚恤金一再减少,还不知要跟户部兵部扯多少次皮,那些人总是能拖就拖,能推诿就推诿,就这样,仍然有要不出来的时候,安定侯亲自来讨倒是还好,然而顾昀不定几年回京一次,总是鞭长莫及,想来少不得自己补贴。

太平时便这样怠慢,如今打仗了,皇帝金口玉言一句"举国上下所有物资以各地驻军为先",倒是又把人家摆出来了……想必过几年倘若真的能收复失地,满城未亡人还是得靠灯下补衣维持家用。

徐令心里越发不知是什么滋味。

长庚低声对他说道:"一会儿咱们两个穷光蛋恐怕要露怯,不要紧,他们就是为了让咱们露怯看笑话,我也准备了一场笑话等着看呢。"

徐令此时决定唯雁王马首是瞻,闻言二话也没有,满腔肃清社稷的雄心壮志跟着长庚进去了。

这顿宴请是以杨荣桂的名义请的。

杨荣桂,也就是吕侍郎那姐夫,名为两江总督,听着十分威风,其实在此非常时期,权力并不大。首先江南全不归他管,江北驻军单独自治,淮南一代大部分也不归他管,所辖地区不过就是扬州府附近的一点地方,仓促提上来,是想用高配的封疆大吏打理协调好四方流民,稳定前线后方。倘若得力,将来收复失地,依着杨荣桂的功劳,八大总督之一必然是能长长久久、真真正正地做下去的。

可惜,人心不足蛇吞象,那杨荣桂自上任伊始就对江北现状多有不满,屡次酒醉后与心腹抱怨说自己顶着总督之名,实则不过区区一府尹云云。

然而杨总督纵然眼下满头包,傲慢之气依然不减,加上背后是吕家,天生与杜万全支持的朝中新贵不对付,自然不会亲自来见几个商贾,只派了扬州府几个闲得油嘴滑舌的芝麻官作陪。席间扬州府尹纡尊降贵地露了一面，坐了不到一屁时，说了些空话，还没等说完，一个随从进门在他耳边说了句什么，扬州府尹郑坤突然脸色大变，站起来就走了。

徐令化名张大福，他天生脸白，一喝酒就上脸，显得格外憨厚，硬生生装出了几分醉意，有意无意地打听道："哎，酒不过三巡，郑大人怎么走了？"

旁边有人笑道："张兄有所不知，本来杨总督也是要亲自来相见的，可你们这趟来赶得不巧了，听说那位……"

他颇为轻佻地伸手比画了个大雁扇翅膀的动作，小声道："正好今日刚到扬州府，杨总督带着一帮大人亲自去接了。"

徐令以为自己理解错了，震惊道："谁？"

"怎么，张兄不知道吗？"陪客的喝多了，舌头也不大利索，喋喋不休道，"雁王，雁亲王，那可是……当今皇上的亲弟弟！这点破事我真不愿意提，前一阵子有个刁民不知怎的告状，闹到京城去了，皇上也真当了个事，居然把雁王给派下来了。那位可是个大祖宗，不伺候好了，赶明儿我们弄不好都要斩首示众。"

说着，此人还摇头晃脑地补充了两句："咱们清白着呢，身正不怕影子斜，随便他查，哈哈……只是杨大人他们全程陪着，太辛苦了。"

徐令没听完，目光就转向了席间的长庚——真的雁王在这里，杨荣桂他们接了个谁回来？

雁王冲他轻轻笑了一下，不客气地夹了个水晶饺扔进嘴里，不吃白不吃。

先是闯敌阵，随即又是大变活人，亏得徐大人虽是一介书生，但会变通，又机变，否则这一惊一乍的，绝对会被雁王吓死。

他们食不甘味地吃完了一顿宾主都不欢的饭，徐令替自己和雁王打发了几个缠上来的舞女，匆忙回到客栈，确定两侧无人，才关门低声问道："王爷，怎么又有一个……"

长庚笑道："杨总督耳目众多，必定知道钦差几时离京的，倘若不给他见一见京城来使，岂不让他疑神疑鬼？"

徐令想了想，还是不放心，说道："那杨荣桂是见过王爷的，倘若露出破绽来怎么办？"

"见过一两面而已，都没在百步以内说过话，没有那么熟。我那位朋友会一点江湖手段，扮别人扮不好，扮我还是靠谱的，放心。一会儿马上去休息，咱们晚间有安排。"

徐令一听，这想必是要夜探流民所了，当即精神一振。

半夜三更，两人便带着两个玄铁亲卫悄然出了城，直奔郊外流民所而去。所谓流民所，其实是城郊以外收容流民的几间窝棚，眼下正值闷热夏天，露天住着也不冷。附近有一队守城的官兵看着不让他们闹事，临街还有几口大锅，想必是平日里舍粥领饭食的地方。

半夜三更，流民所里静悄悄的，玄铁营的一个亲卫率先潜入，脚步极轻，连树底下趴着睡觉的流浪猫都没惊动。徐令低声道："王爷，有点不对劲，有疫情的地方一般有石灰标志，地上也会洒草药汤，不该这么静悄悄的。"

长庚神色不变道："杨荣桂既然知道我们来了，就不会全无准备，看着吧。"

他话音没落，方才进去的玄铁亲卫一道黑影似的滑了出来。"王爷，这流民所里只住了三十来人，大部分是青壮年男女，未见疫情发作的迹象。"

"江北十万流民，扬州城外的流民所只有三十几个人？"徐令冷笑道，"杨荣桂未免太拿人当傻子糊弄了，里面住的人是不是还个个油光水滑，一副吃饱穿暖无忧无虑的模样？我看多半是雇来的假流民。"

亲卫问道："王爷，怎么办？"

"两眼一抹黑不是办法，"长庚低声道，"先想办法联系了然大师，让兄弟们这两天在附近转一转，看有没有蛛丝马迹。世上没有不透风的墙，我不信杨荣桂能一手遮天。"

这天晚上，一匹快马离了扬州城，带着密信北上入京，告知京中大小野心家，雁王已在彀中。

同时，江北一带地方城防官兵连夜接到两江总督调度，便装前来，暗中增兵扬州府，整个扬州府内依然歌舞升平，却俨然已是外松内紧。

而京城中的毒蛇们等着一击必杀，正在耐心潜伏，沉寂非常，除了沈家老太爷突然重病，仿佛没有发生更大的事。

沈老爷子连着数日卧床不起，太医流水似的进出，连陈家神医都亲自上门，眼看着要不好，沈府下人跑了几趟棺材铺，像是要准备后事的模样，三夫人再混账也不好在这时候说什么婚事，联姻一事只好不了了之。

沈易为照料老父告了假，闭门不见客。

这日黄昏时分，每天来沈府点卯的陈姑娘照常乘车离开，并未引起暗中盯梢者的注意，行至陈姑娘在京城中落脚的僻静小院，车门打开，里面却飘出一串琴声并一个男人——正是本应尽孝床头的沈易本人。

沈易客客气气地对车里人拱手道："多谢陈姑娘。"

陈轻絮膝头放着一把琴，欠身道："将军多加小心，如有调遣，尽管吩咐。"

沈易多看了她一眼，他不知道临渊阁的事，只道这姑娘无官无职，无权无势，不过一介寻常江湖儿女，一路却肯风餐露宿地跟着他们从军吃沙子，有求必应，心里着实感激，正色道："陈姑娘高义，有名侠风范，在下着实佩服，大恩不言谢。"

陈轻絮似乎是笑了一下。她笑起来不明显，怒起来也不明显，尘世宠辱，仿佛没有能动摇她的，指尖一串琴音铿然而出。

沈易不敢再耽搁，翻身上马，往北郊而去。

图书在版编目（CIP）数据

杀破狼：全三册 / Priest 著 . -- 长沙：湖南文艺出版社，2020.11（2024.8 重印）
ISBN 978-7-5404-9690-6

Ⅰ . ①杀… Ⅱ . ① P… Ⅲ . ①长篇小说－中国－当代
Ⅳ . ① I247.5

中国版本图书馆 CIP 数据核字（2020）第 095182 号

上架建议：畅销·小说

SHA PO LANG : QUAN SAN CE
杀破狼：全三册

作　　者：Priest
出 版 人：陈新文
责任编辑：丁丽丹
监　　制：毛闽峰 李 娜
策划编辑：张园园
文案编辑：王 静
营销编辑：刘 珣 焦亚楠
封面设计：好谢翔工作室
版式设计：梁秋晨
封面插图：张 渔
书名题字：仓仓仓鼠
出　　版：湖南文艺出版社
　　　　　（长沙市雨花区东二环一段 508 号　邮编：410014）
网　　址：www.hnwy.net
印　　刷：三河市兴博印务有限公司
经　　销：新华书店
开　　本：640mm × 915mm　1/16
字　　数：892 千字
印　　张：64.5
版　　次：2020 年 11 月第 1 版
印　　次：2024 年 8 月第 8 次印刷
书　　号：ISBN 978-7-5404-9690-6
定　　价：149.40 元（全三册）

若有质量问题，请致电质量监督电话：010-59096394
团购电话：010-59320018